诺 贝 尔 文 学 奖 获 奖 者 小 说 坊

水上酒馆

[俄罗斯] 蒲宁 著

范玉贤 译

江苏凤凰文艺出版社
JIANGSU PHOENIX LITERATURE AND ART PUBLISHING, LTD

图书在版编目（CIP）

水上酒馆 /（俄罗斯）蒲宁著；范玉贤译 . -- 南京：江苏凤凰文艺出版社，2018.8（2024.2重印）

（诺贝尔文学奖获奖者小说坊）

ISBN 978-7-5594-2345-0

Ⅰ . ①水… Ⅱ . ①蒲… ②范… Ⅲ . ①短篇小说－小说集－俄罗斯－现代 Ⅳ . ① I512.45

中国版本图书馆 CIP 数据核字 (2018) 第 130209 号

书　　名　水上酒馆

著　　者　（俄罗斯）蒲宁
译　　者　范玉贤
责任编辑　王　青
出版发行　江苏凤凰文艺出版社
出版社地址　南京市中央路 165 号，邮编：210009
出版社网址　http://www.jswenyi.com
印　　刷　三河市双升印务有限公司
开　　本　880×1230 毫米　1/32
印　　张　9.5
字　　数　217 千字
版　　次　2018 年 8 月第 1 版　2024 年 2 月第 4 次印刷
标准书号　ISBN 978-7-5594-2345-0
定　　价　69.80 元

目　录

高 加 索

我抵达莫斯科之后，选择了靠近阿尔巴特街的一条胡同，悄悄地住进了一家很不起眼的小公寓。我就像一个隐士一样过着单调乏味的生活，日日夜夜盼着能跟她幽会，等待着幸福的降临。这段日子，她总共来过三次，每一次都行色匆匆，一进门就说："我只能在这待一小会儿。"

她声音嘶哑，面色苍白，这种苍白肤色是坠入情网并且焦虑不安的女人所特有的，在我看来却是那样楚楚动人。每当她扔下伞，匆忙掀起面纱拥抱我时，我的内心就会泛滥出甜蜜的涟漪，对她的怜惜之情也油然而生。

"我觉得他已经有所察觉了，"她说道，"也许他已经知道了什么，也许他读了你写给我的信，或者打开了我的桌子……他这个人非常高傲，冷酷无情，什么事都能干得出来。他曾经直截了当地跟我说过：'我会不择手段来维护我作为一名军官、一名丈夫的荣誉！'这段时间不知为什么，他监视着我的一举一动。如果我们的计划要顺利实施的话，我得步步为营、万分小心！他答应让我走，因为我软磨硬泡一再要求，如果不让我看看南方、看看大海，我会死的。请看在上帝的份上，你再忍耐一段时间吧。"

我们的计划非常大胆：坐同一辆火车去高加索海滨，找一个人烟稀少的地方待上三四个星期。我对那一带的海滨很熟悉，曾有一段时间待在索契附近，那时我还年轻，只身一人。我这辈子永远都不会忘记那迷人的景色，秋天的暮色中，余晖洒落在苍翠的柏树上，不远处灰色的大海掀起阵阵海浪，寒意袭人。我跟她说:“不久之后,我就能和你一起,住在山间的丛林里,住在热带的海洋边……”她听了我的话之后,脸色愈发苍白。直到最后一刻,我俩才真正确信计划成功了。对我们而言,这幸福实在是太大了。

莫斯科正在下雨,天气很冷,夏天仿佛一去不返了。周围肮脏而阴沉,街道黑漆漆的,湿漉漉的,行人撑着雨伞,来往的双轮双坐马车颤动地向前奔驰着。那天晚上天气阴沉糟糕,我坐着马车来到火车站,由于天气寒冷,加上内心恐惧,我感觉自己没有知觉了。我把帽檐压低,遮到了眼睛,把脸埋在大衣衣领里,匆匆跑过车站和站台。

我提前预订了一个头等包厢,雨点哗哗地敲打着包厢顶棚,我匆忙拉下了窗帘。挑行礼的脚夫拿着白色的围裙擦手,拿着我给的小费离开了。我把门锁上,把窗帘稍稍拉开一条缝,呆呆地伫立在窗前,目不转睛地盯着那些在车站昏暗的灯光下,鱼龙混杂的人群,看着他们拖着行李,行色匆匆地沿着列车一路小跑。按照事先约定,我尽量早到,她尽可能地晚一点到,以免我在站台上碰上她和她的丈夫。此刻他们应该已经到了车站。我心里越来越紧张,急切地盼望着,但他们仍然没有出现。发车的铃声再一次响起,我害怕得浑身发冷,心想她会不会误了火车,或是她的丈夫在最后时刻又决定不让她走了……这些念头在脑海中一一闪过,我有些手足无措,更让我震惊的是,我发现了她丈夫的身影。他身材高大,戴着军帽,穿着紧身的军大衣,戴着皮革手套。他挽着她的手臂,一起大步朝这边走来。我连忙从窗边躲开,一下瘫坐在软凳上。隔壁是个二等包厢,我在脑海中幻想着,他以盛气凌人的主子似的态度和她一起走进那间包厢,环顾四周,看看脚夫给她安排的座位是否符合心意,然后摘下帽子和手套,同她吻别,在她面前划着十字祈福。震耳欲聋的第三遍铃声响起,火车开动了,我却仍然茫然若失,呆呆地坐着,火车加快了速度,摇晃颠簸着向前飞奔,渐渐地开足马力,匀速向前行驶着。

有个守卫带着她的行李，把她领进我的包厢，我用冰凉的手塞给他十卢布的纸币。她进来之后，甚至都没有吻我一下，只是充满怜惜地朝我微微一笑，坐到了软凳上，然后摘下了帽子，解开了头发。

“晚饭我毫无胃口，”她说道。“我想我没办法把这个可怕的角色扮演到底。现在我觉得口干舌燥，你给我倒点矿泉水吧。”这是她第一次用“你”这样亲密的字眼。“我觉得他会跟踪我。我给了他两个地址，分别是格林特齐克和加格拉，你看着吧，不出三四天，他就会去格林特齐克……算了，让他去吧，我宁愿一死，也不愿遭这样的罪。”

早晨，我来到了走廊，那里阳光灿烂，从盥洗室散发出肥皂、科隆香水的味道以及满载乘客的车厢内必定会有的气息，一起扑面而来。被阳光晒得暖暖的车窗上满是尘土，窗外疏树大草原上的草木被烤焦了，宽阔的马路上尘土飞扬，公牛拉着货车，铁路信号所一闪而过，信号所前面的花园里种着金灿灿的向日葵和红彤彤的锦葵……火车驶入了一望无垠的平原，那里寸草不生，夹杂着古墓和坟场。强烈的阳光炙烤着，让人难以忍受，天空中弥漫着尘土，浓密得好似乌云。最终，如幻影般的山峦终于出现在地平线上了。

她先后从格林特齐克和加格拉各自寄了一张明信片给他，上面说她还没决定住在哪里。此后，我们沿着海岸线，一路向南。

我们找到了一处原始森林，林间满是悬铃木、紫檀、木兰、石榴和开花的灌木丛，这些树木之间还耸立着叶子状似羽毛的棕榈树和苍翠的柏树。

早上她还在熟睡之时，我就醒了。我会先去森林深处的小山丘漫步，然后七点回去喝茶。那时太阳光已经非常强烈，四周非常明亮，这景象让人非常愉悦。树林中的雾气闪着淡蓝色的微光，在阳光的照射下渐渐消散。极目远眺，在郁郁葱葱的群山之后，高高耸立着一座雪山，山上闪着白光，那是终年不化的积雪……回去的途中，我总会路过村庄的集市，那里充斥着干粪在烟囱里燃烧的气味。集市上暑气蒸人，买卖兴旺，人头攒动，几乎让你寸步难行(人们还带上了马和驴)。每天清晨，形形色色的山中部落里的居民都会到这儿来赶集。切尔克斯的妇人从容不迫地在集市间穿行，见缝插针一般来来回回。她们穿着及地的长袍，脚蹬一双红色的便鞋，头上缠着黑色的裹巾。在她们如丧服一般的装束下，有时闪烁着像鸟儿那般敏锐的目光，从来往行人的脸上掠过。

之后，我们会去荒无人烟的海边，在海里游泳，晒日光浴，直至吃午饭。午饭一般是煎鱼、白葡萄酒、核桃仁和水果。用餐完毕，我们的瓦顶小屋里会变得酷热难耐，关上百叶窗，从百叶窗的缝隙里滤进来一束束炽热的阳光，还是会带来午后的炎热。

暑气渐渐退去，我们会打开窗户，视线透过窗棂，越过长在斜坡上的刺山柑，能清楚地看到大海的一角。淡蓝色的大海像镜子一样平静，让人觉得这美好的一切将永远不会消失。

夕阳西下之时，各种奇形怪状的云朵聚集到海面上，那景象颇为壮观。目睹此情此景，她会扑倒在沙发上，用薄纱巾捂住脸庞，潸然泪下，再过两三个星期又要回到莫斯科那种地方去了，每每想到这个问题，她会莫名神伤，眼睛里溢出悲伤的泪水。

夜晚黑暗而神秘。在无边的黑暗中，萤火虫发出如黄玉般的荧光，树蛙则唱起如水晶钟般的清脆的歌曲。当眼睛适应了黑暗之后，我们能清晰地看到，星星和雪顶出现在高空，白天我们不会留神的树木高耸着，格外醒目。整晚都可以听到酒馆里传来单调的击鼓声和嘶哑的歌声，这歌声有时是哀伤绝望的悲叹，有时是欣喜若狂的赞美，唱的似乎是同一支歌，一首永无止境的歌。

离我们不远处有一条靠近海岸的沟渠，清澈的渠水沿着石床，从森林湍急地流至大海。月亮从山峰和树林之后慢慢腾腾地升起，当一轮明月悬挂在空中之时，渠水翻腾着，裂成水沫，泛起一痕一痕的涟漪，这景象是何等的奇妙，何等的不可思议呀！

有时在半夜，黑压压的乌云从远处的山峰快速聚集，笼罩着整片森林，刹那间，狂风暴雨席卷而来。森林如同阴森的坟场一般漆黑，枝繁叶茂的地方遭受狂风肆虐，裂开了一道口子，仿佛张开了血盆大口。高处的天空似乎被雷电劈开，森林中的动物被惊醒了，山鹰啼叫，雪豹嘶吼，胡狼哭嚎……有一次，一整群胡狼来到我们亮着灯光的窗口下，凄厉地嚎叫——它们总是习惯于在这样漆黑的夜晚出来，寻找栖身之所。我们打开窗户，探出头，它们站在闪着雷电的倾盆大雨中，痛苦地叫着，仿佛是在渴望我们打开大门，放它们进来……她注视着，倾听着，泪水滑过脸颊，那是喜悦的泪水。

为了找到她，他先后去格林特齐克、加格拉和索契。在到达索契的那个早晨，他在海里游了泳，之后刮干净胡须，换上一件干净的衬衫，穿上高领的雪白制服，在旅馆饭店的阳台上用过早餐，喝了一瓶香槟和一杯兑有沙尔特寥斯甜酒的咖啡，悠闲自在地抽完一支雪茄。然后他回到房间，躺在沙发上，用两把手枪朝自己两边的太阳穴各开了一枪。

1937 年 11 月12 日

很久以前

很久很久以前，大约一千年以前，我住在阿尔巴特街上的一家叫“北极”的旅馆。伊凡和我住在一起，他已经上了年纪，浑身脏兮兮的，没有人听过他的名字，也没有人会留神他，他是这个世上最不起眼的人。

时光飞逝，一年又一年过去了，莫斯科的人们照常生活着，每天有许多事情需要处理。伊凡也有自己的事情需要去解决，他有活在这个世界的理由。他每天上午九点出门，下午大约五点回来。他安静地思索着，完全没有无精打采的样子。他把钥匙从服务员的门房那拔下来，爬上二楼，沿着“L”形的走廊向前走。走廊中有一股难闻恶心的气味，不管那是什么味道，都让人反胃窒息，循着气味寻找，发现，散发出气味的是曾经用来装饰廉价旅店的花朵。走廊一片漆黑，看上去凶险万分（从房间的窗户向外看正对着中央的一口井，门口的玻璃框闪着微弱的灯光），从早到晚，照明的工具只有那盏带着反光镜的小灯，被吊在每条走廊的尽头，闪着微弱的亮光，隐隐约约，模模糊糊。

然而，伊凡似乎一点也不为这些事情闷闷不乐（那些还不习惯“北极”旅馆的人，都觉得很烦心），他独自一人迈着冷静的步伐，淡然地沿着走廊向前走。一个学生，他有双明亮的眼睛，有一撮新冒出来的胡须，挣扎着把手臂塞进上衣的袖子里，从他的身边匆匆而过；一位自力更生的打字员，身材健硕，富有魅力，尽管她长得像白皮肤的黑人女子，看起来却是那么赏心悦目；一位棕发的老妇人，穿着高跟鞋，涂脂抹粉，胸口总是发出水流的咕咕声，神采奕奕地穿过走廊。老妇人有条哈巴狗，长着狮子鼻，下巴突起，眼睛无缘无故睁得很大，一副恶狠狠的表情。狗的脖子上挂着小铃铛，一摇一晃，发出轻快的声响，还没看见老妇人，就已经先听到铃铛声了……伊凡对遇见的每一个人都鞠躬行礼，就算没人点头作为应答，他也毫无怨言，仍然热情地继续打招呼。他一个人步履沉重地缓缓向前，手臂弯成了“L”形，整个走廊显得更为漫长更为深邃了，墙上的小灯发出玫红的光，似乎还在遥远的前方，闪烁，摇曳。他把钥匙插进门里，消失在门后，直到第二天早晨才出现。

他在房里干什么？他是怎样打发时间的？只有上帝才知道。他屋内的摆设没有显示任何外在的迹象，我们无法据此判断，对大伙来说伊凡是个谜。——即使是旅馆的女仆或是楼层的侍者，到那方与世隔绝的天地，奉上茶炊，或是整理床铺，或是清理肮脏的水池（水池还漏水，水柱喷涌而出），伊凡总是漠不关心地站着，离你的手和脸远远的，或是躲在高处，或是闪向一旁，或是变换角度。与世隔绝，单调乏味，这就是伊凡的生活。

季节轮回，冬去春来，电车在阿尔巴特街上疾驰，时而隆隆作响，时而叮当作响；来来往往的人群川流不息，人们步履匆匆地赶往各自的目的地；出租车呼啸而过，带着乘客一路向前；沿街的小贩开始叫卖，手中还拿着托盘，朝远处的小巷走去。夕阳西下，天边闪着落日的金色余晖，古式的八角形塔楼传来了低沉的敲钟声。伊凡似乎什么也没有看到，什么也没有听到，春夏秋冬的四季变幻对他的生活方式没有造成任何明显的影响，他一如既往地生活着。直到春季的某一天，这一切都发生了改变。一位从某地来的王子住进了“北极”旅馆，成了伊凡最亲近的邻居，改变了伊凡的生活轨道。伊凡接受了这难以预见的、意料之外的安排。

这位王子身上有什么魅力，能让伊凡惊讶不已？很明显并非是因为他的头衔，因为旅店里住着一位大有来头的客人，就是那位养着哈巴狗的老妇人，她的头衔也挺高，但伊凡对此却无动于衷。王子身上到底有什么特质吸引了他？很明显也不是他的财富或是外表，王子铺张浪费，但衣着极其寒酸；王子人高马大，五官不成比例，眼袋吓人，经常喘不过气来，看上去痛苦不堪，而且喜欢发出吵人的声音。尽管如此，伊凡还是被他迷住了，几乎是痴迷，他长久以来形成的一成不变的生活轨迹因此扭转了。他常常处于兴奋激动的状态，他开始焦躁不安，举手投足之间，刻意地模仿起王子。

王子进了旅店，开始东奔西走，拜访人们，忙这忙那——在伊凡的记忆中，他的这些行为和所有"北极旅店"的客人一模一样，但其他大部分人伊凡都没有留心，更没有和他们结交朋友。但由于某种原因，在这么多客人中，他偏偏选择了王子。第二次或第三次伊凡和王子相遇在走廊里，面对面的距离让他局促不安，他鞋跟踢踏作响，脸上流露出非常抱歉的表情，小心谨慎地询问王子，现在是什么时间，他想用这种看似漫不经心的方式同王子建立友谊。伊凡爱上了王子，仿佛脱胎换骨一般，过去一成不变的生活被打乱了，他像个忠诚的奴隶，跟在王子的后面亦步亦趋。

比如说，王子睡觉很晚，他经常凌晨两点回来（只是坐出租马车），那么，伊凡房里的灯光一定会亮到两点。天知道是什么原因支撑着他，他可以熬到半夜，虔诚地等待着王子的回来，等待王子在走廊里沉重的脚步声，以及他气喘吁吁的呼吸声。他等待的时候满怀喜悦，全身激动，几乎有些惊慌失措，有时甚至走出房间，仅仅是为了看到他，跟他说上几句话。王子不紧不慢地走着，似乎没有注意到这些，用漠不关心的语调问同一个问题："啊，您还没歇下啊？"

尽管伊凡兴奋得几乎没有呼吸了，仍然要装作不露痕迹，不显示出一丝羞怯或是奴颜婢膝，他这样答道："不，我还没睡呢，天色还早，才两点十分……你出去玩得开心吗？"

“是啊，”王子说道，显得呼吸困难，试着把钥匙插进孔里，却是徒劳。“我遇上了一个老朋友，跟他喝了几杯……晚安。”

交谈到此为止，王子用生硬礼貌的语气结束了同伊凡的深夜谈话，但对伊凡来说，这就足够了。他踮起脚尖，回到房间，做睡觉之前一贯的仪式——在自己的胸前画几个十字，同时对着房间的角落鞠躬，悄悄地爬到隔间后面的床上，带着心满意足，立刻就进入了梦乡。即使有一些遥远的愿望，那也是针对王子的，除非有人要揭穿早晨他对楼层侍者撒过的善意的谎言：

“哦，昨天我又熬夜了……王子和我坐在一起聊天，直到天明……”

夜幕降临时，王子就会把他那双破破烂烂的大鞋放在门口，把银色的宽大的裤子挂起来。伊凡也学着他的样子，把自己的皱巴巴的小鞋子拿出来（过去每个月的神圣节日他都会把它拿出来擦拭一遍），把自己的马裤挂起来，裤子上突然多了几颗已经磨损的纽扣，这些纽扣以前从来没有出现过，甚至在圣诞节或是复活节也没有出现过。

王子总是起得很早，一边剧烈地咳嗽着，一边点燃一支大雪茄。打开走廊的门，大叫道：“服务员！上茶！”这声音传遍了整间旅馆。之后穿着晨衣，脚蹬踢踏作响的拖鞋出门了，出去办正事，要很久才回来。伊凡也开始效仿他，早晨也开始大喊大叫地要茶，光脚穿着橡胶套鞋，褪色的内衣外面穿着外套大衣，也急匆匆地出门了，尽管以前他都是傍晚才出去的。

有一天，王子提到他十分热爱马戏团，常常去看马戏。伊凡从来都不喜欢马戏表演，至少四十年间从未去看过，哪怕一次，这次他下定决心去看一看，回来之后，欣喜若狂地告诉王子，马戏给他带来了巨大的欢乐。

哦，春天来了，春天来了！所有荒唐的事都发生在春天，这也许就是所有事情最好的解释了。

每一个春天的来临，都象征着旧事物的结束，新事物的萌芽。在年代久远的莫斯科，这种骗人的说法就根深蒂固，让人觉得温暖美好，我和其他人也不例外。对我而言，那时还年轻，学生生涯即将结束，踏入社会的新鲜感刺激着我，眼里的春天格外美好；对其他人而言，春风和煦，姹紫嫣红，春天一派生机勃勃。春天就是一个节日，但营造的欢乐的气氛比每个节日都浓厚。

莫斯科经历了漫长的冬季，然后又经历了大斋期①和复活节，似乎是完成了某样任务，肩头卸下了重担似的，轻松地等待着一些事情的发生。无数的莫斯科居民打算改变他们的生活，或是已经开始改变，让一切重新开始，从头来过，换一种与以往不同的生活方式，以一种敏感的、正确的、年轻的心态面对生活。他们打扫公寓，订制夏天的服饰，拜访商铺，购物真的是充满乐趣，即便是购买樟脑球也是如此！总而言之，他们为离开莫斯科做着准备，或是去郊外的别墅，或是去高加索、克里米亚，去国外度过愉快的暑假，这些出行看上去总是充满欢乐而又十分漫长……

那段时间，人们从列昂季耶夫巷、缪尔和梅里利斯商店满心欢喜地买了多少豪华的箱子，买了多少崭新的吱嘎作响的篮子呀，有多少人在巴兹尔或者西奥多打理头发，已经无法计算了。大地回春，万物复苏，在阳光灿烂的日子里，人们心情愉悦。街道焕然一新，花儿争相开放，天空高远辽阔，教堂的圆屋顶闪闪发光，人们一个接一个地走出家门，一切都是新的！斯德拉斯特诺伊街道是崭新的，彼德罗夫卡是崭新的，优雅的轻型马车是崭新的，沿着库兹涅佐斯基大道飞驰着，四周高耸的钟楼和美景一闪而过；一些车辆（有着柔软的橡胶轮胎）经过了几个在归途中的著名影星的身边，他们头上戴着的浅灰色的帽子也是崭新。每个人

① （基督教的）大斋期，四旬斋，从大斋首日到复活节前夕为期四十天的斋戒和忏悔。

似乎都摆脱了以前令人窒息的生活方式，翻开了崭新的一页，开启了新的篇章，几乎所有的莫斯科人民都过着新生活，新生活给他们带来了欢乐。我尤其如此，这段时间的生活对我而言，是那么的快乐，那么的美好。我离开“北极旅店”的时间越来越近了，我即将告别学生生涯了。从早到晚我都沉浸于各种各样的活动中，或是穿过莫斯科去旅行，或是忙于其他的多姿多彩的活动，住在我隔壁的那位邻居——世上最不起眼的伊凡——这段时间都在干些什么呢？他和我们其他人一样忙忙碌碌吗？当一切准备就绪，他和其他人一样体验着生活吗？

四月的脚步渐行渐远，五月越来越近。电车叮铃作响，疾驰而过；街道上人头攒动，川流不息，他们步履匆匆地赶往各自的目的地；出租车呼啸而过；沿街的小贩仍然手拿托盘沿街叫卖，但手中只有芦笋。从萨卡奇科夫蛋糕店飘来香甜的味道，月桂挺立在布拉格饭店入口处的树盆里，上流社会的客人已经在品尝新式的番茄和酸奶油。白昼不知不觉地融入了暮色，夕阳西下，天边闪着落日的金色余晖。古式的八角形塔楼传来了低沉的敲钟声，旋律美妙的声音响彻了这条拥挤不堪又充满欢乐的街道……日复一日，这座春意盎然的城市里上演着丰富多彩的生活：在各种声音和气味的包围中，人们在混乱的人群中相遇，或是来去匆匆，或是做着买卖。我叫了出租车，和朋友一起去特伦布莱餐馆进晚餐，喝了鲜美的鱼汤，吃着新鲜的黄瓜，饮了几瓶伏特加酒……伊凡在做什么呢？伊凡也去了某个地方，处理自己的一些事情（非常琐屑、微不足道的小事），这些事情证明了他的存在，最渺小，最微不足道的存在——去“北极旅馆”对面的一家餐馆吃一顿只要花费三十个铜板的晚餐，然后又回到“北极旅馆”。这小小的权利是他唯一为自己争取的东西，无论他去哪里，做什么事情，你都会认为我们新生活、新的外套和裤子、新的帽子、新的发型、新的取悦他人的一些方式、结识新的朋友……所有的这些都与他格格不入。但是王子来了。

他身上究竟有什么特质吸引伊凡并让他神魂颠倒呢？有魅力的具体的物品无关紧要，真正重要的是我们对魅力本身的渴望。除此之外，王子身上仍保留着高贵典雅的遗风，这个男人虽然挥霍生命，但在他如日中天的时候，肯定是知道该怎么生活。所以，可怜的伊凡开始渴望像春天一样生气勃勃地活着，即使这其中包含着些许的卖弄和做作。十点钟还躺在床上，把自己的裤子悬挂起来，早晨洗漱之前先上个厕所，这一切都大错特错吗？当你剪了新的发型，买一顶孩子气的灰色小帽子，拿着购置的一些东西回家（即使这些是只值 0.25 镑的小物件，但是漂亮的女店员把它包装得十分精美），做这些事难道不是让你显得更加年轻吗？伊凡在这些诱惑里越陷越深，他以自己的方式把这些都经历了一遍，换句话说，他在自己的能力和环境范围内，把别人体验过的事情全都体验了一次：他认识了新朋友，学会了装模作样（但是得承认，跟其他人一样拙劣！），他买了春季的衣服，燃起对春天的希望，开始了一定程度的挥霍，养成了奢靡浪费的习惯，他修剪了胡须，傍晚回到"北极旅馆"时手中拿着各种包裹，他甚至还买了一顶灰色的小帽，一个行李箱——只要一卢布外加七十五个铜板，上面点缀着闪闪发亮的锡制饰钉——梦想着那个夏天必定要去一次圣三一教堂或是新耶路撒冷修道院。

伊凡的这个梦想有没有实现？他一时冲动，改变了过去的生活方式，后来怎么样了呢？这些我一概不知。我认为我们的大部分冲动都不了了之，最终都会恢复常态，但我重申一遍，我也不能肯定。我不能肯定的原因是，王子、伊凡和我告别了，不是短暂分别一个暑假，也不是一年或是两年，而是永别。是的，几乎可以说是永远，从分别的那一刻起直至生命结束，都永远不会再见面，这个想法很奇怪，想起来就让我觉得害怕，永不见面，是不是让人毛骨悚然。

我们所有的人，居住在同一个地球，仰望同一片星空，爱憎同样的事物，体会着同样的情感，每个人都受到同样的惩罚，每一个人都将从地球上消失，所以我们也会对任何一个人产生柔情，是那种亲密无间的柔情。命运随时随地让我们分离，即使只离开对方短短的十分钟，也有可能变成一生的诀别，我们就必须承受着同样的痛苦和恐惧。但你知道，我们平时离这些惆怅悲伤的情绪还很遥远，与我们最亲近的人告别的时候，也常常用最漫不经心的方式。当然了，那就是我们——王子、伊凡和我告别的方式。傍晚，一辆出租马车把王子载到斯摩棱斯克车站，那是一辆黄褐色的小车，王子花了六十个铜板。而我则花了一个半银卢布，坐上了由一匹灰色的母马驾着的车子，来到了库尔斯克车站。我们没有互相说声再见就分别了。伊凡一人留在了那个昏暗阴沉的走廊里，留在他的牢笼一样的房子里(门上有一面模糊的镜子)，而王子和我各自坐着车，驶向了完全相反的方向。我觉得王子是心不在焉的，似乎带着漫不经心，而我则心情愉悦，从头到脚都换上了崭新的衣服，隐约期盼着在火车包厢里，在旅途中能有奇妙的邂逅，发生美丽的故事。那时的景象还历历在目：我朝克里姆林宫驶去，在夕阳的照射下，克里姆林宫和大教堂披上了神秘的面纱，天哪，实在是太美了！离开克里姆林宫之后，我经过了伊林卡，那里散发出油漆和颜料的香味，天色暗了下来，在黑暗中，我经过了波克罗夫卡，洪亮又沉闷的钟声响起，宣告着这愉快的一天即将结束了——我向前行驶着，不仅仅对我自己，对这个世界也感到心满意足，活着，活着是多么幸福的事，我陶醉在喜悦之中。我到了阿瓦特广场，就在刹那间，忘记了“北极旅店”，忘记了王子和伊凡。如果有人告诉我，在他们悲喜交集的梦中，永远珍藏着过去的回忆，我肯定会惊讶不已，过去，不是被我们埋葬了吗？

我的灵魂经历了过去，在我死的那一天，我也会徒劳地向他们大声呼喊：

“亲爱的王子，亲爱的伊凡，你们的骨头在哪里腐烂？我们那些共同的愚蠢的希望和欢乐在哪里？很久很久以前的那个莫斯科的春天又在哪里？”

1922 年于法国安布瓦斯

来自旧金山的绅士

这位来自旧金山的绅士——无论是在那波利还是在卡普里岛都没有人记得他的名字——带着自己的妻子女儿去旧大陆旅行了整整两年，纯粹只是为了找点乐子，打发时间。

他坚信自己有权利好好休息一番，好好娱乐一下，好好享受一次坐头等舱的旅行。他有两个非常充分的理由：首先，他是个富人；其次，他现在才开始真正享受生活，尽管他已经五十八岁了。在这以前，他从来没有好好地享受过生活，只知一味地工作赚钱，日子过得不是很糟糕，他把所有的希望都寄托在将来。他不知疲倦地工作着——不知疲倦，只有他雇佣的数千名华人打工者才深深体会到这四个字的含义；最终，他觉得自己赚到了足够的钱，几乎可以和他心中奉为偶像的人平起平坐了，于是就决定休息一下。他所处的那个阶层的人倾向于去欧洲、印度或是埃及旅行，享受生活，他也决心效仿一番。当然了，他辛苦工作了这么多年，主要得好好犒劳自己，其次，他也乐于为自己的妻女做一番补偿。他的妻子对风光景色无动于衷，还好，所有上了点年纪的美国妇女还是挺喜欢游山玩水的，至于他的女儿，正值青春年少，到了谈婚论嫁的年龄，但身体柔弱，病怏怏的，所以对她来说，这次旅行非常有必要，不仅有益于她的身体健康，而且旅行途中有可能会有一些奇妙的缘分和邂逅。幸运的话，还可以和某个亿万富翁同桌共餐，或是一起欣赏壁画。

来自旧金山的绅士制定了详细的旅行安排。十二月和一月，他要去享受意大利南部的灿烂阳光，参观那里的名胜古迹，欣赏意大利民间的塔兰台拉舞，聆听情歌歌手的深情演唱，以及经历一场那个年纪的人特别向往的艳遇——和那波利妙龄少女之间的爱情，尽管这种感情肯定不会是无私奉献的。他计划在尼斯和蒙特卡洛度过嘉年华会，每逢这个节日，上流社会的尊贵人士云集于这两座城市，或是热衷于汽车和游艇比赛，或是痴迷于轮盘赌，或是上演逢场作戏的勾当，或是流连于射鸽游戏。绿草如茵，许多鸽子从牢笼飞出，翩然展翅，飞翔至空中，飞翔在如同勿忘我一般的湛蓝色大海。突然“砰”的一声，它们如同一团白色的线球，猛然摔到地面。三月初他想去游览佛罗伦萨，基督受难日之前赶到罗马，去听“求主赦免我们”的祈祷。他还计划去威尼斯、巴黎，去塞维利亚观看斗牛，去英伦三岛游泳，去雅典、君士坦丁堡、巴勒斯坦、埃及，甚至还要去日本……

一开始，这个旅行计划进行得非常顺利。

那是十一月底，在抵达直布罗陀海峡之前，轮船要么行驶在阴沉的冰山之下，要么穿行于狂风暴雪之中，但航行还算平稳。他乘坐的是大名鼎鼎的“大西洋号”，船上乘客很多，设施一应俱全、应有尽有，如同一家豪华旅店一样，有通宵营业的酒吧、东方式浴室，还有自办的报纸。船上的生活节奏非常有规律：灰绿色的海水在雾气迷蒙中汹涌地翻滚着，晨曦缓慢地打破了黎明前的黑暗，天刚蒙蒙亮，尖锐的起床号角声就响彻了整个走廊，唤醒沉睡中的旅客。乘客们在号角声中穿上法兰绒睡衣，喝上一杯咖啡、热巧克力或是可可；之后洗个澡，做些运动以促进食欲，让新的一天精神焕发；然后就洗漱更衣，享用早餐；上午的这段时间，乘客们会在甲板上悠闲地散步，精神抖擞的样子，时不时呼吸着海洋上清冽的新鲜空气，或者玩推圆盘及其他游戏，以再次刺激食欲；到了十一点钟，他们有些饿了，会喝些肉汤、吃些三明治来补充能量，一旦体力恢复了，他们会心满意足地浏览报纸，平心静气地等着享用午餐，午餐会比早餐更加丰盛多样，富有营养；之后的两个小时是休息时间，为了给乘客们提供舒适的环境，甲板上摆放了长长的藤条椅子，供乘客们躺在上面，盖上毯子，或张望乌云密布的天空，或凝视泡沫翻滚、转瞬即逝的浪脊，或是打个瞌睡，进入甜美的梦乡；下午四点到五点之间，乘客们一个个容光焕发，精神百倍，心情愉悦，喝上一杯香气四溢的茶，吃点美味的饼干；到了七点，号角声再一次响起，向乘客们播报通知，而通知的这件事是乘客们最向往的，是他们生活的最高追求，这个时候，来自旧金山的绅士们会急急忙忙到他们的奢华的房间里，为即将到来的晚宴进行盛装打扮。

到了晚上，"大西洋号"灯火通明，甲板上的许多舷窗如同无数发光的眼睛注视着黑暗，厨房里、碗碟储藏室里、酒窖里到处都是忙忙碌碌的仆人。海上风急浪高，但根本没人在意，大家对船长的驾驶技术充满信任。船长一头红发，体型庞大如山，但总是迷迷糊糊打瞌睡的样子。他穿着制服，上面挂满了沉重的金色穗带，看上去犹如一座巨大的神像，他很少从神秘的居处走出来，因而乘客们几乎看不到他。每隔几分钟，船首楼的汽笛就会发出警报声，那声音，听上去时而像怀着恨意的绝望呐喊，时而像狂乱暴怒的疯狂嚎叫，但很少有乘客听到汽笛警报，因为他们沉浸在悠扬动听的音乐声中。在有上下两层窗户的宏伟餐厅里，管弦乐队不知疲倦地演奏着，音乐声完全淹没了警报声。餐厅内灯火辉煌，淑女们袒胸露肩，男士们身着燕尾服或晚礼服，侍者们身材苗条，领班们彬彬有礼，一个专门负责酒类事宜的领班，脖子上戴着项链，俨然是英国某个市的市长。

来自旧金山的绅士身穿晚礼服，搭配着僵硬的衬衫，显得年轻了好几岁，他个子矮矮的，一脸严肃，体格不算匀称，但还算健壮。坐在如宫殿般宏伟奢华、熠熠生辉的餐厅里，面前是一瓶酒、一整排精致易碎的玻璃杯和翠郁繁茂的风信子。他面色发黄，胡须刚刚修剪过，透露出一股蒙古人的特质，他的两排大牙齿中间镶着闪闪发光的金牙，他那硕大结实的秃头像老象牙一样反着光。他的太太身材高大，健壮结实，内敛含蓄，雍容华贵，那身价格不菲的服装，与她的年龄十分相称。他的女儿纤细苗条，头发梳成了一个优雅美丽的造型，她呵气如兰，呼吸中散放着浓郁的香气，她的朱唇上和略施粉黛的肩胛骨中间点缀着几颗朱砂痣，她穿着一条精美柔和、轻盈透明的长裙，一副天真无邪的样子。晚餐持续了一个多小时，结束之后，供人们跳舞的舞厅开放了，男士们纷纷站起身来，走到酒吧里去，这其中当然也包括来自旧金山的绅士。他们抽着哈瓦那雪茄，喝着烈酒，脸颊绯红，负责服侍他们的是那些穿着红背心的黑人，这些侍者的眼白像剥了壳的鸡蛋一样。船的外面，黑色的海浪排山倒海一般阵阵袭来，暴风雪猛烈地抽打着浸透了海水的缆绳，发出尖利刺耳的咆哮声。波涛汹涌的海面，浪花像山峦一样起伏不定，时而翻卷，时而升腾，泡沫被高高地甩起，四处飞溅。这条游轮迎着风暴和巨浪，像耕犁似的，一路劈波斩浪，颤抖着向前驶去。汽笛警报声湮没在浓雾之中，发出临死一般痛苦的呻吟；瞭望台上负责看守的人已经冻得毫无知觉，但他们还是得集中注意力，对危险保持高度的警惕，几乎快坚持不下去了；位于吃水线以下的游轮犹如地狱的最后一层，第九层那样，阴森恐怖；在游轮里面，庞大的熔炉正在熊熊地燃烧，张着炙热的血盆大口，贪婪地吞噬着一堆又一堆的煤；那些铲煤的工人光着脊梁，汗流浃背，浑身脏兮兮臭烘烘的，身子被火光映得通红。酒吧里却是截然不同的景象，乘客们悠然自得地把脚搁在沙发椅的把手上，轻轻地往杯子里倒入白兰地和甜烧酒，烟雾缭绕中尽情地谈天说地，滔滔不绝；舞厅里灯火通明，流光溢彩，处处洋溢着温暖和欢乐的气氛；舞池里，一对对舞者，跳着回旋激昂的华尔兹或摇曳舒缓的探戈，乐曲的节奏中流露出强烈的伤感，似乎在祈求人们去做一件事，只要做那一件事。

在这群光彩夺目的人群中，有企业界的大亨（他个子很高，胡须剃得干干净净，穿着老式的燕尾服），有西班牙著名的作家，有全球驰名的美女，还有一对优雅的情侣，他们正在热恋之中，一点儿也不掩饰他们的幸福，所有人都好奇地注视着他们，他只跟她跳舞，他们看上去是那么优雅高贵迷人。但只有船长知道，他们二人的爱情只是伪装出来的，实际上他们高薪受雇于劳埃德保险社，在一艘又一艘轮船上进行这样的表演。

“大西洋号”轮船上来了一位新的乘客，他是亚洲某个国家的王子，微服出巡，吸引了所有人的注意。他个子矮小，模样木讷，脸盘宽大，眼睛细长，戴着金色的眼镜，两撇很长的唇髭像是长在死尸的脸上，有些面目狰狞，但他坦率谦虚，为人随和，弥补了相貌上的不足，总的来说，还是很招人喜欢的。

轮船到达直布罗陀的时候，明媚的阳光让人的心情为之一振，现在好像是早春的天气，明媚和暖。地中海地区的波浪厚重绚烂，不断地翻滚着，犹如七彩的孔雀羽毛；天空澄澈，阳光灿烂，但是特拉蒙塔那风（地中海沿岸的一种干冷北风）猛烈地吹着，像鞭子一样抽打着人们的脸庞，第二天天空变得灰暗了，地平线雾气迷蒙。

船快要靠岸了，伊斯基亚岛和卡普里岛隐约可见，透过望远镜，可以看到，灰蓝色的那波利的山脚下，这两座岛时隐时现，延伸开来。船舱内，许多女士和男士穿上了轻便的毛皮外套，几个性格温顺的中国服务生，不慌不忙地拿着乘客的行李，放到甲板通往船舱扶梯的升降口，其中包括毛毯、拐杖、箱子和梳妆盒等等。这些服务生都很年轻，说话总是轻声细语，长着罗圈腿，乌黑的发辫长至脚踝，厚厚的眼睫毛如女生一般，扑闪扑闪的。来自旧金山的绅士的女儿站在甲板上，王子站在她的身旁，前一天经过别人的引见，他们已经结识。王子低声地向她诉说着什么，顺着他手指的方向，她假装专心致志地眺望着远方。王子个头不高，站在她的身边，犹如一个小男孩。他并非相貌堂堂，鼻子架上那副金丝边眼镜之后更显滑稽，他戴的圆顶礼帽，穿的英式外套，像马尾一样稀疏的胡须，平板脸上像涂了一层清漆，细腻黝黑的皮肤，这一切都让人觉得很奇怪，很别扭。但是女孩静静地听着，尽管什么也听不进去，她的内心躁动不安，心脏猛烈地跳动着，心中充满了莫名的狂喜：很显然，他的一切都是那么与众不同，包括他干枯的手掌和无瑕的皮肤，甚至他极其简单又特别整洁的欧式服装，要知道，他体内流淌着的可是高贵古老的王室血液呀！来自旧金山的绅士本人，正一个劲地斜眼注视着那位国际美女，站在他旁边的那位美女金发高个，身材窈窕，曲线曼妙，眼睛迷人，按照现在巴黎最流行的式样描绘过。她用银色的链子牵着一只小狗，把这只畏畏缩缩的脱毛狗抱在怀里，不停地同它讲着话。绅士的女儿觉得有些尴尬，竭力不去看自己的父亲。

来自旧金山的绅士，在航行的过程中一直十分慷慨，因此他深信别人一定会给他提供周到贴心的服务，给他端茶送水，从早到晚服侍他，揣摩他的心意，安排他的休息，让他干干净净、体体面面，替他鞍前马后地装运行李，帮他招来脚夫并把行李箱运到饭店里去。整个旅途中无论何时何地都是这样的，他坚信那不勒斯也不会例外。

船越来越接近那不勒斯，马上就要靠岸。乐队成员拿着闪闪发光的黄铜乐器聚集在甲板上，突然间吹奏起震耳欲聋的欢快的进行曲；人高马大的船长穿着制服出现在舰桥上，像一个异教徒信仰的仁慈的神明一样，向所有乘客挥手致意。“大西洋号”这艘满载乘客的多层巨型轮船驶进了港口之后，船的舷门终于喀嗒喀嗒地放了下来，有多少脚夫和他们的手下戴着金色穗子的帽子，等着贵宾的到来；有多少各种各样的旅行机构拥挤着招徕顾客；有多少顽童和衣衫不整、身强力壮的小贩拿着一捆捆彩色的明信片，蜂拥而至，希望为这些游客出力效劳！来自旧金山的绅士，一边礼貌地朝这些人点头微笑，一边穿过人群走向饭店派来的汽车，他颇为冷静，时而用英语，时而用意大利语低声说道：

“走开！走开！”

那不勒斯的生活很快变得有规律起来。清晨在昏暗的餐厅里用餐，天空灰蒙蒙的，一大批导游挤在饭店前厅招徕游客。不一会儿，温暖的太阳露出了笑脸，释放着无穷的热量，在高悬的阳台上可以欣赏到日出前后的美景：维苏威火山从山顶至山脚都湮没在闪闪发亮的晨雾之中，海湾泛着银白色的涟漪，卡普里岛大体的轮廓模模糊糊地出现在地平线上，小毛驴拉着双轮马车沿着码头跑来跑去，一支小分队在嘹亮的军歌声中雄赳赳气昂昂地前进。之后，客人会走出饭店坐进马车，车子慢悠悠地行驶，穿过拥挤潮湿的街道，街道像走廊一般狭窄，两旁是装满玻璃门的高楼。客人走进一尘不染的博物馆参观，馆内的灯光像雪一样明亮欢快，但也像雪一样寂寞无聊，或是去拜访教堂，教堂里弥漫着一股蜡味，每一个教堂都是大同小异，无一例外地建有宏伟的入口，门口悬挂着沉甸甸的遮篷，里面的氛围沉重庄严肃穆，枝状大烛台上插着七支蜡烛，跳动着微弱的红色火苗，烛光映照着尽头盖着蕾丝的神坛。一位老妇人独自一人坐在深色的木头长椅上，地上铺着光滑的纪念碑，墙上挂着一幅名作——《耶稣受难图》。下午一点，游客们便到圣马丁山用午餐，一群有身份有地位的人聚在一起。下午五点在饭店的沙龙里优雅地喝茶，沙龙里铺着厚厚的地毯，燃烧着熊熊的炉火，暖意融融。接下来要为晚餐做准备了，洪亮庄严的锣声响彻每一层楼，穿着丝绸、袒胸露肩的女士们在镜子前精心打扮，照来照去，梳妆完成之后匆匆忙忙地走下楼梯，摩肩接踵，楼梯拥挤起来。如宫殿般豪华的餐厅打开了大门，殷勤热情地招待每一位来宾。穿着红夹克的乐师在台上演奏音乐，黑压压的一群侍者在领班周围忙忙碌碌，领班小心翼翼地把一盆浓郁的粉汤分装在不同的盘子里……晚餐照例十分丰盛，有主菜、葡萄酒、苏打水、布丁、水果。客人们享用过大餐之后，到了十一点，女仆们得去各个房间送上橡胶的热水袋，以备客人们暖胃之需。

然而，到了十二月份，一切就不像原来那么顺利了。每当有人向脚夫询问天气状况时，他们都只能遗憾地耸耸肩膀，喃喃地说，在所有人的印象中，没有哪一年的天气像如今的这么恶劣。他们似乎不是第一次这样说了，还添油加醋地讲述其他地方发生的可怕的事情：里维埃拉下起了前所未有的大暴雨，雅典遭遇下雪，埃特纳火山被大雪覆盖，一到晚上便闪闪发光，游客们为躲避霜冻纷纷逃离巴勒莫等等。

每天早上都是阳光明媚的好天气，可是到了中午便乌云密布，大雨倾盆，雨越下越大，天越来越冷。饭店门口的棕榈树湿漉漉的，像锡一样闪着光。市里看上去格外拥挤、肮脏，博物馆变得特别沉闷，胖墩墩的车夫穿着如翅膀一般迎风飞舞的橡皮斗篷。他们的烟头散发出一股股恶臭，叫人难以忍受；他们用力地挥着鞭子，恶狠狠地抽打骨瘦如柴的马匹。打扫电车轨道的那位先生，脚上的鞋子已经破破烂烂。女士们的腿都短得出奇，从路上经过，身后溅起一串串泥浆，她们没有戴帽子，任凭雨水打湿黑发。码头上，从海里捕捞上来的鱼湿漉漉的，散发着一股难以形容的臭气。

来自旧金山的先生和他的太太早晨发生了口角。他们的女儿头痛难忍，面色苍白，不停地抱怨着，疼痛减轻的时候，就表现出欣喜若狂，变得活泼开朗，对一切都笑容可掬，像换了一个人似的，非常讨人喜欢。心情愉悦的时候，她格外美好可爱，同样美好可爱的还有她复杂温柔的情感，唤醒她内心柔情的是那个长相丑陋、血统高贵的男人，是那一场美丽的邂逅。其实，到底是什么让少女怦然心动并不重要，不管是金钱、名望还是显赫的出身……

所有人都向他们证实，说索伦托或是卡普里的情况与这里截然不同，那儿天气更加温暖，阳光更加明媚，民风更加淳朴，葡萄酒更加甘醇，所有的柠檬树都盛开着花朵。所以，来自旧金山的绅士一家，决定拖着全部的行李前往卡普里岛一探究竟，去参观古罗马皇帝提庇留宫殿遗址，去拜访蓝洞的著名洞穴，去倾听阿布鲁奇风笛手的演奏，这些音乐人在圣诞节前的一个月会在这座岛上流浪，演唱着赞扬处子玛丽的歌曲。游览过卡普里岛之后，他们再搬去索伦托。

动身启程的那一天，对绅士一家而言是值得纪念的。大清早就没有太阳，浓雾遮盖了整个维苏威火山，笼罩着泛起浅灰色涟漪的海面，极目远望，完全看不见卡普里岛，仿佛这座岛从未存在过。小型的汽船行驶得一点儿也不稳当，一会儿拐到这边，一会儿又颠到另一边。来自旧金山的绅士一家躺在乘客沙龙里的长椅上一动不动，腿上盖着毯子，因为晕船，他们只好闭目养神。绅士的太太晕船症状最厉害，脸色蜡黄，不断呕吐，病恹恹的，几次都以为自己不久将离开人世。但那个一直拿着水盆跑来跑去照顾她的侍者却哈哈大笑，笑太太小题大做，她在船上待了好多年，不论寒暑，每天都要被海浪颠来颠去，现在却依然活蹦乱跳、生龙活虎的。绅士的女儿，脸色苍白得十分可怕，拿一片柠檬含在嘴里减轻晕船症状。绅士本人仰卧在沙发上，和衣而睡，一整天都紧紧地咬着牙关，他的脸色阴沉，胡子花白，头疼得厉害。前几天天气糟糕，他晚上喝了很多酒，并且在灯红酒绿的烟花之地过多地欣赏了“人体艺术”。现在的他，也只能是躺在椅子上，调整一下晕船、醉酒带来的不良情绪了。

雨珠敲打着颤抖的玻璃窗檐，顺着缝隙，飘到了沙发长椅上，怒吼的海风吹动着桅杆，有时一个浪头打来，几乎要把这艘汽船打翻，每一次刮起猛烈海风的时候，下面总有什么东西翻滚着，发出铿锵的叮当声。当汽船在卡斯特雷马拉和索伦托这两个港口停下来时，颠簸才有所好转，但就算靠了岸，船还在很可怕地晃动着。岸边的峡谷、花园、松树，粉色和白色的饭店、雾气缭绕的青山仿佛都在跷跷板上，忽上忽下。小船不时地撞上了汽船的一侧，发出“嘣”的声音，湿润的风顺势吹进了门里。一个小男孩站在摇摇晃晃的驳船上，手中举着“皇家饭店”的长三角旗，冲着人群，大声喊叫着，努力招揽更多的顾客上船。来自旧金山的绅士本人，忽然感觉自己垂垂老矣，想起这些贪得无厌、满嘴大蒜味的意大利人，厌恶的情绪就萦绕在心头。船靠岸时，他坐在沙发长椅上，睁开眼睛，看到眼前是寒酸破烂的、发霉的石屋，杂乱无章地挤在石头斜坡上，水边有几艘小船，破布、锡罐、棕色的渔网到处都是，一想到这就是意大利的真面目，绅士感到大失所望，他本想在这里度过一个轻松愉快而又难忘的假期，现在看来，似乎不太可能了。

过了很久，大约黄昏时分，卡普里岛黑乎乎的轮廓越来越暗，山脚下似乎点缀了许多红色的点点灯火，风势减弱，风渐渐平和，拂到人的脸上暖暖的，痒痒的，还夹杂着沁人心脾的香味，防波堤上的灯光如同一条条金蛇，直直刺向如黑油般浮动的海浪。忽然，船锚发出巨响，重重地掉进了水里，船夫的惊叫声此起彼伏，确认有惊无险的时候，大家立刻如释重负地松了口气。沙龙里的灯光似乎比平时更加明亮了，每个人都想大吃大喝，抽烟饮酒，随意散步，四处走走。十分钟之后，来自旧金山的绅士一家上了一条很大的木质驳船。五分钟过去了，他们一家人上了码头，钻进一架灯光明亮的小马车。马儿嘶叫着，在山坡上飞驰，一路上经过了大片的葡萄园，荒废的城墙，湿漉漉的橙子树（这些树上挂着闪闪发光的橙子，泛着光泽的树叶，到处都由稻草遮篷护住），小户人家敞亮的窗户，所有的景物飞快地向山下向后面退去。意大利的泥土在雨后散发着芬芳，每一座意大利的岛屿都有着独一无二的气息。

卡普里岛的夜晚潮湿昏暗，但有些地方却是热闹非凡，灯火绚烂。在山顶的缆索通道平台，一群人聚在那儿，列队欢迎来自旧金山的绅士一家。同行的还有其他游客，但都不受重视，其中包括几个定居在卡普里岛的俄罗斯人；几个不修边幅、胡子拉碴、心不在焉的戴眼镜的男人，他们还把旧大衣的领子高高竖起；还有一帮长腿圆头的德国小伙子，穿着蒂罗尔地方的服装，他们不需要别人的服务，也不会轻易从口袋里掏出半毛钱。来自旧金山的绅士冷静地与这些人保持距离，显得分外醒目，立刻引起了接应他的人的注意。他们一家很快登上马车，人们争先恐后地给他们指路，他发现自己被一群小孩和身强体健的卡普里农妇围住了。那些农妇的头顶上扛着尊贵的旅客的行李箱，木质鞋底在小型的歌剧广场上发出喀沓喀沓的响声，广场上有一只电灯随风摇摆，那群顽童吹着口哨，翻着筋斗，像鸟儿一样自由快乐。来自旧金山的绅士走在他们之间，仿佛走在中世纪的拱门下，拱门上的一排房屋似乎已经融为一体了。走过拱门，映入眼帘的是一条狭窄的当当作响的街道，再往山上走便到了灯火明亮的饭店门口了。街道的左边是隐约可见的棕榈树，头顶是漆黑的天空，有蓝色的星星映衬着，格外好看。这个遍布岩石的地中海小岛上的石头小镇，今夜流光溢彩，仿佛是来自旧金山的绅士一家人的到来，让它蓬荜生辉似的，仿佛是他们的到来才使饭店老板喜笑颜开，热情周到，仿佛是为了迎接他们才敲锣打鼓，热闹非凡，他们刚一踏进饭店，饭店里便敲响了铜锣，爆发了欢呼声，招呼远道而来的客人用餐。

饭店老板是个英俊的年轻男子，他朝每个客人都深深地鞠上一躬，但并未博得来自旧金山的绅士的好感，反而激起了客人的不满。来自旧金山的绅士昨天晚上做了一夜的梦，他梦到的正是这个男子，穿着同样的晨衣，梳着同样的油光可鉴的发型，简直同梦境如出一辙。他大吃一惊，迟疑了一会儿，但很快镇静了下来，因为他一点儿也不相信这种充满神秘色彩的直觉，惊讶的神情只是一闪而过。他和太太、女儿走在走廊上的时候，用开玩笑的口吻告诉她们，他的梦境和现实竟然出奇地一致。他的女儿听了之后惴惴不安，瞥了他一眼，心猛然间痛苦地揪紧了，在这个陌生的黑暗的岛国，她感到前所未有的恐惧和孤独……

有位尊贵的客人——赖斯十七世王子在卡普里岛住了好一阵子，刚刚才离开，来自旧金山的绅士一家就下榻在王子住过的套间。三名仆人负责伺候他们，一位是最美丽能干的女仆，她来自比利时，身材苗条，腰肢纤细，头戴一顶浆硬的帽子，上面镶嵌着如同锯齿状的王冠；一位是最上得了台面的脚夫，他是西西里人，皮肤黝黑，眼睛迷人；还有一位是工作效率最高的茶房路易斯，长得矮矮胖胖的，曾经在很多别的地方做过类似的杂役。一分钟之后，餐厅的法国领班，轻轻地敲响了来自旧金山的绅士的房门，询问尊贵的客人是否要用餐，在得到肯定的回答之后，流利地向他们报告今晚的菜单，包括龙虾、牛肉、芦笋、野鸡等美味佳肴。来自旧金山的绅士感觉脚下的土地仍然在晃动，都是那艘破破烂烂的意大利汽船颠得他头昏脑涨。他小心翼翼地，颇为费力地关上了窗户，窗户从领班进来时就咯咯作响，他早就想关上了。远处的厨房飘来的饭菜的香味，夹杂着花园里野花的香味，通过窗户飘进了房间。他们下达要用餐的指令，要求在餐厅远离入口的一头为他们预订一张桌子，指名要喝当地的葡萄酒。领班抑扬顿挫地应和着，笑容可掬地接受了吩咐，他对这些嘱咐已经铭记于心。来自旧金山的绅士提出的要求，领班不会出错，也不可能出错，他一定会严格无误地执行每一句话每一个字，最后领班向绅士鞠了一躬，思虑周全地问道：

“先生，您还有什么要求吗？”

绅士拖长调子懒懒地回答道：“没有了。”

领班接着说：“今晚前厅有塔兰台拉舞表演，舞者是卡梅拉和朱佩赛，他们在意大利和其他著名的旅游国家都享有盛名。”

“我在明信片上见过她，”来自旧金山的绅士用不带感情的声音回答他，“那个朱佩赛是她的丈夫吗？”

“是她的表哥，先生。”领班答道。

来自旧金山的绅士思考了一会儿，什么也没说，只是点点头，示意领班离去。

他像是要出席婚礼似的开始盛装打扮。他打开了每一盏灯的开关，透过亮晶晶的镜子，能看到明亮的灯光，锃亮的家具和打开的行李箱。他洗了脸，刮了胡子，一次又一次地按铃吩咐仆人做事。他太太和女儿房间的铃声也是争先恐后地响起，此起彼伏，在走廊上相互应和。路易斯穿着红色的围裙，他有着胖子特有的敏捷的身手，活蹦乱跳地循着铃声的方向跑去，一边还做着恐怖的鬼脸，惹得那些提着瓷器水壶的女仆笑得流出了眼泪。路易斯用手指关节轻轻地叩门，装出谨小慎微的样子，像个傻瓜一样诚惶诚恐地问道：

“是您按铃吗，先生？”

从门的另一头传来慢条斯理尖利刺耳的声音，有些不高兴，却很是客气地说道：

“是的，请进……”

对于这个重要的夜晚，来自旧金山的绅士究竟在想什么呢？他像所有经历过长途颠簸旅行的游客一样，只觉得饥肠辘辘，希望品尝美味的汤，上好的酒，可口的菜，甚至连梳洗打扮这种平常琐事他都十分兴奋地完成了，根本没有时间没有心情好好体味有什么样的感受。

来自旧金山的绅士刮完了胡子，洗好了脸，装上了假牙，站在镜子前，用一把镶银的梳子沾了点水，将仅存的几缕花白头发弄湿，并把这些稀稀疏疏的头发分布到灰黄色的脑袋各处，穿上一条奶油色的丝质紧身衣，把发福了的腰肢上松松垮垮的肥肉紧紧套住，往干枯扁平的脚上套上了黑色的丝袜和舞鞋。他迅速地弯了弯膝盖，把丝质的裤子吊带往上拉，黑色的裤子高高吊起，捋平雪白色的衬衫鼓起的地方，扣好袖口上华丽的纽扣，异常艰辛地摸索着僵硬的领子下的饰钮，企图将它扣好，那颗饰钮一直戳进他喉结下的松垮的皮肤里，但他坚持不懈地摸索着，终于成功地扣上了饰钮，他觉得筋疲力尽，脖子也被僵硬的领子挤得生疼，在大大的穿衣镜前气喘吁吁。这面镜子像其他所有的镜子一样，映出了他的全部身形。

“上帝啊，这太可怕了！”他喃喃说道。垂下了光秃秃的头，但不想弄清楚甚至是去思考一下究竟是什么这么可怕，他检查了一下短而粗的手指，因患痛风病而僵硬的关节，突起的杏仁色的阔指甲，然后又肯定地重复了一遍：“真是太可怕了。”

就在那时，第二遍铜锣声响彻了整栋大楼，仿佛是从异教徒的寺庙里传来的一样。来自旧金山的绅士很快地站起身来，整理好领带，系上背心的扣子，让背心紧贴着脖颈和肚子，穿上礼服，理顺袖口，又对着镜子照了照。“那位卡梅拉，”他思忖道，“她像是黑白混血的女子，皮肤黝黑发亮，眼睛闪动着挑逗的神色，穿着亮橙色的长裙，肯定是一位大美女。”他轻快地走出房间，沿着地毯走到隔壁他的太太的房间，高声地询问太太和女儿是否打扮好了。

“还有五分钟。”门的另一边传来了她女儿的回答，声音欢快清脆。

“好的。”来自旧金山的绅士答道。

他们一起下楼用餐。

晚饭时，有一位上了年纪的妇人，弯腰驼背，满头银发，却仍然穿着袒胸露肩的灰色丝质长裙，迈着像鸡一样可笑荒唐的步子，从他前面急匆匆地走过，但他轻而易举地就超过了她。来到了餐厅的玻璃门口，所有的人都到齐了，已经开始用餐。他在一张堆着雪茄盒和非洲香烟的柜台前停下脚步，拿出一盒大的马尼拉香烟，扔下三个里拉。游廊上因为抵挡冬日严寒而装上了玻璃窗,他朝窗外瞥了一眼,一股微风从黑暗的夜色中迎面拂来,他很高兴自己能看见古老的棕榈树的顶端,硕大的阔叶上似乎可以摘星揽月,远方大海的咆哮声近在耳边……

他沿着走廊缓缓向前,走下铺着红地毯的楼梯,寻找阅览室。路两旁的仆人紧紧地贴着墙壁为他让路,但他只顾向前走着,似乎根本没有注意到他们的存在。安静舒适的阅览室里,只有桌子上的一盏盏灯闪着亮光,一个头发灰白的德国人在窸窸窣窣地翻阅报纸,他长得像易卜生,带着银色的圆形眼镜,眼睛里满是惊讶和狂野。来自旧金山的绅士冷漠地扫了他一眼,然后挑了角落里一张很深的皮椅坐了下来,旁边的灯投射下绿色的阴影。绅士戴上夹鼻眼镜,把头伸出紧得令人窒息的衣领,摊开的报纸遮住了整个身子。他快速地浏览新闻标题,读到了巴尔干半岛无休止的战争,用一贯的姿势把报纸翻页,就在那时,眼前的几行文字在电光火石之间闪过一道微光,迎面袭来,来自旧金山的绅士的脖子变得僵硬了,眼睛向外凸起,夹鼻眼镜也从鼻子上滑落下来……他向前倒去,试图正常呼吸,却只能重重地喘着粗气,他的下颚脱落了,嘴张得老大,金牙照亮了整个口腔,衬衫的前襟涨得像盒子一样,鼓鼓的,整个身体不停地抽搐,他的脚跟陷进了地毯里,他似乎在和某个隐身的人做殊死搏斗,最终,身子滑到了地板上。

要不是阅览室里的老头亲眼目睹了这个过程,饭店就会把这件事掩盖过去。饭店的人打算抬着来自旧金山的绅士的头和脚,从黑漆漆的走廊里把他扔出去,能扔多远就扔多远,这一切都会神不知鬼不觉,没有乘客会知道事情的真相。但德国老头一边冲出阅览室,一边大声呼救,整栋楼的人都被惊动了,当然整个餐厅的人也都知道了阅览室里有一起突发事件。许多正在用餐的人一跃而起,人们听到消息后脸色发白,跑到阅览室问:“发生了什么事?”没有人能提供确切的消息,也没人确切地知道发生了什么,因为直到现在,依然有人对死亡感到万分惊讶,拒绝接受事实。饭店老板一会儿拉住这个游客，一会儿劝说那个游客，极力想阻止他们逃离，一边安抚他们，一边向他们保证一切都安然无恙，只是小小的意外，来自旧金山的绅士不小心晕过去，仅仅是晕过去而已。但没人愿意听他解释，许多人亲眼目睹了脚夫和茶房扯下绅士的领带、背心、皱巴巴的礼服，不知是什么缘故，他们甚至把他脚上的舞鞋从穿着黑丝袜的平脚掌上脱了下来，这一幕让大家心惊肉跳，恐惧万分。死神突然而至，残忍地想要夺去他的生命，可他仍然在挣扎着，顽强地搏斗着，绝不想轻易就放弃，放弃自己的生命。他摇着头，像一头被困住的猪一样呼哧呼哧喘气，眼睛无力地翻动着，就像是喝醉了一般……人们急急忙忙地把他抬到位于底层走廊尽头的 43 号房间，放到床上。他的女儿跟着进了房间，披头散发，半裸的乳房露在胸衣外面，后面跟着他的太太，她为晚宴刻意的打扮也失去了原来的光鲜照人，剩下的只有惊讶和恐惧，她吃惊地张大了嘴……过了一会儿，他的头停止了晃动。

一刻钟之后，饭店稍稍恢复了平静，秩序不再像刚才那样混乱，但这个夜晚却被彻彻底底地毁掉了。一些人回到餐厅继续用餐，但大伙儿都沉默不语，脸上还保留着惊恐的表情，饭店老板走到他们跟前，无奈地耸耸肩，带着一脸尽力了但却仍然无法挽回的愤懑表情，无限愧疚地向大家保证，“尽一切可能采取措施”来消除今天的不愉快。原定的塔兰台拉舞取消了，没必要开着的舞灯熄灭了，大部分旅客去了市里的酒吧。饭店里悄无声息，连前厅里的时钟滴答滴答走动的声音都能听得一清二楚。前厅只剩下一只鹦鹉木然地含糊地说着什么，似乎在为困在笼子里而闷闷不乐，它伸出一只脚抓住笼子上方的枝条，试图以这种异想天开的方式入睡。

来自旧金山的绅士躺在一张廉价的铁床上，身上盖着粗糙劣质的羊毛毯，一只冰袋敷在他潮湿冰冷的前额，他面如死灰，毫无生气，身子渐渐冰冷，嘴张着喘着粗气，金牙发出的亮光似乎也逐渐黯淡下去。天花板上装着一只漏斗状的电灯泡，昏暗的光线照着这一切。来自旧金山的绅士不再呼呼喘气了——他不在了——那大声的喘息是别人发出的声音。他的太太、女儿、医生和饭店工作人员正看着他，突然之间，最害怕最担心的事情发生了——他的喘息声停止了，他们眼睁睁地看着他的整张脸变得苍白，他的轮廓变得分明透亮。

饭店老板走了进来。

“人已经死了。”医生悄声对他说。

老板面无表情地耸了耸肩。绅士的太太的眼泪无声地滚落到脸颊，她走到丈夫身边，痛苦地表示现在应该把遗体送到他的房间。

“哦，不行，太太。”老板迅速地说道，他的话很得体，却不再像原来那样谦恭有礼。他不用英语而改用法语说话了，他表示对来自旧金山的绅士留在钱柜里的一小笔钱无动于衷。“对于您提出的要求，我们是万万办不到的。”他说道，又继续解释说他非常重视那间房间，如果他同意了太太的请求，把绅士的遗体送回去，那所有卡普里岛人都会知道这件事，游客们会对那间房间避之唯恐不及。

那位小姐一直惊讶地望着老板，脸上的表情很奇怪，有些茫然，有些无助，她坐到椅子上，用手帕捂住嘴巴抽泣了起来。来自旧金山的绅士的太太眼泪似乎在忽然间流干了，满脸怒容，她提高了嗓门，用她自己的语言不停地说着，坚持这么做，她至今仍然不敢相信之前对她的丈夫恭恭敬敬的那帮人，现在是这副嘴脸。老板谦逊有礼地打断了她的话，语气坚决地说道：“如果夫人对饭店的做法不满意的话，我也不敢强留您。天一亮尸体就必须移出饭店，事情已经通知了警方，他们很快会派人来办理必要的手续……”夫人问卡普里岛是否有现成的简易的棺木，老板答道：

“很遗憾，一副也没有，也没有人能来得及在短时间内造出一副棺木来。您只好另想它法了，比如说，装运英国苏打水的箱子是又大又长的板条箱，板条箱中的隔板可以把它拆除……”

夜色已深，整个饭店进入了梦乡。有人打开了43号房间的窗户，看见花园的角落处长着一颗瘦小的香蕉树，倚着高高的石墙，墙顶是碎玻璃。那人关上电灯，锁上门，离开了。绅士的尸体躺在黑暗之中，蓝色的星星从天空中遥望着他，墙边的一只蟋蟀纵声高歌，声音中充满了悲凉。光线昏暗的走廊里，两个负责清扫的女仆正坐在窗沿边缝补衣服。路易斯穿着拖鞋，一只手拿了一堆衣服走了过来。

“准备好了吗？”他用耳语一样的声音担忧地询问道，眼睛斜着看走廊尽头那扇恐怖的门。

“出发！”他继续用耳语的声音喊道，那只没拿衣服的手朝那边挥了一挥。他说的那个词通常是火车离开意大利车站时才会说的，女仆们笑得乱作一团，但是没有发出声音，她们的头互相靠在对方的肩膀上，以表达事情的好笑。

过了一会儿，他轻轻地走到门口，假装敲了敲门，头朝一侧歪着，用最有礼貌的声音低声问道：

“是您按铃吗，先生？”

他清了清嗓门，下巴向前突出，用英语自问自答，语调缓慢悲伤，尖利刺耳，像是从门的另一头发出来的：

“是的，请进……”

黎明时分，43号房间有了光亮。湿漉漉的风吹动着香蕉树蔫了的叶子，天渐渐地变蓝，蓝色的天空延伸至整个卡普里岛，太阳从远处的青山后露出了头，照耀着，索里亚山纯净澄明的山顶就立刻变成了金色。岛上负责维修游客道路的工人开始工作，装运苏打水的板条箱运到了43号房间。箱子似乎变得越来越沉，脚夫累得筋疲力尽，气喘吁吁。他们把箱子放进单匹马拉的马车里，沿着蜿蜒的卡普里岛山坡之间的白色马路，一路向山下疾驰，途经一道道石头砌的围墙和葡萄园，一直跑到海边。马车夫是位眼睛布满血丝的病快快的男子，穿着旧的短袖夹克衫和平跟靴，昨天晚上在酒店里喝了一夜的酒，赌了一夜的骰子，现在还醉醺醺的，迷糊糊的，头阵阵发疼。他不时用鞭子抽打着瘦长结实的小马驹，这匹马按照西西里的风俗打扮得花枝招展的，缰绳和高耸的黄铜色马鞍枕上系着各种小铃铛，伴随着挂在笼头上的五颜六色的羊毛绒球，叮叮当当响个不停。车夫一言不发，想起他昨天赌博的“罪行”，将所有的钱挥霍一空，输得精光，连最后一个里拉也没有了，不禁感到沮丧万分。

但早晨的空气是如此清新，置身于碧海蓝天之间，昨天晚上带来的不良情绪很快消失得无影无踪，不一会儿就无忧无虑起来。车夫还意外地从这位来自旧金山的绅士处赚取了外快，想到这儿，心情顿时愉悦起来，脸上掠过掩饰不住的高兴。此刻，这位绅士的头颅正在他车后的板条箱里，被颠得摇摇晃晃。在码头附近，打下手的脚夫被专业脚夫超越了，车里面坐着绅士的太太和女儿，她们由于哭得太过伤心，再加上一夜无眠，所以脸色苍白，眼神空洞。远处的山脚下，一只小型的汽船像一只甲虫漂浮在柔软清澈的蓝色水面上，整个那不勒斯湾都是片无边无际的蓝色。汽船出发前的最后几声汽笛，清脆地回荡在整个卡普里岛上空。岛的整体轮廓，甚至每一个山丘，每一块石头都清晰可见，张目四望，人们就失去了探幽寻微的心情。十分钟之后，那艘小型汽船再一次出发，前往索伦托和卡斯特拉马雷，载着来自旧金山的一家人，永远地驶离了卡普里岛。这座岛于是又一次恢复了以往的宁静安详。

两千年前，那座岛上居住着一个让人厌恶的男人，他无休止地追逐着欲望，统治着千百万人民，这些人在他的奴役下过着水深火热的生活，因此声名远播，人们永远记住他，世界各地的游客蜂拥至此，参观他曾经居住过的位于这座岛上最顶峰的石头宫殿。那个晴朗的早晨，那些到卡普里岛的游客在饭店里醒来，饭店的入口处有一群装有红鞍的灰色驴子，等待着客人们(年老的美国人和德国人)梳洗用餐之后使用。驴子后面是一些年老的卡普里女乞丐，她们手中拿着棍棒，赶着驴子爬到山顶，用布满青筋的手讨要一些赏钱。来自旧金山的绅士本打算和那些游客一起，享受这一切，却意外猝死，人们一想起他的死亡，就惊恐万分。人们得知来自旧金山的绅士的尸体已经被送至那不勒斯，心里长长地舒了一口气。

游客们睡得十分香甜，岛上十分安静，镇上的商铺还都关着门，唯一开着的是广场上卖鱼和蔬菜的小摊，来赶集的全都是当地的普通老百姓，其中有一个高高的上了年纪的船夫，名叫洛伦佐，总是无所事事地闲晃着，他曾经是一个放荡不羁、不负责任的浪子，模样英俊，在意大利十分出名，为许多画家做过模特。他来到集市上，把昨天晚上逮到的两只龙虾以非常便宜的价格卖给了饭店的厨师，这个厨师就职于来自旧金山的绅士一家下榻的旅馆，两只鲜活的龙虾在他的围裙里活蹦乱跳。现在洛伦佐如果愿意的话，可以一整天都待在街上，以盛气凌人的态度环顾四周，摆一个漂亮的造型，穿着破烂衣裳炫耀他的陶制烟斗和红色的羊毛贝雷帽(帽子的一边吹垂到了耳朵下面)。

在索里亚罗山的悬崖绝壁旁，有两个阿布鲁奇的高地人，沿着古代腓尼基人开凿石道而制成的石阶，向山下走去。其中一个人穿着皮质斗篷，斗篷下挂着风笛，风笛由山羊皮制成，上面安着两根笛管，另一个人拿着古老的木质笛子，他们向前走着。欢乐美丽、阳光普照的乡村一览无遗地展现在他们面前。卡普里岛石头的突起部分似乎就在他们脚下，又似乎漂浮在令人心旷神怡的蓝色海洋之上。在东边，随着太阳越升越高，光线越来越强烈，海上晨雾在绚烂阳光的映照下光芒四射。巨大的雾气中，迷蒙的蓝色的意大利轮廓在清晨的光线下闪着微光，群山忽而近在咫尺，忽而远在天边，人类的语言难以形容它们的美丽。山路走到一半之时，他们渐渐放慢了脚步，因为在路旁的索里亚罗山的洞穴中，有一个用石壁凿出来的圣女像，在阳光的照射下，闪着动人的光辉。她穿着雪白的石灰泥膏制成的袍子，金色的皇冠上已经锈迹斑斑，面部表情温和慈爱，眼睛抬起，注视着她庇护的子民的居所。两人把手中的东西放下，唱起真诚、谦逊、欢乐的赞歌，歌声赞美太阳，赞美清晨，赞美完美无瑕的圣女，圣女是人民的守护神，在邪恶抑或美丽的世界里受苦受难，把肚子里的孩子生在伯利恒的马棚里，那个马棚，是遥远的犹太王国里一个不起眼的牧羊人的居处……

此刻，来自旧金山的绅士的遗体正漂洋过海，回到了新大陆的海岸边，送进新大陆的坟墓里去。在一个星期左右的时间里，他的遗体从一个港口转移到另一个港口，受尽种种冷落，经历各种刁难，终于又回到了那艘著名的轮船上，就在前不久，那艘船还毕恭毕敬地载着他前往旧大陆。但现在大家都对他视而不见：他的遗体被封在涂满焦油的棺材里，降到了轮船深处的黑黢黢的底舱，这艘船开始了又一次的远程航行。驶离卡普里岛时正值晚上，对那些从海岸边远眺的人而言，当轮船渐渐远去，行驶在黑暗的苍茫大海上时，灯光似乎都充满了凄凉。船上依然灯火通明，在枝形吊灯熠熠生辉的特等客舱里，和往常一样，一场热闹的舞会正在进行。

第二天、第三天船上依旧有热闹非凡的舞会，海上风雪肆虐，风从海面呼啸而过，发出如同葬礼上弥撒那样单调低沉的声音，掀起如山高的巨浪，银色的浪沫宛如送殡的丧服。在岩石嶙峋的直布罗陀，两个世界连通的入口处，魔鬼眼睁睁地看着船消失在茫茫夜色和漫天风雪中，船上无数如眼睛般明亮的灯火在风雪中依稀可辨。魔鬼是个悬崖绝壁一样的庞然大物，但是船也很大，有很多层，还有一个巨大的烟囱，由揣着复古之心的现代人利用先进的技术制造而成的，是现代文明的骄傲。暴风雪猛烈地击打着桅杆和被白雪覆盖的烟囱，但船岿然不动，依然坚定雄壮、毫不气馁地向前迈进。比首层甲板高出许多的地方，有个安静舒适但却昏暗的舱房，在风雪中傲然挺立。“大西洋号”的底部，即轮船的吃水处，巨大的锅炉上的钢铁部分，和其他的金属器械在昏暗阴郁中闪闪发光，滚烫的蒸汽滚滚而出，开水和机油在锅内沸腾奔流，犹如一台烤箱被来自地狱的熊熊烈火从底部加热，产生轮船的推动力。身材高大的船长正在舱房里，整个航行中都像异教徒的神明一样正襟危坐，时而昏昏欲睡，时而猛然警醒，他听到轮船的汽笛警报声，像是低沉的吼叫，像是微怒的咆哮，但风雪湮没了警报声。他隔壁的舱房似乎有铜墙铁壁护身，里面不停地传来神秘的嗡嗡声，烛火颤抖着，蓝色的火焰十分明亮，时而发生了小小的爆裂，干巴巴地劈啪作响，烛火旁坐着面色苍白的电报员，他头戴半圈金属圆环，正在认真地工作。在“大西洋号”的心脏——餐厅和舞厅内，依然充满着光明和欢乐，衣着光鲜华丽的人群相互交谈，各种装饰的鲜花吐露着芬芳，管弦乐队演奏着旋律轻快的乐曲。在熙熙攘攘的乘客中，在灯光、珠宝、丝绸的流光溢彩中，在袒胸露肩的妇女中，有一对优雅迷人的情侣在众人面前旁若无人地跳舞，时而扭动着身躯，时而碰撞对方的身体，叫人心痒难耐，羡慕不已，但他们不过是别人花钱雇来的假情侣而已，那充满罪恶感的女孩垂着眼帘，散下了飘逸的秀发，那个男人一头涂满发胶的黑发，穿着精致的皮鞋，紧身的长燕尾礼服，仿佛神话中的翩翩美少年，但实质是一个嗜钱如命、压榨他人的水蛭。这对假情侣早已厌倦了在众人面前展示他们幸福美满的爱情，厌倦了尽力假装出来的如胶似漆的表面现象，厌倦了在忧郁的音乐声中翩跹起舞，没有人知道浮华和光鲜的背后是欺骗和表演，甚至没有人知道在他们的脚下，在轮船底部的深处，在轮船热闹灼热的内脏旁有一个什么东西……

轮船依然坚定地向前行驶，迎着狂风暴雪，劈开惊涛巨浪……

1915 年 10 月

米佳的爱情

一

三月九日，对米佳来说，是一个幸福的日子，是他在莫斯科最后一个幸福的日子，至少他是这么认为的。

上午十一点多，他和卡嘉一起走在特维尔林荫道上。冰雪正在融化，到处湿漉漉的，屋顶上融化的雪水，不断地滴落下来。院子里的人们纷纷出动，把人行道上的冰铲掉，把屋顶上凝结成块的积雪铲掉，整条街道上熙熙攘攘，热闹非凡，人们热火朝天地忙碌着。高空中的云朵飘散开来，化成轻盈的白色烟雾，消失在碧蓝的天空中。远处普希金的雕像高高耸立着，神情慈善安详，一副沉思状，那座耶稣蒙难修道院在太阳下闪闪发光，彰显着神秘的色彩。春天迈着轻盈的脚步突然间来临了，太阳底下暖意融融，百灵鸟似乎真的飞回来了，远处传来悠扬欢乐的鸣叫。然而最令人赏心悦目的还是卡嘉，那天她看上去特别漂亮，一副天真烂漫、惹人怜爱的模样。她对米佳充满孩子般的信任，亲密地挽着他的胳膊，凝视着他的脸，眼神里洋溢无比的依赖，此刻的米佳陶醉在幸福之中，几乎有些得意忘形了，不知不觉加快了脚步，大步流星地走着，卡嘉一路小跑才勉强跟得上他。

走到普希金纪念碑前，卡嘉突然说道：

“每当大笑起来，你的嘴就张得老大，像个稚气未脱的孩子，那么腼腆，那么笨手笨脚的，滑稽好笑极了。不过你不要生气，我就是喜欢你的那副笑容，还有你那双拜占庭人的眼睛……”

听了这话，米佳心里有点高兴又有点委屈，他竭力不让自己流露出这种情绪，也努力地不让自己笑出声音来，看了一眼高耸的纪念碑，友善地回答道：

“说到稚气未脱，我觉得你和我不相上下。如果说我是拜占庭人，那我看你就是中国皇后了。你们这些人哪，被拜占庭啊，文艺复兴啊弄得神魂颠倒。我真搞不懂你母亲是怎么教你的！”

“这么说来，如果你是我的母亲，岂不是要把我锁进闺房里？”

“不用锁在闺房里，我会不让那些江湖卖艺的、艺术学院、音乐学院、戏剧学院的未来明星们踏入门槛半步。”米佳说道，竭力保持冷静，尽量用随和友善的语气跟她说话。“你亲口告诉我，布科维茨基邀请你去斯特列利纳宫共进晚餐，叶格罗夫想要以你为模特，塑造一座裸体雕像，雕成即将消失的海浪的模样，不用说，这些殷勤取悦已经让你非常得意，甚至受宠若惊了吧？”

“无论怎样，就算是因为你的缘故，我也不会放弃艺术的，”卡嘉说道，“也许，我就像你所说的，是个虚荣的女人，”她继续说道，尽管米佳从未那样说过。“也许我堕落了，但是我就是这样的一个人，你得接受我的全部。好了，我们还是别再争下去了，你不要吃醋啦，就这一次，求你了，好吗？难得今天天气这么好，就不要再讨论这个让人扫兴的话题啦！难道你不明白，不管怎样，你就是那个世界上最好的人，是我唯一爱着的人？”她声音很轻，却带着执拗。接着她凝视着他的眼睛，装出一副风情万种的模样，若有所思地慢慢朗诵道：

“我们俩早已偷偷地发过盟誓，
心和心早已交换了信物……”

卡嘉的最后一句话和这两行诗深深地刺痛了米佳的心。总之，在今天这样快乐的日子里，发生了很多事情让他觉得不快和痛苦。卡嘉说他稚气未脱，笨手笨脚，尽管这是玩笑话，却让米佳很不开心，卡嘉已经不止一次开过这样的玩笑了，而且她说这话也并非偶然。无论如何，卡嘉总会在各个方面显露出自己的成熟，而且经常（不是故意地，而是自然而然地）显示出老于世故高人一等的优越感。米佳痛苦地认为，卡嘉自诩的“成熟”意味着她在风流韵事方面有着不可告人的经验。还有她说的“不管怎样”这几个字也让米佳很不高兴，“不管怎样，你就是那个最好的人”，她说这话时，不知什么原因会突然压低声音，似乎有些无奈。最让他难受的还是那两行诗，以及她朗诵诗句时矫揉造作的神态。这些诗句和她朗诵时的腔调，会让米佳联想起文艺界，让他逐渐与卡嘉背道而驰的文艺界，让他怒火中烧，嫉妒不已的文艺界。可三月九日这一天，米佳在莫斯科的最后一个幸福的日子，还是过得非常愉快的。以后每每回想起这一天，他也是怀着同样的感受。

这一天，从库兹聂兹大桥回来的路上，卡嘉从齐默尔曼琴行买了几本斯克里亚宾的乐谱。卡嘉谈到米佳的母亲，笑着说道：

“你想象不到，我有多怕她，尽管我还没见过她。”

不知为什么，在他们恋爱期间，似乎从来没有谈过未来，也没有谈到他们的爱情将何去何从，会是怎样的一个结局。卡嘉突然谈到米佳的母亲，可以看出她已经把米佳的妈妈当成了未来的婆婆。

二

后来的日子一如往昔。米佳继续把卡嘉护送到艺术剧院，参加音乐会和文学沙龙，或者充分享受卡嘉的母亲给予他的令人诧异的请求，那就是在她位于基斯洛夫卡的家中待到凌晨两点。卡嘉的母亲是个亲切和善的女人，她长着一头深红色的头发，喜欢涂脂抹粉，喜欢一根接一根地抽烟，和丈夫长期分居，卡嘉的父亲已经组织了新家庭。米佳的学生公寓位于莫尔恰诺夫卡，卡嘉也常常跑到他那儿去。像以往一样，他们每次见面都陶醉在令人眩晕的热吻之中，沉浸在爱情所带来的幸福中，但米佳总是情不自禁地想到他们之间发生了某种可怕的变故，是的，事情同原来已经不一样了，卡嘉也慢慢地发生了某些变化。

那段令人难以忘怀的无忧无虑的时光飞逝而过，一去不回。他们刚认识那会儿，尽管还不太熟悉，但两人都有谈不完的话题，如果可以的话，他们可以从早聊到晚也乐此不疲。米佳突然意识到，自己已经沉浸在从童年和少年时代起就暗暗渴望的童话般的爱情世界里。那是十二月份的事。莫斯科天寒地冻，寒气袭人，到处被浓霜覆盖，太阳像朦胧的红球一样挂在低空中，那是个天气晴朗的日子。一月份和二月份来临时，米佳依然沉浸在爱情的漩涡之中，他似乎已经握住了幸福，或者说幸福触手可及，但是还没有完全把握住。遗憾的是，即使是快乐的时光，似乎也有什么事情不对劲，而且越来越频繁地扰乱和破坏这种幸福；即使是快乐的时光，也似乎存在两个截然不同的卡嘉：一个是米佳一见钟情、热切追求、梦寐以求的卡嘉，另一个则是平凡、真实、与第一个形象极不一致的卡嘉。然而，他那时的感受毕竟不能与现在的感受相提并论。

这一切都很容易解释。春天来了，女人们操心的事情就多了，不断购物，定制衣服，换这换那，忙个不停。卡嘉总是很乐意陪同母亲一起去裁缝店，而且，卡嘉就读的私立戏剧学校的考试近在眼前，迫在眉睫，因此她的忙忙碌碌和心不在焉是合情合理的。米佳经常找这些理由来安慰自己，但这样的安慰没有起到任何作用，他的内心存着疑惑，心底的声音告诉他事实并非如此。他内心的疑惑总是挥之不去，变得越来越强烈，而且卡嘉对他的态度也逐渐证实了这一点，卡嘉不把他放在心上，这种疏忽怠慢渐渐明显，这让米佳无法忍受，他的醋意与怀疑也与日俱增。

戏剧学校的主任对卡嘉大加赞赏，“你就是我们学校的骄傲”，他曾这样对卡嘉说道，还当着其他人的面亲昵地称呼卡嘉的小名，而卡嘉总是忍不住把主任的溢美之词告诉米佳。在大斋期期间，除了正常的授课外，主任开始给卡嘉开小灶，以便卡嘉在考试中能够出类拔萃。但是对于这样的关心，每个人都心知肚明，这位主任喜欢勾引学生，每个暑假甚至带其中一位女生去高加索、芬兰或是国外度假。米佳想道，现在主任这个色鬼正在打卡嘉的主意，尽管卡嘉并没有错。也许卡嘉已经意识到了，并且明白主任的意图，甚至有可能和他有了某种不正当的暧昧关系，这个念头让米佳大受打击，甚至比卡嘉对他十分明显的日渐冷淡的态度更让他感到痛苦。

似乎有什么力量迫使卡嘉渐渐地疏远了米佳。他一想到那个主任，就觉得无法冷静，但问题并不仅仅出在主任的身上，还有卡嘉对于别的什么东西的兴趣正在超越她对米佳的爱情。她对谁感兴趣？对什么东西感兴趣呢？米佳并不知道，他对和卡嘉有关的所有人和所有事都感到嫉妒，他幻想着卡嘉可能背着她干了一些不可告人的事情，这样的事请最让他恼火，尽管他不能确定这样的事情是不是发生了。在他看来，有什么不可抗拒的事正在诱惑着卡嘉，不容分说把她从他身边拽走，使他们的距离越来越远，这种诱惑究竟是什么，卡嘉害怕得连想都不敢想。

有一次，卡嘉当着她母亲的面，半开玩笑地说道：

“米佳啊，你总是用《治家格言》的旧观念来看待女人，这样一来，你简直就是奥赛罗的翻版，如果真是这样的话，我可不会爱上你，更不会嫁给你！”

“但我想不到还有哪种爱情是不掺杂着嫉妒成分的。”她母亲说道。“我一向认为，如果他不嫉妒，那说明他肯定不爱你。”

“不是这样的，妈妈。”她总是习惯重复别人的话，“嫉妒代表你对你的爱人缺乏尊重和信任。如果他不信任我，那代表他不爱我。”她说这话的时候故意躲开米佳的目光。

“但我仍然认为嫉妒就是爱情，”她的母亲反驳道，“我甚至在什么地方读到过，那本书说得很清楚，甚至还列举了《圣经》里的例子，连上帝都称自己是嫉妒者和复仇者……”

说起米佳的爱情，现在几乎只剩下嫉妒了。这种嫉妒不是单纯的醋意，在米佳看来是一种特殊的情感。他和卡嘉至今还没有越过爱情最后的界限，虽然他们两人在相处的时候，有过很多放纵的行为。在他们亲热的时候，卡嘉甚至比以前更有激情，但现在看来，这种激情包含着虚假，更令人怀疑，有时甚至让他产生一些很可怕的感觉。这些可怕的感觉刺激了米佳内心的嫉妒，这些感觉真的很可怕，这究竟是一种什么样的感觉，米佳捉摸不透，甚至无法明白。他和卡嘉之间的激情碰撞，缠绵悱恻，幸福甜蜜，这种感情比世上的任何事物都要美好，都要崇高，都要甜蜜，可只要一想起卡嘉在另一个男人身边，这种感情就难以言表，就扭曲龌龊，就令人作呕。这个时候，米佳就会对她产生极度的憎恨。他和她独处时所做的一切事情都是十分纯洁的，而且像置身天堂般美好，他一想到别人会将他取而代之，一切就都变了样，这种不知羞耻的行为让米佳产生强烈欲望，恨不得把卡嘉活活掐死，而且首先想到要掐死的是卡嘉，而不是想象中的情敌。

（基督教的）大斋期，四旬斋（从大斋首日到复活节前夕为期四十天的斋戒和忏悔），米佳被这种情绪折磨着。

三

卡嘉的考试在大斋期的第六个星期举行，这一天似乎是刻意安排的，证明了米佳内心的折磨和猜疑并非空穴来风。

考试的时候，卡嘉根本就没有看见他，也没有注意到他的存在，她像是完全变了个人，成了一个万众瞩目的公众人物。

卡嘉获得了巨大的成功。她那时像新娘一样，穿着一袭洁白的裙子，还有一些紧张，紧张不安的神态却让她更加楚楚动人，每个人都深情地对她报以热烈的掌声。主任是个自鸣得意的演员，长着一双冷漠忧郁的眼睛，他坐在前排，时不时地评价她几句，以便显示出自己高超的水平，跟卡嘉讲话时压低了声音，却尽量让整个大厅都能听得到。这声音叫人难以忍受。

“不要像在背台词，”他冷静地给出权威的指导，那副趾高气扬的神态，仿佛卡嘉是他的私人财产似的。“不要单纯模仿，要身临其境！”他一字一顿地仔细说道。

这让人难以容忍，同样难以忍受的还有卡嘉的朗诵，居然博得了阵阵掌声。卡嘉由于羞涩，满脸通红，嗓音甚至有时会变调，朗诵的过程中还会出现上气不接下气的瑕疵，但这样却使她更加动人可爱。但米佳还是从她朗诵声中听出了装腔作势、虚伪做作，然而在观众看来却达到了艺术表演的巅峰。这可恨的戏剧界，占据了卡嘉的整个心灵，主宰她的所有情感！在米佳看来，她不是在朗诵，而是慷慨激昂的呐喊，语调时而纠缠不休、缓慢无力，时而急不可耐、呼吸短促，那急切的嗓音实在是太过夸张，太过煽情。她拙劣的表演让米佳羞愧得简直不知道该往哪儿看才好，然而，最糟糕的还要数卡嘉天使般的纯洁下隐藏着的“放荡与堕落”，通红的脸蛋、白色的裙子、白色的丝袜、修长的腿，无一不让米佳难堪，她的裙子在高高的舞台上显得更短了，所有人都坐在台下仰望着她，她还在自我陶醉似的表演。“少女在教堂里唱着圣歌”，卡嘉在竭力演绎一个天使般纯洁的少女，然而她的朗诵却是装模作样，呆板地装出天真烂漫的模样。米佳对卡嘉产生了强烈的亲近感（一个人在人群中看着自己的心上人，总会有这种感觉），然而对她还有强烈的仇恨感。他为她自豪，因为她毕竟是属于他的，但又痛心疾首地感受到，她已经不再属于他一个人了！

考试过后，他们又过了几天快乐的日子。但米佳对他们之间的爱情已经不再那么充满信心了，也不再憧憬会有什么美好的事情发生。回想起考试，卡嘉对他说道：

"你太傻了！你看我朗诵得那么出色，难道你不知道，我只是为了你一个人在演出啊！"

但米佳忘不了考试时候的感受，也不敢向她承认到现在那些感受还依然盘旋在他的脑海。卡嘉也逐渐感受到了米佳的想法，有一次他们争吵时，卡嘉大声哭喊道：

"我真是不明白，既然我浑身都是缺点，那你为什么还爱我？你到底要我怎样做？"

是的，连他自己也搞不清楚他为什么爱卡嘉，他只知道，自己的爱非但没有减少，反而因为他的嫉妒心变得越来越强烈，他总是因为她，因为这份爱情，因为爱得越来越深，才会对她有越来越多的苛求，进而醋意大发。

"你爱的只是我的肉体，而不是我的灵魂，"卡嘉憎恨地说道。

这又是戏剧台词里一贯的陈词滥调，虽然荒唐可笑，却触及到了他百思不得其解的问题。他不知道为什么爱她，也说不上来他想要什么……"爱情"到底是什么？米佳没有耳闻，也没有目睹，没有人能正确地给"爱情"下一个明确的定义，因而米佳无法回答这个问题。在书本里和生活中，每个人似乎都同意，爱情要么是精神的恋爱，要么是肉体的欲望或激情，但他的爱情既不是前者，也不是后者。他对她的爱到底是什么呢？是所谓的爱情，还是所谓的情欲？当他解开她的上衣，她既纯洁无邪，又不知羞愧，灵魂颤抖着顺从地袒露乳房，她的胸脯像天堂般美好，他轻轻地亲吻着，感到极度的幸福，几乎要昏厥过去，那么，叫他体会到这种叫人死去活来的幸福的，究竟是卡嘉的身体，还是她的灵魂呢？

四

卡嘉变化越来越大！

考试的大获成功是一大原因，不过在这个问题上应该还有许多其他因素。

春天渐渐来临了，在这个美丽的季节里，卡嘉似乎一下子变身为忙于交际应酬的上流人士，盛装打扮，来去匆匆。现在她来到他的学生公寓时，米佳总觉得自惭形秽，连走廊都显得那么昏暗。她现在都是坐出租马车来，绝不会步行。她迅速穿过走廊，丝质短裙发出窸窸窣窣的声音，面纱盖住了她的脸庞。她对他一如既往地温柔，但总是迟到，而且常常缩短约会的时间，理由是要陪她妈妈一起去裁缝那儿。

“你知道吗，最近我们疯狂地购买衣服！”她一面说道，一面欢快地看着他，大眼睛闪闪发亮，她心里知道米佳并不相信她的话，但她仍然自顾自地这么说，因为他们之间已经没有什么话题可谈了。

她甚至都不摘下帽子或是撂下手中的伞，只是在米佳的床上坐上一小会儿，露出紧裹着丝袜的玉腿，把米佳撩拨得神魂颠倒。临走之时，她总会对米佳说今晚她要陪妈妈去某个地方，因此不会在家。她总是要这么表演一番，把他当成个傻子，补偿在她看来是“愚蠢的痛苦”。她装模作样地朝门口偷偷瞥了一眼，然后从床上滑下来，用大腿摩挲着他的腿，匆匆地低声说道：

“来，快吻我一下！”

五

所以，四月底，米佳终于下定决心，到乡下去散散心，休息一阵子。

米佳的猜疑既让自己身心疲惫，也把卡嘉折磨得精疲力竭。他的痛苦似乎是毫无根据的，因而更让人难以忍受：到底发生了什么事？卡嘉做过对不起他的事吗？有一次，卡嘉忍无可忍，决绝地说道：

“滚开，是的，滚开，我再也受不了了！我们必须分开一段时间，好好冷静一下，理清我们的关系。你瘦成这样，难怪妈妈觉得你患上肺痨了。我真是受够了！”

所以，米佳决心离开这里。

令他惊讶的是，他虽然悲伤得不知所措，但仍然能够十分高兴地离开。刚刚决定出去走走，可是以前享受到的一切又出其不意地回来了。毕竟，米佳不愿相信搅得他日夜不得安宁的各种猜想，他希望那一切都不是真的。卡嘉发生最微小的变化，也足以让他以为一切又变回了原来的样子。确实，卡嘉又重新变得温柔体贴，充满激情，而且毫无虚假做作的成分掺杂在里面，这一点他确信无疑，他敏感多疑的性格敏锐地捕捉到了这样的情绪。而且，他又像从前一样在她家待到凌晨两点，他们之间也有话可谈了。距离分别的日子越近，他们就越觉得所谓的“分开一段时间”和“理清他们的关系”是那么荒唐可笑。有一次卡嘉甚至哭了起来，她一般是不会哭的，那些眼泪让他们格外亲密，他觉得她楚楚可怜，强烈的怜惜之情刺痛了他的心，他觉得对不住她。

卡嘉的母亲六月初去克里米亚度夏，想让卡嘉同行，她们约好在米斯霍尔见面，到时候米佳也应该去米斯霍尔。

于是，他开始做着临行前的各种准备，在莫斯科四处转悠，似乎陷入了醉酒之后昏昏沉沉的痴狂状态，犹如一个已经病入膏肓的人，却仍然欢天喜地地做出一副精神十足的样子。他感到病态的醉酒似的痛苦，同时又感到病态的幸福，卡嘉对他重新流露的关心与亲昵让他备受感动。她陪他一起去买行李包上的皮带，像是他的未婚妻或妻子那样体贴入微，总之，一切又像是回到了他们最初恋爱的季节。他觉得周围的一切都涂上了玫瑰的色彩，房屋、街道、开车或走路的人、阴霾的天气、飞扬的尘土、雨水的气息，还有街道边花园围墙后面的白杨木开着花儿，吐露出教堂般的芬芳，这一切都让米佳感受到了恋爱的甜蜜滋味。即将到来的离别是多么痛苦，憧憬着夏天在克里米亚重聚又是多么让人期待！没有什么能够阻拦他们的爱情，一切事情都将美梦成真（尽管“一切事情”是指什么，米佳心里并不清楚）。

离开的那一天，他的朋友普罗塔索夫顺路来跟他告别。在高中生或者大学生中间常常有这样一种人，他们显出一副比谁都成熟老练的样子，说起话来总是带着戏谑和友善的嘲讽，普罗塔索夫就是这种人，他是米佳的挚友，唯一的真正的朋友，尽管米佳很缄默含蓄，喜欢藏着掖着，含而不露，但他知道米佳恋爱中所有的秘密。米佳把行李带束在箱子上时，他发现米佳的手不停地颤抖，不由得苦笑了一下，说了一番充满智慧的话：

“你是个多么纯洁的孩子，愿上帝原谅你！但你现在也该明白过来了，亲爱的坦波夫省的维特，卡嘉是个典型的女孩子，连警察局长对此也无可奈何。你作为一个男子汉大丈夫，竭力想从她那儿获得生儿育女的生理需求，这是很正常的，某种意义上来说，甚至是很神圣的一件事。尼采曾经很深奥地说过，你的身体是你的最高理智。不过如果你在这条神圣的道路上栽跟头，那也是很正常的。毕竟你是知道的，动物王国里的某些生物为了享受第一次性爱（也可能是他们的最后一次），可能会付出生命的代价，它们命该如此。你的情况，不一定会遭受这种灭顶之灾。你睁大眼睛，好好照顾自己，不要鲁莽行事。‘士官生施密特，请相信，夏天会回来的！’天涯何处无芳草，除了卡嘉之外，还有很多好女孩。我看你捆箱子的那个力量，肯定完全不同意我的说法，看来你已经爱得无法自拔，要在卡嘉这一棵树上吊死了。哦，请原谅我苦口婆心的谆谆教诲，愿圣尼古拉和他所有的门徒保佑你平平安安！”

普罗塔索夫紧紧地握住米佳的手，然后离开了。米佳把枕头毯子全都塞进行李箱里。从面朝院子打开的窗户那儿传来歌声，那是住在米佳对面的学生在练习唱歌，他从早到晚一直不停地练习，先是试一下嗓音，然后开始唱《阿斯拉族人》。那学生唱的歌词和旋律在米佳的脑海中挥之不去，久久盘旋。米佳匆匆地整理完行李，用锁扣扣紧，抓起帽子，赶到基斯洛夫卡街向卡嘉的母亲告别。一路上他醉酒般摇摇晃晃地走着，既没有注意到街道，也没有注意到行人，今天似乎比这些天来都要醉得厉害。卡嘉是他的唯一，而士官施密特如果没法得到这份爱情，肯定会用一把手枪结束自己的生命。然后，他又想，他既然已经认定了卡嘉，她就是他的唯一！接着他的思绪又回到"苏丹公主"的身上，这个倾国倾城的公主在花园里散步，看到了一个黑奴站在喷泉旁，他的脸色如死人般惨白。有一天，公主问黑奴是谁，来自何方，他简洁而温顺地诉说着自己凄惨不祥的遭遇："我的名字叫穆罕默德……"最后他以哭号声结束，那声音狂喜之中透着悲惨：

"我来自穷苦的阿斯拉族，

我们的族人一旦爱上别人，就只能以身殉爱！"

卡嘉正忙着打扮，在房间里大声喊着他的名字，告诉他，会在第一遍出发铃响的时候赶到火车站，跟他告别。就在那间房间里，他们曾一起度过那么多难以忘怀的日子！卡嘉的母亲，那位深红色头发、亲切和善的女人独自一人坐在那里抽着烟，忧伤地看了米佳一眼，她可能很早之前就知道发生了什么事，也猜到了他和卡嘉之间的问题了。米佳内心激动不安，脸涨得通红，恭敬地弯下头，亲吻了卡嘉母亲柔软松弛的手，而她也像母亲般温柔地亲了他额头好几次，在他胸前划着十字替他祈福。

"哦，亲爱的，"她害羞地笑了一下，引用格里鲍耶陀夫的话，"'微笑着面对生活！'愿上帝保佑你，你走吧，走吧。"

六

米佳在一通忙忙碌碌之后，终于办完了要离开公寓之前大大小小的琐事。他在用人的帮助下，把行李塞进了一辆歪斜的出租马车上，自己也好不容易挤了上去，坐在了行李旁。终于要出发了，他的内心升起一种奇特的情感，每当一个人要离开某地时，在这里的生活将要告一段落，或许是永远结束了，总会有这种积郁在心的忧思，生发出一种莫名的情感，同时心里也感受到一阵轻松，对即将开始的新生活充满了期待。他现在冷静多了，精神振奋了些，也换了新的目光去看待周围的一切。这里的一切都结束了，再见了，莫斯科，再见了，在这儿经历的一切！天空阴沉沉的，飘起了一阵小雨，街上空空荡荡，鹅卵石闪烁着清冷的黑铁色光芒，周围的房屋也是死气沉沉阴郁不堪的模样。车夫极其缓慢地赶着车，让人焦急万分又无可奈何，他身上传来的那股味道让米佳不得不转过身去，屏住呼吸。他们先是经过了克里姆林宫，接着驶过了圣母节广场，然后驶入了一条小巷，乌鸦在花园里不住地嘎嘎啼叫，预报着晚上风雨交加的天气。现在还是春天，空气中也洋溢着春天的气息。他们终于到了人头攒动的车站，米佳紧跟在脚夫后面，来到了站台，奔到了三号轨道线，那里停着一辆开往库斯科尔的列车。车子又长又笨重，很快就要出发了。熙熙攘攘的人群陆陆续续上了火车，脚夫们推着吱吱作响的行李，在人头攒动中横冲直撞，相互叫骂。米佳在拥挤的人群中一眼就认出来卡嘉，因为她是那么光彩照人。一个人远远地站着，在整个车站里甚至是全世界，都是那么与众不同，引人注目。第一遍铃声已经响过了，这一次迟到的人是米佳，而不是卡嘉。卡嘉比米佳来得早，一直在车站等着他，这让米佳十分感动。她看到他之后，立马奔了上去，俨然是他的妻子或是未婚妻那样，充满关切地说道：

“亲爱的，赶快坐到位子上去！第二遍铃声快要响起了！”

第二遍铃声响过之后，米佳登上了拥挤的火车，站在三等车厢的门口，一股臭气迎面而来。卡嘉在站台上望着米佳，更加楚楚动人，她的一切都是那么迷人，甜美漂亮的脸蛋，上扬的闪亮的双眸，婀娜窈窕的身材，年纪轻轻，富有朝气，少女的成熟中掩藏着尚未消失的童真。她戴着浅蓝色的帽子，连帽檐的弧度都那么优雅，带着一丝挑逗的意味。甚至她穿的深灰色西服都那么讨人喜欢，它的材质和丝质的里衬，米佳都能真真切切地感受到。和她比起来，米佳就相形见绌了：他骨瘦如柴，相貌丑陋，穿着旅行用的笨重的长筒靴，一件破破烂烂的夹克衫，纽扣都失去了光泽，变成了红铜色。然而，即便这样，卡嘉仍然深情地凝视着他，眼神中充满真诚的爱意和离别的悲伤。第三遍的铃声突然间响起了，那刺耳尖利的声音深深刺痛了米佳的心，米佳疯了一般的往车下冲去，卡嘉也像疯了一样，满脸恐惧地迎上去。米佳只来得及吻了一下她的手套，便跳上了车厢，泪眼蒙眬地朝卡嘉挥了挥帽子，而卡嘉一只手微微提起裙子，另一只手向他挥动着，依依不舍地望着火车渐行渐远。她的身影不停地向后退去。米佳向窗外伸出了头，强劲的风吹乱了他的头发。火车鸣响着刺耳嘹亮的汽笛声，铆足了劲向前奔驰，无情地把卡嘉和站台甩在身后，她的身影越来越小，最后消失不见了，仿佛有什么东西把卡嘉和站台硬生生地夺走了。

七

春天的黄昏早早地来临，乌云密布的天空黑暗阴沉，笨重的火车隆隆作响，行驶在贫瘠荒凉的广袤乡村，乡下现在还处于早春时节。铁路收票员一路穿梭在车厢走廊，有的向乘客收票，有的往提灯里摆放蜡烛。米佳仍然站在咯吱作响的窗户边，回味着卡嘉的手套留在他唇边的气息，整个身心仍然停留在与卡嘉在车站依依惜别的一刹那。莫斯科漫长的冬季改变了米佳的一生，既让他幸福无比，又让他痛苦不堪，而生活图景正以全新的方式展现在米佳的面前，而他也以全新的目光去审视往事。此时，他脑海中的卡嘉是个全新的人物。但是，她究竟是谁呢？她是做什么的？爱情，激情，灵魂，肉体，这些都是什么东西呢？这儿完全不存在这些东西，但这里肯定有别的什么东西，全新的截然不同的东西！卡嘉的手套留下的气息，难道那不是卡嘉留下的吗？难道那不是爱情，不是灵魂，不是肉体吗？车厢里的庄稼汉、工人、领着淘气孩子去洗手间的女人、吱嘎作响的提灯、提灯里的昏暗烛光，这些全部都是爱，全部都是灵魂，全部都是痛苦，全部都是不可言喻的欢乐。

早晨，到了奥廖尔之后，米佳从站台换乘开往乡村的火车。他忽然感觉到，与莫斯科相比，眼前的世界是多么简单宁静，舒适亲切啊！而莫斯科的那个世界，已经成了一个遥不可及的王国，它曾以卡嘉为中心，而卡嘉在他眼里却成了一个寂寞可怜的人儿，他对她的爱也只剩下幻想中的柔情了。这里的天空（涂抹上雨云的浅蓝色），这里的微风甚至也比莫斯科的更加静谧和简单。火车慢悠悠地驶离奥廖尔，米佳坐在几乎空荡荡的车厢里，不紧不慢地吃着一片装饰有图案的图拉蜂蜜蛋糕。过了一会儿，车子渐渐加速，轻轻晃悠着，米佳渐渐进入了梦乡。

车子到了维尔霍维耶，米佳才醒了过来。车子停了，车站的人群忙忙碌碌熙熙攘攘，车站的饭店飘来阵阵诱人的香味，但这里终究有点儿偏僻，米佳明显地感觉到了这一点。米佳享用了一盘卷心菜汤和一瓶啤酒之后，浓浓的倦意袭来，他又打起了瞌睡。当他再次醒来的时候，火车正穿行在春季的桦树林间，树林里光秃秃的，米佳认出来这里离家已经不远了！暮色渐浓，春日里乡村特有的气息围绕着列车，雨点和蘑菇的味道从打开的窗户飘了进来。火车的隆隆声在这广阔的乡野之间格外响亮，远处的火车站闪烁着点点灯光，带着春日特有的哀愁与忧伤。瞧，现在已经可以看见高高耸立着的绿色信号灯了，在这片光秃秃的白桦林中，在苍茫的暮色下，信号灯闪着迷人的光芒。伴随着哐当一声，火车驶入了另一条车道……哦，上帝，在站台上迎接主人的仆人，看上去是那么的亲切，那么的可爱！

马车载着米佳离开了火车站，来到了一座生气蓬勃的村庄，路面泥泞不堪，越来越难走，天色越来越黑，乌云也越来越浓。异常柔和的暮色笼罩着大地万物，万籁俱寂，悄然无声，低垂的朦胧的云朵似乎融入这温暖的夜色之中，一切都像被洗涤，被过滤一样，清新，安静。米佳对眼前的景色感到惊异，感到欣喜：乡村是如此简单，远离了城市的纷纷扰扰，告别了恼人的卿卿我我，没有虚伪，没有猜疑。乡村进入了梦想，一切是那样安静，可以听到心脏跳动的声音，身处温暖的草原，身处草原的夜晚，是多么让人愉快啊！马车在泥泞的路上颠簸着，驶过了一排排小屋。一户富农的院子里挺立着几棵高大的树木，经历了多少风吹雨打，依然不屈不挠地站立着，几只乌鸦把巢穴筑在了它光秃秃的树干上。一座农舍门前，有个长得奇怪的庄稼汉正凝视着暮色，他穿着已经破旧的上衣，头发又长又直，头上戴着一顶羊皮帽，仿佛是远古时期的人……天空下起了雨，这雨水闻上去也是温暖芳香的。米佳突然想起了在这些农舍里熟睡的少女和少妇，想到了这个冬天他与卡嘉亲密接触而领略到的女性的世界，这一切都在眼前模糊，渐渐地融为一体——卡嘉、农家少女、夜晚、春天、雨水的气息、泥土的芬芳（这片土地已经翻耕过，可以结出丰硕的果实）、马汗的味道、回忆里卡嘉的手套的气息，全都融为一体了。

八

米佳初来乍到，美丽宁静的乡村生活就令他如痴如醉，好像是他的世外桃源。

他坐着马车驶向家的那天晚上，卡嘉的身影渐渐模糊了，慢慢地消融在周围环境中，无论怎样回忆，都不再清晰。这里自童年时代起就十分熟悉的景象让他感到新鲜——房子、村庄、春日的乡间景色、荒凉空旷的原野等等，万象更新的大自然充满了活力，准备随时孕育新的生命。

庄园很小，屋子陈旧而朴素，田里的农活并不复杂，所以也用不着很多人手，对米佳而言，平平静静的生活开始了。他的妹妹安雅是语法学习班二年级的学生，哥哥斯科佳是个年轻的军官，他们二人都在奥廖尔，今年六月初才会回来过暑假。米佳的母亲奥尔加·彼得罗夫娜一直忙忙碌碌地操持着庄园大大小小的事，只有一个管理员帮她料理，仆人们称他为管家。她不待在家里，而是在田野里转悠，天一黑便回来睡觉。

米佳回来以后睡了十二个小时，醒来后洗漱一番，换上了干净的衣服，离开他那间阳光明媚的小屋（屋子朝东，面向花园），到其他房间转悠了一圈，这里的一切依旧那么亲切熟悉，简单朴实，让人的心灵和身体都感觉到了抚慰。这么多年来，屋子的摆设原封未动，散发着熟悉的气味。为迎接米佳的归来，房子已经打扫，整洁如新，所有的地板都擦过，因为连着前厅（人们称之为仆人大厅）的餐厅很大，仆人还没有来得及全部打扫。窗户旁边有一扇门通向阳台，一个从村里雇来的脸上长满雀斑的女仆站在窗框上，一边吹着口哨，一边努力地踮起脚，伸手擦最上方的窗玻璃，低处的窗玻璃远远地映出了她浅蓝色的身影。清洁女工芭拉莎从热水里拿出一大块抹布，光着脚丫，露出两条白嫩的大腿，用小巧的脚跟踏着刚刚泼过水的地板，慢慢地擦拭着。她的脸蛋热得通红，停下来用裸露的胳膊拭去脸上的汗水，然后用友好而随和的语气，叽叽喳喳地跟米佳说个不停：

“去吃早饭吧，你的母亲和管家天还没亮就去火车站了，你可能没有听到他们离开的声音。”

裸露的臂膀、擦顶层窗玻璃时露出的窈窕曲线，裙子下裸露的粗壮大腿，这些女性的美好特质让米佳想入非非，心神不宁。就在这时，卡嘉的身影又出现在他的脑海之中，米佳不得不承认卡嘉对他的影响力是如此之大，而他也是属于她的。那天早上，他恍惚觉得卡嘉就在他的身边。

每过一天，米佳就会越来越强烈地感受到卡嘉的存在，他恢复了冷静，逐渐忘记那个虚伪高傲的卡嘉，忘记那个在莫斯科与米佳渴望的形象完全背道而驰的卡嘉，米佳陷入了深深的沉思，头脑中卡嘉的形象越来越美丽，越来越真切，越来越鲜活。

九

这是米佳自成年以来第一次住在家里，以至于妈妈对他非常客气，但最重要的是他获得了真爱，全身心地沉浸在爱情中，自童年和少年时代起就心驰神往的爱情终于美梦成真了。

米佳内心第一次感受到奇特而神秘的感觉，那种无法用语言形容的感觉的时候，他还是个懵懵懂懂的小孩子。记得那一天（肯定也是春天），在花园里的丁香花树丛旁（米佳清楚地记得斑蝥发出的刺鼻气味），米佳和一个年轻女人站在一起，她可能是他的保姆。突然他面前有什么东西闪现出天堂般的光芒，也许是那个保姆的面庞，也许是遮住她丰满乳房的无袖短上衣，总之，他的内心升腾起一种情感，如同一股热浪，把他的五脏六腑搅得天翻地覆，那种汹涌澎湃的热流，宛若是在母亲的子宫中动弹的胎儿一般，他有一种难以言喻的甜蜜，仿佛是在梦中。后来，米佳的童年、少年和学生时代都有过这种感觉，依然像是一场梦。每逢节日，小女孩们就会在妈妈的陪伴下参加聚会，他就会怀着隐秘急切的好奇心，关注着小女孩的一举一动。其中，有个小女孩穿着漂亮的连衣裙，蹬着便鞋，头上系着丝质的蝴蝶结，他一见到这个小女孩，便欣喜若狂，这种喜悦和爱慕之情不同于他熟悉的任何情感。后来他去镇上的学校念书，越来越强烈地体验到这种情感，几乎一整个秋季他都爱慕着一个女生，这个女生常常在傍晚时分爬到邻家花园的某棵钟爱的树上，大胆地摘着树叶，玩耍。她活力四射、戏谑调皮、棕色的裙子、圆梳形的发饰、脏兮兮的双手、欢乐的笑声和洪亮的声音都让米佳神魂颠倒，朝思暮想，相思之苦让米佳时而忧伤憔悴，时而痛哭流泪，渴望从她那儿得到些什么。后来这段单相思不了了之，渐渐淡出了米佳的记忆，他重新开始新的暗恋，这种暗恋或长或短，都深藏内心，不敢吐露，有时会在学校舞会上短暂地迷恋某个女孩，再次体验到爱情的欢乐与悲伤……他的身体朦朦胧胧地渴望着什么，他的心灵也在甜蜜地憧憬着，等待着什么事情的发生……

米佳在农村出生长大，由于外出求学的缘故，除了前年，米佳每个春天都是在城里度过的。前年他回到乡下过忏悔节，突然病倒了，于是整个三月和四月的上半月都只能在家休养，这是一段难以忘怀的时光。前两周他都卧病在床，只能透过窗户遥望天空、雪花、花园，还有树干和树枝，随着天气渐渐变暖，这些景色每天都在发生新的变化。一天清晨，房间里的阳光是那么明媚暖和，苍蝇也活跃起来，在他房间里沿着窗框爬来爬去。第二天午后，太阳转移到了屋子的后面，透过窗户，可以看见春雪渐渐消融，变成了淡蓝色，大朵大朵的白云仿佛挂在树梢上似的，在蓝天的映衬下格外洁白。又过去了一天，白云之间露出了大片瓦蓝色的天空，在阳光的照射下，树枝上泛着湿漉漉的光泽，雪水渐渐融化，顺着屋檐滴滴答答往下流，这一切都给他带来视觉上的惊喜，怎么看也看不够。又过了几天，下起了春雨，连氤氲的雾气都透着暖意，雪渐渐地融化了，几天之内就消失殆尽，河面的冰也开始松动，河水潺潺流淌，花园和院子里的泥土愉快地褪去了冬日的外衣，露出了原本的黑色。

米佳还清楚地记得三月底的某一天，他第一次骑马驰骋于乡间的田野上。那时的天并不是很蓝，可是从果园里苍白单调的树木向上望去，天空仍然闪耀着鲜亮明快的色彩。田野里的风送来新鲜的空气，红褐色的麦茬一派粗犷的荒凉的样子。打算在上面播撒燕麦的土地已经翻耕过了，向上翻转的土块黑黝黝的，似乎能渗出油来，迸发出最原始的生命活力。米佳沿着麦茬和耕地向前方的树林奔驰而去，透过明亮澄澈的光线，可以很清楚地看见林子光秃秃的一片，矮矮的，一眼就能望到头。米佳骑马进入林间谷地，马蹄踩在陈年的落叶上发生沙沙的声响，地上的落叶有的很干燥，呈浅黄色，有的很潮湿，呈棕褐色。他又穿过了一个铺满落叶的沟渠，春汛时的洪水不停地流淌。马儿经过一丛灌木时，惊得一群暗金色的山鹬忽然从马蹄下飞腾而起，响起一阵拍动翅膀的簌簌声。那天乡间的风儿轻柔地吹拂着他的脸庞，马儿奔过了潮湿的麦茬地，跑过了黑乎乎的耕地，累得筋疲力尽，几乎喘不上气来，只能用它那硕大的鼻孔大口大口地喷着鼻息，声嘶力竭地吼叫起来。那个春天，尤其是策马奔驰的这一天对他而言意味着什么呢？米佳认为，这个春天便是他的初恋，春天让他春心萌动，情窦初开，让他朦胧地感受到爱情，让他不停地对女孩子或者某物有了一定程度上的迷恋。他爱上了学校里所有的女生，村庄上所有的少女。但现在回想起来，那段岁月已经湮没在时间的长河里，遥不可及了。他那时是个多么单纯的小男孩，天真烂漫，不谙世故，所有的情绪也渺小得微不足道，只局限于童真的悲伤与欢乐，还有憧憬与幻想。他那时的爱是抽象的，没有目标的，这种没有具体目标、没有实际行动的爱情似乎是一场梦，或者说是恍若一场美梦。现在，他拥有了卡嘉，卡嘉不仅让他的世界具体明朗起来，而且还主宰了他的整个世界，让这个世界里的万事万物都欢欣鼓舞。

十

米佳回到乡下的最初几天，只有一次在恐惧不安中想起了卡嘉，意识到她的存在。

一天晚上，米佳来到后门的台阶上，外面黑黢黢的，分外安静，田野里飘荡着潮湿的空气，花园影影绰绰的轮廓上方飘着云朵，几颗小星星一闪一闪眨着泪汪汪的眼睛。突然，远处传来鬼哭似的猫头鹰的叫声，那声音变成了凄厉刺耳的尖叫。米佳颤抖了一下，有点害怕，然后小心翼翼地走下台阶，走进了漆黑一片的林荫道。周围似乎有无数双眼睛不怀好意地瞪着他，他又停下脚步，仔细听着周围的动静，希望搞清楚这声音是什么，从哪里传过来的，为什么这可怖的叫声突然之间就响彻整个花园。也许只是一只棕色的猫头鹰或是长耳枭在发出求爱的渴望，米佳这样安慰自己，但仍然是战战兢兢，不敢乱动，似乎魔鬼就隐藏在黑暗之中。突然间又响起了隆隆的嚎叫声，这声音就来自林荫道的树顶附近，把米佳吓得毛骨悚然，接着又是一阵吱吱嘎嘎、窸窸窣窣的声音，魔鬼似乎来到了花园的另一端，先是叫喊了几声，不一会儿又开始发出凄婉哀怨的呜咽和呻吟，像小孩子一般苦苦的哀求，接着魔鬼扇动翅膀，发出痛苦的惨叫，最后又发出邪恶的怪笑声，似乎被人胳肢或受到严刑拷打，发出痛苦难耐的声音。米佳浑身哆嗦，极力睁大眼睛，竖起耳朵，屏息凝神，在黑暗中搜寻着这古怪而恐怖的声音。那魔鬼不再狂笑，而是轻轻地抽泣着，最后极度狂喜的哀嚎划破了整个花园，不一会儿声音不再响起，似乎被大地吞噬，消失得无影无踪。米佳想听听那些瘆人的声音会不会再度响起，又站了几分钟，但是白等了一场，四周一片安静，于是悄悄地回家去了。整个晚上米佳都被梦魇缠身，三月份，他在莫斯科经历的爱情变成了病态可憎的想法和感受，折磨得他翻来覆去，夜不能眠。

然而，到了白天，那些把他折磨得够呛的痛苦的想法在明媚的阳光下通通烟消云散了。他想起了，当他下定决心离开莫斯科一阵子的时候，卡嘉是怎样哭得死去活来；想起了卡嘉得知他们六月初将在克里米亚重聚，是怎样地欣喜若狂；想起了她是怎样体贴入微地为他收拾行囊；想起了他们在火车站依依惜别的场景……他拿出了卡嘉的照片，久久地凝视着她的脸庞，她的脸蛋小巧精致，梳着优雅的发髻，眼睛又大又圆，那么纯洁明亮，米佳越看越惊讶，越看越喜欢。他热情洋溢地给她写了一封很长的信，诉说着浓浓的相思之情，信中对两人的爱情前景充满了信心。他再一次感受到光彩照人的卡嘉无处不在，存在于他周围的生活，存在于他的喜怒哀乐之中。

米佳回想起十年前父亲去世时自己的心情，那也是一个春天。米佳觉得茫然又害怕，战战兢兢地穿过布置成灵堂的大厅。他的父亲躺在那儿，穿着贵族制服，硕大苍白的双手交叠着放在高高隆起的胸前，稀疏的胡子仍然是黑色的，鼻子成了白色。米佳走到门口的台阶上，瞥了一眼放在门口包裹着金缎子的巨大棺材盖，突然领悟到人终有一死，死亡无处不在，死亡存在于阳光普照的世界，存在于院子里的春草上，天空里和花园中……他往花园走去，走到阳光照射下树影斑驳的椴树林荫道上，然后又走到两侧阳光更为充足的林间小道，望着一棵棵树木，注视着翩翩起舞的白蝶，聆听着小鸟悠扬婉转的啼鸣，他觉得一切都那么陌生，万事万物都存在着死亡，大厅里恐怖的灵台标志着死亡，包裹着锦缎的长长的棺材盖标志着死亡！太阳没有以前那么明亮灿烂了，草也不像以前那么碧绿葱郁了，蝴蝶也不像以前那样贪婪地驻留在春草上（草的茎尖上才有点儿热气）——一切都变了样，一切都截然不同，仿佛世界末日一夜之间到来了。可爱的春天，永恒的朝气蓬勃也变得让人哀叹忧伤。这种感觉持续了很长一段时间，几乎是整个春天，他甚至觉得，整个屋子弥漫着一股甜得发腻的令人倒胃的恶心，这种气味经久不散，虽然经过多次的刷洗和通风……

现在这种感觉又回到了米佳的身上，但与以往稍稍不同——这是春天，与以往都不同的春天，因为他坠入了爱河。世界再一次变了样，充满了奇特的东西，不再那么可怕或充满敌意，恰恰相反，奇迹般洋溢着春天的朝气和欢乐。最不可思议的就是卡嘉，或者说是米佳渴望从卡嘉那儿获取的世上最迷人的东西,随着春日的景象日渐繁华,他从卡嘉那里渴望得到的东西越来越多。遗憾的是,她不在他的身旁,陪伴他左右的只是米佳幻想出来的卡嘉,这个幻想的形象并不存在,而是米佳所期望的形象,这个形象是完美无缺的,与米佳的期望没有一点违背,一点都无损于米佳从卡嘉身上所取的东西。她的形象在米佳的脑海中越来越真切,越来越鲜活,目之所及,都能联想起这个形象。

十一

米佳回到家的第一个星期,对这种形象就深信不疑,一想到卡嘉心里便充满了喜悦之情。现在是春天的傍晚,他来到打开的窗户前坐下看书,目光越过花园里银色的冷杉和松树,遥望河边的低洼地流动着脏兮兮的河水,和小河对岸斜坡上的村庄。隔壁的花园里是古老的白桦林,一群白嘴鸦站在光秃秃的树枝上,从早到晚不知疲倦地啼叫着,忙碌着,渐渐地体力不支(它们只有早春时分才会发出啼叫声)。山坡上的村庄是一片单调无趣的灰色,只有柳树冒出了几颗绿芽,绿中还带着鹅黄。他走进了花园,里面也是一片稀疏荒芜,只有林中空地的小草微微泛着绿色,星星点点地开满了绿宝石色的小花;林荫道旁的洋槐树披上了嫩叶,花园南面有一颗樱桃树孤零零地耸立在凹地里,树上白色的花朵竞相绽放。米佳从花园来到田野上:土地是空旷的,灰蒙蒙的,麦茬像刷子似的硬邦邦的,小道上的泥土已经干了,结成了淡紫色的小圆丘。所有这些事物,都彰显着一条信息,那就是现在正处于年轻的生命迸发活力、等待孕育硕果的季节,这一切的一切都是卡嘉的化身。米佳有时同来家里打短工的村中少女、仆人、大厅里的雇工厮混在一起,有时候读书、散步,有时去拜访村庄熟识的农民,有时同妈妈聊天,有时和管家一起驱车去田野里转悠。这位管家是个退伍的军人,身材魁梧,为人粗鲁,经常驾着轻便四轮敞篷马车在乡间疾驰。米佳以为可以分心,不再那么思念卡嘉,结果却是一场徒劳,思念与日俱增,日益强烈。

又过去了一个星期。傍晚时分下起了滂沱大雨,但很快就雨过天晴,天空艳阳高照,春天一下子失去了平日的温柔妩媚,周围的一切简直不是日新月异,而是眨眼之间就变了个样。又硬又短的麦茬地耕耘之后变成了黑色的天鹅绒,田野的绿草抽条发芽,屋外的草地更加鲜嫩多汁,天空更蓝更亮了。花园重新披上了绿色的柔软外衣,灰色的丁香花丛变成了淡紫色,散发出阵阵幽香,引得黑色的巨大的苍蝇(散发着金属的蓝色光泽)大批出动,有的停歇在丁香花墨绿色的平滑的叶子上,有的躲在林荫道斑驳的日影中。苹果树和梨树的树干几乎还是光秃秃的,才刚刚长出来几片小小的柔软的灰色叶子,格外醒目,弯弯曲曲、纵横交错的树枝形成了一张张网,遮住了其他的树。树枝上开着一朵朵白色的小花,这花儿越来越白,越来越密,越来越香。在这些日子里,春天不可思议地施展魔法,给他带来了无穷无尽的欢乐,但卡嘉的身影非但没有随着这些变化模糊或消失,反而与周围的一切融为一体,卡嘉把自己的美丽传播开来,周围的景物似乎受到了感染,这份美丽随着百花竞放欣欣向荣的春天、随着繁花似锦的果园、随着越来越蔚蓝澄澈的天空,一道扩散开来。

十二

一天午后,米佳来到洒满阳光的餐厅里喝茶,却意外地发现了一封躺在茶壶边的信,这封信他苦苦等了一个上午。他快步走到餐桌旁,心想他写了这么多信,卡嘉至少应该回一封吧。一个小巧精致的信封一下子跃入米佳眼帘,上面的字密密麻麻,难以辨认,可却是米佳非常熟悉的字迹,那是卡嘉的字迹!那封信亮得耀眼,米佳激动不安地抓起这封信,跑出了屋子,穿过了花园,沿着主林荫道,来到了花园最僻静的角落,那里有一条沟渠,渠水潺潺流动。他停下了脚步，环顾四周，确定没有任何东西可以打扰他了，然后迅速地打开了信封。信很短，只有寥寥数语，但米佳翻来覆去地读了好多遍，最后才恋恋不舍地把信收起来。他的心怦怦直跳，几乎要跃出喉咙口了。“亲爱的，你是我的唯一！”米佳读了一遍又一遍，只觉得心神荡漾，大地似乎都在颤抖。他举目四望，花园上方的天空也受到他的感染，闪着明亮艳丽的光辉；周围的花园也放射出白雪一般的银色光芒；远处新鲜翠绿的灌木丛中，夜莺真切地感受到了傍晚的寒意，用柔情似水的歌声婉转地啼鸣，完全忘我地沉浸在悠扬动听的歌声里。米佳激动得脸色发白，毫无血色，头皮一阵发麻，他一时不知道该做些什么，有点手足无措，有点受宠若惊。

他慢慢地走回去，幸福就像杯中的水，满得几乎要溢出来了。接下来的好几天，他都把那封信像宝贝似的小心翼翼地揣在怀里，满怀喜悦和期待，等着下一封信的到来。

十三

花园披上了春日的盛装，绚丽多姿，五彩缤纷。

古老的枫树高高耸立着，几乎占据了花园南面的所有地盘，从四面八方都能看见它。沐浴在生机勃勃的春色里，它显得更加高大挺拔，更加引人注目。

米佳总是从窗口向外眺望，主林荫道也变得更加显眼，更加气派了。古老的椴树笔直地向上耸立着，延伸着，枝桠上长满了新鲜嫩绿的叶子，形成了明显的花纹式样，仿佛花园里长出了一个浅绿色的山脊。

枫树和椴树下开满了奶油色的卷曲的小花，香气浓郁。

所有的一切，巨大繁茂的枫树冠、椴树浅绿色的山脊、房子的南面墙角里的一切、如婚纱般洁白的苹果花、梨花、稠梨樱花、丁香花、洋槐树、黑醋栗树、荨麻草、牛蒡、艾蒿、太阳、蓝天、花园里、低谷里、人行道旁、小路上——一派生机勃勃、枝叶葳蕤的景象，叫人惊叹不已。

干净整洁的院子成了绿色的海洋，从四面八方蔓延而来的绿色使得庭院看起来更加窄小了，房子似乎越来越精致，越来越美。家里好像要迎接客人一般，一连好几天，所有房间的窗户都敞开着——白色的餐厅、老式的蓝色客厅、小型的休息室（房间也是蓝色的，还挂着椭圆的微型画像）、洒满阳光的图书馆，所有的窗户都打开了，连大而空旷的耳房也不例外，耳房朝门口的角落里放着一座老式圣像，墙边摆着一个浅灰色的低矮书架。繁茂的叶子百态千姿，或是浅绿，或是深绿，顺着伸进房间的树枝之间的缝隙看去，会惊喜地看见一片蔚蓝的天空，从窗口眺望，轻而易举就能望见这美不胜收，如节日般喜气洋洋的景色。

过了这么多天，米佳都没有收到卡嘉的来信。米佳知道要卡嘉写封信简直比登天还难，她得平心静气地坐在写字台前，找到纸笔和信封，最重要的是还不能忘记贴上邮票，还得找到邮筒把信投递出去。但是再理智再全面的思考也敌不过内心的直觉，这几天，他一直满怀愉悦、满怀信心地等着卡嘉的下一封信，但是这封信迟迟不来。现在这种快乐和自信消失了，他日渐憔悴，心事重重，卡嘉的第一封信让他振作鼓舞起来，他觉得紧接着的第二封信应该更加美好，更加振奋人心，可是卡嘉却保持了沉默。

他去村庄各处游览拜访，去乡间策马奔驰的次数渐渐少了。他坐在图书馆里，无所事事地翻阅着杂志，这些杂志躺在书架上多少年都无人问津，早已发黄变硬。杂志里有很多古代诗人写下的优美诗句，所有的诗几乎只有一个主题——自从开天辟地以来，所有的诗词歌赋里都充满了对它的吟咏。它滋养着米佳的灵魂，这个主题总让米佳联想起他自己，想起卡嘉，想起他们的爱情！读了好几个小时之后，他坐在书架旁的摇椅里，自讨苦吃地一遍又一遍诵读那些诗句：

“世人都已进入梦乡，
我的心上人，
让我们一起去幽暗的花园里，
世人都已进入梦乡，
只有天上的星星见证我们的爱情……”

这些富有魅力的诗句仿佛是出自米佳的手笔，引起了他内心深处的共鸣，传达了他的心声，这些诗句仿佛只为卡嘉一个人而作，而米佳每时每刻，任何地方都能够看到她的倩影。这一声声呼唤，简直让米佳着了魔，他情不自禁地吟咏起来：

“水面光滑如镜，
天鹅展翅飞翔，
河面泛起涟漪，
瞧，星星闪着熠熠的光芒，
树叶静止不动
哦，亲爱的，快来吧，
赶在乌云蔽天之前，来到我身旁！”

米佳浑身发冷，他闭上了眼睛，反反复复地呼唤着，充满柔情爱意的呼喊发自他的内心，渴望着爱情能够顺顺利利，如愿以偿。他久久地坐在那里，若有所思地凝视着前方，静静地聆听着乡村独有的寂静无声，然后悲伤地摇了摇头。不，她没有回信，她在那遥远陌生的莫斯科，成为众人瞩目的焦点！想到这里，米佳心里的柔情蜜意消失殆尽了，但还是不能自已地吟咏着这些仿佛咒语般的诗句：

“瞧，星星闪着熠熠的光芒，
树叶静止不动
哦，亲爱的，快来吧，
赶在乌云蔽天之前，来到我身旁！”

十四

一天，米佳吃完午饭后打了一会儿瞌睡，醒来后离开屋子，朝果园走去。打短工的少女们都在果园里干活，给苹果树松土。那一天女孩们依旧忙碌着，米佳走到她们身旁，跟她们聊聊天——这已经成了米佳的一个习惯。

天很热，没有什么风。米佳走在林荫道浓密的树荫下，望着头顶上虬曲的树枝开满了雪白的花朵，梨花尤为茂密，洁白如雪的花瓣和头顶蔚蓝的天空相得益彰，呈现出了紫罗兰的色彩。梨树和苹果树的花朵同时开放，竞相吐艳，周围翻耕过的泥土上铺满了褪色的花瓣。空气中甜美馥郁的花香久久不散，与热气腾腾的正在腐烂的牲畜粪便的气味融在一起。偶尔飘来的一朵白云让蔚蓝的天空变得更加明亮，更加灵动，和暖的空气里，花香味和腐烂的味道掺杂在一起，似乎更加甜腻、更加柔和了。春天仿佛天堂一般温暖和煦，蜜蜂发出令人昏昏欲睡的嗡嗡声，扎进卷曲的甜滋滋的白如雪的花丛中采蜜，夜莺无聊厌倦的时候，一整天都在此起彼伏地歌唱。

远处林荫道的尽头便是谷仓大门。在远处的左边，果园土墙的拐角处是一丛丛黑色的冷杉树，树旁有两个身穿亮色裙子的女孩在苹果树下劳作。一如往常，米佳从林荫道拐过去，朝她们走来，他得弓着身子，因为那些旁逸斜出的树枝如女人般轻轻地抚摸着他的脸庞，散发出蜂蜜甚至柠檬的香气，不断的撩拨着他。索娜卡，那个瘦瘦的红头发的女孩也一如往常地一见到米佳便哈哈大笑，装作很害怕的样子大声喊道："来人呐，救命啊，小主人来啦！"

原本在梨树圆木上休息的她，从上面跳下来，拿起干活用的铁锹。

另一个女孩格拉什卡，她的黑毡毛软底鞋下粘着白色的花瓣，此刻，却假装没看到米佳，一只脚使劲踩在铁锹上，她用力把铁锹铲入地里，把泥土翻了个身，接着用嘹亮愉悦的声音唱到：

"哦，花园，我的花园，你为谁盛开为谁展颜？"

她高高的个子，身材魁梧有力，总是一脸严肃。

米佳走到了她们跟前，坐在了索娜卡刚刚坐过的梨花圆木上，这块木头已经干枯了。索娜卡愉快地看着米佳，装作跟他很熟悉很亲密地大声说道：

"刚刚才起床啊？您可要当心咯，不要睡过头，误了大事！"

她很喜欢米佳，尽管她尽力隐藏这个事实，却总是以失败告终。在米佳面前，她总是表现得手足无措，语无伦次，说话总是不经思考就脱口而出，但句句都含沙射影，大有言外之意。索娜卡还隐约地感觉到，米佳每次来这儿都是一副心不在焉失魂落魄的样子，显然是有什么心事。她怀疑米佳与芭拉莎已经有了一腿，关系很暧昧，至少米佳存着这份心思，所以总是醋意大发，跟米佳讲话时而柔声细语，时而尖酸刻薄，还时不时懒洋洋地看着米佳，希望他能明白她对他的爱意，有时会冷冷地看着他，做出不屑一顾的样子，眼神中甚至带着敌意。然而奇怪的是这一切都让米佳觉得很开心，他似乎是快乐地享受着。

他一直没有收到卡嘉的来信，跟丢了三魂七魄似的，成了一具行尸走肉，一心一意地盼望着来信，因为日思夜想，米佳更加郁郁寡欢，一日比一日忧郁。而且他希望有人可以分享他爱情的甜蜜和痛苦，跟别人谈谈卡嘉，诉说他对克里米亚之行的憧憬与期待。所以索娜卡对他的芳心暗许让他有些高兴，与她的谈话，多多少少触及了折磨米佳很久的内心的秘密。索娜卡对他的痴迷让米佳感动不已，从某种程度上来说，他们之间是亲密的，她秘密地参与了他的心灵恋爱的过程，有时她甚至让他产生了一丝希望：他在索娜卡身上找到了他对卡嘉的感情的坚定不移，或者他在索娜卡身上找到了卡嘉的替身。

然而索娜卡却一点也不知道自己触及了米佳内心深处的秘密，依然在大大咧咧地调侃着："您可要当心咯，不要睡过头，误了大事！"

米佳环顾四周，眼前茂密的深绿色冷杉林在强烈阳光的照射下，几乎变成了黑压压的一片，目光越过密密的杉树顶，能看到天空呈现出恢弘大气的蓝色。椴树、枫树和榆树新长出来的叶子在阳光下变成了透明，枝繁叶茂的树林形成了一顶巨大的华盖，几乎遮蔽了整座花园，草地上、空地上、小路上到处是阳光洒下的斑驳的光影，香气浓郁的花朵洁白如雪，看上去像瓷器做成的那般精致美丽，在阳光下闪着晶晶亮的光彩。米佳情不自禁地笑了起来，他问索娜卡："我能有什么大事好耽误呢？我现在最烦恼的就是整天无所事事、游手好闲啊。"

"行了！您别再说了，我相信你说的话还不成嘛！"索娜卡粗鲁又欢快地回答道，她确信米佳正在恋爱，恋爱让米佳觉得很开心。这时，一头红牛（前额还有一块卷曲的白毛）慢悠悠地从冷杉树间蹿出来，走到她的身后，开始咬她的棉布裙子的荷叶镶边。她大喊了一声，挥舞着手臂驱赶这头牛。

"哦，滚开！老天爷又给我派来个小少爷！"

"我听说他们给你安排了一门亲事，是真的吗？"米佳问道，他不知道该说些什么，只想他们的谈话能够继续下去。"听说男方家里挺富有的，小伙子长得也很帅，但你违背了父亲的意愿，一口回绝了……"

"是挺有钱的，但那个人是个蠢货，没有脑子的东西。"索娜卡有些得意，很机灵地回答道，“说不定是我自己心里有人了呢……”

一脸严肃又沉默寡言的格拉什卡摇了摇头，没有停下手中的活，无奈地说道：

“你少说几句话吧，丫头，说话之前也不考虑考虑，就叽叽喳喳说个不停，村里的人可是会说闲话的……”

“闭嘴！不要胡说八道！”索娜卡大声说道，“我又不是三岁小孩，可以把握好分寸，可以照顾好自己的。”

“那好，你说你的心里已经有人了，那个人是谁呢？”米佳问道。

“好吧，我老实交代！”索娜卡说道，“我看上了你家放羊的老头。我一看到他就浑身火热。我跟您一样，可喜欢骑老马了！”她的话里充满了挑衅，很明显是在影射芭拉莎，她今年二十岁了，在村里这个年纪已经是老姑娘了。她突然之间任性地丢掉了铲子，一屁股坐在地上，把自己的腿岔开，将穿着杂色羊毛袜的脚从半长的靴子里解放出来——她以为自己暗恋少主人，便有了这种任意妄为的特权似的。她的双臂无力地垂下，大笑着说道：

“天哪，我什么也没干哪，就已经累得不行了。”接着用尖利的嗓音唱道：

“我的靴子已经磨得破破烂烂，

但靴尖依然闪闪发亮……”

接着她又大笑着喊道：

“过来，陪我去小屋里休息一会儿，你干什么我都不会反抗的。”

她的笑声感染了米佳，他也咧开嘴不好意思地笑起来，他从梨树枝上跳了下来，走到索娜卡身边，躺了下来，头枕着她的膝盖。她把他推开了，但他又把自己的头凑过来，突然想起来让他难以忘记的一首诗里面的句子：

“哦，我看到了玫瑰，欢乐的源泉
鲜艳的花瓣逐渐绽放，
娇艳欲滴，闪着露珠
我看到了爱的疆界，
无边无际，缺乏理性
芬芳醉人，缱绻缠绵……”

“别碰我！”索娜卡大喊，这一次她是真的吓坏了，急着把他的头推开。“你再这样我就喊人啦，森林里所有的狼群都会随着我的叫喊声而嚎叫。我对你毫无感觉，也许曾经是有那么一点儿，但现在已经荡然无存了！”

米佳闭上了眼睛，一言不发。阳光穿过了梨树的叶子、枝桠和花朵，斑驳的光影洒在了米佳脸上，让米佳觉得痒痒的。索娜卡亲密而用力地抓着米佳又黑又厚的头发，说道：

“活脱脱就像马鬃毛！”说完便把他的帽子往下压，遮住了眼睛。米佳的后脑勺碰到了她的大腿——世上最令人敬畏的东西，女性的大腿！米佳扭动着自己的头，贴着，闻到了她棉布裙和衬衫的味道，这味道同花园散发的香气以及卡嘉的味道融在一起，远处近处的夜莺绵软无力的歌声，无数的蜜蜂催人欲睡的嗡嗡声，如蜂蜜般甜润暖和的天气、泥土的芬芳，这些都让米佳内心涌动着渴望超越极限的快乐。突然，冷杉树间传来窸窸窣窣的声响，接着是一阵心满意足的愉快的笑声，然后又传来杜鹃“布谷布谷”声音，那声音是如此怪诞清晰，离他很近，甚至都能听见尖利的舌头发出的呼呼声。米佳心里渴望着卡嘉，渴望着卡嘉能不顾一切地给予他至高无上超越极限的快乐，这种渴望让米佳欲罢不能，他突然跳了起来，迈着大步走开了，留下索娜卡惊愕得张大了嘴巴。

伴随着强烈的欲望，伴随着对幸福的渴求，伴随着冷杉林中清晰的可怖的声响，这声音似乎把春日里美好的光景撕得支离破碎，米佳突然意识到根本不可能收到卡嘉的来信，卡嘉在莫斯科一定发生了什么事情，或者即将发生什么事情，米佳预感到自己完蛋了，已经毫无希望了。

十五

米佳在大厅里的镜子前站定了一会儿。

“她说的没错，”他想道，“就算我的眼睛长得不像拜占庭人，也像是疯子的。一副骨瘦如柴，营养不良的样子，身材一点也不匀称，粗野笨拙，眉毛像黑炭一样，头发像马鬃一样又黑又厚，的确如索娜卡所说的，像马鬃一样的头发！”

正在镜子前打量自己的时候，米佳突然听到了后面传来光脚丫子踩在地板上发出啪嗒啪嗒的声音，他难为情地转过身去。

“你准是恋爱了，怪不得老照镜子呢。”芭拉莎用充满爱意的语气调侃道，匆匆忙忙地拿着一个茶壶走到阳台上。

“你妈妈正在找你呢。”她接着说道，把茶壶重重地放在桌子上，准备泡茶，她转过身去，迅速地瞥了米佳一眼，似乎洞穿了他的心事。

“他们什么都知道了，什么都猜到了！”米佳这样想着，好不容易鼓起勇气问道：

“她在哪呢？”

“在她的房间里。”

太阳绕着屋子转了一圈，移到了西边。松树和银色冷杉的茂密枝桠遮住了阳台，太阳像一面巨大的镜子，把这些树照得闪闪发亮，桃叶卫矛也亮得如玻璃一般，已呈现出夏日里特有的欣欣向荣。桌子摆在树荫底下，桌面上洒下了不少斑驳的光影，桌布闪着亮晶晶的光芒。几只大黄蜂围绕在放白面包的小篮子飞舞着，刻花玻璃的碗里放着果酱和茶杯。所有的场景都描绘着夏日的美景，洋溢着夏日村庄的幸福与安详。米佳想要先发制人，因为他妈妈了解的事情不会比别人少，米佳想让妈妈知道他并没有什么烦心事，也没有隐藏着什么秘密，因此赶忙离开了大厅，向走廊奔去。米佳自己的房间、妈妈的房间，还有阿妮雅和斯科佳住的房间都通向这个光线昏暗的走廊。妈妈的房间里笼罩着浅蓝色的光芒，有些乱糟糟的，但是很舒适，里面胡乱地堆放着老式的家具——衣柜、五斗橱、大床，还有一个神龛，上面总是点着长明灯，尽管奥尔加·彼得罗夫娜并不信仰某一个宗教，但长明灯依然在闪烁。在轩敞的窗外，主林荫道口旁的那个无人问津的花园，蒙上了一道宽大的阴影，花园的其余部分都沐浴在阳光之下，愉快地闪现着绿白两种光芒。奥尔加·彼得罗夫娜今年四十岁，身材高大瘦长，皮肤很黑，一向都很严肃，她正坐在窗边的摇手椅上。她对眼前的景色早已习以为常，甚至都没有瞥一眼，戴着眼镜，专心致志地忙着手中的编织活，不停地舞动着手中的钩针，一进一出。

“您找我有事，妈妈？”米佳问道，走了进去，在门边却又停住了。

“也没什么事，我就是想见见你，毕竟，现在除了吃饭，其他时候很少能看见你。”奥尔加·彼得罗夫娜答道，她一边继续忙着手中的编织活，一边用异常冷静的语调跟米佳说话。

米佳回想起三月九日那一天，卡嘉曾对他说，不知什么原因很害怕他的妈妈，这些话对米佳而言有着独特的含义和重大的意义。

他不好意思地低声问道：

“您是不是有话要跟我说？”

“没有呀，只不过前几天见你有些消沉而已，”奥尔加·彼得罗夫娜说道，“也许你可以去别的地方散散心，比如去麦谢尔斯基家坐坐，他们家总是有很多女孩子。”她微笑着补充说道。“总而言之，我觉得他们一家人都非常友善，非常热情好客。”

“我很乐意去，过几天就抽空去拜访他们的，”米佳不情不愿地答道，“但现在我们还是喝杯茶吧。在阳台上待着真是舒服啊，我们可以在这聊聊天。”他嘴上这样说，心里却十分明白，妈妈是个聪明并且有洞察力的女人，平时沉默寡言，但任何事情都逃不出她的眼睛，因此，他不愿意再回到这种没有意义的谈话上来，于是就岔开了话题。

他们俩一直坐在阳台上，直至太阳西沉。喝完茶后，奥尔加·彼得罗夫娜又继续她的编织，絮絮叨叨地谈论着周围的邻居、家里的杂事以及阿妮雅和斯科佳（阿妮雅在八月份有一场补考）。米佳静静地听着，偶尔接上几句，但他总是有一种感觉，这种感觉同他离开莫斯科之前的心情十分相似，仿佛是身患重病一样头晕眼花，恍恍惚惚。

晚上米佳不停地在屋子里来回踱步，整整两个小时，他就这么踱来踱去，先是穿过了餐厅、客厅，来到了小型休息室、图书馆，接着又走向图书馆南边的窗户，这几面窗户面朝花园开着。夕阳的余晖透过松树和银色冷杉之间的缝隙，将柔和的红色光芒投射到餐厅和客厅的窗户上，仆人大厅传来雇工们收工后准备吃饭的欢声笑语。浅蓝色的天空镶嵌着一颗玫红色的星星，高高地悬挂着，一动不动。枫树葱郁的尖顶和花园里如冬雪般洁白的花朵在蓝色苍穹的映衬下，形成了如诗如画般的意境。但米佳无心欣赏，也顾不上其他人是不是在好奇地注意他，只是一味地来回踱步，他咬紧牙关，咬得脑袋都隐隐作痛了。

十六

夏天渐渐来临了，但米佳对周围景象的变化毫不关注，尽管他看到了也感受到了这些变化，但这些景象对他来说不再有特殊的意义。他只觉得周围景象的变化是他痛苦的来源，夏天的景色越美，他就越是痛苦不堪。卡嘉成了他的心病，他满脑子都是卡嘉的身影，卡嘉已经无所不在，米佳的这种执着和痴迷已经到了荒唐的地步。日复一日，他的担心渐渐得到了证实：卡嘉已经不再属于他，她已经向别人投怀送抱去了，她把自己和爱情都奉献给了别人，而米佳原本是独自占有卡嘉和这份爱情的。世间万物似乎都没有了意义，处处皆是痛苦。只是，米佳越觉得这周围的一切没有意义，让人痛苦，它们反而越发美丽迷人。

夜晚，他辗转反侧，难以入眠。美丽的月色充满魔力，显示出无与伦比的美丽。奶白色的花园里悄然无声，夜莺厌倦了放声歌唱，改为轻轻地低声吟唱，互相比较着谁的歌声更加甜美细腻，谁的歌声更加纯洁悦耳，更加婉转动听。月亮低低地悬挂在花园中，闪着温柔皎洁的光芒，月亮旁边总是一成不变地飘着一朵浅蓝色的云朵，云的边沿如同淡淡的轻柔的涟漪，透着难以形容的可爱。米佳睡觉时，窗帘并没有拉上，透过窗户能看到花园和月亮下的美景。每次睁开眼睛看到月亮时，他仿佛着了魔一般，情不自禁地自言自语道："卡嘉！"这呼唤声中带着无尽的狂热和痛苦，以至于他自己都觉得这么做真的是太荒谬太可笑了。月亮怎么会让他联想起卡嘉呢？但他确确实实一看到月亮就想起了卡嘉，最让他吃惊的是这种联想有时甚至是真真切切的。但有时米佳即使什么也看不见，他对卡嘉的思念，他对莫斯科的美好时光的回忆就占据了他的全部身心，他像身患热病似的浑身颤抖着，向上帝祷告，让卡嘉待在他的身旁，待在他的床边，哪怕是在梦里也行！可是这些祷告有什么用呢？永远都不可能实现的！

那一年冬天，他和卡嘉到大剧院观看索宾诺夫和夏里亚宾同台演出的歌剧《浮士德》。不知为什么那天晚上的一切都特别美好：灯火通明、人头攒动的剧院里有些闷热，弥漫着香水的气息，身穿华服的观众坐在深红色丝绒、金色花纹装饰的包厢里，巨大的水晶吊灯悬挂在大厅里，如珍珠般流光溢彩。随着指挥家挥舞着手中的指挥棒，优美的前奏曲从下面的乐池里传来，这声音时而震耳欲聋，充满活力，时而柔情似水，充满悲伤："很久以前，图拉有一位国王……"看完演出之后，他带着卡嘉回基斯洛夫卡的家中。那晚霜深露重，夜凉如水，米佳在卡嘉的家里待到了深夜，他们如胶似漆地亲吻，吻得米佳头晕目眩，临走时拿走了卡嘉用来扎辫子的红丝带。现在，那根红丝带正躺在他的写字台上，在这个令人心碎的五月份，他甚至一想起这根丝带，心就会不由得颤抖一下——他的绝望已经到了这种无可挽回的地步了。

白天的时候，他会小睡一会儿，然后骑马去镇上，镇上有火车站和邮局。那段时间几乎都是风和日丽的晴天，只有偶尔才会滴点小雨，有时甚至会电闪雷鸣，下起倾盆大雨，雨过天晴之后依然是艳阳高照，花园里、田野里、树林里到处洒满了灿烂的阳光。花园里的花朵一面凋零枯萎，一面又显示出顽强的生命力，树木越长越茂盛，越长越葱郁。树林几乎成了花草的海洋，被它们湮没了，在苍翠葱郁的树林深处，夜莺和布谷鸟的歌声一刻不停，不绝于耳。田野不再贫瘠荒芜，各种各样的庄稼抽出了新的嫩芽。米佳整日流连于树林和田野，乐而忘返。

米佳不再整日待在阳台或院子里，徒劳地等着管家或雇工拿来信件，他已经羞于做这样的事了，也不再等待。事实上，管家或是雇工也是忙忙碌碌的，没有时间骑上五英里的路程来做这种微不足道的小事。所以他决定自己骑马去邮局，但总是无功而返，要么只有一份奥廖尔报纸，要么只有阿妮雅和斯科佳的来信。米佳的痛苦到了绝望的地步。骑马经过的田野和树林，里面的风光是如此绮丽多姿，而他的内心却与美景形成了鲜明的对比，痛苦到胸膛都开始隐隐作痛。

一天午后，他从邮局骑马回家的路上，经过了一间坐落于花园里的废弃庄园，这座花园与周围的桦树林连成了一片。他策马在上工大道走着，当地的庄稼汉称庄园的主林荫道为"上工大道”，道路宽敞气派，却有些阴森，路面满是赤褐色的光滑的针叶，仿佛是铺上了一条厚厚的毯子，路两旁是两排巨大的黑色杉树，尽头是一座古老的房屋。太阳已经西落，在左边的公园和树林后面若隐若现，红色、干燥、柔和的阳光斜射着穿过冷杉树干，照亮了林荫大道的地面，如厚地毯般的金色针叶闪闪发亮。周围的一切都笼罩着令人心醉的静谧，偶尔有一两只夜莺从庄园的一头飞到另一头，啼啭鸣叫，云杉和房子的周围开满了茉莉花，散发出馥郁的芳香。米佳突然感到巨大的幸福，其实，他自己知道，现在他肯定是面如死灰——这种幸福是属于其他人的——他幻想着卡嘉成了他的新娘，站在开满茉莉花的破败不堪的阳台上，等待着他的到来。他高声地叫喊着，这声音充斥了整个林荫大道：

“如果一个星期之内还是没有来信的话，我就开枪结束自己的生命！”

十七

第二天米佳起得很晚，吃过午饭后他坐到阳台上，膝盖上放着一本书，眼睛望着印有图画的封面，呆呆地坐着，心里琢磨着要不要去邮局。

天气很热，一对白色的蝴蝶翩翩起舞，时而围着烧得滚烫的草尖，时而飞至像玻璃一样闪闪发光的桃叶卫矛。他的眼睛追随着两只蝴蝶，思想又在泛滥开去，心里考虑着：

“我到底是去一下呢，还是再也不去那充满屈辱回忆的地方了？”

米佳抬起眼睛，看见骑着马出现在门口的斜坡上的管家。管家瞥了一眼阳台，径直走去。到了阳台，他勒住马缰，停了下来，对米佳说道：

“早上好！你还在看书啊？”

他笑了一下，看看四周。

“你妈妈还没起床吗?”他问道。

“我想她还没起,”米佳说道,“找她有事吗?”

管家顿了一下,神情严肃地快速说道:

“呃,是这样的,小主人,看书是件挺不错的事,但干任何事都得挑时间挑场合。你看你现在过着和尚的生活,到底是为什么呀?周围有这么多好女孩子?”

米佳没有回答,他垂下眼睛,低头看书。

“你刚刚去哪了?”他头也不抬地问道。

“邮局,”管家答道,“你就死了心吧,一封信也没有,只有报纸。”

“你是什么意思,什么叫‘死了心吧’?”

“我是说您的心上人正在给您写信呢,只是她还没写完而已,”管家粗鲁地讽刺道,米佳刚刚没有回答他,让他很生气,他的语气里带有不满和埋怨。“报纸给你吧,我走了。”说完,管家把报纸给了米佳,骑着马离开了。

“我要开枪自杀!”米佳坚决地想道,眼睛愣愣地盯着书本,却是一个字都没有看进去。

十八

米佳心知肚明:没有什么事比自杀更加愚蠢荒唐的了。开枪自杀意味着脑浆迸裂,粉身碎骨,年轻有力的心脏从此停止跳动,思想和感情也戛然而止,耳不能听,目不能视,从此与这个美丽得难以形容的世界诀别,与此生的生活再无瓜葛,而他才刚刚开始体验这个世界的美好。他的生活中有卡嘉,有即将到来的夏天,有天空、白云、太阳、暖风、田野里的庄稼、村庄、乡下、农村的少女、阿妮雅、斯科佳、旧书中的诗篇,除此之外,还有塞瓦斯托波尔、巴伊达尔门,有淡紫色的山峦(山上长满了山毛榉和松树),令人窒息的白得耀眼的公路,有利瓦吉亚和阿鲁普卡的花园,闪闪发亮的海边的灼人的沙砾，晒得黑黝黝的孩童和美女，其中还有卡嘉，她穿着一袭白裙，撑着遮阳伞，坐在海滩的鹅卵石上，波光粼粼的海浪怕打着她的腿，唤起人们内心的快乐，让人的嘴角情不自禁地扬起了微笑……

这些他都明白，但是他能做些什么呢？该怎么逃出这可怕的恶性循环——生活越是美好，就越让人难以忍受，越让人觉得痛苦。即使挣脱了这个怪圈，又能逃到哪里去呢？快乐似乎无处不在，但独独少了点什么东西，那东西恰恰是不可或缺的，他找寻不到真正的幸福，这，叫他难以承受。

每天早上醒来睁开眼睛，他第一眼看到的是欢乐的阳光，第一声听到的是从乡村教堂传来的欢乐熟悉的钟声，教堂在花园后面，花园里洒满了闪闪发亮的露珠，还有明暗交错的树荫，鸟儿婉转啼鸣，花儿争奇斗艳，甚至就连自孩提时代起就发黄的墙纸也是可爱欢乐的。但一个念头立马会刺破他的心房，将这些美好的感觉化为泡影，让他觉得发狂和恐惧——卡嘉！朝阳犹如朝气蓬勃的卡嘉，花园的千娇百媚化身为卡嘉的千娇百媚，就连欢乐愉悦的钟声也反映了卡嘉的美丽优雅，破旧的墙纸似乎也在要求卡嘉来与米佳一同分享乡村的美景，感受这座庄园，这座房子里，米佳的祖祖辈辈的生活方式。米佳猛然间掀开毯子，身上还穿着睡衣就跳下了床，领子敞开着，米佳整个人又长又瘦，但他毕竟年轻，身体强壮，身上还留有睡觉时留下的温热。他迅速地打开写字台的抽屉，抓起那张珍藏已久的照片，热切而又充满陌生地端详着照片，陷入了沉思。这张照片上的人儿集少女和女性所有的可爱优雅、光彩照人的诱人气息于一身——她的脸庞小巧，像蛇一样带着几分狡黠，发型别致优雅，眼神带着一丝挑逗的意味，却仍然天真无邪！然而这闪闪发亮的眼神却像谜一样难以揣测，她保持着愉悦的沉默，怎么样也无法让她开口。他该如何去经得住这眼神的力量，她忽而近在咫尺，忽而又远在天边，现在何止是远在天边，也许她永远属于别人了。这目光曾经向他昭示了难以言传的快乐，现在却无情地无耻地欺骗了他。

那天傍晚，他从邮局返回，途中经过了沙霍夫斯科耶，黑色的冷杉林荫大道旁矗立着一座老式的废弃的庄园。米佳情不自禁地大声呼喊着，内心里充满着前所未有的沮丧消沉。想起刚才，他在邮局的窗前勒住了马缰，坐在马鞍上俯视，看到邮政局长无精打采地翻找一叠报纸和信件。正在这时，米佳突然听到火车驶向站台的轰鸣的声音，这声音和引擎冒出的蒸汽，让他想起了在库尔斯克车站和莫斯科的情景，身心就不可抑制地震颤起来，这快乐让他更加失望。他在回家途中，经过了村庄，遇上了好几个健壮结实的农村少女，每一个少女行走的姿势都像极了卡嘉。到了开阔的乡村地带，一辆三套马车从他身旁疾驰而过，米佳瞥见两个戴帽子的人坐在车里，看到其中一个女孩，米佳几乎脱口而出地喊道："卡嘉！"路边的白花让他联想起了卡嘉戴的白色手套，蓝色的毛蕊花让他想起卡嘉的面纱。当他经过沙霍夫斯科耶时，夕阳西沉，冷杉散发出干燥甜美的气息，茉莉花洋溢着浓郁的芳香，这些都让他强烈地感受到了夏天，也让他回忆起过去夏日在莫斯科富丽华美的庄园里的生活，以至于他凝视在林荫道的金红色的暮光，凝视矗立在暮色尽头的那栋房子时，突然看到了卡嘉——她女性的魅力如同花儿一样怒放，她从阳台走到花园里，这景象是如此清晰，就像眼前的这栋房子和茉莉花一样清晰。米佳早已不记得卡嘉真实的面目，日复一日，他不断美化卡嘉的形象，这形象在米佳的想象中变得越来越非凡，越来越理想化。那天傍晚，这种理想化的想象已经达到极致，以至于米佳觉得很害怕，甚至比下午布谷鸟在他头顶哀鸣还要让他害怕。

十九

米佳不再去邮局，他尽了自己最大的努力，强迫自己不再做这种徒劳的奔波，他也不再写信。毕竟，他尝试过了一切手段，信中写尽了他所有的感情——他曾真实地表白自己的爱情，称这份爱情前所未有，亘古永恒，曾低声下气地祈求她的爱情，哪怕是“友情”也行，也曾不知羞耻地谎称自己生病了，出此下策只为告诉她他已卧病在床，只为从她那儿博取一丝同情，获得她的一丁点儿关注，他甚至还曾威胁地暗示，他已经无路可走，只能选择自杀这一条路，以便帮助卡嘉获得更多的幸福，帮助那些“更加幸运的情敌们”除去他这块绊脚石。他现在不再写信，也不再渴望收到回信，克制自己不要再心存幻想（但其实他的内心仍然偷偷地期盼着在他成功地假装漠不关心或者真的心如死灰之时，卡嘉的信会及时赶到），千方百计地阻止自己去想念卡嘉，尽一切可能寻找解脱的办法，他现在又开始信手翻书，跟管家一起为了庄园上的生意而去邻村奔走，不停地告诉自己：“没关系的，不管发生什么都没有关系。”

日子就这样一天天过去了。有一天，他和管家从附近的农场返回。他们坐在四轮马车上，车子一如往常向前飞驰。管家坐在前面驾车，米佳坐在后面，随着马车上下颠簸，两人左摇右晃，坐不安稳，尤其是米佳，他实在是颠得厉害，只得紧紧地握住座椅，一会儿盯着管家红色的脖子，一会儿注视着在他面前上下翻腾的田野。快到家时，管家勒住了马缰，马儿慢慢地走着。管家卷起了一支烟，对着打开的烟袋微笑地说道：

“少爷，那天我说的话你可别放在心上。难道我说的不是实话吗？看书没有什么不好的，放假时你可以读读书什么的，反正书又不会长腿跑了，对吧；但做任何事都得分时间，都得分场合，对不对？”

米佳脸红了，只能尴尬地笑着，假装很直率地说道：“可我还没对象啊……”米佳也没有料到自己会这么回答。

“你这话是什么意思？”管家问道。“你周围不有那么多女孩吗?”

“那些女孩只会跟你调情,”米佳学着管家的口吻答道,“根本不会希望跟你继续发展下去。”

“她们不单单会调情,您只是不知道个中奥妙罢了。”管家说道,俨然是一位权威,他用教训的口吻说道,“我还得说您一句,你太舍不得花钱了,舍不着孩子套不住狼啊。”

“我不是不舍得花钱,只是要把钱用在刀刃上,事情如果能确定办得妥妥帖帖的,我是不会吝啬的。”米佳答道,突然之间也不再觉得难为情了。

“那好,事情保证会办得妥帖。”管家一边说,一边点燃了香烟,继续用带点冒犯的语气说道:

“我并不是说您在意那几个钱,只是想让您找点乐子罢了。我瞧您总是闷闷不乐的。所以我就琢磨着您不能再这样消沉下去了。我对少爷您一向是关怀备至的。我来您府上做事已经有两个年头了,谢天谢地,无论是您还是太太,都没有说过我的一句不是。至于说其他人,东家的牛养得好不好跟他们有什么关系呢?如果牛养得肥肥壮壮的,那自然很好,如果养得不好,去他妈的,这和他们又有什么关系呢?我却不是那样的。我把东家的牛看得顶顶重要。我跟那群小伙子说过,随便你们怎么看我,反正我要让那些牛吃饱!”

米佳觉得管家可能喝醉了,听着他滔滔不绝的说话,米佳没有打断他。但管家突然改变了刚才交心式的略带有委屈的口吻,偶尔瞥一眼米佳的肩膀,换了一种语气,试探性地问道:

“嗯,我没见过哪个姑娘能胜过阿莲卡。她模样俊俏,她男人又长期待在矿上。只是天下没有免费的午餐,你得给她点好处。当然也花不了您太多钱,只消五个卢布就够了。一个卢布给她买个礼物,两个卢布交到她手上,剩下的嘛,就当是给我的烟草钱了……”

“哦，那挺好的，”米佳违心地说道，“只是您说的阿莲卡究竟是谁呀？”

“当然是护林员家的那位，”管家说道，“你肯定认识她的，对吧？她嫁给了新的护林员的儿子。我想您上个星期天在教堂见过她。我总是琢磨着，她才是配得上少爷您的女孩子啊！她结婚才一年，人也干净利落。”

“那好吧，”米佳笑着答道，“您来安排吧。”

“好的，我会尽力的，”管家说完便扬起了马缰，“我会尽快联系她的。同时也千万不要错过，明天她和其他女孩子要来修花园里的围墙，所以您一定要来花园哦。反正书不会自己跑掉，等您回到莫斯科再好好读书也不迟啊……”

管家轻轻地拍了马一下，马车又开始颠簸前行。米佳继续紧紧地握住座椅，尽量不去看管家肥胖的红彤彤的脖子。他凝视着花园里树后面的远处的牧场，凝视着通往河边的斜坡上的村庄。米佳突然之间浑身一个激灵，到目前为止，这件荒唐又疯狂的事已经完成一半了，实在太出人意料。塔楼矗立于花园的后面，尖顶的十字架在暮色中闪闪发光，这熟悉的高高耸立的塔楼似乎与平时不太一样了。

二十

米佳长得太瘦了，所以村里的姑娘给他取了个绰号叫“猎狼犬”。他是属于那一类眼睛乌黑，圆目怒睁的人，即使发育成熟了，既没有胡髭，也没有胡须，只有稀稀疏疏卷曲的如电线般的细毛。然而与管家谈心之后的第二天，他早晨起床就刮了胡子，穿上了黄色的丝质衬衫，给他那紧张不安的脸庞注入了一丝生气，打理之后，就显得精神奕奕、容光焕发了。

十点刚过不久，米佳努力做出一副因无所事事而无聊至极的神情，懒懒地走进了花园。

他穿过朝北的正门台阶。马车和牛棚的屋顶上，面朝着教堂钟楼的花园的上方，弥漫着灰蒙蒙的雾气，一切都是湿漉漉的，朦胧胧的，仆人大厅传来的炊烟香味飘荡在空气中。米佳绕着房子走了一圈，来到了酸橙树的林荫道边，眼睛越过树顶，望着天空。从南方吹来的一阵暖风把几片浮云聚拢到了花园上空。没有鸟儿在啼叫，甚至夜莺也悄然无声，只有一大群蜜蜂静静地飞过花园，它们已经采好了蜜，满载而归。

围墙上被牲口弄出了裂缝，一群农家女孩在冷杉林旁修整围墙，她们用泥土或者热腾腾臭烘烘的粪便把裂缝堵住。几个雇工一趟一趟从牲畜棚里运来这些粪便，经过林荫道，撒下了一摊摊潮湿发亮的粪便。一共有六个女孩在干活，可惜，索娜卡不在其中，她已经同意了那门婚事，因此呆在家里准备婚礼。有三个又瘦又小的女孩，丰腴美丽的阿纽特卡，比平时看起来更加严肃更加有男子气概的格拉什卡，还有阿莲卡。透过树丛，米佳一眼就发现了阿莲卡，心里立即断定她就是阿莲卡，尽管以前他们从未见过面。她长得很像卡嘉，或者只有米佳感觉她和卡嘉惊人的相似，米佳大吃一惊，愣在了原地，刹那间不知如何是好。过了一会儿，他果断地向她走去，视线仅仅锁定在她的身上。

同卡嘉一样，她也是小小的个子，很活泼。尽管她做的是脏活累活，但却穿着一件漂亮的白色红点棉质衬衫，一条棉质裙子，系着黑色的漆皮腰带，围着粉色的丝巾，穿着红色的羊毛长袜和黑色的柔软的中筒靴。在那双靴子里面，或者说她那双小巧优雅的玉腿跟卡嘉有些相似，既有成熟女人的风姿，又有孩童般的天真无邪。她是唯一一个没有在干活的人，她站在围墙边，右脚踩在耙肥料的耙子上，跟管家在闲聊着什么。她似乎也感受到自己与众不同的地位。管家躺在苹果树下抽着烟，用一只手肘撑起身子，身下是一件衬里已经磨得破破烂烂的夹克衫。看到米佳走了过来，他客气地挪到草地上，把铺着夹克衫的地方让给了米佳。

“坐吧，米特里·帕里奇，抽根烟。”他随和友善地打着招呼。

米佳迅速地瞥了阿莲卡一眼——粉色的头巾让她脸上多了一丝愉悦的神色——米佳坐了下来，低垂着眼帘点燃了香烟。（那年冬天和春天他戒了好几次烟，但现在又抽起来了。）阿莲卡甚至都没有冲他点一下头，似乎根本没有注意到米佳。管家继续跟阿莲卡说着什么，米佳听不懂他们的谈话，因为他没有听到开头，也不知道谈话内容的来龙去脉。阿莲卡哈哈大笑，但她的神情似乎表明她心不在焉，完全就没有认真地听。管家说话时带着嘲笑鄙视的神色，每一句话都带着点下流的暗示。她淡淡地回答，带着嘲弄的神色，似乎在讥笑管家想要打某个女人的主意，他的做法太愚蠢，太蛮横，但却又像个懦夫似的遮遮掩掩，生怕被自己的老婆发现。

“好吧，我说不过你，”管家最后说道，似乎厌倦了毫无意义的对话，不再跟她争辩下去，“你不妨跟我们坐在一起，小主人有话对你说呢。”

阿莲卡向周围看去，把自己的黑色卷发放进头巾里，然后一动也不动。

“快点啊，你个傻瓜，我跟你说话呢。”管家说道。

阿莲卡思考了一会儿，跳下了围墙，跑到了离米佳只有两步远的地方蹲了下来，睁大了乌溜溜的眼睛，愉快而又充满好奇地打量着他的脸。

“小主人，你没有对象，这是真的吗？你一直像僧侣一样过着清心寡欲的生活？”

“你怎么知道他没有对象？”管家问道。

“我刚刚知道，”阿莲卡说道，“我也是听说的。但他不能找对象呀，因为他在莫斯科已经有一个……”她并没有把话说完，而是翻了一下眼睛。

“因为还没遇到合适的，所以他宁愿过着单身生活。”管家答道，“你对他的事倒是知根知底的呀。”

“你是什么意思？单身？”阿莲卡问道，“周围有那么多的女孩子呢！就拿阿纽特卡来说吧，还有比她更好的女孩子吗？阿纽特卡，你过来，有活儿找你！”她高声叫道。

阿纽特卡背部宽厚丰满，手臂很短，她有着漂亮的脸蛋和甜美的笑容。她转过身来，用悦耳的嗓音高声应答，继续精力十足地干起活来。

“你过来呀，我有话跟你说。”阿莲卡加大了嗓门。

“我不过去了，这种事我可不在行。”阿纽特卡欢快地说道。

“我们不想要阿纽特卡，我们想要的是更加干净，更加有品位的姑娘，”管家用教训的口吻说道，“你知道我们要找的是谁。”

他意味深长地看了阿莲卡一眼。阿莲卡觉得很难为情，脸稍稍有些红了。

“不，不，不，”她答道，露出了笑容来掩饰自己的尴尬。“你们找不到比阿纽特卡更好的姑娘了。如果你们不考虑她的话，那么纳斯塔卡怎么样？她总是干干净净的，还曾在城里生活过呢。”

“哦，够了，闭嘴，”管家突然很粗鲁地打断她，“去干活吧。满嘴尽是胡说八道，太太总是责备我，说我没有让你们好好干活，还说些不正经的话。”

阿莲卡跳了起来，身轻如燕地拿起了干草叉。运牲畜粪便的雇工把最后一摊粪便放到了地上，随即喊道：“吃饭啦！”接着他扯了一下缰绳，空车沿着林荫道向坡下驶去，留下一路喀沓作响的声音。

“吃饭喽，吃饭喽！”女孩子们异口同声地喊起来，扔下了铲子和干草叉，有的跳下围墙，有的翻过围墙，一不小心露出了白花花的大腿，还有五彩缤纷的丝袜，然后跑到云杉树下拿各自的包裹。

管家用眼角余光看着米佳，冲他眨眨眼睛，暗示他一切进展顺利，然后站起身来，颇有威严地宣布道：

“那好吧，吃饭时间到了，那就去吃饭吧。”

在黑压压的杉树的衬托下，这群女孩子显得更加亮丽夺目。她们高高兴兴地坐在草地上，打开吃饭的包裹，拿出方形薄饼，放在伸得笔直的两腿的裙裾上。她们就着牛奶或者克瓦斯淡啤酒，津津有味地吃起来，同时还叽叽喳喳地高声交谈着，每一句话都会引来她们的哈哈大笑。每隔几分钟，她们便会看一眼米佳，眼神中充满好奇和挑衅，还带着些许泼辣。阿莲卡凑到阿纽特卡身边，在她耳旁轻轻地说了些什么，阿纽特卡情不自禁地笑了起来，笑容那么迷人，她重重地把阿莲卡推开，阿莲卡已经笑得上气不接下气，只好把头都埋进了膝盖里，假装义愤填膺地喊道：

“你个傻瓜！无缘无故地在那儿笑什么？笑点在哪里？”这甜美的声音回荡在杉树林间。

“我们最好还是走吧，米特里·帕里奇。”管家说道，“今天她们都像着了魔似的，一个个疯疯癫癫的。”

二十一

次日是星期天，花园里也没有什么活儿好干。昨天晚上下了场大雨，雨珠敲打着潮湿的屋檐，天空不时划过阵阵闪电，花园在闪电的照耀下显得十分敞亮。黎明时分，天气放晴，一切又恢复了以往的单纯和欢乐。在阳光明媚的欢乐清晨里，米佳被教堂钟楼的阵阵洪亮的声音叫醒了。

他不慌不忙地梳洗穿戴，喝了一杯茶，准备去做祷告。“你妈妈已经走了，”芭拉莎略带责备地亲热地说道，“现在就剩你一个人了。”

通往教堂的路有两条：一条是从庄园大门出去后向右转，走牧场，另一条是走主林荫大道，穿过花园向左拐，沿着花园和谷仓之间的路向前走。米佳穿过了花园，选择了大路。

现在正值夏日炎炎的中午时分。米佳沿着大路向前走，阳光照耀着谷仓和田野。闪亮的阳光、洪亮的钟声(天衣无缝地与清晨融为一体,宁静安详)、整个乡村的清晨、穿戴整齐的米佳(他梳洗了闪闪发亮的黑色头发,戴上了学生的制帽)——这一切看起来如此美好,如此和谐,以至于米佳突然看到了希望,似乎找到治愈痛苦、缝补伤口的良方,从所有的不良情绪中解脱出来,尽管他昨天睡得不好,辗转反侧,迟迟不能入睡,心里七上八下,思绪万千,五味杂陈。教堂的钟声当当作响,发出声声召唤,他前头的谷仓闪着灼热的光芒,一只啄木鸟停下来,将头上的冠毛高高竖起,从椴树的多瘤粗糙的树干上一跃而起,飞到了浅绿色的洒满阳光的树梢顶上。穿着如同紫红色丝绒般外衣的黑色雄蜂,忙着在阳光明媚的林间空地上寻找盛开的花儿,辛勤地在花丛中采蜜,鸟儿在花园里唱着悠扬甜美的歌曲。这一切同他孩童和少年时代的景象一模一样,早些年无忧无虑的快乐时光仍然历历在目,他突然很有信心:上帝是仁慈的,即使没有卡嘉,他可能照样生活得好好的。

"对了,我可以去麦谢尔斯基家拜访一下。"米佳突然想道。

这时他抬起眼睛,离他二十步远的地方,阿莲卡正走出了大门。她仍然戴着粉红色的丝质头巾,但换了一条浅蓝色的带褶边的漂亮裙子,穿着一双鞋跟上有铁钉的崭新的鞋子。她走路十分轻盈,臀部一扭一摆,摇曳了好多人的心思。米佳飞速地闪到一旁,躲进了树林里。

等她从视线中消失后,米佳才急匆匆地回到了庄园里,心脏扑通扑通直跳。他突然意识到他跑去教堂,只是为了偷偷地看阿莲卡一眼,然而,到教堂里去看她是不被容许的,是错误的。

二十二

午饭时,邮递员从车站送来一份电报,电报的内容是,阿妮雅和斯科佳将于明晚到家。米佳对这个消息漠不关心。

午饭过后，米佳躺在阳台上的长沙发椅上，仰面朝天，双眼紧闭，感受着灼热的阳光带来的温暖的享受，听着苍蝇嗡嗡飞舞的声音。他的心不停地颤抖，脑海中一直萦绕着一个问题——跟阿莲卡的关系如何向前发展？什么时候才能一锤定音？如果她昨天同意了，那管家为什么不直截了当地问她？如果管家已经询问过她，那他们又是在什么时间和地点见面呢？与此同时，还有好多问题徘徊在他的脑海，残忍地折磨他。他已经下定决心不去邮局，现在要不要动摇这个决定呢？他能不能再去一次，最后一次？那会不会又是一次徒劳无益的奔波？会不会让自己的自尊心再次受到打击和嘲讽？那会不会又是一次无功而返的努力？会不会再一次让自己徒增伤悲呢？再去一次邮局，可以给他增添多大的伤痛呢？那不过是一次普普通通的微不足道的外出而已？在莫斯科发生的一切不都已经成为过去式了吗？他现在到底应该怎么办呢？

“少爷！”阳台上突然有人轻声呼喊他，“少爷，您睡着了吗？”

米佳很快地睁开了眼睛。管家来到了他的面前，穿着一件新的羊毛衬衫，戴着一顶新帽子，一脸的喜气洋洋，一副心满意足的表情，只是显得有一点儿困倦，有一点儿醉醺醺的。

“少爷，”管家轻声说道，“快，我们一起到树林里去。我跟太太说我得去找特里芬谈养蜂事宜。趁着她在休息，我们快走吧，要不然等她醒来，可能会改变主意的。我们给特里芬送上一瓶酒，等他喝醉，你就跟他聊天，我趁机跟阿莲卡说说那事。赶快走吧，马匹我都准备好了……”

米佳一跃而起，穿过了仆人休息室，抓起帽子，快步走到马棚。那里有一辆四轮马车，一匹年轻的烈性马驹已经准备就绪，蓄势待发了。

二十三

这匹马像旋风一般疾驰，出了大门。教堂对面有家商店，他们在那儿停了几分钟，买了一磅肥猪肉，一瓶伏特加，然后又风驰电掣般启程了。

在村子的出口处，米佳瞥见阿纽特卡，她穿戴整齐地站在茅屋外，无所事事地在门口张望。管家粗鲁地朝她喊叫了几声，带着醉意，又像是开玩笑的语气，然后狠狠地拉了一下缰绳（动作很夸张，其实完全没有必要），重重地拍打马屁股，马儿于是跑得更快了。

疾驰的马车把米佳颠得忽上忽下，他只得紧紧地握住车帮。阳光火辣辣地炙烤着他的后颈，和暖的乡村气息、开花的黑麦的味道、车轴的润滑油的气味融在一起，轻轻地吹拂他的面颊，氤氲在他的鼻翼之间。银灰色的黑麦仿佛华美的皮毛，在风的吹拂下掀起阵阵涟漪。每隔几分钟，就有一只云雀从麦地里升腾而起，闪动着翅膀，一边唱着歌，一边侧着身子飞过，最后又落在麦田里。远处的森林泛起柔和的蓝色。这一切让米佳很愉快。

一刻钟之后，他们驶进了树林里。马车在林间疾驰，不时地碰到低矮的树桩和树根，颠簸着，颤动着，道路上洒满阳光，满是斑驳的光影，路边茂密的草丛里开满了不计其数的花朵。阿莲卡穿着淡蓝色的连衣裙，脚蹬一双靴子，两腿笔直地伸着，坐在小木屋旁边抽出新芽的小橡树中间做针线活。树林和橡树新抽出的树叶散发出的清新苦涩的味道，让米佳屏住了呼吸，几只小狗包围了米佳乘坐的马车，狂吠的怒吼声响彻整片树林，震耳欲聋。这群小狗的叫声此起彼伏，但它们的口鼻处毛茸茸的，尾巴欢快地摇晃着，看起来并不是凶神恶煞。

下了马车，他们把马拴到一棵被雷劈得枯焦的树上，朝黑漆漆的入口处走去。

护林员的小木屋很狭小，但是很干净很舒适，阳光透过两扇小窗户，将屋子晒得滚烫，再加上用来烤面包的炉子一直在燃烧，所以小木屋尤其热。阿莲卡的婆婆费多西亚是个干净美丽的老妇人，她坐在桌子旁，背朝着其中一扇洒满阳光的窗户，窗边有几只小苍蝇爬来爬去。看到小少爷，她站起身来稍稍鞠了一躬。米佳和管家向她打了招呼，然后坐下来，点燃了香烟。

“特里芬在哪儿？”管家问道。

“在储藏间小睡呢，”费多西亚说道，“我马上去叫他起来。”

“一切进展顺利。”费多西亚一走出去，管家便小声说道，两只眼睛朝米佳狡黠地眨了又眨。

但在米佳看来，目前一点进展也没有。现在他只觉得特别难为情，他觉得费多西亚完全看穿了他们此行的目的。那个让他三天以来一直惴惴不安的想法瞬间又涌入大脑：“我在干什么啊！我一定是疯了！”他感觉自己在某种意念的控制下成了一具行尸走肉，以越来越快的速度朝悬崖走去，这个悬崖会让他粉身碎骨的，而他却又无法克制这种诱惑和冲动。此时此刻，他仍然装出冷静沉着的样子，坐下来抽着烟，眼睛不住地打量这栋小茅屋。特里芬走进来时，米佳羞愧难当。人们说特里芬脾气暴躁，头脑聪明，比费多西亚更加洞明世事，一针见血。与此同时，另一个想法在米佳的脑海里徘徊：“阿莲卡睡在哪呢？床板上？储物间？”她肯定睡在储物间，米佳这样想道。夏日的夜晚，窗户没有窗框或玻璃，森林深处发出喃喃的低语让人昏昏欲睡，而她就在那儿静静地进入梦乡……

二十四

特里芬进门时朝米佳深深地鞠了一躬，没有开口说话，也没有直视他的眼睛。他坐到桌边的椅子上，充满敌意地很干脆地对管家说道：“你想要什么？你到这里来有何贵干？”管家赶忙解释说是太太派他过来,太太想要特里芬去养蜂场,现在的养蜂人是个又聋又傻的老头,而你特里芬在养蜂的知识和技能方面在全省,都算是数一数二的。管家从裤子的一只袋子里拿出伏特加,另一只口袋里掏出猪肉(猪肉是生的,油汪汪的,灰色的)。特里芬斜着眼睛看他,眼神冷漠而充满怀疑,但他还是站起来从架子上拿了茶杯。管家拿起一只茶杯递给了米佳,第二只放在特里芬面前,殷勤地倒了一些伏特加(费多西亚很开心地一饮而尽),最后才给自己倒了一些。喝完之后,他一边继续往大家的杯子里重新添酒,一边还张大鼻孔,嚼着面包。

特里芬很快就喝醉了,但语气中依然是干巴巴的,充满嘲讽,不带任何感情。喝完第二杯酒之后,管家的脸色一下变得很阴沉。对话表面看上去维持着友好的气氛,实则暗藏端倪,两个男人之间的眼神充满了怀疑与恶意。

阿莲卡不在。米佳感觉她不会出现,他清楚地知道,即使她出现了,也完全指望不上管家会跟她说上几句"悄悄话",于是米佳站起身来,严肃地表示是离开的时候了。

"再待一会儿,再待一会儿,不要着急!"管家依旧一脸阴郁,粗鲁地说道,"我还有一句话要和你说呢!"

"那好吧,回去的路上再说吧。"米佳冷静地说道,语气依然很严肃。"快走吧。"

但管家把米佳的手掌甩到桌上,醉醺醺地神神秘秘地重复道:

"我可告诉你,这话不能在回去的路上讲!你跟我出来一会儿……"

他有些吃力地从座位上站起来,打开了通往门厅的大门。

"说吧,怎么啦?"

"小声点。"管家神秘地低声说道,晃晃悠悠地关上了米佳身后的门。

“什么事情这么神秘，还必须要小声？”

“小声点。”

“我不明白。”

“别出声，她马上就来。我说真的。”

米佳把他推到了一边，走了出去，在门槛那儿停下了脚步，不知道接下来该如何是好。他应该再等一会儿，还是独自驾车回去，或者选择步行回去？

茂密苍郁的森林就在十码之外，沐浴在暮色中，显得更加清新，更加纯净，更加美丽。森林后面，夕阳渐渐西沉，将一束束金色的余晖透过树梢投射到地面。突然之间，树林深处，从遥远的山谷的另一头明显传来了女子的歌声，天籁一样的美妙声音在山谷中传扬，回荡，就如同这美妙的夏日傍晚一样，令人如痴如醉。

“嘿哎！”这歌声拖着长长的调子，与山谷中的回音融在一起。“嘿哎！”

米佳循着声音向前奔跑，跑过了花朵和草丛，进入了森林，森林前方是一片怪石嶙峋的山谷，跑到山谷的边沿，米佳停下了脚步。阿莲卡就在山谷里面，嘴里嚼着报春花的茎叶，看到米佳，她眼神中充满了惊诧。

“你在那儿干什么？”米佳轻声问道。

“找我们家的玛鲁西卡和母牛。”她也轻声地答道。

“嗯，那你肯来吗？”

“不给我钱我可不干。”

“谁说过不给钱的？”米佳答道，声音越来越低，“价钱方面你不用担心。”

“那好，什么时候见面？”阿莲卡问道。

“明天吧。明天你什么时候有空？”

阿莲卡想了一会儿。

“我要去妈妈家割羊毛，”她短暂停顿之后回答道，目光疲倦地注视着米佳身后的斜坡上的树林。“我傍晚去找你，天一黑下来就去。但是在哪儿见面呢？谷仓不好，可能会有人撞见的。你家花园里的空地上的小屋怎么样？你可不要骗我，没有酬劳的事我可不干…… 这里可不是莫斯科。”她补充说道，笑意盈盈地抬头望着他，“听说，那里的女人都是倒贴的…… ”

二十五

返回的路上可真是被折腾得够呛。

特里芬不愿意欠他们人情，所以也拿出一瓶酒来招待他们。管家酩酊大醉，得有人搀扶着才能坐上马车。他一个趔趄跌到了马车上，马儿受到惊吓，差点开始狂奔。米佳一言不发地坐着，冷冷地看着管家，耐心地等着管家恢复神智。管家又像发疯似的拼命抽打马匹，借着酒意，不管不顾。米佳沉默不语，紧紧地握住车帮，凝望着傍晚的天空和在他前方跃动的田野。西边的田野上空，云雀趁着太阳落山前唱完最后的短歌，隐去了，东边的夜色还没完全变黑，天边的颜色已经变成了深蓝色，闪烁着遥远的安宁的闪电，这反而预示着明天又是个好天气。米佳冷漠地欣赏着暮光的美景，此时此刻这些美景对他毫无意义。因为他的全部思想、全部灵魂都只集中在一件事情上——明天傍晚即将发生的事！

回到家之后，他收到了阿妮雅和斯科佳的信，确认他们乘坐明晚的火车回来。米佳被这个消息吓了一跳，因为他们有可能闯进花园，甚至是空地上的小茅屋。但他很快意识到他们九点以后才能到家，到家之后，他们肯定是先要喝点茶吃点东西的……

“你去接他们吗?”奥尔加·彼得罗夫娜问道。

米佳的脸色变得苍白。

“不，我不去。我不想去接他们。此外，车上也没我的位置了啊。”

“哦,那你可以骑马去啊……”

“哦,也行吧。但是为什么要这样呢?我真的不想去。”

奥尔加·彼得罗夫娜严肃地盯着他。

“你还好吗?”

“很好,”米佳答道,态度几乎有些粗鲁,“我只是很累而已。”

说完这番话米佳就回房了,也不开灯,躺在沙发上,衣服也没脱就进入了梦乡。深夜里,他听到远处传来悠扬的歌声,看见自己在陡峭的昏暗的悬崖边徘徊,悬崖越来越陡,越来越亮,周围的人越来越多。他怀着难以言喻的悲伤和温柔,清楚地听见悬崖边传来歌声,歌是这样唱的:“图勒有一位国王……”米佳激动得颤抖了一下,翻了个身,很快,又进入了梦乡。

二十六

这个白昼似乎是永无尽头的。

米佳离开房间喝茶吃午饭,之后又回到房间躺下,他从写字台前拿起搁置已久的佩谢姆斯基的诗集,读了几行,但一个字都看不进去,一直望着天花板,聆听着窗外的摩挲声,那声音是从阳光明媚的花园里传来的,花园里的树叶发出了绸缎一般光滑的声音。

期间,他从床上起来过一次,去图书室拿了另一本书。那间房间古色古香,景色宜人,环境优雅,但它总让米佳想起那些遥远的春天的时光,那时他也是坐在图书室里读旧杂志上的诗句,而这段回忆立马又让他联想起卡嘉,一想到她,米佳就伤心欲绝,掉头就走,回到了自己的房间。

“让一切见鬼去吧!”他愤愤地想道,“让这些痛苦的回忆统统见鬼去吧!”

如果还收不到卡嘉的来信的话,他曾经想过开枪自杀。他带着一丝厌恶回想起了这段往事,又拿起了佩谢姆斯基的诗集,依然什么都读不进去，偶尔瞥一眼书，脑子里却想着阿莲卡，浑身不由自主地一阵颤抖。

夜色越来越浓，米佳也变得越来越紧张。屋子里和院子里传来脚步声和交谈声——马车已经准备就绪，随时待命，准备向火车站出发。对于一个躺在床上的人来说，这些回荡的声音、周围人的忙忙碌碌，对他没有丝毫的影响，似乎与他没有丝毫的关系，因此他也漠不关心，甚至觉得这些声音充满了陌生和敌意。过了好一会儿，终于听到了芭拉莎大喊："夫人，一切都准备好了！"接着米佳听到了马车的铃铛发出当当的清脆响声，伴随着嗒嗒的马蹄声和挥动马鞭的嗖嗖声，车子来到了庄园的台阶前。"上帝啊，这一切什么时候能够结束？"米佳喃喃自语道，他盼着这群人赶快离开，几乎等得有些不耐烦了。他静静地躺着，竖起耳朵听着奥尔加·彼得罗夫娜的声音，他听见她在出发之前对仆人做最后的交代。忽然，马车的铃铛再次响起，但马车疾驰下山的声音越来越弱，越来越低，最后一切都归于沉寂了……

米佳很快地从床上爬起来，走进了餐厅。餐厅被明亮的夕阳余晖照亮了，空空荡荡的，整座屋子都空了，空旷得有些陌生，有些恐怖！怀着异乎寻常的感觉，米佳扫视了一遍宽敞安静的房间，狭小的客厅和图书室，透过图书室的窗户，他看到在暮色的照耀下，南边的天空已经变成了深蓝色，在如诗如画如火如荼的枫树林顶端，赫然出现一颗天蝎星。他转过头去，看芭拉莎是不是还在仆人大厅里面。在确信房子里已经空无一人时，米佳才从架子上抓过帽子，跑回自己的房间，越过窗户，两条修长的腿踏进了花丛深处。他在那里呆呆地立了一会儿，然后弓着背，跑到花园里，一会儿工夫便闪到了一条僻静幽深林荫小径上，路两旁密密地长满了相思树和丁香花。

二十七

傍晚，没有露水，花园里的芳香并不是特别浓烈。那天傍晚，尽管米佳所有的行为都是恍恍惚惚的，但是除了童年，其他任何时候再也没有体会过如此强大的力量和如此混杂的气息了。洋槐树、丁香花、黑醋栗的灌木丛、牛蒡、艾蒿，花花草草、泥土……一切都散发着芳香。

米佳快走了几步，突然想到了一个很担心的问题："万一，她放我鸽子，没有出现，怎么办呢？"现在他突然觉得整个生命都取决于阿莲卡是否出现，不得不再一次停了下来，回头望了一会儿：一只甲虫慢慢从他身边飞过，发出嗡嗡的声音，似乎带来了安宁和祥和，夜幕渐渐降临，但初夏的夕阳仍然均匀地挥洒着光线，丝毫没有任何减弱，照亮了半边的天空。透过树林，依稀可见房屋的轮廓，屋顶上方悬挂着一轮像镰刀一样弯曲锋利的新月，在澄明空旷的天空中发出幽幽的光芒。远处飘来很多气味，在众多的气味中，米佳分辨出有一缕是村庄里的某处飘来的炊烟的味道。他贪婪地嗅了嗅，抬头望了新月一眼，然后在胸前画了一个小小的十字，大步朝金合欢树丛迈进。这条小径通往山谷，但并不能直接到达小屋，小屋在最左边，得沿着对角线斜穿过去。米佳走进灌木丛中，开始小跑起来，一面推开低矮的旁逸斜出的树枝，一面加快速度。一分钟后，他到达了事先约定的地点。

他心惊胆战地走进了这座小茅屋，里面黑乎乎的，闻上去一股干燥发霉的稻草味。他环顾四周，看到她还没有来，心里很高兴。啊，这命运攸关的时刻马上就要到来了。他走到了茅屋的一侧，所有的感官都高度集中。这一天里，他每一分每一秒都能感受到肉体的极度亢奋，现在这种亢奋达到了顶点。但奇怪的是，他的肉体与灵魂仿佛分离了，这种兴奋的感觉并没有抓住他的全部身心，它仅仅是占据了他的肉体，却没有渗入他的灵魂。即便是这样，他的心依旧跳得很快。周围的一切都静得出奇，他只能听到一种声音——他的心跳声。几只柔软的无色的蛾子不知疲倦地飞来飞去，没有发出一点儿声音，它们在树枝上、在苹果树灰色的叶子上盘旋着，苹果树在傍晚的天空下勾勒出形式各样的花纹。这些飞蛾似乎使周遭的气氛变得更为安静了，似乎正是因为它们施展魔法才使得万事万物沉浸在静谧之中。突然，在他身后的什么地方响起了砸门的声音，仿佛一阵惊雷，把他吓了一大跳。他猛然转过身去，顺着围墙的方向望去，透过树木，看到苹果树树干下有什么黑压压的东西正向他靠近，他还没来得及仔细思索那黑色的物体到底是什么，她就来到了米佳的面前，做了一个幅度很大的动作。原来是阿莲卡。

她穿着一条黑色的手织羊毛短裙，随手把蒙着脑袋的黄色头巾褶边放了下来，露出了她有些吃惊却嫣然微笑的脸庞。她光着脚，只穿着一条短裙，洁白素净的衬衫下摆塞进了短裙里面，衬衫里面是她那紧致的女性乳房。衬衫领口开得很大，露出脖子和一小部分肩膀，衬衫的袖子卷至手肘处，圆润的胳膊就一览无余了。她的整个人——从她包着黄色头巾的小巧的脑袋，到她那裸露的双脚，无一不彰显着女性的魅力和孩童的天真，她是那么柔软轻盈，令人为之神魂颠倒，米佳以前只见过她穿着讲究的模样，今天还是头一次见到她着装如此简单朴素可爱，不由得暗暗在心里赞叹道。

“好了，我们快点吧。”她欢快却又偷偷摸摸地低声说道，回头看了一眼自己的身后，一头隐入了气味浓郁的暮色之中。

进了茅屋之后，她停了下来。米佳努力地咬住瑟瑟发抖的嘴唇，双手匆匆忙忙地在口袋里摸索着，终于找到了一张皱巴巴的五元卢布并塞进了她手里。她动作迅速地把钱藏进衬衫里，然后坐在了地上。米佳坐在他的旁边，胳膊搂着她的肩膀，不知道下一步如何是好——到底要不要亲她呢？头巾的气味、头发的气味和她身上散发出的洋葱的味道，小茅屋的味道、炊烟的味道混在一起，是那么沁人心脾，米佳全身心地陶醉在这些气味中，感到一阵头晕目眩。还是和以前一样，有一股强烈的肉体的欲望涌动在他的全身，但是这种欲望并没有转变为心灵的渴求，也并没有带来幸福狂喜的感受，也没有将全部身心化为柔情似水的云雨缠绵。她在他身边不远处斜倚着躺了下去，仰面朝天卧着。他也躺了下去，翻滚到她身边，手朝她伸了过去。她握住了他的手，紧张地轻声笑着，把他的手放了下去。

“不，不要这样。”她突然半开玩笑半认真地说道。

他把她的手紧紧地握在自己小小的手掌中。透过三角形的窗框，她的眼睛凝望着苹果树的树干，望着枝桠后面颜色越来越深的蓝色天空，望着寂然不动的红色的天蝎座星星，孤零零地悬挂在天际。那双眼睛想表达些什么？他应当怎么做？亲吻她的脖子，还是她的嘴唇？猛然之间，她脱掉了自己的黑色短裙，迅速地说道：

“好，快点吧……”

当他们站起身来时，米佳完完全全彻彻底底清醒了。阿莲卡整理着自己的头发，戴上头巾，忽然用充满生机活力的语气低声问道，那口气仿佛是他的好朋友或是情人：

“人们都说你曾经去过苏暴基诺乡，那儿的牧师卖猪崽的价格特别便宜，是真的吗？你有没有听说过？”

二十八

从周三起，雨就开始下个不停，到了周六，雨更是倾盆而下。

一整天都下着滂沱大雨，天色阴沉沉的。

米佳不停地在花园里走来走去，不能自抑地失声痛哭，连他自己都很惊异，体内竟然有如此之多的泪水和能量。

芭拉莎到处找他，在院子里和椴树林荫道那呼喊他的名字，先是喊他吃午饭，后又喊他喝茶，但米佳并不回应他。

天黑压压的，潮湿阴冷刺骨。花园里一片郁郁葱葱，格外清新明亮，与浓厚的乌云形成鲜明的对比。时不时吹来一阵风，吹落树枝上的雨滴，形成了一场别样的“暴雨”——雨水像小型瀑布一样飘落下来。但是，米佳没有留心注意这一切。他的白色帽子掉了下来，变成了深灰色，他的学生制服变成了黑色，靴子一直到膝盖的部分都沾满了泥浆。他浑身上下都湿透了，身上湿漉漉的往下滴水，脸色惨白，眼睛肿胀，眼神中闪着疯狂，一副很吓人的模样。

他一支又一支不停地抽烟，穿过泥泞的小径，有时又漫无目的地走过苹果树和梨树下的湿草丛，偶尔一不小心碰到旁逸斜出粗糙多瘤的枝桠，这些枝桠上覆盖着湿漉漉的灰绿色苔藓。他坐在肿胀的黑色花园长凳上，又去了空地的茅屋，躺在他和阿莲卡做爱的湿草堆上。阴冷刺骨的寒气冻得他的手发青，嘴唇发紫，惨白的脸庞和凹陷的脸颊也成了淡紫色。他仰面朝天躺着，双腿交叉，手枕在头后面，呆呆地盯着黑色的茅草屋顶，一滴又一滴铁红色的水珠从屋顶滴落下来。他的脸扭曲了，眉毛开始跳动，猛然间他跳了起来，从裤子口袋里掏出一封皱巴巴脏兮兮的信。他前一天晚上收到了这封信（信是土地测量员送过来的，他来庄园办点事，要待上好几天），他已经读了一百遍，信纸已经弄得皱巴巴的了，现在他贪婪地读起了第一百零一遍：

“亲爱的米佳，

不要对我怀恨在心。请忘了我，忘了我们之间的一切。我是个卑鄙无耻自甘堕落的女人，我配不上你，但我疯狂地爱上了艺术。我决心已定，不会更改。我要走了，你知道我是跟谁在一起的。你那么敏感聪明，会理解的。我请求你，不要再折磨你自己了，也不要再折磨我。不要回信，你知道回信没有任何意义。”

读到这里，米佳一下子把信撕得粉碎，将脸埋在湿稻草堆里，气得咬牙切齿，转眼间又泣不成声。她在信中用表示亲昵的“你”字，这让米佳痛苦地回忆起他们曾经的亲密无间，他甚至产生了他们之间仍然像以前那么亲密的错觉，心中涌动着难以承受的柔情。这份柔情的力量撕扯着他的心。紧接着亲昵的称呼就转变成断情决意的声明。现在写信给她已经是毫无意义的事了！其实他心里一清二楚——无济于事！他们之间结束了，彻彻底底地完了！

黄昏之前，雨势比以前猛烈得多，还伴随着阵阵雷声，迫于大雨，米佳还是回到了屋子里。他从头到脚都湿透了，整个身子缩成一团，牙齿冷得直打寒战。他躲在树下向前张望，确信没有人看到他，于是就跑到了房间的窗户下（这是一扇老式的窗户），从外面把它推开，爬了进去，锁上门，一下子扑到床上。

天色很快就暗了。到处是如鼓点般的雨声，雨水滴在屋顶、房子周围和花园里。雨声有两种——一种是花园里的雨声，另一种是房子周围的雨声，后者还伴随着排水管里的汩汩声和水花飞溅声，流至水塘里。米佳变得麻木僵硬，双重的雨声激起了他莫名的焦虑，他鼻孔里、呼吸里满是热气，脑袋也热得发涨，整个人昏昏沉沉的，仿佛置身于另一个世界，另一个清晨，躺在另一个房子里，而那座房子里充满了不祥的预兆。

米佳知道自己正躺在房间里，因为下雨，天色昏暗，再加上夜幕降临，所以房间里黑乎乎的。远处传来了妈妈、阿妮雅和斯科佳还有土地测量员围着餐桌的说话声，但同时他感到自己正走向另一间陌生的房子，他前面是一个年轻的保姆，她离他越来越远。他被无法言说的恐惧抓住，恐惧中夹杂着情欲和渴望亲密接触的欲望，这种亲密是不自然的，令人厌恶的，而他自己却不知怎的参与了进去。一个脸蛋很大很白的婴儿让他感受到了这一切，那个年轻漂亮的保姆稍稍向后仰着，怀里抱着这个婴儿，轻轻地摇着婴儿入眠。米佳急匆匆地赶上了她，想看看她的脸——她会不会是阿莲卡？就在此时，他忽然发现自己身处阴暗的学校，学校的窗户涂满了粉笔字，那个女人站在教室五斗橱前照镜子，那个女人看不见他，因为他忽然间隐身了。黄色的丝质裙子贴着她滚圆的臀部，她穿着高跟鞋，优质的黑色渔网袜，肌肤若隐若现，她显得既害羞又紧张，因为她意识接下来会发生什么。她把婴儿藏到了抽屉里之后，把头发放到胸前，迅速地将一股头发盘成了辫子。一边用眼角余光瞅着房门，一边照着镜子，镜子里的她略施粉黛，裸着双肩，露出淡蓝色的乳房和粉红色的乳头。突然间门开了，一个男子走了进来。他穿着无尾晚礼服，脸上毫无血色，胡须剃得很干净，卷发短而黑。他带着奇怪的自信扫视着房间，拿出烟盒，轻轻松松地点燃了香烟。那女子知道他的来意，编完辫子后害羞地看着他，之后她把辫子放在了肩膀处，向他敞开了裸露的胸怀。他纡尊降贵似的用手臂环住她的腰，而她拥着他的脖子，露出了黑漆漆的腋窝，紧紧地依偎着他，脸埋到了他的胸膛里……

二十九

米佳醒来时满身是汗，他很清楚地意识到自己完蛋了，他觉得这个世界的一切都是那么荒谬丑恶，那么令人绝望，甚至在地狱里和坟墓中也不至于如此糟糕。他的房间里黑漆漆的，窗外的雨滴滴答答下着，雨水四处飞溅，这吵闹的声音，哪怕只是一丁点儿，都让他难以忍受，让他心烦意乱。他打着冷战，瑟瑟发抖，不知道是因为寒冷，还是害怕，抑或还有其他因素。最令他无法忍受的，最让他觉得可憎的便是这违反自然的人类的性交过程，而他似乎和那个胡子剃得干干净净的绅士在片刻之前刚刚干过这种苟合之事。餐厅里传来谈话声和笑声，他觉得这些声音是如此的刺耳难听，他捂住了耳朵。他们对他冷漠无情，毫无怜悯，过着野蛮残忍、违背自然的可怕生活……

“卡嘉!”他坐在床上大声喊道，两脚晃到了地板上。“卡嘉，发生了什么事?”他声嘶力竭地喊道，认为卡嘉能够听到他的呼唤，她就在那儿，但她却沉默不语，不做任何回应。也许她感觉羞愧难当，因为她知道自己所做的一切太可怕了，已经造成了无法挽救的后果。

“哦，没有关系，卡嘉!”他痛苦而又温柔地低声说道，想要告诉她他可以对过去的一切都既往不咎，原谅她的所作所为，只要她能回到他身边，让他们拯救彼此，挽回他们在明媚春光里的美好爱情，那爱情不久之前还像天堂般美妙。当他说出“哦，没有关系，卡嘉!”这句话之后，他立刻就意识到并非一切都无所谓，他们的救赎是不可能的，想要再次看到在沙霍夫斯科耶的别墅里，在那开满茉莉花的阳台上所见的奇妙幻象是不可能的，再也不可能了！米佳轻轻地啜泣，一阵撕心裂肺的痛楚弥漫全身。

那种痛楚强烈得让他无法忍受。他内心只渴望做一件事，但他丝毫不去想他到底在做什么，也没有考虑这件事的后果——他只想要摆脱痛苦，他想要离开这个日夜生活的可怖的世界，在这里他不断承受着煎熬痛苦，经历了最可怕的梦魇。他摸索着打开床头柜的抽屉，抓起了一把沉重冰冷的手枪，深深地舒了一口气，怀着逃离苦海的喜悦之情，张开嘴巴，用尽全身力气，扣动了扳机。

1924 年 9 月 14 日　阿尔卑斯滨海省

名　片

那是一个初秋，“冈察洛夫号”轮船行驶在渺无人烟的伏尔加河上。

首波冷空气骤然袭来，伏尔加河东岸红土尽露，从那里刮来阵阵刺骨寒风。狂风卷过河岸亚细亚式的大片荒地和灰色的海湾，猛烈地拍打着船尾的旗子。冷风直往人的衣袖和下摆里面灌，把人的脸都吹皱了。走动在甲板上的人的帽子、便帽和衣服被风弄得一片狼藉。天地间孤独的一只沙鸥，漫无目的地跟随着“冈察洛夫号”——时而鼓起尖翼，倾斜身体，飞至靠近船尾处，时而滑翔至边上，远远地倾向一旁，面对这苍茫的河面和灰蒙蒙的秋日天空，它似乎手足无措，不知如何是好。

船上几乎没什么人影，只有底下的甲板上有几个庄稼汉，上层的甲板也才只有三个人，他们上下走动，不停地打照面。其中两个是二等舱的乘客，这两个人目的地一致，所以总是形影不离。他们连走在甲板上都是并肩同行，还一边热切地交谈着什么事，甚至他们的身形也长得十分相似。另一个乘客是一等舱的，三十岁左右，是个作家，刚刚才有点名气。他看上去与众不同，或许是因为他悲伤忧郁，或是由于他神情严肃，似乎在为什么事生气，或许因为他仪表不凡，相貌堂堂：他身材颀长，体格健壮，腰背略弯（一如那些高个强壮的人一样），穿着讲究，长相英俊。他有一头黑发，属于俄罗斯中有东方特质的人（在俄罗斯的旧式商人中常常能遇见这种类型的人），他确实出生于这个阶层，不过现在他已和那些人毫无瓜葛了。

他脚穿一双昂贵结实的皮鞋，身披黑色的切维厄特呢大衣，头戴英国粗花呢便帽，迈着坚定的步伐，独自一人走来走去。他时而迎风，时而背风，呼吸着伏尔加河浓郁的秋日气息。他走到船尾，停了下来，凝视着辽阔的灰色的湖面，伴随着轮船的行进，水面掀起阵阵急流。接着他又突然转过身来，低头迎风走向船头。他头上的粗花呢便帽被风吹得鼓了起来。他听着轮船的船桨均匀拍打水面的砰砰声，奔流的河水，宛如一块光滑的布，从桨的轮片上向下倾泻。最终他终于停下了脚步，表情依然严肃，却浮起了一丝笑容，他看到了一个女人。通往三等舱下层甲板的楼梯那儿，出现了一顶廉价的帽子，帽子下是一张女士小巧而精致的脸庞，他昨天晚上偶然认识了这个女子，他大步流星地上去迎接她。她登上了甲板，对他报以微微一笑，朝他走去，步伐很不稳，因为狂风使劲地推着她，她只能侧身前行，一面还得用瘦削的手按住帽子。紧身的小外套下，两条玉腿轮廓分外明显。

“你睡得好吗?”他一边迎面走来，一边用充满男子气概的声音大声问道。

“睡得非常好，”她兴高采烈地答道，“我总是睡得非常沉的……”

他把她的手放在自己宽大的手掌中，凝视着她的眼睛。她快乐地迎接他的目光。

“我的天使，你怎么睡了这么长的时间?”他以熟悉亲切的口吻问道。“其他客人都已经在吃午饭了呢。”

“我一直不停地做梦。”她兴高采烈地答道，这跟她的外貌很不相称。

“什么梦?”

“你不会在意的!”

“你要小心喽！‘河对岸来了个车臣人，夏日游泳的孩子便溺水身亡。’”

“你就是在等待你说的那个车臣人?”她问道，仍是用刚才那种充满活力的大胆口吻。

“我们最好还是去喝杯伏特加，顺便再喝碗汤吧。”他说道，心想她连吃饭的钱也付不起。

她撒娇似的跺了跺脚，说：“太好了，去喝杯伏特加酒！这鬼天气，冻死人啦！”

他们俩快步朝头等餐厅走去，她走在前面，而他则跟在身后，贪婪地看着她的背影，心里已经焦躁得按捺不住了。

他整个晚上都在想她。昨天他在轮船的栏杆处偶尔与她相遇，便跟她搭讪了几句。那时轮船渐渐向陡峭的黑色河岸边停靠，岸上华灯初上。雪白透明的百叶窗下，头等船舱有一排座位，他们一起坐在与这排座位平行的长凳上，但他并未长久逗留——后来他为此后悔不已，现在还在耿耿于怀。他惊奇地发现就在那一晚，他十分渴望占有她，这种渴望还在汹涌澎湃。为什么呢？只是旅行途中与素不相识的女子演绎的一段露水情缘吗？此时，他与她并肩坐在餐厅里，吃着冰冷的鱼子酱和热腾的白面包，两人频频举杯。他被她的魅力强烈地吸引，不能自拔，他已经迫不及待地想要得到她。的确，因为酒精的作用，还有她毫不拘束的轻佻举止(这可与她的外表大相径庭)，让他越发心神荡漾，不能自已。

“我们每人再喝一杯，醉酒狂欢就到此为止吧。”他说道。

“好的，”她以同样的兴致说道，“到此为止吧，但伏特加的味道实在太好了！”

也难怪他觉得她楚楚动人，魅力洋溢。昨天当他报上自己的名字时，她激动地不能自已，完全没有想到，能有缘结识这样一位大名鼎鼎的作家。她的兴奋挑拨了他的神经，被人崇拜，总是叫人的虚荣心得到大大的满足，心情格外舒畅，因而就会对她产生好感，只要这个女子不是长得太丑或是蠢到不可救药就好。而且会与她更加亲密，会放开胆子向她献殷勤，以为自己对她已经拥有某种权利了。然而，这并不是他对她心驰神往的全部原因，还因为他相貌堂堂、仪表不凡，让女性印象深刻，而她一贫如洗、天真单纯，让男人为之动容。如何与女性崇拜者周旋，他已经驾轻就熟了。刚一相识，便能轻而易举地俘获芳心，接着就得寸进尺，将初识者转为好友至交。他会用一种漫不经心的、随随便便的态度，不经意间向别人问道："你是谁？从哪里来？结婚没有？"昨晚他就是这样询问她的。在夜晚五彩斑斓的灯光下，他望着浮标的影子倒映在漆黑的湖面上，竹筏上燃起红色的火焰，闻到了木头飘来的淡淡炊烟味，心想：我一定要记住这气味，其中夹杂着一丝鱼汤的香味。

他问她："请教姑娘芳名？"

她很快就说出了名字和姓氏。

"你是远行之后回家去吗？"

"我去了斯维亚斯克探望我姐姐。她的丈夫突然去世，只剩她独自一人，孤苦伶仃，痛苦不堪……"

起初她很不自在，不停地眺望远方。交谈了一会儿，她的胆子渐渐大了起来，没有了拘谨。

"你也结婚了吗？"

"是啊，结婚了，嫁过去已经不止一年啦，唉……"

"为什么要叹气呢？"

"当初年少无知，早早地嫁做他人妇，太愚蠢了。还没有好好地体验生活呢，日子就到头了。"

"别说傻话，前面的日子还长着呢！"

"唉，不是的！我这一生什么都没有尝试过。"

"现在开始尝试也为时不晚哪。"

这时她摇摇头，摆了一个很幽默的姿势。

"是要开始尝试了！"

“你的丈夫是干什么的？公务员？”

她摆摆手。

“哦，他是一个老好人，心地善良，但是这个人无趣得很。他是我们当地区自治会的文书。”

“她这么讨人喜欢，可是过得却很不幸福。”他心想，掏出了烟盒。

“想来根烟吗？”他有点挑衅的味道，挑衅女子的尊严。

“好的，非常想！”

她大胆地接过香烟，开始抽了起来，但是动作很不熟练，姿势很别扭。她以女性特有的方式，喷出小小的烟圈。他再一次心生怜悯，怜悯她以及她轻佻的举动，这种战栗的感觉流遍全身。然而这种感情却夹杂着柔情和欲望。他一眼就洞察出这个女子天真幼稚，未识风月，利用她涉世未深这一点，急于占她的便宜。现在坐在餐厅里，他迫不及待地看着她。她的那双手十分纤弱，脸色苍白，把脸蛋衬托得愈加楚楚动人，她的头发没有仔细打理，她曾经摘下黑色的帽子，任由头发披散下来，不时地甩动一下，让头发轻抚自己的肩膀，散落在棉布连衣裙上和灰色的旧大衣上。昨天晚上，她谈到自己的婚姻生活、青春不驻时候的那种坦率，以及此时她放开胆子，做出与身份不符的言谈举止，都让他兴奋不已。她喝得脸颊有些红晕，苍白的嘴唇红润了一些，眼神中流露出一些倦意，似乎是嘲弄的目光，暴露了它内心的软弱和对爱的渴望。

“你知道吗？”她突然说道，“我们刚刚在谈论我们的梦想。我告诉你我学生时代最大的梦想，好吗？我最想拥有自己的名片。那些日子，我们家一贫如洗，卖掉了庄园的最后一片土地，我们搬到了镇上，那里我根本不知道把名片交给谁，可是我仍然做梦都想要有自己的名片。是不是很傻啊……”

他收紧了自己的下颚，紧紧地握住了她的手，透过她细致的肌肤，摩挲着她每一根纤细的骨头。可她却完全领会错了，轻启红唇凑向他，眼神迷离含情脉脉地看着他，如同一个手法娴熟的风流女子。

“去我那儿吧。”

“好的，我们……这儿太闷了，烟雾缭绕的。”

接着她甩动了一下头发，拿起了她的帽子。

在走廊里他抱紧了她。她心生自豪，有些甜蜜，春意荡漾地望着他。爱情和欲望交织着，让他狠狠地吻向她的脖子。她像古罗马酒神的女祭司一样如痴如醉，疯狂地报以热烈的回吻。

舱房里的百叶窗拉了起来，屋里光线昏暗。她急于取悦他，享受这次不计后果的欢愉。能邂逅这么一个英俊强壮又有名气的男子，实在是她的幸运，还有什么好顾忌的呢。她立即解开了自己的裙子，裙子滑落在地上。她的身材像男孩一样匀称，双臂和肩膀裸露着，浑身上下只剩内衣和白色的内裤。她的天真无邪让他感到一阵透彻心扉的感觉。

“我要全脱掉吗?”她问道，想一个小女孩一样低语，讨好地迎合他。

“是的，全脱掉，”他答道，他的情绪越来越火热。

她顺从地迅速脱光了衣服，跨过一堆扔在地板上的内衣，全身几乎一丝不挂，只剩下廉价的灰色长筒袜连着普通的袜带，和那双同样廉价的黑色鞋子。她苍白的肤色中略微带点淡紫色，肌肤同所有女人一样，只要神经紧张，或是颤抖，就会变得冰凉而僵硬，堆满鸡皮疙瘩。她一面略带醉意地以胜利的姿态看着他，一面挽着头发，拔掉发卡。他看着她时，感觉一股寒意袭来，他屏住了呼吸。事实上，她的身材比想象中的更加年轻好看。她瘦削的锁骨和肋骨微微突出，和她清瘦的脸庞和纤细的胫骨相得益彰，只是她的臀部很大。她的腹部凹陷，肚脐眼小而深，小腹那片三角地带突起，上面有美丽的深色阴毛，跟她深色的头发十分相称，遮盖住那块神秘的地方。她拔下最后一个发夹，一头浓密的长发披至瘦骨嶙峋的后背和突起的脊梁。她弯下身子拉起掉至脚踝的长筒袜。她的乳房小巧，冰冷的棕色乳头有着皱褶，犹如两颗悬挂着的起皱的梨，但比梨精致优雅。他迫使她尝试最不知羞耻的动作，她羞得无地自容，这更加激起了他的柔情怜悯和占有欲望。

百叶窗的木板向上凸起，外面什么也看不到。可她仍然用眼角余光盯着百叶窗，极度兴奋又感到极度恐惧，不安地听着窗户外面的声音，那些在甲板上来来往往的乘客的脚步声和无忧无虑的交谈声。这让她感到更加刺激，他们就近在咫尺，谈话走动，可是谁也不会想到就在一步之遥的地方，在这白色的舱房里，一对男女正在享受着无上的快乐。

事后，她像个死人一样，四肢软绵绵的，瘫软了下来，他把她放到床铺上。她咬紧牙齿，闭着眼睛，那白皙的年轻脸庞流露出忧伤又平静安详的神色。

夜晚到来之前，轮船停靠在她要下船的那个码头。他亲吻了她冰凉的手，其中传达的爱意将永远留在他的心头，她静静地站在他的身旁，垂着眼帘，一句话都没有说，然后，顺着通道奔向码头，汇入了茫茫人海，再也没有回头。

1940 年 10 月 5 日

寒　秋

那年的六月，他同我们一起住在庄园里。因为他故去的父亲一直是我父亲的朋友和邻居，所以他一直被视为我们的一分子。

六月十五日，奥地利大公弗兰西斯·斐迪南①在萨拉热窝遇刺身亡。十六日早晨，邮政局送来了报纸。父亲从书房出来，手中拿着一份莫斯科晚报，走进了餐厅。当时，妈妈、他和我都坐在餐桌旁。爸爸说道：

“我的朋友们，大战在即！奥地利王储在萨拉热窝被害。大战在即啊！”

圣彼得节那天，家里来了许多客人——那天是父亲的命名日②。晚饭过后，我们向诸位来宾宣布了我和他订婚的消息。但是好事多磨，七月十九日，德国对俄国宣战。战争拉开了帷幕。

九月份，他又来到了庄园，只待了短短的二十四小时，就要出发上前线了，他此行是来向我们告别的。当时所有人都认为战争很快就会结束，所以我们的婚礼推迟到了明年的春天。这么说来，今晚是我们在一起的最后一个晚上，过了今晚我们就将劳燕分飞，分别就在今晚。晚饭过后，仆人照例端上了茶炊。正当他向窗外瞥去一眼，看到窗户蒙上了一层雾气之时，父亲感叹道：

“今年的秋天来得格外地早，也格外地寒冷！”

---

① 弗兰西斯·斐迪南，奥地利大公，他的遇刺是第一次世界大战爆发的起因。一九一四年六月，他和妻子在萨拉热窝被塞尔维亚民族主义分子暗杀。七月奥地利对塞尔维亚宣战，第一次世界大战自此开始。

② 命名日，（基督教用语）与本人同名的圣徒纪念日。

那天晚上，窗外的花园里，几颗寒星一闪一闪，在黑色的天际显得格外明亮。我们安静地坐着，只是偶尔交谈几句无关紧要的闲话，竭力掩饰住自己内心深处的想法和感情。我走向通往阳台的那扇门，用布擦拭着玻璃。父亲也是故作平静和轻松，不咸不淡地对早到的寒秋评价几句，他躺在扶手椅上抽烟，心不在焉地注视着餐桌上方悬挂着的刺眼的那盏灯。妈妈借着灯光，戴着眼镜，聚精会神地缝着一个丝质袋子。我们都知道这个袋子的用途，因而这个场面既感人肺腑，又叫人不寒而栗。

父亲开口问道："你仍然决定明天早上就出发，不吃过中饭再走？"

"是的，请您谅解，我一早就走。"他回答道，"我也不舍得离开，但是没办法，家里的事情我还没有安排妥当。"

父亲轻轻地叹了一口气：

"好吧，小伙子，按你的意思办。但那样的话，我和妈妈就早点睡了。我们不想明天早上错过给你送行的时间。"

妈妈站起身来，为这位准女婿画一个十字祈福。他弯下身来，吻了她的手，然后又吻了父亲的手。现在只剩我们俩单独相处了，我们在餐厅徘徊了一会儿，我决定开始玩一场纸牌游戏，借助游戏占卜一下吉凶，与此同时，他在屋子里来回走动，从房间的这个角落踱步到那个角落。突然他问道："我们出去散会儿步，好吗？"

我的心变得越来越沉重，我心不在焉地答道："好吧。"

他在门厅穿外套时，显得心事重重。之后又露出甜甜的一笑，开始朗诵起费特[①]的诗来：

"多么寒冷的秋天！

请戴上你的软帽，围上你的披肩……"

---

① 费特，俄罗斯诗人。

“我没有软帽。”我说道，“下面几句是什么？”

“我也记不太清楚了，大概是‘看——在黑暗的松树林之中，

火焰正在升起……’。”

“什么样的火焰？”

“当然是比喻正在升起的月亮。这几句诗描绘了秋日的纯朴的田园风光。‘请戴上你的软帽，围上你的披肩’，那是我们的祖父祖母的时代……哦，上帝啊，上帝啊！”

“你没事吧？”

“亲爱的，我没事，我只是感到忧伤。忧伤，却又让我很满足。我非常非常爱你……”

我们穿上外套，穿过餐厅，来到阳台，接着走向花园。开始的时候，四周太黑，我只得紧紧地拽住他的袖子。后来，借着星星在夜空中发出如金属般的光芒，我才能依稀将黑压压的树枝分辨出来。

他停在那里片刻。转身朝向我们的房子，缓缓说道：“你看，那些窗多亮，只有在秋天才会出现这种奇妙的景象。只要我一息尚存，我就会永远铭记这个夜晚。”

我也看向那些窗户。他将裹在瑞士斗篷中的我紧紧地拥在怀里。我把马海毛的围巾从脸上拂去，稍稍地昂起头，以便他能顺利地吻到我。他亲吻了我，凝视着我的脸庞。

“你的眼睛一闪一闪，好看极了。”他说道，“你觉得冷吗？空气中有了一些冬天的寒意。如果我死了，你会不会立刻就忘掉我？”

我心想：“如果他真的战死沙场了呢？我会不会很快忘掉他？尽管到最后，我们会遗忘一切……”我被自己的这个想法吓了一跳，我急急忙忙地回答道：“不许说这种晦气话。你死了，我也不会苟活下去。”

短暂的停顿之后，他慢慢说道：“不管怎样，如果我死了，我会

在另一个世界等你。你要好好地活下去，要幸福地活下去，然后再到那个世界去找我。”

我瞬间泪如泉涌。

第二天早晨他离开了。妈妈把前一天缝制的保平安的袋子挂在他的脖子上，里面有一个小小的金色的圣像，妈妈的父亲和祖父就曾戴着它奔赴战场。我们仿佛生离死别一般紧张不安，绝望地替他画十字祈福，似乎也只能做这些了。我们站在庄园的台阶上，看着他渐渐离去，我们只觉得这愉快的晴朗的早晨、草地上亮晶晶的白霜，与我们此时此刻的心情格格不入。每每送别自己的亲友，都会产生这种怅然若失的心情。我们在那站了一会儿，目送他的离开，然后回到屋子里。我把手放在身后，在屋子里来回踱步，我觉得无所适从，不知道该做些什么，究竟是低声啜泣还是引吭高歌？

一个月之后，他战死在加利西亚。

死，这是一个多么奇怪的字眼，它一下子来到了我的生活。从那以后，整整三十年过去了，这期间我历经沧海桑田，世事变化，对我而言，这三十年实在是太漫长了。如果仔细想来，回忆往事，那些称之为过去的东西真是变幻无常又难以言喻。无论是我的思想或是我的心灵，都无法抓住它的一星半点。

一九一八年春天，我的父母双双去世。

我，独自一人，流落到莫斯科，暂住在一间房子的地下室里。这房子的主人是个女的，在斯摩棱斯克的市场上做生意，她常常嘲笑我说：“嘿，阁下，近来如何啊？”我自己也做些生意，正如当时的其他人一样，我向士兵们（这些士兵头戴高加索毛皮高帽、身穿不系纽扣的军大衣）兜售一些我仅有的物件——一枚戒指、一个小十字架、一件已经虫蛀了的毛皮衣领等等。后来，有一天，当我在阿尔巴特街和斯摩棱斯克集市的拐角上摆摊时，遇上了一个难得一遇的心地善良的人。他是个退伍的军人，上了年纪。我们很快就结婚了。四月份，我和他一起到了叶卡德林诺达尔，路上，我们差不多花了两个星期的时间。同去的还有他的一个侄子，今年才十七岁，一心想要加入志愿军。我改扮成一名穿着树皮鞋的农妇，他穿着一件破旧的哥萨克外套，留着新长出来的黑白相间的胡子，就这样，我们在顿河和库班待了两年多。之后的冬天，我们随着大批的难民，一起顶着飓风，乘船从新俄罗斯克去往土耳其。在海上，我的丈夫感染霍乱去世，眼下，我在这世上只剩下三个最亲近的人——我丈夫的侄子和他的妻子，还有他们俩才七个月大的女儿。不久之后，侄子和他妻子又渡海回到克里米亚，投奔弗兰格尔[1]去了，把他们的七个月大的孩子交给我抚养。他们消失了，音讯全无。之后我在君士坦丁堡住了很长一段时间，靠做一些非常累人的体力活来养活自己和孩子。接下来，又像其他人一样，我们四处流浪，居无定所——保加利亚、塞尔维亚、捷希亚、比利时、巴黎、尼斯……当初的小女孩也早已长大成人了，她住在巴黎，成了一个典型的法国女人，长得非常漂亮，但是她对我却无情无义，她曾经在马德兰街附近的一家商店卖糖果糕点，用她那双保养得很好的纤纤玉手(涂着银色指甲油)，用蜡光纸和金色丝带包装盒子。而我一直住在尼斯，至今仍然住在那儿，过着有上顿没下顿的日子。一九一二年，我第一次来到尼斯，在那里度过了一段快乐的日子，却从未想过在尼斯的生活会穷困潦倒到如此地步！

我曾经说过如果他死了我绝不苟活这种不知天高地厚的话，可如今我照样活了下来。每当回忆起那段不堪回首的往事，我总是自己问自己："经历了这么多事，我的生命中究竟有过什么呢？"然后我又自己回答自己："我的生命中只剩下那个秋天的夜晚。"

---

① 弗兰格尔，俄国内战最后阶段的白军将领。一九二〇年十一月被红军击败。白军溃退至克里米亚，乘船逃往君士坦丁堡。他在离开俄国后亡命西欧。

它曾经存在过吗？是的，确实存在过，真实地存在过，而且，它现在是我生命中所拥有的唯一东西了，至于其他的，都恍若做了一场多余的梦，那样模糊，那样不真实，我不愿意想起。

但是我相信，我热切地相信，在另一个世界的某一个地方，他正在等我。他和那天晚上一样年轻，对我的爱也一样浓烈。“你要好好地活下去，要幸福，然后再到那个世界去找我……”我努力地活过，也曾经幸福过，现在，我想，我应该去找他了。是的，过不了多久，我会与他在另一个世界会合，那将会是多么幸福的事呀。

1944 年 5 月 3 日

水上酒馆

“布拉格”酒馆内座无虚席，店内觥筹交错，人们举杯共饮，大声交谈，酒杯碰撞声，谈话声，劝酒声不绝于耳，在熠熠生辉的水晶灯下，一支葡萄牙的管弦乐队在这一片嘈杂声中演奏着音乐，灯红酒绿中，上演着纸醉金迷的生活。

我站起身来环顾四周，正想离开之时，突然看到了一位熟识的军医。他身板结实，体魄健壮，非常适合穿军装；他有一头硬而结实的红发，两鬓已经斑白；他为人性情温和，不苟言笑。他也看见了我，并立即邀请我和他共坐一桌。他那一桌紧挨着窗户。窗户开着，能看到窗外春天的夜景，听到阿尔巴特街上电车的轰鸣声。我们共进晚餐，喝了些伏特加和卡赫齐亚葡萄酒，之后点了咖啡，谈论着最近召开的杜马会议[1]。医生拿出了一个老式的银色雪茄盒，递给我一支“炮”牌香烟，他自己也点了一支，说：“既然我们一直在谈论杜马，不如来点白兰地？最近发生的一些事情实在让我沮丧。”

我以为他说的是玩笑话，没想到他一脸严肃地补充说道：“一定是春天的缘故，才让我心情烦闷。当人上了年纪，会比年轻时更为敏感，如果你此时是个充满幻想的单身汉，更是如此。哎，外面的电车太吵了，到处是杨树味儿，让人很不舒服，我们还是关上窗户吧。”他站起身来说道，“伊凡·斯杰潘，给我们来点‘舒斯托

① 杜马会议是俄国经选举产生的立法机构，构成国会的下院；于一九〇五年成立。

符'白兰地。"

老伙计去拿白兰地时,医生一言不发地坐在那儿,显得心不在焉。侍者给我们每人倒了一杯酒之后,他喝了一口碗里的白兰地,手握着放在桌上的酒瓶,继续说道:

"我给你讲个故事吧,一些我记忆深处的故事。你来之前,诗人勃柳索夫带着一个瘦瘦小小的女孩来到这里,那个女孩看上去像个穷学生。他进来之后用浓重的鼻音含糊不清地朝领班咆哮,领班赶快跑来向他致歉,原来他们提前订了位子,可是没有保留,现在没有空位了。他谩骂了一通之后便负气离开了。您跟他很熟,我也听说过他,曾经在俄罗斯圣像爱好者小组上见过他,我在伏尔加河畔的小镇上服役了好几年,打那时起我对圣像一直很感兴趣。此外,我还听说过他的很多事情,尤其是他的风流韵事,所以我对他身旁的那位崇拜者感到很惋惜,因为她很可能是这段感情的受害者。她是个楚楚动人的女孩,第一次来到这种令人眼花缭乱的酒馆,可能还不太适应吧。她看上去有些惊慌失措,还有一种掩饰不住的兴奋。看着他蛮不讲理地大吵大闹,恶狠狠地翻着白眼,眨着眼睫毛,这副模样,这样的事情勾起了我的回忆。脑海中保留的一段往事,想说给你听听。现在乐队走了,正好我们可以安安静静地在这坐会儿。"

他喝了伏特加、卡赫齐亚葡萄酒,还有白兰地,脸色开始泛红(红发的人喝酒以后总是会脸红),但他又给他自己和我各倒了一杯酒。

他开始说道:"我还记得二十年前的某一天,一个年轻的军医穿过伏尔加河畔某个小镇的街道,老实说,那个军医就是本人。我记得要去办件小事——寄一封信。那时我心情愉悦,天气晴朗的时候,人的心情也会无缘无故变得特别开朗。那是九月初的某个傍晚,天气出奇地好,阳光和煦,空气干燥,四周很安静,只有林荫树下的落叶沙沙作响。无忧无虑的我无意间抬头,发现走在我前面的一位女孩步履匆匆。她苗条优雅，穿着灰色的西服，头戴一顶式样优雅的灰色帽子，手上戴着橄榄绿色绒皮手套，拿着一把灰色的伞。不知怎地，我觉得她很有魅力，也激起了我的好奇心。她要去哪？为什么走得这么快？其实也没什么好大惊小怪的——每个人都有一些急事要办，不是吗？尽管如此，我还是对她充满好奇，因而不由自主地加快了脚步，几乎快赶上她了。还好，我的一番工夫没有白费。在前面的转角处有一座低矮的老式小教堂，她径直走了进去。今天是工作日，教堂里并没有举行什么活动，但她还是走到了教堂门前的台阶上，用力推开了大门。我尾随她进了教堂，在门口就停下了脚步，看个究竟。教堂里空无一人，她没有看见我，敏捷地迈着步子快步走到讲道坛。她将雨伞放在地上，双膝下跪，在胸口画着十字，向后仰着头，然后双手放在胸前，盯着圣坛，眼神中充满了虔诚。人们在饱受痛苦或是有热切的愿望之时，才会用如此虔诚执着的眼神祈求上帝的帮助。她双膝跪地，目不转睛地注视着圣像。她腰身纤细，臀部像一把七弦琴，穿着一双轻巧雅致的鞋子，鞋跟埋在了衣服底下，鞋尖顶着地面。我环顾一下四周，左边是一扇加了铁栅栏的狭窄窗户，金色的落日余晖穿过窗户，照射着教堂，这景象静谧安宁，又略带惆怅，仿佛置身于另一个时代。在我眼前，拱形教堂的深处已经昏暗下来，只有圣坛墙壁上的圣像的金色法衣还闪烁着一线微光（这圣像虽然粗糙，但仍然显示出古代伟大的锻造工艺水平）。小女孩静静地跪在那儿，她用一方小小的手帕好几次擦拭着眼睛，突然间她仿佛下定了决心似的，快速地拾起雨伞，轻轻地站起身来，跑向门口。她看到了我，快步走开了。她的美丽深深地震撼了我，她那噙满泪水的明亮双眸闪过一刹那的惊恐，也让我的心灵为之一颤。”

隔壁的枝形吊灯已经熄灭了，酒馆里的人差不多已经走光了。医生瞥了一眼手表。

“还不算晚。”他说。

“才晚上十点，您急着走吗？要不我们再坐一会儿？我把这个离奇的故事给您讲完。这件事的离奇之处就在于同一个晚上，应该说是深夜，我又一次遇见了她。我心血来潮突然想去伏尔加河的那间水上酒馆，整个夏天我也就去过两三次，我只想在河边坐坐，城里的天气实在太热了。我为什么偏偏就选择在那个凉爽的晚上到那儿去呢？我想只有上帝才知道，或许冥冥之中自有天意。你或许会说这只是巧合罢了，我无事可做就去那儿了，第二次遇见某人也没什么值得大惊小怪的。当然了，这话也没错。接下来事情怎么发展？我第一次遇见她时心中的揣测和预言得到了证实——她怀着不为人知的坚定决心，满怀期待地走进教堂，用最真诚的方式无声地向上帝祈祷，专心致志，心无旁骛。那天晚上我到了水上酒馆，这家酒馆价格不菲，供商人们夜间在这挥金如土娱乐消遣而声名远播。我坐了很久，已经把她忘在脑后了，觉得很无聊。一边毫无兴致地喝着日古利葡萄酒，一边回想起去年夏天到过的莱茵河和瑞士湖，对比之下，还是觉得俄罗斯省城之外的所有娱乐场所，尤其是伏尔加河畔的都很低级庸俗。您曾经去过伏尔加河畔的城镇，去过类似的水上酒馆吗？”

我回答道：“对伏尔加河不甚了解，也从来没有去过水上酒馆，但是我很容易想象得出它是什么样子的。”

“是啊，那当然了，”他说道，“俄国的省城几乎都差不多的模样，只有一点是不同的，那就是伏尔加河本身。从早春到冬天，伏尔加河处处都显示出特别之处，不论是白天黑夜，还是阴晴雨雪。比如，晚上你可以坐在酒馆里，酒馆三面环窗，朝窗外望去，漆黑的夜色中，夏夜的湖面特别宽阔空旷。你能看见成千上万盏明亮的灯，还能看到一大群码头工人，听见竹筏飘过湖面的流水声，听见竹筏、驳船、小舟上的庄稼汉大喊大叫，互相指责警告对方，你还能听见轮船汽笛发出各种声响，时而高亢，时而低沉，与快速驶过的内河船只发出的声响融为一体，让人联想起歹徒和鞑靼人的话语。你可以感受伏尔加河畔古老教堂无与伦比的美丽。面对美景，你只能摇头叹息。真的，世上还有能够与我们伟大的古老的俄罗斯相提并论的城市吗？但是之后你环顾四周，这到底是怎样的酒馆？它是建在木桩上的原木棚子，窗框的质地粗糙，肮脏的白色台布下摆着一张张桌子，桌上的笨重的廉价餐具，盐罐里混装着盐和胡椒粉，餐巾纸带着一股劣质肥皂的味道；你还会看到厚板搭成的舞台，被后墙边戴着刺目锡制反光镜的煤油灯照得通亮，这个舞台供俄式三弦琴师、手风琴师、女性竖琴师演奏曲目，还会上演滑稽剧表演；你能看到黄头发的侍者、庄稼汉出身的老板（他长了一头浓密的头发和猪一样的小眼睛）——在这里一夜狂欢饮酒，得花上一千卢布，你怎么能把眼前这乱糟糟的景象同这个事实联系在一起？您要知道，所有的这一切都应该属于古老的俄国文明。您是不是听得厌烦了？”

“当然没有。”我说道。

“哦，那好吧，让我把这个故事讲完。这一切都说明这是个多么糟糕的地方，就在这个糟糕的地方，突然之间，我又看见了她，她是那么高贵迷人，身旁竟然站着一个男人！快到午夜时，酒馆里开始热闹起来，人头攒动，拥挤不堪。天花板上的大灯点亮了，发出明亮的光线，四面墙上的灯还有表演台上的灯也次第亮了起来，酒馆灯火通明。大批的客人蜂拥而进，其中当然包括商人的儿子，还有官员，承包商，船长，来镇上巡回演出的演员……侍者们忙忙碌碌，满脸堆笑，弯着腰拿着托盘四处跑动，餐桌旁的人群中传来阵阵喧嚣和肆无忌惮的笑声，餐馆里烟雾缭绕。三弦琴师穿着乡下人的演出服，脚上穿着韧皮鞋子和新袜子，他们走到演出台上，在舞台的一侧分成两排坐下，跟在他们后面的是一群涂脂抹粉的伎女合唱团，她们站成一排，手一致地放在背后，在三弦琴尖锐刺耳的拨动声的伴奏下，拖着长长的声音唱了起来。这首歌曲调哀伤，讲述了战士们在土耳其被囚禁多年之后重返故乡的故事。歌词这样唱道：

‘他的心上人已经认不出他，

问道，你是谁……’

“一曲终了，接着上台的是著名的伊万·格拉契夫，他背着一架大手风琴，坐到了舞台前的椅子上，甩动着浓密的亚麻色头发，梳着一个乱糟糟的中分。他长着一张清洁工的脸，穿着黄色衬衫，高高的领子和褶边上绣着红色丝绸，腰上系着佩戴穗子的红色腰带，长长的磨损了的镶边悬挂了下来，脚上穿着新靴子，靴子顶端上了黑色漆皮。他一边摇晃着头发，一边把黑色风箱的手风琴放在抬起的膝盖上，眼神呆滞地盯着高处的某一点，漫不经心地弹奏着琴键。他像一条粗壮的蛇一样，用力拉动扭曲着音箱，以极其夸张极其古怪的方式将手指触遍了键盘，音调渐渐增高，大胆变换，发出咆哮轰鸣的声音。他突然甩动了一下头，闭着眼睛，用女声唱到：

‘我在草丛中散步，

想要驱赶内心的忧伤……’

“我站起来叫侍者结账，就在此时，突然看见了她的身影，看到她我惊讶得倒吸一口气，她的身旁还跟着伴侣。表演台后面的门开着，她就出现在门口，戴着一顶卡其色的帽子，穿着卡其色的束带防水衣。她这一身穿着打扮看上去特别好，像一个高个的男孩。她身后恰恰是个小个子的男人，挽着她的胳膊，穿着浅色上衣，戴着一顶伪造的贵族帽，皮肤很黑，脸上爬满皱纹，黑色的眼睛显得焦躁不安。你知道吗？当时我一阵眩晕，那句俗话怎么说来着？一根羽毛都能将我打昏过去！我认出，他是我的一个熟人，一个挥金如土的地主，淫荡堕落的纵酒之徒，以前是轻骑兵的一名中尉，后来被开除撤职。我毫不犹豫地穿过桌子，立刻赶了出去，追上了刚刚出门的他们，此时伊万·格拉契夫还在放声高歌：

‘我在找寻一朵花，

献给我的心上人……’

“我跑向他们的时候，他看到了我，假装欢快地叫道：‘啊，晚上好，医生。’而她的脸色却变得惨白。我把他推到一边，怒气冲冲地对她说道：‘你，竟然跑到这种地方来了！深更半夜的！还跟一个嗜酒如命的好色之徒混在一起，他是个骗子，在这一带臭名昭著，无人不知！’我抓住她的胳膊，威胁要揍他一顿，除非她立刻跟我离开。他呆若木鸡地站在原地，他知道我的厉害，我可以徒手折断马蹄铁，因此他拿我没有办法，无可奈何地看着我。她转过身去，低着头朝出口走去。在鹅卵石修筑的堤岸边的第一盏街灯柱下，我追上了她，抓住了她的手臂。她既没有抬头，也没有挣脱我，走到第二盏街灯柱下，她在长凳旁停下脚步，一头扑到我的怀里大哭起来。她断断续续地说道：‘不，不是这样的，不是这样的！他是个好人！他有很不幸的遭遇，但是他为人善良，慷慨，随和……’我沉默不语，我知道就算反驳也没有任何作用，还不如用沉默的力量来结束刚才的事情。她冷静了下来，我叫了一辆从这儿经过的马车，我们两人默默地坐在车里，进了城。到广场时，她轻声说道：‘让我走吧，我自己走回去。我不想让您知道我住在哪里。’她迅速地吻了一下我的手，跳下车，没有环顾四周，没有左顾右盼，略微带着犹豫不决，斜穿过广场。从此我再也没有见过她，至今仍然不知道她是谁，不知道她的职业。”

我们结了账，穿上外套下了楼，走出了酒馆，医生一直陪我走到阿尔巴特街的转角处，我们在那里告别。街上空荡荡的，十分安静，到了午夜，人们会从剧院和饭馆出来，进城或出城，开始新一轮的夜生活。我们到布拉格酒馆时，下了一场小雨，小雨打湿了路面，路上散发出春雨的清新柔和的气息。漆黑的夜色中，街灯闪着明亮的光芒，照耀着林荫道上的新鲜嫩绿的树叶。

“但是，您知道，”医生环顾四周说道，“我后悔救了她，后来我还遇到过很多类似的情况，我问自己，为什么要插手呢？别人幸不幸福重要吗？和我有什么关系吗？这样做会造成什么后果吗？您知道的，不管怎样，肯定会产生某种后果。每件事都会在我们的心灵和记忆深处留下回忆，或者惨不忍睹，或者不堪回首，或者刻骨铭心，当你回想起快乐的时光，这些记忆会变得尤其残忍，莫名其妙地令人痛苦……好了，再见，很高兴见到您……”

1943 年 10 月 27 日

晚间的时候

我已经很久没有去那里了，我对自己说。

离开那里的时候，我十九岁。我曾经住在俄国，把她当成是自己的祖国，在那里我来去自由，想去哪里就去哪里，一次旅行跑上三百俄里也不是什么大问题，可是我一直没有再回去过，老是在拖延着行程。光阴似箭，日月如梭，一转眼几年过去了，几十年过去了，我再也不能继续拖延下去了，必须马上出发，错过这次机会也许永远都去不成了。我必须利用这唯一的也许是最后的机会，好在那时正值晚间，谁也不会遇到我。

那是七月的一个夜晚，在月光的照射下，周围的景色清晰可见，一览无遗，我跨过桥，走到河的另一边去。

这座桥恍若昨天一般，依旧是那么的亲切熟悉，似乎一点儿都没有改变，古老而又粗犷，中间拱起，简直不像是用石头砌成的，而是经过长年累月形成了坚不可摧的化石。我在上学的时候，就以为这座桥自拔都时代①起就建成了。然而，能够证明这座城市历史悠久，年代久远，最有力的证据不过是教堂上方峭壁上城墙的断壁残垣罢了，除此之外，就是这座桥。其他的一切都显得陈旧庸俗，粗俗土气，仅此而已。然而还是有一件奇怪的事，这件事表明了，我还是一个男孩、一个青年人的时候，这里还是发生了一些变化：以前那条河是不能通船的，现在它显然已经经过加

---

① 拔都时代：拔都（1205—1255），蒙古人，金帐汗国的缔造者，十三世纪时率蒙古军队征服东欧，在俄罗斯建立汗国，统治两百多年。

深和疏浚了。月亮高高地悬挂在我左侧的河面上方，朦胧的月色下，湖水轻轻荡漾，波光粼粼，一艘白色的轮船行驶在湖面上，里面似乎空无一人，十分安静，但船的舷窗上灯火通明，犹如一只只金色的眼睛倒映在水中，形成一条条晃动的金色柱子，轮船就像停在这些金色柱子上一样。眼前的景象跟亚罗斯拉夫尔①、苏伊士运河和尼罗河上的景象一样。巴黎的夜晚潮湿阴冷，夜空中雾气迷蒙，闪着粉红色的光芒。塞纳河的河水像黑漆漆的焦油在桥底流动着，桥上的灯柱也在河面投下了一条条倒影，只不过这柱子如同俄国国旗一样，有红白蓝三色。这里的桥上没有灯柱，桥面干燥，尘土飞扬。我前面的山坡上是城镇的花园，夜色下黑黢黢的，花园上方矗立着消防瞭望塔。天啊，我曾经幸福得难以想象！

那一天夜里发生了火灾，火灾警报响起时，每个人都赶到窗户前，然后冲出大门，赶到救火现场。那时我正在你家做客，我第一次亲吻了你的手，而你也握紧我的手作为回应，默默地接受了我的爱意，我永远也不会忘记，那一刻我们之间的默契。失火的地点很远，在河的另一边，但火势十分迅猛，迅速地蔓延开来，大火肆虐着，闪着熊熊的火光，如同黑紫色的羊毛，密集的浓烟如乌云般聚拢，鲜红的火舌怒蹿到高空中。大火逼近我们，把附近的哈伊尔天使长大的教堂的圆顶映成了红铜色。镇上的人从四面八方赶来，在这个凶险而又不同寻常的夜晚，整条街上都是黑压压的人群，熙熙攘攘的人群惶恐不安地窃窃私语，言辞中半是怜悯，半是兴奋。在这混乱的场景中，我闻到了你的秀发、脖颈、方格连衣裙散发的处子的气息，突然间鼓起勇气，战栗着，惊慌失措地握住了你的手……

走过了桥的另一边，我爬上山去，沿着一条砖铺的小路往城

① 亚罗斯拉夫尔：俄罗斯欧洲部分一城市，濒临窝瓦河。

里走。

城里面没有一处亮着灯火，也不见一个人影。周围是那么安静空旷，静谧之中带着点悲凉——夜晚的大草原，俄罗斯的城镇陷入了熟睡之后，那种特有的悲凉。其中一两座花园里，可以听见树叶小心翼翼地发出轻轻的摩挲声，乡村的原野吹来七月的微风，缓缓拂动着我的脸庞。一轮圆月一路跟随着我，犹如一面圆镜透过黑黢黢的树叶向前滚动。宽阔的马路笼罩在阴影之中，只有右边的几座房子落在阴影之外，白色的墙壁闪闪发光，黑色的窗框闪着像丧服一般的色泽。我沿着人行道走在阴影下，阴影斑驳的人行道似乎缝上了黑色的丝质花边。她也曾经穿过这样的晚礼服，优雅的曳地长裙在她身上很合身，同她苗条的身材和黑亮的眼睛相得益彰。她穿上这件礼服就变成了一个神秘的女郎，完全无视我的存在，这让我十分伤心。这是在哪里发生的事？在谁的家里？

我想到老街那儿走走。本来可以走近路到那里，但我还是拐到了满是花园的宽阔街道上，因为街道边坐落着一所学校，我想先去学校看一看。走上前去，我又一次震惊了，学校里的一切同半个世纪前一模一样：石头砌的墙，石头砌的院子，石头砌的大楼，还是一如既往那么陈旧，那么单调，从我的学生生涯起便是如此。我在门口徘徊着，想唤起一些对往日的惆怅和伤感，但心中却没有泛起一丝涟漪。是啊，一个一年级的小学生，剪着短发，戴着蓝色的帽子（帽檐上装饰着银色棕榈叶的徽章），穿着钉着银色纽扣的崭新的灰色制服外套，走进学校的大门，若干年之后出落成了瘦瘦的年轻人，穿着灰色夹克衫，像纨绔公子哥似的穿着有靴袢的时髦裤子，从这个大门进进出出。但是，那个人是我吗？

老街也让我有些吃惊，街道看上去比以前稍窄，其他的一切都保持原样：马路凹凸不平，没有一棵树，路两旁商人的房子落满灰尘。人行道也是坑坑洼洼的，在月色明亮的夜晚还是走在街心为好，这样更稳当一些，夜晚的景色也几乎和以前一样。那时候到了八月末，市场中成堆的苹果散发着芳香，香气弥漫了整座城镇，天气炎热时，穿着一件竖领衬衫，系着哥萨克皮带，出去走走，真是一件惬意的事。你现在在哪里呢？或许已经在天堂了吧，你还能记起这样的夜晚吗？

要不要走到你家门前去呢，我依然下不了决心，不知是因为害怕，还是因为伤心。我想，你家的房子也没有什么大的改变，但越是这样，就越让我觉得胆怯。现在房子里肯定住着新来的陌生人。我的爱人啊，你的父亲母亲还有兄长都比你活得长，但到了一定年纪之后，他们也相继离开了人世。我的家人也都去世了，不仅仅是亲人，还有很多其他人也都不在了，他们是我的朋友和熟人，陪着我一起走上人生旅途，曾几何时，他们还自信满满，意气风发，认为人生没有尽头，可是一切都在我眼前开始、流逝和终结了，世事沧桑，变化无常，这一切都发生在我的眼前啊！

商人房子的大门紧闭，铁索重重，我在其中一座房子旁边的路缘石上坐下，想着我们一起度过的遥远时光，想着你的模样：式样简单的深色头发，清澈的眼睛，微微黝黑的年轻面庞……那时我们刚刚谈起了恋爱，那时的我们无忧无虑，亲密无间，互相信任，彼此间充满似水一样的柔情，洋溢着幸福与欢乐……

夏末的俄罗斯县城温暖明亮的夜晚，有着与众不同之处。这夜晚是多么宁静，让人充满了幸福感！一个守夜的老人拿着梆子，在充满欢乐的城镇里转悠，但他只是在自娱自乐罢了，因为没什么好提防的。香甜地入睡吧，善良的人们，有上帝庇佑你们，闪闪发亮的高高在上的苍穹庇佑着你们。老人走在被白天的阳光炙烤得热烘烘的马路上，不时抬头仰望星空，偶尔自得其乐地在梆子上敲出一阵婉转飘扬的颤音。是啊，正是在这样的夜晚，在同样的时刻，镇上唯一没有入睡的守夜人敲着梆子，而你在草木焦枯的花园里，焦急地等着我偷偷地溜进去，幸福的等待，甜蜜的等待。我轻轻地推开你事先没有上锁的侧门，静悄悄地快速穿过院子，从院子深处的谷仓的另一头走进了阴影斑驳的花园，远远望去，依稀看见你穿着一袭白色的裙子坐在苹果树下的凳子上。我快步走到你跟前，满怀喜悦，又有些忐忑不安，迎着你等候多时而闪闪发亮的眼睛。

我们坐在一起，由于幸福而不知所措地坐着。我一只手搂着你，感受你的心跳，另一只手握着你的手，感受你的全部。那时天色很晚了，连梆子声都听不到。那个老人在某处的凳子上躺下，嘴边还叼着烟斗，在月光下昏昏欲睡。我朝右边望去，一轮月亮高高地悬挂在院子上方，皎洁的月光下房子的屋顶闪着鱼鳞状的光芒。我朝左边望去，一条长满枯草的小径一直向前延伸着，直至消失在苹果树下。苹果树的后面，另一座花园里有一颗绿色的孤星若隐若现，慢慢地升起，闪着微弱的光，似乎满怀期待地在传达着无声的信息。但我只是朝院子和星星投去匆匆一瞥，它们不能吸引我的注意力，对我而言，世界上只存在一件东西——夜色下你那闪闪发亮楚楚动人的眼睛。

后来你陪我走到侧门边，我说：

“如果有来生，我们俩还能相遇，我将跪下亲吻你的脚，感谢你今生今世赠予我的一切。”

我在洒满月光的明亮的街道中央朝自己的旅馆走去。回头望去，侧门边还依然闪动着那一抹白色。

从回忆中缓过神来，我从路缘石上站起身来，顺着来时的路返回：除了老街外，我还有另一个想去的地方，尽管不敢承认，但我一定要去完成这件事。所以我出发了，打算看上一眼，只是一眼，从此便永远离开那个地方。

这条路依然十分熟悉，沿着它一直走，穿过市场，从修道院街往城镇的出口处走去。

市场就像是城镇中的城镇。一排排货摊发出强烈的气味。

一片漆黑的茶点摊位下的遮阳棚覆盖着长桌和凳子。五金铺的摊位上，大眼睛的救世主的圣像已经锈迹斑斑，悬挂在人行通道中央的链条上。面包铺那边，一大清早总会有一群鸽子跳来跳去在马路上啄食，寻找洒在路上的面包屑。去学校的路上总能见到许许多多的鸽子，一只只都长得肥肥的，嗉囊像彩虹般五颜六色，边跑边啄食，像女人一般摇摇摆摆地走路，真是惹人喜爱，它们摇晃着身子从马路一边跑到另一边，有的还颇有节奏地晃着脑袋，似乎根本没有注意到你，只有你一不小心踩到它们，那群鸽子才会扑腾着翅膀，飞向天空。到了晚上，会有一群黑乎乎的胖胖的耗子忙忙碌碌地跑来跑去，叫人觉得恶心又害怕。

修道院街是通往乡下的出口。对于一些人来说可以沿着它从城里回到乡下老家，对另一些人来说它是通向埋葬死人的墓地。在巴黎，如果某条街上的某户人家有人去世了，他们会在家门口挂上黑色和银色的花圈，用夸张的方式让所有人都知道这家遭遇了不幸；还要连续两天两夜在门廊上摆上一张小桌子，桌上铺着黑布，摆着黑框的纸，来吊唁的客人要签上名字，以表哀悼；接着在指定的时刻，会有一辆顶着黑色华盖的巨大马车停在门口，马车的木工材料也是黑色的，就跟棺材一样；华盖的边沿剪裁成圆圆的，雕着花纹，点缀着巨大的白色星星，表明这是天堂；顶部的角落装饰着华彩的黑色羽毛，象征着来自地狱的鸵鸟羽毛；驾车的几匹马穿着煤黑色的马衣，装上鹿角，两只圆圆的眼睛涂成了白色；在高高耸立的驾车座上坐着一个上了年纪的酒鬼，他也象征性地穿上了出殡的丧服，戴着船形帽，听着庄严的祷告词：主啊，让他安息，让永恒之光照耀着他……一边心里暗自讥笑着，一边等着人们把尸体抬出来。这里却是截然不同的场景。乡下刮来的风轻轻吹拂着修道院，人们用亚麻布抬着敞开的棺材，死者脸色惨白，微微晃动着，凸起的眼睑紧闭着，额前放着一个色彩鲜亮的花圈。人们肯定也是这样把她抬走的。

在城镇的出口，公路的左边，矗立着沙皇阿列克谢·米哈伊洛维奇时期建造的修道院，城堡式的大门永远关闭着，城堡式的高墙后面，像芜菁一般的镀金的教堂圆顶闪闪发光。更远处是广阔的田野，一些低矮的墙壁围成了一个巨大的广场。广场内有一大片树林，被一些纵横交错的道路分割开来。道路两旁栽种着古老的榆树、椴树和白桦树，树下有各种各样的十字架的纪念碑。大门微开着，顺着敞开的大门望去，我看到了平坦而没有尽头的主大路。我胆怯地摘下帽子，走了进去。已经很晚了，周围是这么安静，月亮低悬在树梢后面，放眼望去，周围的一切仍然清晰可见。在透明的阴影下，这一大片埋葬死者的树林、十字架还有纪念碑的轮廓式样十分清晰。黎明时分，风停了，树下或明或暗的斑驳阴影也不再随风晃动。

突然间，在树林的尽头，在墓地教堂的后面，我看到有什么东西在移动着，如同一只黑色的球迅速地朝我飞奔而来。我吓坏了，跳到了一旁，心里七上八下的，心跳似乎还停顿了一下，寒冷的感觉充斥着我的全身，我方寸大乱，一时手足无措，不知道该做些什么，是躲避，还是反抗……那是什么呢？它突然间就消失了，我还没有真正地看清楚。可我的心里还是忐忑不安，心跳还没有稳定，还能清楚地听到跳动的声音，心头像背着千斤重负似的向前走去。

我知道自己接下来该去哪儿，沿着大道一直向前，在路的尽头，离后墙只有几步之遥的地方，停下了脚步。在我面前平坦的土地上，丛生的杂草中，孤零零地竖着一块狭长的石碑，石碑顶部倚着墙壁。墙壁后面低低地悬挂着一颗绿色的星星，跟以前见过的星星一样，如同珍宝熠熠生辉。不过它凝然不动，寂静无声。

幽暗的林荫小径

那个秋天非常寒冷，阴雨连绵。图拉城郊外的一条大路上积满雨水，来来往往的车辆留下黑乎乎的车辙印子，纵横交错。路边有一长排茅屋，一半是政府设立的驿站，另一半则是私人开设的旅栈，人们可以在这里歇脚过夜或是用餐喝茶。这时，一辆车身溅满污泥的四轮马车奔驰而过，马车支起半截车篷，三匹驽马努力前行。马尾巴束了起来，免得溅起泥浆。驾车的是个身材壮实的庄稼汉，他身穿厚重的呢上衣，腰部紧束，脸色黑沉，表情严肃，稀疏的胡须乌黑发亮，活像是古时的强盗。车里坐着一个身材瘦削的军官，上了年纪，头戴宽大的遮檐帽，身穿尼古拉式的灰色军大衣，海狸毛皮的衣领高高竖起，脚蹬军靴（没有一丝皱痕）。他的眉毛还是乌黑的，但唇髭连同两鬓的胡须却已经斑白，下巴剃得精光，整个人看上去就像是生活在亚历山大二世统治期间，当时军界就十分流行这副打扮。这人的目光也同亚历山大二世一样，严厉地扫视着周围，眼神中流露出些许倦意。

马车在这一长排茅屋前停了下来。他一只脚跨出了马车，带着鹿皮手套的双手提起军大衣的下摆，快步走上了茅屋的台阶。车夫粗声粗气地喊道："大人，请往左边走。"身材高大的军官跨过门槛时稍稍弯下身子，走进穿堂，朝左边的客房走去。

客房收拾得干净整洁，很温暖很干燥。左边墙角里有一尊镀金的崭新圣像，圣像下的一张桌子上摆着一块干净无污的桌布；桌后的几张长凳擦拭得干干净净；右边墙角深处砌着厨用的炉灶，上面刚刚刷过石灰，显得焕然一新，锅灶里炖着一锅牛肉卷心菜汤，里面还放有用来调味的月桂叶，氤氲的烟气里，一缕缕诱人的香气沁人心脾，撩拨着人们的嗅觉器官；稍近的角落里摆着类似沙发的躺椅，上面盖着一条杂色的呢毯，椅背靠在炉灶的一侧。

这位客人脱下军大衣，扔在长凳上，只穿着便服和军靴的他，身材看上去更加匀称。接着又麻利地脱下手套，摘下帽子，用那双苍白清瘦的手捋了捋头发，头发很顺从地向后倒去，他那花白的头发和长至眼角的鬓发略微卷曲。英俊的长脸上有一双深色的眼睛，脸上还隐隐约约留有几个痘印。客房里一个人影都瞧不见，于是，他把通往穿堂的门推开了一道缝，顺着缝隙，很不高兴地大喊道："嗨，有没有人？"

不一会儿，一个头发乌黑的夫人走了进来，脚步轻盈，仪态万千，虽然上了年纪，但体态丰满，风韵犹存，颇似风情万种的吉普赛女郎。她的双眉乌黑乌黑的，上唇和两侧面颊有一层深色的茸毛。红色的短上衣里高耸着一对硕大的乳房，黑色的呢裙衬托出她鼓起的小腹，腹部呈现出三角形的轮廓，像鹅的胸脯一样。

"欢迎光临，大人。"她说道，"您是要用餐还是喝茶？"

来客漠然地瞥了一眼她丰满的双肩和小巧的双脚（脚上穿了一身红色的鞑靼式红色便鞋），心不在焉地用三言两语回答道："上茶炊。你是这家店的主人还是仆人？"

"大人，我是这家店的主人。"

"那么这个地方由你当家喽？"

"是的，由我一人当家。"

"那是怎么一回事啊？您是个寡妇？所以不得不自己出来抛头露面？"

"大人，我不是寡妇，但我总得养活自己啊。而且，我还挺喜欢操劳管事的。"

"哦，好吧，原来如此。你把这地方打理得井井有条的，看上去既干净又舒适。"

这个妇人稍稍眯起了眼睛，从上到下紧紧地打量着他，目光自始至终没有离开，似乎想洞穿一切，包括他的内心。

“我很爱干净。”她回答说，“毕竟，我从小生活在名门世族家庭，怎么会不知道要保持体面呢，尼古拉·阿列克谢耶维奇？”

他听到自己的名字，大吃一惊，有些始料不及，顿时挺直了身子，睁大了眼睛，变得面红耳赤。

“纳杰日达，是你吗？”他慌慌张张地问道。

“是我，尼古拉·阿列克谢耶维奇。”

“噢，天哪，老天爷啊！”他说道，一屁股坐到了长凳上，目不转睛地盯着她。

“真是世事难料啊！我们已经有多久没有见面了？大概有三十五年了吧？”

“是三十年，尼古拉·阿列克谢耶维奇。我今年四十八岁了，而您，我想，估计也快要六十岁了吧？”

“怎么会发生这样的事……老天爷啊，真是太不可思议了。”

“有什么不可思议的，先生？”

“但是这一切，这一切……实在是让人难以捉摸。”

他疲惫不堪的神态和心不在焉的神情顿时消失了。他起身开始在屋子里来回踱步，若有所思地望着地板，心情难以平静，然后他又停下了脚步，整个脸涨得通红，开口说道：“从那时候起，你音讯全无，我对你的情况一无所知。你怎么会流落到这个地方？你为什么不留在主人家里？”

“您走了之后，主人给了我自由。”

“那后来你住在哪里？”

“说来话长，大人。”

“听刚才那番话，您没有嫁人？”

“没有。”

“为什么呢？凭你当年的姿色，怎么会嫁不出去呢？”

“是我自己不愿意嫁人。”

“为什么不愿意嫁人？你说这话是什么意思？”

“这有什么好解释的呢？您或许还记得，当年我是多么地爱您。”

他听后羞愧难当，眉头紧锁，一时间难以控制自己的情绪，继而热泪盈眶，又开始踱起步子来。

“我的朋友啊，一切事情终将烟消云散，”他开始喃喃自语道，“爱情、青春，一切的一切都是如此。这是件日常的、庸俗的事。一切都随着时间的流逝，终将烟消云散。《约伯记》里面是怎么记载的？‘就是想起，也如流过的水一样’。”①

“上帝给每个人安排了不同的命运，尼古拉·阿列克谢耶维奇。每个人都将逐渐老去、青春不再，但爱情却是截然不同的一回事。”

他停下脚步，抬起头来，苦笑着说道：“你总不可能为我守一辈子吧。”

“我能，多少年过去了，我还是单身一人。我知道以前的您早已经不复存在，对您来说，好像什么事情也不曾发生过，可是……哎，现在责备您也晚了，但是您要知道，您抛弃了我，这么做实在太薄情寡义了——不说别的，单单这一件事，我就不知道多少次想过自杀。尼古拉·阿列克谢耶维奇，曾经有这么一段时候，我管您叫尼柯连卡②，您管我叫什么，还记得吗？那时候您还常常念诗给我听，是各种关于‘幽暗的林荫小径’的诗句。”她冷笑着补充道。

“啊，想当年，你是多么美丽啊！”他摇着头说，“多么热情，多

① 见《旧约·约伯记》第十一章十六节。全句是：“你必忘记你的苦楚，就是想起来，也如流过的水一样。”

② 尼柯连卡系尼古拉的昵称。

么迷人！那优雅的身段，那动人的眼睛！曾经所有人都为你痴迷，你还记得吗？”

“大人，我还记得。您那时候也是英俊潇洒、一表人才、器宇轩昂。您要知道，我把自己的美貌、自己的热情全部奉献给了您。这种事情怎么能忘记呢？”

“啊！一切都会过去的，一切都会被忘记的。”

“一切都会过去，但并不是一切都会被忘记。”

“你出去吧，”他一边这样说，一边转身朝窗口走去，“请你出去吧。”

然后他掏出手帕来擦拭眼睛，又飞快地补充说道：“但愿上帝会宽恕我，看来你已经原谅我了，不是吗？”

“不，尼古拉·阿列克谢耶维奇，我并没有原谅您。既然我们谈到了我们的感情，那我就坦白地告诉您，我永远都不会原谅您的。当年，除了您以外，这世上我再也没有亲密的人，后来也不曾有过，这就是我无法原谅您的原因。算了，何必再去回忆这些痛苦的往事，刻骨铭心，不堪回首的往事。正如人死了，您把他从墓地拖出来，也无法令他死而复生。”

“对，你说得对，没有必要再去回忆了。请您吩咐下去，把马匹准备好。”他回答说，离开了窗边，脸色也变得凝重起来。“不过我还是要告诉你，我这一生从来没有快乐过，你不要以为我过得有多幸福，不，不幸福。也许我伤害了你的自尊，我很抱歉，但我还是要坦白地告诉你——我爱我的妻子，爱到不可救药的疯狂的境地，但她对我不忠，狠心地抛弃了我，跟着别的男人跑了，她给我带来的凌辱，甚至比我使您受到的伤害还要厉害。我爱我的儿子，把他像宝一样宠着疼着，把一切的希望都寄托在他的身上，可他长大之后却成了一个一无是处的人——挥金如土、傲慢无礼、没有良心、不知羞耻……然而，这一切也不过是最常见最庸俗的事罢了，人们已经习以为常的事。亲爱的朋友，请多保重。我想，我也把一生中最宝贵的东西留给你了。”

她走到尼古拉·阿列克谢耶维奇跟前，吻了他的手，他也吻了一下她的手。

“请准备马匹吧……”

他启程出发，往事在眼前复活，他想起了三十年前的岁月。他忧郁地想道：“当年，她是多么楚楚动人，多么光鲜明亮啊。”他回想起自己最后说的那几句话，还亲了她的手，不禁感到羞愧起来，这种羞愧增加了他内心的愧疚。“她把最美好的时光奉献给了我，不是吗？”

接近日落，阳光十分微弱。马车夫赶着马儿向前小跑。他要准确地选择不是太泥泞的道路，所以一路上不得不从一道黑乎乎的车辙驶向另一道车辙，同时还在想着心事。最终，他神情严肃地开了口，直言不讳地问道：“大人，刚才我们离开的时候，那个女人一直站在窗口望着。她是不是您的旧相识啊？”

“是旧相识，克里姆。”

“这女的非常聪明能干。听人说她越来越有钱，越来越富有，还拿钱放债哩。”

“这算不了什么。”

“怎么会算不了什么呢？谁不想自己过上好日子啊！如果放债时还讲点道义，那还说得过去，如果不讲道义呢？据说，她放债还是比较公道的。但她也不是好惹的主，如果谁没有及时还债，到时候可有苦头吃了。当然不能怨她，只能怨自己。”

“是啊，谁也怨不了，只能怨自己。好了，你快点赶车吧，可别耽误了火车。”

太阳缓缓西沉，落日金黄色的余晖洒向空旷的田野。马儿稳步地踩着水洼，溅起水花，一路向前。他望着时隐时现的马蹄，蹙着黑色眉毛，陷入了沉思，心想：

“是啊，只能怪自己。过去的日子的确是最美好的时光，不仅仅是最美好的，而且简直可以说是不可思议的美妙时光！‘一条条幽暗的林间小径隐藏在椴树间，周遭的蔷薇在争奇斗艳……’但是，上帝啊，如果我当初没有抛弃她，那后来又是怎样的一番光景？太荒唐了！纳杰日达，如果她不是这家店的主人，而是我在圣彼得堡的家的女主人，是我孩子的母亲，那又会是怎样呢？”

想到这里，他合上眼睛，无奈地摇了摇头，任思绪蔓延开去。

1938 年 10 月20 日

中　暑

晚饭过后，他们走出了炎热的灯火通明的餐厅，来到了码头，在栏杆边停下了脚步。她闭着眼睛，用手背抚着脸颊，浅笑盈盈，这个身材娇小的女人浑身散发着迷人的气质，洋溢着迷人的魅力。

她说道："我想我喝醉了。你来自哪里？三个小时以前我还不认识你，不知道世界上存在你这么个人，我甚至都不知道您是在什么地方登船的。是萨马拉吗？不过没关系……我觉得晕头转向了，是真的头晕还是这艘船在转弯？"

前方一片漆黑的夜色中有点点星火。一阵强劲而又柔和的风从黑沉沉的夜空中吹来，拂动着人们的面庞。远方的灯火急速地闪向一旁：原来，轮船以伏尔加河上特有的夸张方式，在水面上画出一个宽阔的圆弧，然后向码头驶去。

中尉握起她的手，抬到嘴唇边，吻了一下。那只手小巧有力，散发着一股阳光晒过之后的芳香，他忍不住幻想着，在这个女人浅色麻布连衣裙下，她身体的其他部位肯定也是晒成了棕色，显得更加健美结实吧，因为她在南方的海滨沙滩上整整晒了一个月（她说过，她是在阿纳帕上船的）。这种联想让中尉的心揪紧了起来，有些心驰神往，既幸福，又惶恐。他喃喃地说道：

"我们下船吧。"

"去哪儿？"她吃惊地问道。

"就在这个码头。"

"去干什么？"

他沉默不语。

她又用手背贴着烧得滚烫的脸颊。

“你疯了……”

“我们下船吧……”他又重复了一遍，呆呆地说道。“算我求你了……”

“哦，那好吧，就如你所愿吧。”她转过身去说道。

缓缓滑行的轮船，在灯光昏暗的码头上轻轻碰撞了一下，晃动中，他们俩差点跌倒在对方身上。缚船的钢缆从他们头顶上飞闪而过，惯性的作用下，轮船又往后稍稍退了一点，河水顿时沸腾一般哗哗作响，几块踏板乒乒乓乓地放了下来……

中尉飞奔着取回他们的行李。

过了一会儿，他们俩穿过冷冷清清的码头，踩在沙土上（泥土厚得把半截车轱辘都埋了进去），默默地坐进一辆落满尘土的出租马车。马车沿着平缓的山坡往上驶去，路边的几盏路灯稀稀落落，东倒西歪，模模糊糊地向后退去。山路因积满尘土而变得软绵绵的，长得似乎永无尽头。最后车子终于爬上了山，顺着马路向前驶去，一路上经过了广场、政府大楼、消防瞭望塔，这些建筑从眼前一闪而过。夏夜的县城闷热无比，散发出各种各样的气味。马车停在了灯火通明的大门口。大门敞开着，可以看到很陡的木质楼梯，应该是有些年头了。一个上了年纪的胡子拉碴的侍者走了出来，不情不愿地拎起了行李，他穿着粉色的竖领衬衫和礼服大衣，脚蹬一双已经磨损了的鞋子，在前面领路，把他们带进了一间宽敞的房间。这房间由于被太阳烘烤了一整天，十分闷热，让人窒息，薄纱般的白色窗帘已经放了下来，梳妆台上摆着两只还没点过的蜡烛。侍者离开了，刚一关上门，中尉便迫不及待地向她扑去，两人大口大口地喘气，如痴如醉地狂吻着，晕眩的感觉充斥全身。这一段记忆深深地留在了他们的脑海里，沉淀成最美好的回忆，鲜亮了他们的生活，未来的很多年里，他们对此情此景依然念念不忘，每一个动作，都记得清清楚楚，每一个细节，都历历在目，这是他们两个人一生中从未有过的体验。

第二天上午十点，天气炎热，阳光明媚，周围充满了欢乐的气氛，城市上空回响着教堂的钟声，旅馆前面的广场，广场上的集市，人声鼎沸，川流不息，空气中弥漫着干草和焦松油的气息，以及俄罗斯县城所特有的各种气味混合在一起的浓郁香气。

这位身材娇小的陌生女子始终没有向他透露名字，开玩笑般自称是“美丽的陌生人”。他们两人晚上极尽缠绵，睡得很少，但似乎没有影响到她的精神，她从床边的屏风后走出来，花上五分钟时间梳妆打扮，穿上衣服之后，便马上神采焕发，精神抖擞，看上去犹如十七岁的少女。对于刚才发生的一切，她觉得尴尬吗？——没有，顶多只有一点儿。她还像以前那样开朗活泼，只是理智多了。

她马上就要离开了。

他恳求能与她同行。“不行不行，亲爱的，”她回答道，“你应该留在这里，乘坐下一班轮船。如果我们一起出发，会把一切搞糟的，我们都不期待那样，是不是？不过，我向您保证，我绝对不是你想象的那种人，不是水性杨花的人，我以前从来没有做过这种事，以后也绝不会做。我觉得似乎是热昏了头，失去意识了。或许，或许是因为我们两人都中暑了吧。”

不知什么原因，中尉竟然十分高兴地同意了她的要求。他怀着愉悦的心情陪伴她走到码头——正好及时赶在粉色的渡轮开船之前——众目睽睽之下，他亲吻了她的脸颊。他刚刚跳到踏板上，踏板就开始往回抽了。

他又怀着同样欢快的心情回到了旅馆，然而，这个旅馆似乎和以前不大一样了。她走了之后，完全呈现出另一番景象，和她在的时候截然不同的景象。房里似乎到处都变换着她的身影，弥漫着她的气息，实际上，屋里空荡荡的，轮船载着她已经远离了这个地方。太奇怪了，他仍然能闻到她身上昂贵的英国香水味道，托盘上仍然摆放着她喝了一半的茶，可她却已经离开了……

中尉的心猛然间一阵刺痛，心头涌上了一股柔情，他急忙点燃了一支烟，化解心中难以控制的情绪，在屋里来来回回踱步。

“真是一次奇特的艳遇！”他大声说道，大笑起来，眼眶里却渗满了泪水。“‘我向您保证我绝对不是你想象的那种人……’言犹在耳，可是伊人已去。”

屏风被挪到了一边，可床铺还没有整理。他突然觉得身心憔悴，无力再去看那张床了。他用屏风把床遮住，关上窗户，以便把集市的嘈杂和车轮的吱嘎声挡在外面，拉上白色的鼓起的窗帘，坐在了沙发上。是啊，这就是“旅行艳遇”的结局。她走了，走远了，他幻想着她现在在做什么，也许正坐在镶满玻璃窗的白色客舱里，或是站在甲板上，注视着宽阔河面上的点点阳光，眺望着远处的竹筏漂流而过，眺望着金色的沙滩，眺望着水天相接的闪闪发亮的远处，眺望着辽阔无边的伏尔加河。再见了——永永远远……

可是，今后他们还能在什么地方相遇呢？

“毕竟，我总不能，”他想道，“不能冒冒失失无缘无故地跑到她家里去，更何况家里还有她的丈夫和三岁的女儿，她的所有家人都在那儿，她每天的生活都围绕着她的家庭……”突然之间，那座城市似乎变成了一个具有特殊意义神圣的地方，他幻想着她在那儿过着孤孤单单的生活，也许不经意间还会想起他，想着和他短暂的偶然相遇，而他却再也见不到她了，这个念头让他目瞪口呆，惊骇万分！不，这是不可能的！这个念头太疯狂、太不正常、令人难以置信！没了她，他以后的生活就是痛苦万分、毫无意义的，想到这儿，他觉得一阵惊恐，感到万念俱灰。

“真是见鬼！”他自言自语道，站起身来，一边开始在屋里踱来踱去，一边竭力克制自己不去看屏风后面的床。“我到底是怎么了？这样的艳遇又不是第一次了，怎么还念念不忘……她究竟有什么与众不同的地方？到底发生了什么事？真的中暑了吗？现在要紧的是，她这一走，我一个人必须在这穷乡僻壤的地方度过整整一天，该怎样打发时间呢？”

是的，他仍然记得她，想念着她，他清清楚楚地记得每一个细节，记得她晒过的皮肤的气味，她的麻布长裙，她强健的身体，还有她愉快、随意、欢乐的声音……女性拥有的特质给他带来了巨大的欢乐，那种强烈的快感依然存在，但现在，主宰他的却是一种全新的感觉——神秘的不可名状的感情。他们两人待在一起时，根本没有体会到这种感情，当时他只是怀着逢场作戏的心态去认识她，根本没有想到会产生这种感情。而他现在永远不可能向她倾诉了。“最主要的问题是，”他想，“已经无法向她表达自己的内心情感了！我该怎么办呢？带着令人痛苦的回忆，带着无法治愈的伤痛，我该如何挨过这漫长的白天，更何况还要待在这个被上帝抛弃了的荒凉城市，面对着碧波荡漾的伏尔加河，而她已经坐着粉红色的轮船扬长而去了！”

他必须寻找寄托和慰藉，出去走走，找点事情做，以便分散注意力。下定决心之后，他戴上帽子，拿着马鞭，沿着走廊快步向前，马刺弄得叮铃作响，奔下陡峭的楼梯，来到了旅馆的大门口，可是，该去哪呢？一辆出租马车停在门口，年轻的马车夫穿着光滑的无袖束腰外衣，安静地坐在车上抽着一小根雪茄。中尉怅然若失地望着他，很是奇怪：他怎么能够坐在驾车座上，那样悠然自在地抽烟？怎么有人能够那样逍遥自在、无忧无虑，对周围漠不关心？“我一定是镇上唯一一个极度忧伤的人。”他一边这样想着，一边朝集市走去。

集市上的人已经停止工作准备回家了。不知怎地，他在牲口新拉的粪便那儿徘徊了一阵子，一辆辆车上载满了黄瓜，庄稼汉们用震耳欲聋的声音大声叫喊：“上等的黄瓜嘿！买点黄瓜吧，大人!”他走过陶盆和瓦罐之间,坐在地上的几个农妇向他大声叫卖,声音一个压过一个,她们拿着瓦罐,用手指弹得咚咚响,以表明她们的物品质地优良。这一切都太荒谬太庸俗了。他从集市上跑走了,来到了教堂。教堂里的人正以尽职尽责的心态高唱着圣歌,曲调欢乐而坚定。接着他爬上了山,在一个被人遗忘的小花园那儿转悠了很久,烈日灼烧着,花园里非常热,他大衣上的肩带和纽扣在烈日下变得滚烫,简直无法触摸,制帽帽圈的夹里被汗水浸湿了,脸热得通红。放眼远眺,山下是伏尔加河广阔无边的银灰色河面……回到旅馆,他走进底层那间宽敞的餐厅,里面空无一人,十分凉快,顿时觉得舒服多了,摘下帽子之后,这种感觉更明显。他坐在餐桌旁,旁边是开着的窗户,热气阵阵袭来,但还是能吹到一些风,然后点了一份加冰的波特文尼亚汤……一切都很好,到处都洋溢着巨大的欢乐和幸福。即便是灼人的热浪、市场的混杂气味、这个陌生的城市、破旧的旅馆,都饱含着欢乐,然而在这种欢乐的氛围中,他却觉得伤心欲绝。他就着淡淡的莳萝腌黄瓜,连喝下好几杯伏特加,心里只有一个想法:如果能出现奇迹,让她回到他的身边,让他们共度一天,哪怕仅仅一天,只为了向她倾诉,向她证明,让她相信,他已经无可救药地爱上了她,这种爱让他陷入了巨大的痛苦,如果能够这样,哪怕叫他明天去死,他也心甘情愿。可为什么要向她证明?为什么要让她相信?他也不知道究竟为什么,只知道这比生命还重要。

“我已经魂不守舍了。”他一边说,一边又给自己斟上第五杯伏特加。

他推开汤碗,要了黑咖啡,点燃一支香烟,想要整理一下思绪:现在该做什么?要怎样才能摆脱这突然而至的意料之外的爱情?潜意识里,他知道要摆脱爱情是不可能的。既然不可能,那就做些什么吧。他突然站起身来,拿着制帽和马鞭,打听去往邮局的路,之后便急匆匆地赶过去,脑海中盘算好了要发这样一封电报："从今往后，我的生命属于您，任您差遣，至死方休。"但是，当他走到那座墙壁厚实的旧大楼前——那是邮局和电报局的所在，突然惊骇地停下了脚步：他知道她居住的城镇，知道他有丈夫和三岁的女儿，但他却并不知道她姓什么，叫什么名字，一点都不知道。他昨天问了好几次，不管是在傍晚用餐时，还是在旅馆里，她每次都只是笑着答道：

"您何必要知道我是谁，叫什么名字呢？"

邮局附近的转角处是一家照相馆，橱窗里面张贴着军人的巨幅肖像，他久久地凝视着，那人佩戴着厚重的戴穗的肩章，眼睛凸出，前额很低，胡子浓密得惊人，宽阔的肩膀上挂满了勋章。他扫了一眼另外一张照片，那是张结婚照，一个剃着平头的年轻男人穿着白色的礼服，打着白色的领结，笔挺地站着，手挽着穿着婚纱的新娘。他又把视线转移到另一张照片上，那是一个俏丽时髦的年轻女孩，她俏皮地歪戴着一顶大学生的制帽……这些素不相识的人这么快乐，无忧无虑的，完全没有不幸折磨，他内心掀起一阵痛苦难忍的嫉妒。当一个人的心灵被什么东西占据之时，所有那些普普通通司空见惯的东西都变得荒唐和不可思议了。是啊，他的心灵被什么东西占据了，他的心灵已经被这次过于可怕的中暑、过于强烈的爱情、过于巨大的幸福所占据、所折服、所打败！他转过头去，凝望着街头。

"我该去哪里？我该做些什么？"

街上空空荡荡的，所有的房子都是一模一样的，雪白的两层楼房，里面住着商人，屋前有个大花园，花园里似乎也空无一人，马路上覆盖着厚厚的尘土。一切都沐浴在欢快的明亮的火热的阳光下，十分刺眼。在这个不起眼的城镇里，这么强烈的阳光让人觉得完全没有必要。远处的街道逐渐上升，拱形的圆顶同万里无云、阳光灿烂的浅灰色天际连在一起，这景象颇似南国风光，让人联想起塞瓦斯托波尔、刻赤和阿纳帕。这一切刺激了他，他觉得难以忍受，只能耷拉着头，在强烈的光线下眯着双眼，低头望着脚下，蹒跚而行，从一侧走到了另一侧，一路上鞋子上的马刺不断地磕碰着，他走在回去的路上。

他回到旅馆时已经筋疲力尽，仿佛是到突厥斯坦或是撒哈拉沙漠去做长途旅行一般，用尽最后一丝力气，拖着疲惫的双腿，回到那间宽敞空旷的房间。窗户开着，窗帘放下了，时而有一阵阵的微风把窗帘吹得鼓鼓的，把晒得发烫的铁皮屋的热气吹进屋里，把在烈日照耀下不见行人踪影而寂静无声的伏尔加河畔的整个世界的热气吹进屋里。房间已经收拾过了，她的最后一丝气息都已消失殆尽，只剩下一根发簪，是她落在床头柜上的。他脱下上衣，看着镜中的自己：一张普通军官的脸，黑中带灰，金色的胡须被太阳晒得褪了色，变得花白了；微微泛白的浅蓝色眼睛在黝黑肤色的衬托下，显得更白了。他脸上的表情焦虑不安、癫狂错乱，而那件带有浆硬竖领的白色薄衬衫里，则包裹着一颗年轻忧郁的心。他躺在床上，把那双沾满尘土的鞋子悬挂在一边。他把头枕在脑后，躺在那儿，目不转睛地盯着前方。他咬紧牙关，闭上了眼睛，伤心的感觉袭来，任由泪水顺着脸颊往下淌，很久以后，他终于睡了过去。再次睁开眼时，已经夕阳西下，天空中弥漫着红色和黄色的余晖。微风渐止，房间里像烤箱一样闷热干燥……想起昨天和今天经历的种种，他觉得很不真实，仿佛是发生在十年前的事。

他慢悠悠地起床了，不慌不忙地洗完脸，拉开窗帘，按铃要侍者送来茶炊和账单，独自一人坐了很久，默默地喝着柠檬茶。之后，他叫来了马车，把行礼搬下了楼。他坐到生锈斑驳的马车里时，给了侍者整整五个卢布。

“大人，昨晚似乎就是我把您送到这儿来的！”马车夫兴高采烈地说着，拉起了缰绳。

他们来到码头时，伏尔加河上空的天色已经变得深蓝，五彩斑斓的灯火在河面上闪闪发光。一艘快要靠岸的船的桅杆上挂了好几盏大灯。

“时间刚刚好。”马车夫讨好地说道。

中尉也给了他五个卢布，然后拿着车票走向码头……

跟昨天一样，只听砰的一声钝响，轮船停泊时撞到了码头，脚下摇摇晃晃的一阵眩晕，缆绳飞驰而过，轮船稍稍后退，水面激起的浪花翻滚着向前涌去……这艘船满载乘客，灯火通明，空气中弥漫着厨房的香味，显得亲切友好，让人舒畅。

不一会儿，轮船继续朝上游驶去，朝着不久之前的那个清晨她离去的方向驶去。

远处，夏夜的余晖渐渐变暗，无数昏黄的光线懒懒散散地洒向了波光粼粼的海面，海水轻轻颤抖着，泛起阵阵涟漪，旋转着向远处荡漾开去，星星点点的灯火亮了起来，在周围的一片漆黑中渐渐向后退去，最终成了一片模糊的光线。

中尉坐在甲板的遮阳篷下，感觉自己一下子老了十岁。

1925 年阿尔卑斯海滨省

轻盈的呼吸

墓地上，一抔新土，上面竖立着一个崭新的橡木十字架，坚固、沉重、光滑。

四月，天气灰蒙蒙的。透过光秃秃的树枝，远远地能够望见这个县城的宽敞墓地上的墓碑，冷风吹来，十字架下面的瓷花环也随风响动，发出一种悲哀的声音。

在这个十字架上，嵌着一个相当大的、凸起的瓷质圆饰，里面是一位女中学生的肖像照，她的眼神是那么快活，洋溢着让人难以忘怀的柔情。

这就是奥利娅·梅谢尔斯卡娅。

在她年幼的时候，她在穿着深灰色的连衣裙的小女孩们里并不十分出众，没有鹤立鸡群的感觉。但是她长相乖巧，聪明能干，家境殷实，生活幸福，略带淘气，对班主任小姐的训诫总是漫不经心，这一切让她真实自然。接下来的日子里，她像初开的蓓蕾一般开始绽放，几乎时时刻刻都有变化。十四岁的时候，她已经有了纤细的腰肢，匀称的双腿，胸脯和身材发育得十分动人，她的魅力即使穷尽人类所有的语言也难以表达，十五岁时她已经成了公认的美女。她的几个女友是多么认真地梳好发型，保持衣容整洁，对自己的言行举止又是多么注意，而她什么也不在乎——不论是手指上的墨水渍，涨红的小脸，凌乱的头发，还是磕倒时露出的膝盖。她没费任何心思和努力去化妆打扮，没有刻意地注意自己的个人形象，却不知不觉地在近两年的时间里，从全校女生中脱颖而出——优雅的风度，鲜艳的衣着，灵巧的动作，以及双眸散发出的明亮的光辉……没人能像奥利娅·梅谢尔斯卡娅那样在舞会上优雅地跳舞，没人能像她那样在溜冰场轻巧活泼地滑冰，没人能像她那样在舞会上受到诸多男生的青睐，也没人能像她那样如此受低年级学生的喜爱。她慢慢地出落成一位亭亭玉立的姑娘，也逐渐在中学里小有名气。也有流言说她十分轻佻，没有追求者就活不下去，据说，有一位名叫申欣的中学生疯狂地爱上了她，她似乎也喜欢他，但在和他交往时却反复多变，喜怒无常，把小伙子折磨得死去活来，简直想要自杀……

正如中学里的人们所说，去年冬天，奥利娅·梅谢尔斯卡娅快活得简直发了疯。那个冬天经常下雪，雪后，天气晴朗无云，却掩饰不了冬天应有的寒冷。太阳早早地落到了花园里那几棵银装素裹的高耸的云杉树后，依然温暖明亮，预示着第二天依然会是晴朗的好天气，依然可以沿着教堂街散步，去城里花园的冰场滑冰，依然会有玫瑰色的傍晚，伴着音乐在冰场上滑动的人群里，奥利娅·梅谢尔斯卡娅是最无忧无虑、最幸福的一个。一天，大家休息的时候，她飞快地穿过大礼堂躲开追赶着她的几个一年级的女孩子，玩得很高兴，很起劲，她们正怡然自得地尖声叫喊时，突然有人过来，告诉她校长正在找她。她猛地停下，失落地叹了一口气，迅速地用已经习惯的动作整理了一下头发，将裙角向肩膀拉了拉，便愉快地向校长跑去。校长看起来比实际年龄要略显年轻，但头发已经灰白，手里拿着编织活儿平静地坐在书桌前，墙上悬挂着一副沙皇的肖像。

“您好，梅谢尔斯卡娅小姐[①]，”她用法语说道，眼睛没有离开她手中的活。“很遗憾，这已经不是第一次将您请到这里来，同您讨论您的举止问题了。”

① 原文为法文。

“悉听吩咐，夫人[1]，”梅谢尔斯卡娅回答。她走近书桌，用明亮而水灵的眸子看着她，但脸上却没什么表情。她随便而又自然地落了座，等待着校长的谆谆教诲，这教诲，也许不好接受，还是尽量装出耐心的样子。

“很遗憾，我已经确信，您不会好好地听我的话的，”校长说道，扯了下毛线，线团就在上过蜡的地板上滚动起来。梅谢尔斯卡娅抬起眼睛，好奇地盯着这个线团。——“我不打算重复，也不会说太多。”她说道。

梅谢尔斯卡娅很喜欢这个窗明几净、宽敞明亮的办公室。荷兰炉子里明亮的火光让整个室内温暖如春，搁置在书桌上的铃兰又是那样沁人心脾。她抬眼看了看那副站在奢华大厅里的年轻沙皇的全身像，看了看校长那乳白色的、往两边梳得平平整整的带有波纹的头发，沉默地等待着。

“您已经不是小女孩了。”校长意味深长地说道，暗自有些恼火。

“是的，夫人，” 梅谢尔斯卡娅简单地带些快活的语气回答道。

“但也还不是女人，”校长更富有深意地接着说，她苍白的脸微微涨红了。“首先，这是什么发型？这是典型的女人的发型呀！”

“我有如此好的头发并不是我的错，夫人。”梅谢尔斯卡娅回答道，并用双手轻轻摸了摸自己梳得很漂亮的头发。

“啊，确实，您没有错！”校长说道，“您梳这个发型没有错，用这些昂贵的发夹没有错，让自己的父母破费二十个卢布买一双鞋子也没有错！但是，我得再次提醒您，您完全忽略了一个事实，您还只是一个中学生……”

一直保持着天真与平静的梅谢尔斯卡娅，突然有礼貌地打断

---

① 原文为法文。

了她：

“很抱歉，夫人，您错了，我已经是一个女人啦。您知道是谁犯的错吗？是爸爸的朋友和邻居，您的兄弟阿列克谢·米哈伊洛维奇·马柳京。这事发生在去年夏天，在田庄里……”

这次谈话一个月后，一个同奥利娅·梅谢尔斯卡娅所生活的圈子没有任何关系的一个人，一位长相普通、举止粗鲁的哥萨克军官，在一大群乘火车刚刚抵达的旅客面前，在月台上，愤怒地向姑娘开了枪。令校长大为震惊、难于置信的事情竟然得到了证实，奥利娅·梅谢尔斯卡娅向她坦白那一幕又浮现在眼前……军官向法院侦查员声称，梅谢尔斯卡娅曾经引诱他，一度同他关系亲密，发誓要做他的妻子，但在被杀当日，她到车站送他去新切尔卡斯克时，却突然对他说，她从未想过爱他，所有那些关于结婚的谈话，都只是对他的愚弄而已。她还让他读了一页日记，在那里谈到了马柳京。

“我迅速地读完这些话，看到她正在月台上走来走去，轻松地散步，以便等我把日记读完，我就朝她开了枪，”军官说道。“这就是这本日记，写于去年七月十日，请看看里面都写了什么吧。”

日记上写着：

“现在是夜里一点多。我睡得很沉，但很快就醒了。现在我已经是一个女人了！今天爸爸、妈妈和托利娅全都进城了，就我一人在家。独自一个人可真自在！早上我到花园和田野里散步，还去了树林，在森林里走着，感觉这世界就我一个人，我拥有了这个完整的世界，这样美妙的时刻还从未有过。我一个人吃了午饭，然后弹了一个钟头的钢琴，在美妙的音乐声里，感觉我会一直这样活着，没人会比我更幸福，我尽情地享受着一切。随后我就在爸爸的书房里睡着了。四点钟，卡嘉叫醒我，说阿列克谢·米哈伊洛维奇来了。我很高兴他的到访，愉快地接待了他，同他闲聊。他是驾着自己一对很漂亮的维亚特卡马来的，它们一直停在廊檐下，忠于职守，耐心地等待着主人的下一个命令。因为外面下着雨，所以他留了下来，想等到傍晚地面干一些再走。他没见到爸爸，感到很遗憾，这些小小的遗憾并没有影响到他，依旧兴致勃勃，如同年轻人一般同我聊天，还老是开玩笑，半真半假地说他早就爱上我了。喝茶前我们在花园里散步，天气突然放晴，阳光照进了湿漉漉的花园，依然很冷。他挽着我的手，说他就是同玛甘泪[①]在一起的浮士德。他五十六岁了，不过依然相貌堂堂，一表人才，穿戴总是很考究，给人一种赏心悦目的感觉，他全身散发着英国花露水的味道，眼神活泼，瞳仁漆黑，胡子雅致地分成两个长绺，已经完全变成银白色了。喝茶的时候，我们坐在镶着玻璃的外廊里，我感觉好像不太舒服，就躺到了沙发上。他抽着烟，然后靠近我坐着，继续说些恭维女孩子的话。随后，他看着我的手，开始不断地亲吻它们。我用丝帕盖着脸，他几次隔着手帕亲吻我的嘴唇……我不明白，这事怎么会发生，我几乎发了疯，从未想过我会是这样的！现在，我只有一个出路了……我感到他是如此可憎，简直无法忍受！”

四月，整个城市变得洁净而干燥。垫成路面的石头变白了，走起来轻松而舒适。每个星期日午祷后，都会走过一个身材瘦小、穿着丧服的女士，她戴着黑色羊皮手套，携带一把乌木柄雨伞，沿着大教堂街出城去。她沿着马路，踏着泥泞，沐浴在田野特有的气息里，穿过有许多乌黑的铁匠铺的路段，接着，来到僧侣修道院和监狱所在的地方，会看到天空飘着朵朵白云，看到灰蒙蒙的春日田野。然后，跨过修道院墙外的几个水洼，再向左转，扑面而来的是一大片低矮的树木，如同花园一般，环绕着白色的栏杆，大门上画着圣母圣天的圣像。瘦小的女人轻轻画了十字，轻车熟路地走在林荫道上。走到橡木十字架对面的长椅前，坐下来，她

---

① 歌德所著《浮士德》中，浮士德所爱慕的年轻美丽的女子。

会在这春寒料峭的风里待上一两个小时，直到她那裹在单薄短靴中的双脚冻麻，袖在狭窄羊皮手套里的手冻僵。听着春日的鸟儿不顾风寒悦耳地歌唱，听着风儿拂过瓷花环发出的轻吟，她有时会想，只要她的面前不会再有这个祭奠死者的花环，她情愿付出半生。不只是这花环，还有这坟头，还有这橡木的十字架！这抔黄土的下面，怎么可能埋着一个鲜活的生命，怎么可能埋着十字架凸出的瓷质圆饰上那个眼神散发着灵动光辉的人呢？又怎样去将她那纯洁的眼神同发生在奥利娅·梅谢尔斯卡娅名字上的悲惨事件对应起来呢？——但在瘦小女人的内心深处是欣慰的，一如那些忠于某种火热梦想的人们。

这个女人，正是奥利娅·梅谢尔斯卡娅的校长，一位不再年轻的老姑娘。幻想对她而言就是现实。起初这种幻想的主角是她的兄弟，一位贫穷的、并不优秀的准尉，她一直将自己全部的心灵都给他，期待他拥有一个无比光明的未来。当他在奉天[①]阵亡的消息传来，她极度崩溃，靠不停的工作来麻痹自己的神经，那时候，她认为自己是理想的劳动者。奥利娅·梅谢尔斯卡娅的死激起了她新的幻想，这个女孩成了她挥之不去的忧思，成了她剪不断理还乱的情愫，那似乎是想象的源泉。每个假日，她都会到她的墓前去，接连几个小时凝视着橡木的十字架，一动不动，回忆着奥利娅·梅谢尔斯卡娅那躺在棺材里，躺在鲜花间的苍白的面容，回忆着有一天听到她说的话：那一天，在大休息的时候，奥利娅·梅谢尔斯卡娅正在中学的校园里散步，她叽叽喳喳地向自己的好友、又胖又高的苏博京娜说道：

“我爸爸有很多旧式的有趣的书，我在其中的一本书上读到，女人应该具有怎样的美……你知道吗，那里说了很多类似的内容，一下子是记不住全部的。比如，要有黑溜溜的、松脂一般火辣

① 中国沈阳的旧称，此处指在一九〇四年日俄战争中的阵亡。

的眼睛，上帝啊，书里就是这样写的：松脂一般火辣的眼睛，漆黑的、夜色般的睫毛，柔媚的红晕，纤细的腰肢，比一般人要修长的玉手，你明白吗，比一般人要修长！小巧玲珑的玉足，恰当丰满的胸脯，匀称滚圆的小腿，犹如白贝壳般的膝盖，还有秀丽的双肩，很多我几乎能背下来了，这都是千真万确的——但最主要的，你知道是什么吗？轻盈的呼吸！我也会这样轻盈的呼吸，你听，我呼吸两口气，是不是，也是轻盈的？”

如今，这轻盈的呼吸一去不在，永远听不到了，消散在这满是云朵的天边，消散在些许凛冽的春风里。

1916 年

乡　村

一

克拉索夫的曾祖父，那个在家仆中绰号叫“茨冈人”的人，抢走了自己老爷的情妇，东窗事发以后，被杜尔诺沃老爷放狗活活咬死了。杜尔诺沃吩咐，把茨冈人带到杜尔诺夫卡村外田野里的一个小土丘上，他亲自带着一群猎狗走近，一声令下：“咬他！”正在呆坐着的茨冈人就急忙站起身来，死命地逃跑，但他无论如何也跑不过猎狗的速度。

克拉索夫的爷爷获得了一张“自由证”，他举家搬到了城里，很快就臭名远扬，成了远近闻名的强盗头子。他在黑镇上给老婆租了一间板棚，把她扔在那儿织花边卖钱，自己就和一个名叫别洛科佩托夫的市侩在省里抢劫各所教堂。他的行为在县里掀起了轩然大波，以至于他被抓以后很长一段时间大家还在议论纷纷：他好像穿着波里斯绒的长外衣，脚蹬羊皮小靴，一副恬不知耻的表情，在数不胜数的犯罪案件面前，挤眉弄眼地供认不讳，即使是鸡毛蒜皮的小案件也非常虔诚地承认：

“确实如此，确实如此。”

克拉索夫的父亲曾经是个小贩。他在县里来回晃荡，游手好闲，有一段时间住在故乡杜尔诺夫卡村，在那里倒腾了一个小铺子，但是生意亏了本，接着就酗起酒来，回到城里后，不久就死了。他的两个儿子，季洪和库兹马，曾在几间铺子里干伙计，后来做过一些小买卖。他们经常拉着一辆满是木箱的大车，向前探着身子，一路热情地吆喝着，声音里带着凄凉和疲惫：

“婶娘们，换货啦！婶娘们，换货啦！”

他们的货物各种各样，一应俱全，有镜子、肥皂、戒指、针线、头巾、小甜面包等等，统一装在木箱里。大车上则堆着换来的东西：死猫、鸡蛋、麻布、破布条……

但是如此逛荡了几年后，兄弟俩有一天几乎动刀拼了命，他们不欢而散，就彻底散伙了。库兹马受雇去赶牲口，季洪则在离杜尔诺夫卡村大约五俄里的沃尔戈尔车站的公路边，租了一间小客栈，在那儿开了一间小酒馆和小铺子，出售烟酒糖茶等杂货。

季洪年近四十，胡须已经斑白。但他和以前一样英俊高大，身材匀称，他的面庞严峻，皮肤黝黑，有些雀斑，肩膀宽阔，背部干瘦，言辞清晰有力，颇具威严，行动迅速灵活，越来越喜欢紧皱双眉，眼神也比过去更加犀利了。

深秋时节，乡间买卖繁多，他乐此不疲地跟着区警察局长追讨赋税。他殷勤地向小地主们放青苗账，用便宜价钱租用他们的土地。他同一个哑巴厨娘住过很久：“这倒不错，她什么也抖露不出去！”他在心里打着如意算盘。她为他生过一个孩子，遗憾的是，睡梦中她把孩子压死了，随后，他娶了老公爵小姐沙霍娃一位已近中年的侍女。他刚一结婚，刚刚拿到陪嫁，就“处理”了已经没落的杜尔诺沃家族的后代，那个肥胖的、心肠不坏的小少爷，他在二十五岁时就秃了顶，却留着很长的栗色胡子。现在，季洪终于把杜尔诺沃的财产据为己有了，农民们都骄傲地发出惊叹：现在整个杜尔诺夫卡村都是克拉索夫家的了！

他们惊叹于他精力的充沛与注意力的集中：他要做生意，要卖货，还几乎每天都去田庄，像鹰隼一般注视着每一寸土地……他们赞叹地说道：

“好厉害！这才是一个当家人！”

季洪·伊里奇在这一点上让他们佩服不已，也自叹不如。

他经常强调：

“我们活着不是为了挥霍，你们要是落在我手里，我就给你们套上笼头。不过我会把事情做得很公平。老兄，我是正统的俄罗斯人，我身上流着俄罗斯的血液，我具有俄罗斯特有的品质。你们放心，我不白拿你们的东西，但是你们也不要痴心妄想，你们甭想惦记我一个戈比！要是拍马溜须，不，走着瞧吧，我不会让你们得逞的，也绝不会让你们顺手牵羊，更不会让你们浑水摸鱼。”

纳斯塔西娅·彼得罗夫娜走起路来脚尖朝里，像风湿病人一样摇摇晃晃，她老是怀孕，却总是生下死去的女婴，因而脸色蜡黄，浑身浮肿，有几根稀疏的白发。听了这几句话，她呻吟般地说道：

“唉，我看你吧，也太老实了！你和他那个傻子较什么劲？你教他学精点，他还是不会领你的情。他就那么叉着两条腿，简直是个埃米尔的布哈拉！”

小酒馆一侧朝向大道，另一侧朝向车站和谷仓，到了秋天，车轮的吱呀声就阵阵碾过，这是载满粮食的大车队在此转头，有的向上，有的往下。歇息的时候，车队里的人会选择走进纳斯塔西娅·彼得罗夫娜照看的小酒馆，那里阴暗肮脏，散发着浓烈的肥皂、鲱鱼、马合烟、薄荷饼干还有烈酒的味道。喧闹声此起彼伏：

“嘿！彼得罗夫娜，你的伏特加真带劲儿！直冲脑门，该死的！”

“嘴上抹蜜了，小子！”

“里面难道掺了鼻烟？”

“瞧你，就是个傻瓜！”

偶尔，他们也会去小铺子，小铺子里更是人头攒动：

“伊里奇，秤一磅火腿行吗？”

“老兄，上帝保佑，我今年的火腿是管够，管够的！”

"什么价钱?"

"够便宜!"

"当家的！你这里有好的焦油吗?"

"亲人儿,我这种焦油,在你爷爷的婚礼上也不一定有!"

"多少钱?"

拥有一个孩子的希望彻底破灭了,这是季洪·伊里奇人生中的大事。当他确信他永不会成为一个父亲时,明显地一下子就衰老了。他破天荒地开起了玩笑:

"不,我应该达到自己的目的,"他对熟人说道,"没有孩子的人不能称得上是真正的人,而是秕糠了……"

他常常满心惊恐:这是为什么,一个在睡觉的时候把孩子压死了,另一个则净生死孩子,这究竟是为什么呢？纳斯塔西娅·彼得罗夫娜最后一次怀孕的时候非常艰难,但还是没有生下一个活着的生命,季洪·伊里奇感到痛苦而愤怒。纳斯塔西娅·彼得罗夫娜常常暗地里祈祷,默默地痛哭,每个夜晚,当她猜测丈夫已经睡熟的时候,就借着油灯的光从床上起来,带着忧愁看着那些老旧的圣像,虔诚地跪下,俯下身子低声祷告,然后痛苦地爬起来,模样实在是非常可怜。

季洪·伊里奇甚至自己也不敢承认,他从幼年起就不喜欢长明灯那虚无缥缈的灯光,不喜欢那来自教堂的摇曳的光线。那个十月的夜晚发生的一幕一直萦绕脑海,挥之不去。当时在黑镇那所歪歪斜斜的小板棚里也点着长明灯,灯光是那样地温柔,那样地亲切,那样地忧伤。长明灯周围的锁链投下几道黑影,周围一片死寂,父亲一动不动地躺在圣像下面的长凳上,闭着眼睛,尖尖的鼻子向上,蜡黄的双手放在胸前,在他周围是挂着红色破布的小窗,外面走过一群人,他们伴着跑了调的手风琴声,唱着一支既激愤而满怀忧伤的歌……现在那盏长明灯还一直亮着。

几个弗拉基米尔来的制匣工人，正在客栈里喂马，他们带来了一本《新型占卜大全：预测未来，附简易纸牌、豆粒和咖啡占卜法》。从此纳斯塔西娅·彼得罗夫娜一到傍晚就戴上眼镜，把小蜡球投到占卜盘上占卜吉凶。而季洪·伊里奇总是斜眼瞅着。可是得到的回答全都没什么意义，要么愚蠢不堪，要么荒谬至极。

“我的丈夫爱我吗？”纳斯塔西娅·彼得罗夫娜问道。

神谕回答道：

“就像狗爱棍子一样。”

“我会有几个孩子？”

“命运注定你得灭亡，田里的草该锄了。”

这时季洪·伊里奇说道：“给我投投看，”

结果投的是：“我能同某个我熟识的人吵架吗？”

他得到的是一句荒唐的话：“数数你嘴里的牙吧。”

有一次，季洪·伊里奇坐在空荡荡的厨房，一只毛色斑驳的小鸡，唧唧叫着，沿着窗台走来走去，寻觅食物，用它的喙啄着玻璃，想抓苍蝇，他的老婆坐在铺板上，待在厨娘孩子的摇篮旁，摇着摇篮，用可怜的、颤抖的声音唱着古老的摇篮曲：

我的宝贝躺在哪儿？
他的小床放在哪儿？
他在高高的阁楼里，
在彩绘的小摇篮里。
不要来打扰我们，
不要敲阁楼的门儿！
宝贝睡着了，入梦了，
拉上了暗色的帐子，
用那花花绿绿的塔夫稠……

就在那一刻，季洪·伊里奇的脸色变了，他心里充满了魔的屈辱，纳斯塔西娅·彼得罗夫娜见状，把目光投向他，没有感到窘迫与羞怯，只是嘤嘤地掉下了泪，她擤了一下鼻涕，轻轻地说道：

“你把我送走吧，看在上帝的份上，送到神父那儿去吧……”

季洪·伊里奇就把她送到扎顿斯克去了。一路上他都在想，上帝是无论如何都会惩罚他的，因为他整天奔波忙碌，只有在复活节才肯去趟教堂。想着想着，某种亵渎神灵的思想又钻进了他的脑海：他一直将自己同一些圣徒的父母相比，他们也很久都没有子女。这样的想法有点愚蠢，但他早就注意到还有一个比他更蠢的人存在。出发前他收到了一封来自阿丰的信：“上帝钟爱的大善人季洪·伊里奇！愿上帝赐福于您，愿您得到拯救与祝福，愿至圣的圣母保佑您免遭阿丰山之劫难！听闻您善行卓著，常虔诚资助上帝圣堂与修葺房舍。今寒舍年久失修，破败不堪……”季洪·伊里奇就寄去了一张十卢布的票子，供他修缮那间破房子。虽然他曾怀着自豪的想法，天真地相信他的名声真的传到了阿丰，虽然知道阿丰有许多破败不堪的茅舍，但他还是源源不断地寄去他的积蓄——那样的日子早已过去了。尽管，他做了很多，但这并没有帮上什么，也改变不了他无法成为父亲的事实，分娩还是痛苦不堪地结束了，最后一个出生的依然是死胎。分娩之前，纳斯塔西娅·彼得罗夫娜已经睡了，突然开始全身发抖、呻吟，接着惊叫起来……按她的话，她在睡梦中，曾有一瞬感到万分喜悦，接着却伴随着某种难以表达的恐惧：她时而看见圣母穿着金灿灿的长袍沿着田野向她走来，不知从哪儿传来了庄严的、洪亮的歌曲；时而从床下跳出一个同黑暗难以区别、但用内心目光能明显看到的小鬼，他吹着一把口琴，琴声嘹亮奔放，但是断断续续。纳斯塔西娅·彼得罗夫娜感觉，如果不睡在屋里闷热的羽毛褥子上，而睡在露天地里，睡在谷仓的屋檐下，会舒服些。但她害怕：

“狗会过来嗅我的脑袋……”

当拥有孩子的希望落空后，这种思想越来越多地出现在他的脑海，吞噬着他：“这天天受罪究竟是为了谁啊，该死的？”专卖权的实施又在他的伤口上撒了一把盐，从此他的两手常常哆嗦，眉毛病态地紧皱或上扬，嘴角下撇，尤其是在说那句口头禅“走着瞧吧”的时候。他还像以前一样打扮入时：穿着短小精致的小牛皮靴，斜领的绣花衬衫外面套一件双排扣外套。但他的胡子还是日渐花白，日渐稀疏，日渐杂乱了……

老天爷像赌气似的，没有一场雨从空而降，这年夏天天气炎热而干燥，黑麦全都歉收。季洪·伊里奇只有在向顾客抱怨的时候，心里才能得到一点安慰。

“没法干了，没法干了！”季洪·伊里奇快活地、一字一顿地谈着自己这桩带点罪恶的小生意，“怎么能这样！专卖权！财政大臣是自己想做生意啦！”

“唉，我看看你呐！”纳斯塔西娅·彼得罗夫娜哼哼道，“你说得够多了！他们会把你赶到连骨头都不剩的地方去的！”

“你少吓唬我！”季洪·伊里奇扬起眉毛，打断她的话，“不可能！人的嘴是封不住的！我必须一吐为快。”

他对顾客更为尖锐地说道：

“黑麦会让他们满意的！等着看吧，全都满意，非常满意！这种状况晚上都能看得出来。你一走出门，看看月光下的麦田，亮得像秃子似的！你走出去看，光秃秃的一片！”

在彼得罗夫卡村那年，季洪·伊里奇在城里的集市上过了四个晚上，由于忧愁、炎热和失眠，心情更加糟糕。往常，他很喜欢去赶集。黄昏的时候，他给大车上完油，装满干草，放了几个枕头和呢大衣，坐上去会舒服一些。他们很晚才上路，一路车轮吱呀作响，直到黎明。起初大家快活地闲聊，抽着烟，谈论着在路上或夜晚被杀的买卖人的事件，骇人听闻，听了以后叫人心惊肉跳，随后季洪·伊里奇整理好柴草和枕头，就躺下来睡觉，在睡梦中，听到迎面而来的人的声音，感觉到大车在摇摇晃晃，好像是往山坡下行驶，贴在枕头上脸颊随着摇晃，帽子从脑袋上掉下来，夜晚的清风给他带来凉爽，也让他的头脑清醒了许多，他在黎明前醒来，迎着玫瑰色的洒满露水的清晨，他神清气爽，环顾一下四周。在朦胧的绿色的庄稼地里，在远方浅蓝色的低地上，一座城市正快乐地散发着光彩，迎接美好的一天，城里的教堂闪耀着光辉，披上了庄严的外衣。他痛快地打了个哈欠，就着渺远的钟声画了一下十字，从睡眼惺忪的老汉手里接过缰绳，那老汉像个孩子一般，在清晨的寒气里浑身没劲儿，在霞光里苍白了脸色……这一切都让人心旷神怡，抛开忧愁，没有烦恼。

这一回，季洪·伊里奇却让总管领车，自己独个儿赶了一辆马车先走了。夜晚不冷，各处灯光明亮，但没什么值得高兴的，平平淡淡的赶路，一路上他都表现得很疲倦，精疲力竭的样子。城门口集市、监狱和医院的灯光在约十俄里外的草原上都能瞧见，隐隐约约，闪烁着，摇曳着，却让人觉得好像永远都到达不了这些缥缈朦胧的地方。板条广场上的客栈闷热不堪，跳蚤咬得人浑身难受，门口总有人叽叽喳喳，总有大车轰隆隆地驶进石板地的院子，公鸡老早就开始打鸣，鸽子也咕咕直叫。他一夜都没有合眼，看着，听着，直到敞开的窗户外天色泛白。第二天晚上，他试着在集市上的大车里过夜，睡着的时间也很少，马匹不停地嘶鸣，货篷里隐隐约约，灯火通明，周围有人在来来回回地走动，吵闹不止，喧嚷不堪，黎明时他刚能合上眼睛，监狱和医院就钟声大作，他的头顶还响起了一头母牛惊天动地的叫声……

“活受罪呀！”一想起这些日子，他就会这么想。

集市散布在整个牧场上，蜿蜒了整整一俄里，像往常一样热闹。集市极其混乱，马在嘶鸣，孩子们乱吹着口哨，旋转木马不停地旋转，招引生意，游戏场上的乐师们用轻便管风琴演奏着进行曲和波尔卡舞曲。雄壮的汉子和聒噪的农妇们，从早到晚拉帮结伙地站在大车和帐篷间、马匹和母牛间、临时戏台和冒着刺鼻的油烟味儿的卖吃食的小摊子间，在这个满是灰尘和牲口粪便的通道里，他们像海水的潮涨潮落般来来回回。像往常一样，这里聚集了很多忙于交易的牲口贩。瞎子、穷人、乞丐和残废人有的拄着拐棍儿，有的坐着小车，哼唱着鼻音很重的小曲，也聚集在这里。县警察局长的三套马车响着铃铛，缓缓地在人群中驶过，趾高气扬地前行，马车夫穿一件波里斯绒的坎肩，戴一顶嵌孔雀羽的小帽……季洪·伊里奇的买主很多：有脸色发紫的茨冈人，有穿着帆布大衣和破靴子的红发波兰犹太人，还有穿着紧腰细褶长外衣、戴着遮檐帽的脸色黝黑的小功勋贵族，前来光顾的还有身为骠骑兵的美男子巴赫京公爵，和他的穿着英式服装的妻子，已显老态的塞瓦斯托波尔英雄赫沃斯托夫。他身材高大，骨骼突出，满是皱纹的黝黑的脸膛大得惊人，他穿着长长的制服，腿上的裤子耷拉着，脚蹬一双宽头靴，大檐帽上有个黄圈，帽子下面露出染成深褐色的两绺头发。巴赫京向后仰着身子，端详着马匹，蓄着小胡子的嘴矜持地笑了笑，不时抖动着一条穿着樱桃色马裤的腿。赫沃斯托夫慢腾腾地走到马匹前，那马睁着一只亮闪闪的眼睛瞥着他，他抬起眼睛仔细地端详着，为了看得更全面，他的腰向后倾，就像快要倒下去似的站住了，举起手杖，用沙哑的声音毫无用处地问了十来次：

“要价多少？”

所有买主都得回答，只要有人询问。季洪·伊里奇勉强地报了数字，他坚持这个价钱不肯松口，使得所有的买主都空手离开了。

他晒黑了，变瘦了，脸色苍白，身上满是灰尘，苦闷至极，浑身乏力。他的胃病又发作了，开始绞痛起来，疼痛让他忍无可忍，他不得不去医院救治。在医院他等了大概两个钟头，坐在嘈杂的走廊里，闻着刺鼻的石碳酸的味道，感到自己已经不是季洪·伊里奇，而好像是坐在主人或长官的过道屋里的仆人。一个长得像助祭的面色红润的医生，眼睛折射出浅淡的颜色，穿一件散发着铜臭味儿的短小黑色常礼服，呼哧呼哧地把一只冰凉的耳朵贴在他的胸口上，他急忙说“好像好了”，只是因为胆小才没拒绝服用蓖麻油。他急忙赶回集市，吞下一杯掺了辣椒和盐的伏特加，又吃了香肠和劣质面包，喝茶，喝生水，喝酸菜汤，但都无法解渴。几个熟人喊他“喝几杯啤酒清爽清爽”，他就跟着去了。一个卖克瓦斯的小贩在吆喝：

“透心凉的克瓦斯！一个戈比一大杯，还有上好的柠檬水！”

他叫住了卖克瓦斯的小贩。

“卖冰激凌喽！”一个浑身是汗的秃顶小贩在大声叫卖着，这是个穿着红衬衫的大肚子的老头。

他又用骨质小勺子吃了一份简直就是雪的冰激凌，吃得鬓角生疼。

被人畜踩踏和车轮碾压过的满是污秽和粪便的尘土飞扬的牧场变空了，集市散了。但季洪·伊里奇像是存心跟谁对着干似的，仍旧在炎热和灰尘里看着他那几匹没卖出去的马，一直呆坐在大车上。上帝啊，这是多好的地方啊！黑土足有一俄尺厚，这是多么肥沃的黑土啊！如此肥沃的黑土，五年里却总会闹一次饥荒。这个城市在整个俄罗斯都以粮食贸易出名，可是全城只有百十口人能吃饱。而集市上呢，全是穷鬼、傻子、瞎子和残废，简直有一整个团，触目惊心呀。

一个艳阳高照的早晨，季洪·伊里奇沿着旧大道回家了。他先经过市区和市场，然后穿过一条被几家皮革厂污染得酸臭不堪的小河，越过小河，穿过黑镇，就上山了。他和弟弟曾在这个市场上马托林的铺子里干过伙计，这会儿市场上的熟人都向他点头问好。他的童年是在黑镇上度过的，就在这半山腰上，在这已经塌进土地里、干草屋顶已经腐烂发黑的土坯房里，在这晒干了好生火的厩肥里，在这些垃圾、炉灰和破烂里……现在，季洪·伊里奇曾经出生和成长的那间土坯房，没有留下任何一丝痕迹。在那个地方矗立着一所新板房，门口挂着一块铁锈斑斑的招牌："虔诚的裁缝索博列夫"。镇子里其余的一切都还是老样子：猪和鸡在门口转悠；大门口竖着高高的竹竿，竹竿上挂着山羊角；织花边女工们苍白的大脸不时从小窗户的花盆后面探出来；几个肩上有背带的赤脚男孩在放一个拖着椴树皮尾巴的风筝；浅黄头发的文静的女孩子们在土台附近玩着她们喜爱的游戏——洋娃娃的葬礼……在山里的荒野上，他对着一块墓地上画了个十字，墓地的围墙外的几棵老树中间，曾经是守财奴地主济科夫的可怕的坟墓，当年，人们正想往坟墓上填土的时候，它却突然塌陷了。季洪·伊里奇思索了一下，掉转马头来到墓地的门口。

墓地白色的大门边坐着一位老太太，正在织袜子，活像童话里的老太婆：戴着眼镜，长着一个鹰钩鼻，还有塌陷了的嘴巴。这是住在墓地附近的养老院里的一个老寡妇。

"您好哇，老大娘！"季洪·伊里奇将马拴到大门口的柱子上，冲她喊道，"能不能帮我看一会儿马？"

老太婆站起来，低低地鞠了一躬，含混不清地说：

"可以，老爷。"

季洪·伊里奇脱下帽子，低下头翻起眼睛，对着大门上的一幅圣母升天图又画了一下十字，问道：

“你们这儿的人还多吗？”

“还有整整二十个老妈子，老爷。”

“这么说，总得吵架吧？”

“这是常有的事儿，老爷。”

季洪·伊里奇不急不缓地走过树木，不紧不慢地走过墓地上的十字架，顺着一条通往一所老旧的木质教堂的林荫道走去。他在集市上理了发，好让头发平整些，又修了修胡子，病后清瘦的身体也让他不再臃肿，看起来年轻了许多。晒黑的脸庞、两鬓因刚刚修剪过而露出的小块白嫩的皮肤，给别人神清气爽的感觉。他边走边四处张望着，在这阳光灿烂的宁静野外，在这古老乡村的墓园里，周围是怎样的静谧与平和！树林因灼热的天气已经变得稀稀落落，抬头可见万里无云，闷热的风飞快地拂过树梢，直吹得它们在墓碑上摆动着轻薄的暗影。一切平静下来的时候，太阳晒暖了花朵和青草，鸟儿在灌木间甜蜜地歌唱，蝴蝶在灼热的小路上，陶醉而慵懒地睡着了……季洪·伊里奇在一处十字架上读到：

死神向人们征收，
多么恐怖的税金！

但周围并没有什么好恐怖的。他往前走着，甚至是很愉快地走着，很快就注意到墓地正在扩大，在布满墓地的无数棺形石脚墓碑、沉重的生铁墓碑和巨大而粗糙的已经腐朽的十字架之间又添了不少新坟。“逝于一八一九年十月七日凌晨五点”——这样的题词连读起来都感觉瘆人，毛骨悚然。在一座古老的县城里，在阴雨绵绵的秋日凌晨里死去，是多么可怕呀！旁边的树丛里有一尊白色的石膏天使像发出亮光，天使的双眼望向天空，底座上刻着几个金字：“在主面前死的人有福了！”一个八等文官的生铁墓碑，因为日晒雨淋已经斑驳不堪，勉强可以辨认出几句诗行：

他为沙皇尽职尽忠，
他对亲人真诚热爱，
他受众人无比尊敬……

季洪·伊里奇觉得这几句诗很虚伪，但哪里能不虚伪，哪里能有真情呢？在灌木丛里扔着一块人的颌骨，就像是用肮脏的蜡制成的——这就是人死后留下的一切。难道这就是全部吗？鲜花、缎带、十字架、埋在地里的棺材和尸骨，哎，一切都会死亡和腐朽，都必须的！季洪·伊里奇接着走下去，读到："死者复活亦是如此：所种者必腐朽，所复活者必不腐。"

所有的题词都动人地讲述着安宁、恬静、温柔的故事，讲述着在世上似乎未曾有过也不会再有的爱情，讲述着朋友间的忠诚与对上帝的恭顺，讲述着对另一国度的幸福生活和来世重逢的热望，也许，这些话只有在这里你才能相信。还讲述着只有死亡才能赐予的平等。当众人最后一次像亲吻兄弟一样亲吻一个乞丐的嘴唇，这个时候，与亲吻沙皇和大主教是没有什么区别的……而在墓园远远的角落里，在被阳光晒得萎蔫的接骨木丛中，季洪·伊里奇看到一座孩子的新坟，上面立着一个十字架，十字架上有两行诗：

树叶啊，安静些，不要喧嚷，
不要吵醒我的科斯佳！

于是季洪·伊里奇想起自己那被哑巴厨娘在睡梦中压死的孩子，不禁眨巴起盈满泪水的眼睛，一阵悲楚涌上心头。

墓地附近有一条公路，穿过起伏不平的田野，但从没有车马在上面行驶过，人们也都习惯从旁边一条满是灰尘的村道上走。季洪·伊里奇也是沿着这条村道上路了。一辆破败不堪的出租马车迎向他飞快地驶来——县里的出租马车总是要命似的跑得飞快！马车上坐着一个城里来的猎人，他的脚边卧着一条花斑狗，膝盖上放着一管蒙着盖布的猎枪，虽然县里并没有沼泽地，但他脚上还是穿着适合在沼泽地行走的高筒靴。正午烈日灼人，热浪滚滚，万里无云的天空都成了浅灰色，加上迎面而来的尘土，季洪·伊里奇生气地咬了咬牙，埋怨：真该把这个浪荡鬼抓去当雇工！他生气地背过脸去，躲开随路飞扬的灰尘，也愈加担心地瞟着尚未成熟却已干瘪的庄稼。

一群被酷暑和疲倦折磨得满身沧桑的朝圣的女人们，迈着细碎的步子，拄着高高的拐棍走来。她们恭敬地向季洪·伊里奇鞠躬问好，但在此刻他却觉得这一切都是骗人的。

“好一群温顺的女人！一到了夜宿的地儿就该像狗似的咬起来了！”

喝醉了的庄稼汉们从集上回来，赶着马匹要回家去，扬起一团团灰尘。他们分别长着红褐色、烟灰色和黑色的头发，但都一样地丑陋、干瘦、毛发蓬乱。季洪·伊里奇赶着他们轰隆作响的大车，摇摇脑袋想道：

“哼，一群该死的叫花子！”

一个庄稼汉穿着碎成布条的印花布衬衫在大车上睡着了，翘着血迹斑斑的大胡子和血迹已干的、肿大的鼻子，头向后仰，平躺着，像死人一样伴着轰隆声不停摇摆，撞击着车身。另一个庄稼汉大步跑着，去追赶被风吹落的帽子，绊了一下，季洪·伊里奇幸灾乐祸地抽了他一鞭子。他还遇到一辆满是筛子、铁铲，挤满了农妇的大车，她们背朝马坐着，一路颠簸而来。一个农妇戴着一顶崭新的儿童帽，帽檐朝后，另一个唱着歌，还有一个对前面的季洪·伊里奇挥动着双手，大笑大嚷着：

“大叔！栓子掉啦！”

过了关卡，大路转向了另一边，轰隆作响的大车落在了后面，四周一片寂静，只有一片酷热而宽广的草原，他又感到世间最主要的事情还是“事业”。唉，周围是怎样的一番赤贫景象啊！农民们全都破了产，遍布县里的庄园都衰败得一塌糊涂，一文不值了。哎，这里要是来个好当家就好了，需要一个好当家啊！

半路上来到一个名叫罗夫诺耶的大村庄。燥热的风一阵阵掠过空旷的街道，掠过被酷暑热蔫的柳枝。几只母鸡竖起羽毛，在家门口的灰堆里拨弄着爪子。一座颜色刺眼的教堂孤零零矗立在空荡荡的牧场上，教堂后面，一座用粪肥筑起的堤坝下面，一个小小的池塘在阳光下闪着粼粼水光，一群母牛站在这浓黄色的水里，正不停地拉屎撒尿。一个赤着身子的庄稼汉在往头上抹肥皂，他跳进到齐腰深的水里，胸前闪耀着一枚铜质十字架，脖子和脸庞晒得黝黑，身子却白得惊人。

“给我卸卸马吧。”季洪·伊里奇说道，把车赶到散发着牲口味儿的池塘边。

庄稼汉把一块像大理石一样发蓝的肥皂块儿，扔到沾满牛粪的发黑的岸上，带着满头发灰的肥皂沫儿，难为情地遮掩着，急忙跑上来执行命令。马贪婪地走向水边，但池塘里的水是如此地灼热和恶臭，它只好抬起脑袋转过头去。季洪·伊里奇朝它吹了下口哨，拿帽子指着池塘说道：

“看，这就是你们的水！你们就喝这里的水？”

“你们的水是甜的吧？”庄稼汉可爱又快活地问道。

“我们都喝了上千年了！水算什么，可是，要是没有粮食……”

过了罗夫诺耶，道路两旁是一望无际的黑麦田——同样长得干瘪瘦弱，田地里长满了矢车菊，肥沃的土地被矢车菊垄断了。在杜尔诺夫卡村附近的维谢尔斯基村子旁，一棵内里已经空了的、满是节疤的爆竹柳上立着一群白嘴鸦，它们都张着银白色的喙，不知为什么特别钟爱大火后的废墟，瓦砾堆中只剩下一些烧焦的屋梁，散发着灰白色的烟，散发着酸溜溜的焦煳味……季洪·伊里奇的脑海里瞬间闪过一个念头，这里发生了火灾。“完了!”他想着，脸刷地白了。他所有的财产都没有保险，瞬间就会化为乌有……

自从这次难忘的圣彼得节赶集之行回来之后，季洪·伊里奇就开始喝上酒了，他只是时常喝喝，并不喝得酩酊大醉，但有时也喝得面红耳赤。这一点酒不会阻碍他干事儿，用他的话说，也不会影响健康。“酒能活血。”他说道。他现在经常把自己的生活称为苦役、套索和金笼子。他走在自己选定的路上越来越自信了，而且几年如一日，好像这些日子都汇集成一个工作日了，就当他对未来的日子无限憧憬时，没有料想到发生了新的大事——对日战争爆发了。

当然，人们刚谈起战争，起初都是吹牛的口气:“老兄，放心吧，哥萨克很快就会把黄皮鬼打跑的。”可是没多久，人们又听到了别的言辞，不一样的言辞。

“自己的地还种不过来呢，还能去打仗?”季洪·伊里奇用精明、严厉的口气发着牢骚，“这不是战争，简直就是胡闹!”

当他听到俄国军队惨败的消息时，他幸灾乐祸地大声感叹道:

“嘿，太棒了! 活该，他妈的!”

起初革命使他兴奋，凶杀也使他兴奋。

“把这个大臣狠狠教训一下，”有时季洪·伊里奇会在兴奋的时候说道，“让他尸骨无存!”

但一聊到土地收归国有的话题，他心里的仇恨就苏醒了。“全是犹太佬搞的鬼！全是那伙犹太佬，还有这些蓬头垢面的大学生！”他不明白：大伙都在谈论着革命、革命，而周围的一切根本没有革命，一切都是从前的老样子：太阳照样照耀着，田野里黑麦照样开花，火车照样一列一列蜿蜒地驶向车站……令人不解的是，老百姓都闭口不言，说的话模棱两可。

“老百姓藏得可真深！太可怕了，藏得那么深！”季洪·伊里奇说道。

他不再提“犹太佬”，又说道：

“其实这套把戏并不高明。换个政府，再平分土地——这连小孩都懂。这就是说，很明显，战争让老百姓遭罪，关键是要知道是为谁遭罪的，他们心里知道，不过他们都不会做声的。就是说，应该留心老百姓的一举一动，好让他们继续沉默。不能让他们得逞！要不然就得担心：一旦他们感觉能够顺利实施，发起火来，会让你彻底完蛋！”

当他读到或是听说某些消息，说只是从那些拥有多于五百俄亩地产的地主那里剥夺土地时，他自己也变成了“叛乱者”，他甚至同农民们争吵起来。事情时这样的——在他铺子附近站着一个庄稼汉，说道：

“伊里奇，你可别这么说。要是价钱公道，就可以把地收走。你这么干可不太好……”

天气炎热，堆放在院子对面谷仓附近的松木板散发出阵阵清香，在树林和车站建筑后面一辆货车的机车烧热了，正在放蒸汽，听得到它发出的嘶嘶的声响。季洪·伊里奇光着头站着，眯缝起眼睛，嘴角扬着一抹狡黠的笑。他笑着回答道：

“是这样。但是要是他不是好当家人，而是个二流子呢？”

“谁？你说东家老爷吗？这就是另外一回事儿啦。这种人就是拿走他的全部家私也不为过!”

“对对,就是这么回事!”

但另一个消息传来,说五百俄亩以下的土地也要征用!季洪·伊里奇立马惊慌起来,变得烦躁不安。家里不管发生了什么,都让他感到心烦意乱。

帮工叶戈尔卡从铺子里拿出几个面粉口袋开始抖搂。他的脑袋像被削尖了一样,细细的,头发又厚又密(不知为啥傻子的头发总是那么密),前额像是被压扁了,脸像一个歪了的鸡蛋,死鱼眼向外鼓着,长着白色牛犊那样眼睫毛的眼皮好像绷在了上面似的,紧紧的。他脸上的皮肤好像不够用:要是闭上眼睛,就得张开嘴,要是闭上嘴,就得使劲张开眼睛。季洪·伊里奇恶狠狠地喊道:

“傻子!蛮人!你干嘛对着我抖搂?”

他的上房、厨房、铺子和谷仓(从前他在这里卖酒)都在一个大房子里,在同一个大铁皮屋顶下面。盖着干草的牲口棚从三个方向紧紧依靠着房子,这样,就成了一个舒服的四方形的小窝。隔着大路,正对着他家的是一排谷仓。右边是车站,左边是公路,公路后面是一片白桦林。季洪·伊里奇在心情郁闷时常到公路上去溜达。公路像一条白色的带子,从一个山口延续到另一个山口,蜿蜒曲折,连绵起伏,通向南方,连同它边上的田野一起下坡,一直到达远处的岗亭,在那里与一条自东南而来的铁路线相交,再重新延伸到地平线上,伸展开去。有时杜尔诺夫卡村的庄稼汉会从这里经过,当然,是那种精明能干的庄稼汉,比如雅科夫,大伙都尊称他为雅科夫·米季基奇,因为他不仅“有钱”而且贪婪,季洪·伊里奇叫住他。

“买顶遮阳帽戴吧!”他调笑着喊道。雅科夫戴着便帽,穿一件麻布衫和一条厚墩墩的短裤,赤着脚坐在车帮上。他拉紧缰绳，止住那匹膘子肥厚的母马。

“你好啊，季洪·伊里奇。”他矜持地说道。

“你好！我说，你的帽子该做老鸹巢去啦！”

雅科夫点点头，低头冷笑了一下。

“这个……怎么说呢，也还不错。可是没有钱，买不起啊。”

“你就会这么说！谁不知道你啊，就会哭穷！嫁了闺女，小子又娶了亲，有的是钱……你难道还想让上帝给你点啥？”

这让雅科夫感到很是自豪，有种被奉承以后的感觉，但表面上，他表现得更矜持了。

“唉，主啊！”他叹口气，用颤抖的声音絮絮说道。“钱嘛……我是有的，但是要开个作坊，肯定还不够啊……关于我的那个小子呢？小子不快活……直说吧，不快活！”

雅科夫和其他许多庄稼汉一样，有些神经质，尤其是当谈话内容涉及他的家庭和事业的时候。他平时很内向，但这时候却急躁起来，具体表现在说话断断续续、声音颤抖上。季洪·伊里奇存心想让他难受，假装关切地问道：

“不快活？说说吧！是因为婆娘吗？”

雅科夫向四周望了望，用指甲狠狠挠了一下胸脯：

“就是因为婆娘，让她得抽风才好……”

“吃醋啦？”

“吃什么醋……说我是扒灰佬……”

雅科夫的眼珠滴溜溜地转着：

“她老在男人面前告我的状！告我的状！还想毒死我呢！比如说，有一次我着了凉，想抽口烟让胸口舒坦些……她就在我枕头底下掖了一支烟……要不是我瞧了一眼，准得倒霉！”

“啥样的烟啊？”

“她把死人骨灰当烟丝塞进去了……”

“你那个小子是傻瓜！得用俄罗斯的方法教训教训她！”

“得了吧！比方说，他只会在我胸口上爬，像条蛇扭来扭去！我要抓他的脑袋，可是脑袋给剃成了秃子……我要抓他的衣领，又怕抓坏了衣服，把衣服扯坏了可不值得！”

季洪·伊里奇摇摇头，沉默了一会儿，终于下了决心问道：

“你们那里怎么样？大家都等着造反吗？”

雅科夫立马恢复了他的内向。他微笑了一下，摆了摆手。

“唉！”他迅速地嘟囔着，“干嘛要造反啊！我们那儿的人老实得很……都是老实人……”

他把缰绳拉紧，好像马不是站在那儿似的。

“那星期天干嘛开村民大会？”季洪·伊里奇突然恶狠狠地甩出一句话。

“啥大会？鬼才知道呢！可能是瞎吵吵一阵吧……”

“我知道他们吵吵的是啥！”

“那好吧，我就不瞒你了，他们在议论，比如说，出来了一道命令……据说是出来了一道命令——再也不按以前的价码给东家干活了……”他压低声音说。

杜尔诺夫卡毁了他的事业，每每提及这事都会火冒三丈。杜尔诺夫卡总共只有三十户人家，坐落在一个小山沟里：山谷很宽，一侧是农民的屋子，另一侧是一所小庄园。现在这所庄园和茅屋正面对面僵持不下，日复一日地等着下一个“命令”，跃跃欲试，唉，真想带上几个哥萨克，扬着鞭子冲上去！

“命令”终于下达了。在一个星期日，有消息传来，在杜尔诺夫卡村将要召开大会，制定进攻庄园的计划。季洪·伊里奇的双眼放射出兴奋而又快活的光芒，感到身上有一股突如其来的力量，汹涌澎湃着，促使他冲上去，“折断魔鬼的犄角”。季洪·伊里奇不知道接下来要发生什么，也不知道自己将要面临什么样的境况，隐隐地，他感觉从未有过的事情正在酝酿。他必须赶到杜尔诺夫卡去，尽快！于是，他趁热打铁，立刻吩咐“套上小公马”，十分钟后，已经赶着小马奔上通往杜尔诺夫卡村的公路。雨后的太阳落到了灰红色的云团后面，小桦树林的树干鲜红亮丽，满是污泥的村道在一片葱茏鲜绿间延伸，格外清晰，也十分难行。从小公马的后腿上，从沿着大腿不断磨蹭的后鞧上，粉红色的泡沫冒了出来，马儿奋力前行。

季洪·伊里奇噼啪作响地抽动缰绳，从铁路上拐弯，取道右边的田间小路，一抬头，就看到了杜尔诺夫卡村，这一刻，他甚至怀疑起造反传言的真实性。周围是一片静谧，云雀也只是在心中宁静地啼啭着自己的歌，湿润的泥土和田间野花同往常一样散发着清香……但他的目光立马被庄园周围的休闲地上的情形吸引了，那里满是黄色的草木樨，放牧着庄稼汉的马群！这么说，真的开始干了！季洪·伊里奇扯住缰绳，疾驰过马群和长满牛蒡和荨麻的干燥棚，疾驰过种满低矮草木的、落满麻雀的花园，疾驰过马厩和下房，跳进了院子……

随后发生了一件荒唐事：傍晚，因为愤恨、委屈和恐慌，季洪·伊里奇呆坐在野地里的竞赛马车上，他的心脏怦怦直跳，双手颤抖，脸孔发烫，听力就像野兽一样敏感。他坐在那儿，听着杜尔诺夫卡周围响起的一阵阵喊叫，回想起刚才经历的事情，感觉黑压压的一群人，一看见他，就冲过山沟，涌向庄园，连吵带骂地聚集在台阶上，把他逼到门口。他的手里只有一根鞭子。他挥舞着鞭子，时而后退，时而绝望地冲向人群。但迎面而来的马具匠却更加勇猛地挥舞着木棒，丝毫没有退缩。他干瘦却有劲，大肚子向下坠着，尖鼻头，穿着高筒靴和一件浅紫色布衫。他代表整个人群大声喊着，说命令已经下达，“要大伙罢工”——在当天同一时候举行全省大罢工，把外地雇工都从庄园里赶走，只用本地雇工，工钱是一天一卢布！

听到这儿，季洪·伊里奇喊得比马具匠还凶，想竭力盖过他的声音：

“好哇！原来如此！你这个二流子也跟那些吹鼓手学会敲敲打打啦？长本事啦？”

马具匠一口咬住他的话，猛烈地还击道：

“你才是二流子，”他血气上涌，声嘶力竭地大喊道，“你这个老傻瓜！我还能不知道你有多少地？多少地，你这个扒猫皮？二百俄亩吧？我呢，你这个吸血鬼！我总共才只有你台阶这么大的一块！凭什么！你算老几？我问你呢，你算老几？是什么货色？”

“好哇，你给我记着，米季卡！”季洪·伊里奇最后只好无助地喊道，感到脑袋一阵发昏，就大喊一声，冲出人群，跑向马车。“你今天说的话，你给我好好记住！”

但没有人害怕威胁，更没有人退缩，人群在他身后齐声大笑，叫喊着，吹着口哨……

他在庄园周围绕了一圈，然后停下来仔细倾听着。他驶上大路，在十字路口面对着晚霞和车站停下，准备随时策马前行。四周一片寂静、温暖、湿润和昏暗。地面渐渐升高，直奔地平线伸展开来，在那里还微微露出一抹浅红的光，但整个儿已经一片漆黑，如同无底的深渊。

“站住，畜生！”季洪·伊里奇对那匹稍稍活动的马轻轻骂道，“站住！”

远处传来一阵说话声和叫喊声，从中可以分辨出万卡·克拉斯内的声音，他已经到顿涅茨克矿区去过两次。接着，庄园上空突然腾起一股深红色的火焰：庄稼汉们正在花园里焚烧窝棚，一个城里来的小市民在逃跑时把手枪落在了窝棚里，这时手枪被烧得走了火，发出了绝望的声音……

后来得知确实出了一件怪事：几乎在同一天，全县农民都起来造反了。城里的旅店有一阵子挤满了向当局寻求保护的地主。后来季洪·伊里奇一想起他也曾向当局寻求过保护，就羞愧难当：因为农民们只是在县里大吵大嚷了一阵，烧毁和捣毁了几所庄园，造反就止息了，结束了，不了了之了。不久前，马具匠就像什么也没发生过似的出现在沃尔戈尔的铺子里，进门的时候还恭敬地摘下帽子，仿佛没有察觉到季洪·伊里奇看到他时立马变暗的脸色。不过还是有流言，扬言说杜尔诺夫卡的农民们要聚集起来杀死季洪·伊里奇，因而他在从杜尔诺夫卡回来的路上总不敢耽搁，格外谨慎小心。他不时摸摸口袋里那把令人讨厌地坠着衣袋的大口径短筒手枪，发誓要在某个夜里把杜尔诺夫卡烧个精光，或是往杜尔诺夫卡村的池塘里下毒……不久流言就止息了，什么事情也没有发生。但季洪·伊里奇已下决心要摆脱杜尔诺夫卡。“祖母的钱不是钱，怀里的钱才是钱！”他安慰自己。

这一年季洪·伊里奇已经年满五十，但成为一个父亲的心愿一直萦绕在他心头。正是这个心愿让他和罗季卡结下了梁子。

罗季卡是从乌里扬诺夫卡村来的小子，身材细高，脸色阴沉，两年前来投靠雅科夫的鳏兄费多特。他结了婚，埋葬了在婚礼上因喝多酒而暴卒的费多特，然后就去当兵了。那位身材匀称、肤色雪白、脸上泛着微微一抹绯红、总是低垂着睫毛的新娘则来庄园上打短工。就是这睫毛让季洪·伊里奇魂牵梦绕，心神激荡的。杜尔诺夫卡村的婆娘们都在头上戴着“角”：她们一嫁人就把辫子盘到头上，用头巾盖住，样子很是古怪，像母牛一样。她们大多穿着旧式深紫色方格毛料裙，类似萨拉范[①]的白罩衣，还有树皮鞋。而新嫁娘——大家都这么喊她——即使穿着这些也依旧非

① 一种俄罗斯民族服装，类似连衣裙，一年四季都可以穿着。

常美丽。有一天晚上，新嫁娘一个人在黑暗的干燥棚扫穗子，季洪·伊里奇向四下里望了望，快步地走到她身边，急促地说道：

“你能穿上矮筒靴，戴上丝绸头巾吗？就是给你二十五卢布的票子，我也舍得！”

但新嫁娘像个死人一样一声没吭，没有任何反应。

“你听见了没？”季洪·伊里奇压低嗓子喊道。

但新嫁娘仍然像个石头一样，低着头，自顾自地挥着扫把。

因此他没能得手。

遗憾的是，罗季卡提前回来了，瞎了一只眼。他是在杜尔诺夫卡造反后没多久回来的，季洪·伊里奇立即就把罗季卡和他老婆一起雇到杜尔诺夫卡的庄园，托词说“没有个士兵真不能成事儿”。在圣伊利亚节前夕，罗季卡去城里添置扫帚和铁铲，新嫁娘在房里擦地板。季洪·伊里奇迈过地上的脏水，走进房间，朝趴在地上的新嫁娘看了一眼，看了看她沾上了脏水的雪白的小腿，看了看她婚后变丰满的身子……他身上突然萌生了一种不知名的力量，涌动着邪恶的欲望，他迈大步子走向新嫁娘。她立刻挺直腰杆，站了起来，抬起紧张得涨红的脸庞，手里抓着一块湿淋淋的破布，惊慌失措地喊道：

“你再敢朝前迈一步，我就给你一下子，你信不信，坏家伙！”

只闻到一股污水的热气和滚烫身体散发出的气息，季洪·伊里奇顾不了太多，肉体的欲望在体内涌动，他抓住新嫁娘的手，野蛮地捏住，摇晃了一下，甩掉她手里的破布，右手抓住新嫁娘的腰，使劲拉到自己跟前，弄得她骨头咔咔作响，顺势就把她抱到另一个房间，那里有床铺。于是新嫁娘仰起头，睁大眼睛，不再捶打，也不再反抗……

此后，他一看到罗季卡和他老婆，想到他同新嫁娘天天睡在一起，日日夜夜毒打她，就感到无比痛苦。很快又开始感到心惊胆战，非常害怕了，罗季卡不知怎么知道了真相，知道了事实。他干瘦，瞎了一只眼，手臂像猿猴一样又长又壮，晃着一个小脑袋，黑发常常剃得很短。他总是低着头，蹙着眉，用那只深陷却炯炯有神的眼睛看人，样子可怕极了。他在当兵的时候学到了一些乌克兰人特有的腔调，总是阴阳怪气地说话，要是新嫁娘敢于反抗他简短生硬的话，他就平静地拿起皮鞭，冷笑着走近她，若无其事地问道，声音像是从牙缝里挤出来一样：

“您说什么？”

接着就用皮鞭抽得她两眼发黑。

有一次季洪·伊里奇无意间撞上了这一惨状，目睹了新嫁娘挨打的一幕，他控制不住大喝道：

“你这是在干什么，你这恶棍？”

罗季卡没有被吓唬住，稳稳当当地坐回长凳上，只是瞅了瞅他。

“您说什么？”他问道。

季洪·伊里奇砰地就把门关上，走开了……

他的脑子里开始盘算着各种恶毒的念头：要想想办法，制止这样的事情发生。比如说，让罗季卡在什么地方被塌下的屋顶或是落下来的土块压死……但一个月又一个月过去了，罗季卡依然活着，那个让他陶醉的心愿却没能实现：新嫁娘没有怀孕！既然如此，这样的事还得继续，想要顺利实施，就必须摆脱罗季卡，尽快赶走他。

那么，谁最合适呢？

一件意外让整个计划柳暗花明了。季洪·伊里奇同弟弟突然和好了，他说服弟弟前来管理杜尔诺夫卡。

他从城里的一个熟人那里听说，库兹马在地主卡萨特金那里做管理员已经有一段时间了，更令他惊讶的是，弟弟竟然成了“作家”，好像还出版了一本诗集，封底上还印着“作家文库”的字样。

“真不错！”季洪·伊里奇听到消息，不禁拖长了声音，“库兹马，真棒！请问，真的印着‘库兹马·克拉索夫著’吗？”

“千真万确，”熟人回答道，虽然他和许多城里人一样坚信，库兹马的诗是从别的书刊上“摘”下来的。

当时，季洪·伊里奇正在达耶夫的小酒馆里喝酒，在酒桌上就给兄弟写了一张生硬简短的字条：老兄弟俩该和解悔过了。第二天，他们就在达耶夫那里和解了，并且进行了一些事务性的商议。

那是一天早上，酒馆里还寂静无人。太阳照在满是灰尘的窗户上，照亮了盖着潮乎乎的红桌布的桌子，照着刚刚用糠麸擦过的黑漆漆的、还散发着马厩味道的地板，照着穿着白衣白裤的店伙计。笼子里一只金丝雀在尽情歌唱，就像一只上了弦的小玩具。季洪·伊里奇神情严肃而紧张，刚要了两杯茶，耳边就响起了一个熟悉的声音：

“你好哇！”

库兹马来了。库兹马比他的个子要小一些，骨骼粗大些，干瘦些。他脸庞挺大、干瘦、高颧骨，紧锁的灰色双眉，长着一对浅绿色的小眼睛。他一开口就不简单：

“在开始的时候我就要向你说明，季洪·伊里奇，”季洪·伊里奇刚给他倒了一杯茶，他就开口说道，“我必须向你说明，我是什么样的人，好叫你知道……”他微微一笑，“你在和谁打交道……”

他习惯说起话来一字一句，铿锵有力，扬着双眉，不时解开外套的第一颗纽扣然后再扣上。这时他扣上纽扣，继续说道：

“你看见了吧，我是无政府主义者……”

季洪·伊里奇抬起双眉。

“不要害怕，我不搞政治，但谁也不能阻止别人思考，我们无法控制别人的思想，我想，这对你来说并没有什么坏处。我会尽力管理庄园的，但是直说吧，我不打算扒农民的皮。”

“也不是那个年代了。”季洪·伊里奇叹了口气，无奈地说。

“年代倒还是那个年代，扒人家的皮也还可以，这样的事也还是会发生，但这不合适。我会认真管理的，等有空就充实充实自己……就是说，读读书。”

“哦，走着瞧吧。一旦读上瘾了，口袋里的钱数数就不够了！”季洪·伊里奇摇摇头，撇了一下嘴说道，“再说，这也不是咱们的事儿。”

“我可不这么想，”库兹马反驳道，“大哥，我怎么和你说呢？我是个古怪的俄罗斯人。”

“我也是俄罗斯人，走着瞧吧。”季洪·伊里奇说。

“不一样。我不想说我比你能干，但是确实不一样。我看得出，你因为自己是个俄罗斯人而感到自豪，而我呢，大哥，早就不是斯拉夫派了！我不会啰嗦太多，就只说一点：看在上帝份上，别再吹嘘你们是俄罗斯人了！咱们的民族还没开化呢！”

季洪·伊里奇皱着眉，用指头敲敲桌子。

“这个嘛，也许你是对的，”他说道，“还没开化的民族，昏头昏脑的民族。”

“这就是我想说的。我也算是见过一些世面了，结果呢？我还从来没在哪里见过比咱们更无聊更懒散的民族了，即便是勤快的吧，”库兹马瞟了一眼大哥，“也没干出什么名堂，累死累活，就想给自己整个窝，结果又怎么样呢？”

“什么结果又怎么样？”季洪·伊里奇问道。

“还能怎么样，就这样呗。要整个窝，也得动动脑筋嘛。要是我，我可得过得像个人，得用上这儿，还有这儿。”

库兹马用手指指指自己的胸脯和前额。

“兄弟，看来，咱们还达不到这一点。”季洪·伊里奇说道，“到乡下住住吧，喝点稀菜汤，穿穿破树皮鞋！”

“树皮鞋！”库兹马刻薄地回应道，“大哥，我们已经穿了一千年了，还要再继续穿下去吗？就让它受三倍诅咒吧！这能怪谁呢？鞑靼人，你看吧，都是他们害的！你看，我们的民族还太嫩了！现在，欧洲也深受其害，都是蒙古人害的。也许日耳曼人也不比我们老练……不过这是另外的话题了！”

“说得对！”季洪·伊里奇说道，“我们最好还是谈谈正事吧！”

可是库兹马接着说道：

“我不去教堂……”

“这么说，你是莫罗勘派[1]教徒？”季洪·伊里奇问道，想着：“完蛋了！看来我真得摆脱杜尔诺夫卡了！”

“差不多是莫罗勘派了，”库兹马微微笑了一下，“那么你去教堂吗？要不是因为贫穷和恐惧，你一定会忘了教堂的。”

“我不是第一个，也不会是最后一个，”季洪·伊里奇皱着眉头反驳道。“大伙都是有罪的。不是有这么一句话吗：一声叹息，就能赦免一切。”

库兹马摇摇头。

“你这是老一套！”他严肃地纠正道。“你停下来想一想：这一切怎么会这样？糊里糊涂地过了一生，叹口气，一切就能一笔勾销吗？有这种道理吗？”

谈话变得沉重起来。“这是没错的。”季洪·伊里奇想道，睁着闪亮的眼睛看着桌子。然而他如同往常一样想回避关于上帝和生活的话题，便把涌到嘴边的一句话说了出来：

“我愿意上天堂，可惜罪孽满身没法去啊。”

---

① 莫罗勘派，从俄国东正教里分出的“精神基督派”的一支，主张每个教徒都有独立解释《圣经》的权利，提倡自我修道。

“对对对!”库兹马跟着喊道,用指甲敲着桌子。“这就是我们最虚伪的陋习,这就是我们最致命的缺点:言行不一!兄弟,这就是俄罗斯人最爱唱的调调:不想像猪一样龌龊地生活,但还是要活着,还要像猪一样过下去!好啦,咱们还是谈谈正事吧……”

小酒馆里渐渐坐满了人。金丝雀不唱了,从集市一间铺子里传出清晰而响亮的鹌鹑的叫声。在进行着事务性商议的时候,库兹马一直倾听着这鹌鹑的叫声,还不时低声赞叹道:“多美妙的声音!”两人谈妥后,库兹马用手掌敲了一下桌子,精神抖擞地说道:

“那么,就这样吧,一言为定!”随后他把手伸进外套侧面的口袋,掏出一叠票据和钞票,在里面找出一本浅灰色封面的小书,放在哥哥面前。

“瞧!”他说道,“按照你的请求,我也向自己的爱好退步了。小书不太像样,诗句还不成熟,早年写的,将就着读吧……拿着作个纪念吧!”

季洪·伊里奇再次被感动了,他的弟弟成了作家,这本小书浅灰色的封皮上印着:“库·伊·克拉索夫诗集”。他在手里翻阅着小书,胆怯地说道:

“不读点什么……吗?请给我念几句小诗吧!”

于是库兹马低下头,戴上夹鼻眼镜,把书挪得远些,一本正经地透过镜片注视着诗集。库兹马像一般的自学者一样,模仿科利佐夫、尼基京的样子,开始阅读起来,哀叹命运和贫穷,向即将过去的风雨挑战。他瘦削的颧骨上,泛起一片绯红的斑点,声音有时打着颤。季洪·伊里奇的眼睛也焕发出光彩。这些诗句的好坏并不重要,重要的是它们是他的亲兄弟作的,一个身上散发出马合烟和旧靴子味道的普通人作的……

“库兹马·伊里奇,我们总是哼一个调调……”等库兹马停下来,摘下夹鼻眼镜,垂下眼睛的时候,季洪·伊里奇说道。

他苦涩地抽动了一下嘴唇：

“我们总是哼一个调调，卖多少钱？”

库兹马没有理会他。

他把弟弟安置到杜尔诺夫卡后，这首调调哼得更欢了。在把杜尔诺夫卡交到弟弟手里以前，他为了一根被狗咬坏的新轭索找罗季卡的碴儿，把他辞退了。罗季卡不屑地冷笑了一下，若无其事地去小屋里收拾自己的家什。新嫁娘听到辞退的消息后，似乎也很平静，没有太大的反应。自从同季洪·伊里奇分手后，她又变得和以前一样沉默寡言，也从未和他对视过。但是半个小时以后，罗季卡收拾好东西，就同新嫁娘一起过来求情。新嫁娘站在门口，一言不发，脸色苍白，眼睛也哭肿了。罗季卡低着头，揉搓着帽子，也装出要哭的样子，扭歪着脸，看着叫人很是恶心。季洪·伊里奇坐着，翘着眉毛，啪啪作响地只顾算账。他只在一件事情上开了恩——没让他赔轭索的钱。

他这回很是坚决。摆脱了罗季卡，把事务交给弟弟后，他立马感觉自己精力充沛，心情愉快。看来，兄弟是个不可靠的人，暂时就凑合吧！于是他返回沃尔戈尔，整个十月份都不知疲倦地奔波着。天气也非常地配合，一直艳阳高照。现在，天气却急转直下，突然下起了狂风暴雨，杜尔诺夫卡也发生了意料之外的事情。

十月份，罗季卡到铁路线上去干活，新嫁娘在家里无事可做，只是有时在庄园的花园里干点零活，挣上十五或二十戈比。她的行为很古怪：在家里有时沉默不语，有时独自垂泪，可是在花园里却截然相反，表现出少有的快活，还同冬卡·科莎一块唱歌。冬卡·科莎是个粗鲁但是漂亮的姑娘，长得像个埃及女郎。科莎同一个正在租用花园的小市民同居。新嫁娘不知为什么同她关系很好，还常常对那个小市民的弟弟、一个脸皮很厚的小伙子暗送秋波，边瞧着他边唱着歌，暗示着她正在为某人害相思病。她是否与他有过什么,没有人知道,但这一切都以一个大丑闻了结了:在喀山圣母节前夕,小市民兄弟俩要回城里去,他们在自己的窝棚里举办了一场"晚会",邀请了科莎和新嫁娘。他们整个晚上都拉着手风琴,请她们吃薄荷饼,喝茶和饮伏特加,在黎明套好马车后,他们突然哈哈大笑地把喝醉的新嫁娘放倒在地上,反绑起她的两手,把裙子撩到头上扎起来。科莎死命地逃跑,吓得一头钻进湿草堆里,等到载着兄弟俩的马车离开花园后才往外看了看。她看到新嫁娘下半身赤裸着吊在树上。那是个满是阴云的黎明,花园里飘着小雨,科莎大声呜咽着,牙齿打着颤,解开新嫁娘,赌咒发誓,要是她,科莎,让村子里的人知道花园里发生的一切,就让五雷轰顶……但是还没到一周,整个杜尔诺夫卡都传开了关于新嫁娘被羞辱的流言。

当然这是无从验证的:"谁也没有亲眼见,科莎有可能就是瞎说。"然而,这些流言引起的议论却一直都没能停息,大家都迫不及待地期待着罗季卡回来折磨新嫁娘一顿。季洪·伊里奇听到雇工们说起这件花园丑事,坐立不安起来(生活又一次脱离了常轨!):最后这个事说不定是要死人的!但最后的结果竟然是这样:在米哈伊尔节前夕,罗季卡回家来"换件衣服",就因为"闹肚子"暴死了!对杜尔诺夫卡人来说,罗季卡暴死这样的结果更让人震惊!沃尔戈尔听说这件事已是当天深夜,但季洪·伊里奇立刻命令在黑暗中套马,冒雨飞奔到弟弟那里去。喝茶的时候,他激动之下喝了一瓶果酒,眼珠骨碌碌地转着,情绪激动地向他承认自己的罪过:

"全是我的罪过,弟弟,我的罪过!"

库兹马听完他的话,一直沉默着,一直在房间里踱着步,扳得手指头的骨节咔咔直响。最后莫名其妙地说道:

"你想想:还有谁比咱们更残忍?在城里抓住了一个在摊上

偷了一张便宜大饼的小偷，全食品摊的人就追上去，往他嘴里塞肥皂。全城的人都跑去看火灾和打架的热闹，还暗地里可惜火灾和打架时间太短！你别摇头啊，别摇头：真是失望！要是有人把老婆往死里揍，狠命地打孩子或是遭到戏弄的时候，你瞧瞧大伙看得多么兴高采烈啊！这是最让他们高兴的事儿了。”

“走着瞧吧，”季洪·伊里奇猛地打断他，“爱看热闹的人哪儿都有，什么时候都不会灭绝。”

“的确是这样的。那你为什么不把那个带到这儿来……叫什么来着，那个傻瓜？”

“是那个鸭头莫佳吗？”季洪·伊里奇问道。

“对，对，是他……你没把他弄来开开心？”

季洪·伊里奇笑了笑说，弄来过的。有一次，有人甚至把莫佳装在白糖桶里运来的。铁路上的长官都认出来了——就这样运来了。桶上还写着：“小心，大傻瓜。”

“他们甚至教这些傻瓜用手淫来取乐！”库兹马痛苦地继续说道，“在那可怜的新嫁娘的门上涂焦油！放狗咬乞丐！用石头打屋顶上的鸽子玩儿！你说，吃这些鸽子的肉是多大的罪孽呀。鸽子是圣灵的化身啊！”

茶炊早就凉了，蜡烛在淌油，房间里弥漫着青烟，漱口杯里满是臭气熏天的泡胀的烟头。通风孔是开着的，装在窗户上角里的一根铁管子上，里面时而发出尖尖的声音，好像有什么东西在旋转，时而传来枯燥的呜呜声，“感觉就像是在乡公所里似的，”季洪·伊里奇想道。他们不停地抽烟，屋里烟气缭绕，就是装十个通风孔也没用。屋顶上，雨声滴答作响，库兹马就像个钟摆一样从一个屋角踱到另一个屋角：

“是的，都很好，没说的！善良得没法形容！可是只要你读一读历史，就会感到汗毛倒竖，毛骨悚然：兄弟阋墙，亲家反目，父子相憎，尽是杀害和背信弃义……读读《史事歌》吧，那可把你折磨得够呛：‘剖开他雪白的胸膛’啊，‘把五脏六腑都弃之于地’啊，伊里亚对自己的亲生女儿‘踩住左脚，扯着右腿啊……’而歌里唱的呢？全都是千篇一律，千篇一律：后娘都是‘恶毒贪婪’，公公都是‘残忍挑剔’，‘坐在大厅里像拴住的公狗’，婆婆一定是‘残暴不堪’，‘坐在炕上像用铁链拴住的母狗’，小姑子一定是‘母狗和长舌妇’，小叔子必定是‘幸灾乐祸的缺德鬼’，丈夫‘要么是傻瓜，要么是酒鬼’，‘公公吩咐他狠狠地揍老婆，扒皮扒到脚后跟’，新娘子要给公公‘洗地板，做菜汤，刷门槛，烙馅饼’，对丈夫则说：‘快起来，讨厌鬼，醒醒，给你脏水洗洗脸，给你包脚布快包上，给你根带子快去上吊’……咱们的俏皮话呢，季洪·伊里奇，不是一样的更肮脏、更下流吗？至于谚语呢，更不要说了，‘宁要一个行家，不要两个榔头’，‘老实还没有偷盗好……’”

“那就是说，在你看来，宁可去当叫花子啦？”季洪·伊里奇冷笑着问道。

库兹马兴高采烈地接着他的话说道：

“对，对！世上再没有比我们更穷的了，因而也没有比受穷更可耻的事了。骂什么更伤人？穷！当然是穷！‘见鬼！瞧你连吃的都没有……’再给你举个例子：杰尼斯卡，就是那个阿灰的儿子，一个鞋匠，前几天对我说……”

“等一等，”季洪·伊里奇打断他，“阿灰现在怎么样了？”

“杰尼斯卡说：‘快要饿死了’。”

“这个无赖！”季洪·伊里奇粗鲁地出口骂道，“你别给我唱他的赞歌了。”

“我没唱啊，”库兹马生气地回应道。“你最好听听杰尼斯卡跟我说了些啥。他对我说：‘饥荒年月我们手艺人去黑镇找活干，那里的妓女不计其数，数不胜数，都快饿疯了，为了不再挨饿，她们宁愿出卖自己的肉体！给她半俄磅面包，她在你身下就把它啃光了……你说好笑吗？'你注意了，"库兹马顿了顿，严厉地喊道，"你说好笑吗？"

"看在上帝份上，你快住嘴吧，"季洪·伊里奇又一次打断他，"让我说说正事吧！"

库兹马停了下来。

"你说吧，"他说道，"不过你想说什么呢？你该怎么办呢？不怎么办，给点钱，给点钱就解决了，就完事了。你想想：没东西烧火，没东西吃，连埋葬都没有钱。好吧，以后再把她雇来，可以到我这里当厨娘……"

季洪·伊里奇回家时，东方已经露出了曙光。那是一个冷冷的满是雾霭的早晨，空气里还散发着潮湿的打谷场和烟雾的味道，公鸡在大雾笼罩的乡村里像没睡醒似的，没精打采地打着鸣，狗在台阶旁酣睡着，还有一只老火鸡，呆在屋旁满是枯萎秋叶的苹果树上睡着觉。大风横扫着浓密的灰色雾气，田野上两步之外就看不清任何东西。季洪·伊里奇并不困倦，但是感觉自己精疲力竭，非常疲乏，他像往常一样，大声地催赶着马匹，那是一匹枣红色的马，尾巴扎着，浑身都湿漉漉的，体型瘦削，肤色黝黑，模样神气。他转过脸去，避开迎面而来的大风，从右边竖起厚呢大衣又冷又湿的领子，呢大衣因蒙着一层细密的雨珠而变成灰白色了，透过挂在眼睫毛上的冷雨滴，看着被黑色黏土裹着的飞驰的车轮，看着它越来越粗，车轮碾过，喷溅起很高的污泥，像喷泉一样飞溅起来，落到他的高筒靴上，他不时地看看飞奔的马腿，看着两只模糊不清的、紧贴着的马耳朵……

当他满脸污泥，最终疾驰到家的时候，首先映入眼帘的是系在拴马桩上的雅科夫的马。他急忙把缰绳拴到车辕上，跳下马车，跑近铺子敞开的大门，结果却吓得呆住了。

“傻子!”纳斯塔西娅·彼得罗夫娜在柜台后面说道，看来是在学着季洪·伊里奇的口气，不过声音病恹恹的，听起来比较温柔。她越来越低地把腰弓向钱箱，在叮当作响的硬币中翻找着，但在黑暗里一时寻不到要找的零钱，就着急地问:“傻子！现在煤油怎么卖得这么便宜?”

她没有找到零钱，直起身来，看了一眼站在她面前戴着帽子、穿着厚呢上衣、赤着脚的雅科夫，看着他分辨不出颜色的歪斜胡子，补充道:

“罗季卡是不是她毒死的?”

雅科夫赶忙嘟囔了一句:

“这不关我的事，彼得罗夫娜……鬼才知道呢……我们还是离远点，离远点……”

一整天，季洪·伊里奇一想到这个议论就双手发抖，浑身惊悚。

大家都认为是她下的毒!

然而幸运的是，秘密终归是秘密:罗季卡被埋葬了。新嫁娘在送葬的时候痛哭着，简直不顾体面，一把眼泪一把鼻涕地哭，哭得死去活来。其实，这样的哭诉也没什么真情流露，不过是完成仪式罢了。这样想着，季洪·伊里奇心里的担忧就渐渐消减了。

事情很多，堆在一起，急得人嗓子都快冒烟儿了，帮手却一个也没有。纳斯塔西娅·彼得罗夫娜帮不上多少忙，季洪·伊里奇只请了“夏令短工”，到了秋天斋戒期前的最后一次荤食日就已经辞退了，现在，只剩下的三个一年期的雇工，一个厨娘，一个外号叫“葱油饼”的老更夫，还有一个傻小伙奥西卡。光是牲畜就要让人操多少心哪，这几个人根本忙不过来。有二十只绵羊过冬;牲口棚里有六只永远郁郁寡欢、牢骚满腹的黑毛猪，不停地哼哼着;牛棚里有三头母牛、一只小牛犊和一头红母牛犊;院子里有十一匹马；单个的马栏里有一匹烟灰色公马，它性子大、体格壮、鬃毛密、胸脯宽，像个庄稼汉一样壮实，价值四百卢布，它的上一代种马值一千五百卢布，拥有畜种证书。所有这些家畜都需要认真照管。

纳斯塔西娅·彼得罗夫娜早就准备去城里的熟人那里做客，收拾好行李就走了。送走她后，季洪·伊里奇就信步走上田野，悠闲地散步。这时，乌里扬诺夫卡的邮政局长萨哈罗夫，肩上背着一把枪沿着公路走来，他素来以对庄稼汉们的凶暴而远近闻名，大伙说他："给他信的时候，就吓得手脚哆嗦！"季洪·伊里奇迎着他走上前去。邮政局长扬起眉毛，看了他一眼，想道：

"这傻老头，沿着泥路走啥呢？"

季洪·伊里奇友好地向他喊道：

"出来打猎吗，安东·马尔基奇？"

邮政局长站住了。季洪·伊里奇走近他，友好地打招呼。

"打什么猎啊！"邮政局长忧郁地答道。他身材高大，有点驼背，耳朵和鼻孔里长着浓密的灰白色毛发，眉毛又弯又粗，眼窝深陷。"出来走走，免得生痔疮。"他加重语气说，尤其努力地强调最后一个词儿。

"走着瞧吧，"季洪·伊里奇突然伸出一只张开五指的手，愤愤地说道，"走着瞧吧，我们这地方早就光了！什么都没有了，鸟和野兽都没有了！"

"到处都在砍伐森林。"邮政局长说道。

"砍吧，砍完算了，还有什么哪！像篦子篦过似的！"季洪·伊里奇接着说。

他出乎意外地补充道：

"脱毛啦！全都脱毛啦！"

这句话怎么就能脱口而出呢，季洪·伊里奇自己也不知道，但他感觉这样并不是白说的。“全都脱毛了，”他想道，“就像漫长冬季后的牲畜……”他同邮政局长告了别，还在公路上站了很久，愤愤地向周围看着。天空又开始疏疏落落地下起雨来，吹起了令人感到湿漉漉的风。起伏不平的田野上——冬小麦地、已翻耕的地、茬地和褐色小树林——天空黯淡了下来。阴郁的云团低低地压向大地，被雨水淋湿的道路如锡铸一般。车站上旅客们正在等一辆开往莫斯科的车，从那里飘出茶炊的香味，让人不由地回忆起舒适的生活、温暖洁净的房间和幸福的家庭……

晚上又下起了大雨，天黑得伸手不见五指。季洪·伊里奇睡不着，翻来覆去，在床上辗转反侧，难受地咬着牙齿，吱吱作响。他感到浑身发冷，肯定是晚上站在公路上的时候着了凉，感冒了，这会儿他盖在身上的厚呢大衣又掉到了地上，加深了他感冒的程度。

他做了一个非常熟悉的梦，小时候，一到晚上背部发凉的时候就会做的梦，暮色降临，狭窄的街道，奔跑的人群，赶着笨重的大车、骑着乌黑的比秋格马的消防队员……他惊醒过来，点燃一根火柴，看看闹钟指向三点，捡起厚呢大衣，刚要睡着，忽然又担心起来：会不会有人偷光铺子，赶走马匹……

有时，他觉得自己正身处丹科夫的客栈里，夜雨哗哗地落到屋顶，门铃被扯得叮当作响——这时贼来了，在这漆黑的夜里牵走他的公马，要是他们知道他在这里，立马就会杀人灭口，一定会杀了他……每每这时，他都会在害怕中醒来，醒来后的现实也让他焦虑不安。老头儿在他窗下拿着梆子来来回回，敲个不停。有时他觉得他正身处一个遥远的地方，有时又听见看家狗布扬气喘吁吁地咬着某个人，狂吠着跑向田野，突然又出现在窗下，站在一个地方使劲儿吠着，呼唤主人快点醒来。于是，季洪·伊里奇想着出去看个究竟，检查一下，是否一切都完好无损。他正下决心爬起来，突然从黑暗无边的田野上刮来一阵大风，倾斜而下的暴雨就噼噼啪啪地打在漆黑的窗户上，这时候做个好梦是多么温暖的事情……

终于，门砰地响了一声，一股湿润的寒气袭来，更夫“葱油饼”把一捆干草窸窸窣窣地拖进前厅。季洪·伊里奇睁开眼睛：天快亮了，小窗户上挂着一层雾蒙蒙的水汽，窗户外面的景物依稀可以分辨出轮廓。

“生火吧，生火吧，老兄，”季洪·伊里奇睡意犹浓地嘶哑着说道，“咱们去给牲口添点草料，然后你就去睡觉吧。”

老头儿一夜没睡，面容憔悴，因为寒冷、潮气和疲倦，脸都发青了。他用深陷无神的眼睛望着季洪·伊里奇。老头儿戴着一顶湿帽子，穿着已经湿了的外衣和满是泥水的破树皮鞋，艰难地蹲在炉子前，把一把冰凉的散发着谷物香气的谷捆塞进炉子，擦亮一根火柴，低声嘟囔着什么。

“牛把你舌头咬掉了？”季洪·伊里奇嘶哑地喊着，从床上爬下来，冲他大声说，“你还在嘟囔啥？”

“在外面转悠了一晚上，现在又叫人去添草。”老头儿没有抬头，自顾自地发着牢骚。

季洪·伊里奇瞟了他一眼：

“我可看见你是怎么转悠的！”

他穿上外衣，忍住隐隐作痛的腹部痉挛，走到被踩踏得很肮脏的台阶上，在这个阴雨连绵的早晨，呼吸着清冷冰凉的气息。到处都是灌满了深灰色水的水洼，所有的墙壁都被雨水打得发暗。天空飘着蒙蒙细雨，“午饭前，这雨肯定又会大起来的。”他想着。这时，毛茸茸的布扬从墙角向他跑来，他惊奇地看着：狗的眼睛发着光，舌头像火苗似的鲜红鲜红的，伸了出来，喷出一股热辣辣的气息，散发着狗身上的骚味，看起来很疲惫，又带着些许兴奋，这就是整晚乱跑和吠叫的结果！

他抓住布扬的颈圈，沿着一片泥泞的小路吧唧吧唧地走了一圈，查看一遍所有的门锁。接着将狗拴到谷仓的锁链上，回到过道屋。他看了看大厨房，又看了看屋里，一股令人恶心的热浪扑面扑来，屋里，厨娘正在光秃的卧柜上睡着觉，用围裙盖着脸，撅起骶骨，双腿蜷向胸前，脚上穿着一双破旧的大毡靴，靴底沾了一层厚厚的泥巴。奥西卡躺在铺板上，穿着短皮袄、树皮鞋，脑袋埋在油污浓重的厚枕头里。

“竟然和这小子勾搭上了！”季洪·伊里奇厌恶地想，“看看吧，乱搞了一夜，早上就随便往凳子上一躺！”

他扫了一眼乌黑的四壁、小窗、积满脏水的木盆、宽大的炉炕，严厉地喝道：

“嗨！贵族老爷们！该起来了！”

厨娘生炉子准备为公猪煮土豆和烧茶炊，奥西卡没戴帽子，睡眼惺忪地、磕磕绊绊地给马和母牛上谷糠。季洪·伊里奇亲自打开畜棚那扇吱嘎作响的大门，第一个走进牲畜暖和、脏臭的安乐窝，那里四面搭着棚子，隔成一个个畜栏和畜圈。畜棚里积满了没脚脖的畜粪，屎尿和雨水混合在一起，变成了一层厚厚的褐色浆水。已经长出冬天绒毛的马匹毛色发暗，在棚子下面来回走动；一群绵羊，毛色肮脏灰暗，在棚角挤成一团；一匹年老的枣红色骟马独个儿在满是浆水的牲口槽附近打着盹。公猪们在牲口圈里哀怨地咕噜咕噜直叫。方形的场院上方，阴暗的天空一直下着绵绵细雨，雾蒙蒙的一片。

“烦死啦！”季洪·伊里奇想道，这一切让他感到心情不爽。

他对正在往外拖一捆麦秸的老头儿呵斥道：

“你在脏地上拖什么，老蠢货？”

老头儿把麦秸往地上一扔，瞥了他一眼，若无其事地说道：

“我听蠢货的话呢。”

季洪·伊里奇迅速地回头看了一眼，看看小伙有没有出去，当他确信小伙已经出去了，就若无其事似的快步走近老头儿，一拳打向他的牙，直打得他脑袋摇摇晃晃，站立不稳，接着一把抓起他的衣领，用尽力气扔向大门。

“滚！”他气喘吁吁地变了脸色喊道，“别再让我闻到你的臭气，你这个废物！”

老头儿跑出大门，五分钟后，他已经背着口袋，拄着棍子，沿着公路回家去了。季洪·伊里奇哆哆嗦嗦地饮了公马，给它撒了一些新鲜的燕麦——它在昨天的燕麦堆里乱拱着，在上面涂满了唾沫——然后他迈着大步，踩着这混着粪肥的浆水回屋去。

“烧好了吗？”他推开门，扬声问道。

“来得及的！”厨娘粗鲁地顶撞道。

铁锅里的煮土豆冒着热腾腾的清淡蒸汽，氤氲地布满屋子。厨娘和小伙拼命地用杵捣着土豆，往里面撒上面粉。捣土豆的声音太响了，季洪·伊里奇没有听到回答。他砰的一声关上门，喝茶去了。

在小过道屋里，他一脚踢开门口沉重的马衣，走向屋角。在放着锡制脸盆的凳子上方，挂着一个铜水壶，小搁板上放置着一小块脏兮兮的椰子皂。他把洗手盆摔得直响，横眉怒目，张大鼻孔，凶恶的眼神来回逡巡着，一字一顿地说道：

“这就是雇工！你说他一句，他给你回十句！说十句，他能回一百句！哼，你就瞎哼哼去吧！这可不是夏天，你们这样的穷鬼多得是！到了冬天，老兄，就想使劲吃，饥饿会让你们来找我的，到时候，狗崽子，来了就得给我磕头！”

毛巾从米哈伊尔节那天就挂在洗手盆旁，已经破烂不堪，季洪·伊里奇看了它一眼，恶心地直咬牙。

“唉，” 他说道，闭上眼，摇着头，“唉，圣母啊！”

过道屋开着两扇门。一扇向左，通往狭长而昏暗的客房，那里有几扇小窗朝着畜棚，里面摆着两个大沙发，包着黑漆布，像石头一样硬，里面满是活着的和被压扁风干的臭虫。两扇窗间壁的墙上挂着一幅将军[①]肖像，那位将军蓄着一把河狸毛般的络腮胡，威风凛凛。肖像周围嵌着许多俄土战争英雄们的小照片，下面是题词：“我们的子孙和斯拉夫兄弟将永生铭记您光荣的事迹，我们的父亲是一位勇敢的战士，他曾打败苏里曼－帕沙，战胜过异教徒敌人，带领自己的子孙登上悬崖绝壁，那里只有云雾缭绕，只供羽族之王栖息。”另一扇门通向主人的房间。那里向右靠门的地方有一个发亮的玻璃橱，向左是白色的暖炕。暖炕曾有裂纹，在白色的炕壁上涂了泥，像一个瘦骨嶙峋的人的轮廓，这让季洪·伊里奇感到极其讨厌。暖炕后面高高地立起一张双人床，床上面挂着一幅用墨绿色和砖红色毛线织成的挂毯，挂毯上有一只老虎，老虎撑起长须，竖着两只猫一样的耳朵。门对面的墙边摆着一个铺着针织台布的五斗橱，上面放着纳斯塔西娅·彼得罗夫娜结婚时用过的首饰匣……

“有人上铺子来了！”厨娘稍稍打开门，喊道。

远处又起了浓雾，滚滚而来，天色又像黄昏一般，暗淡无光，天空下着蒙蒙细雨，风向转了，从北面刮来，带来一阵清新。一列货车刚刚从站上开走，鸣了一声笛，那声音感觉比前几天都要快活都要响亮。

“你好啊，伊里奇，”一个豁嘴的庄稼汉冲他点点头，戴一顶已经湿润的满洲毛皮高帽，站在台阶旁，牵着一匹毛发微湿的花斑马。

---

① 指俄国陆军元帅约·弗·古尔科（1828—1901），一八七八年在俄土战争中大败土耳其军队。

“你好，”季洪·伊里奇瞟了一眼庄稼汉豁嘴里露出的雪白坚固的闪着光的大牙，搭腔道，“要点什么？”

他匆忙卖了一些盐和焦油，就急忙返回上房。

“连让人在额头上画个十字的功夫都没有，狗崽子！”他在路上嘟囔道。

两扇窗间壁中间的桌子上放着茶炊，已经烧好了，里面的水沸腾翻滚着。挂在桌子上面的小镜子，蒙上了一层薄薄的白色水汽。镜子下面的一张石印油画也蒙上了蒸汽，画上是一位巨人，穿着黄色长袍和红色羊皮靴，双手举着一面俄罗斯旗帜，从他的背后可以看到莫斯科克里姆林宫的塔楼和圆顶。石印画的周围是镶在贝壳相框里的照片。在屋里最显眼的地方挂着一位著名神甫的肖像，他穿着波纹绸缎的教袍，胡子稀疏，双颊微微凸出，有着犀利的目光。季洪·伊里奇望了他一眼，庄重地向屋角的圣像画了一下十字。然后从茶炊上拿下熏黑的茶壶，倒了一杯茶，那茶散发出浓烈的澡堂桦树笤帚的气息。

“连让人在额头上画个十字的时间都不给，”他想道，痛苦地皱起眉头。“真要命，这帮该死的！”

好像该想起什么事，但现在还一片混乱，那就集中精神思索一下，或者躺下好好睡个觉。现在需要的是温暖、平静、内心澄明和当机立断。他站起来，走近盛满了玻璃器皿和餐具的玻璃橱，从架子上拿出一瓶花楸露酒，一只大肚子酒杯，上面刻着：“教士亦适用……”

“恐怕不能这么说吧？”他自言自语道。

他倒满一杯，喝光，接着又倒满，也喝光了。他咬了一块厚厚的小甜面包，坐到桌子旁，慢慢咀嚼。

他贪婪地从茶碟上喝了一口热茶，咬了一口糖含在嘴里。他大口喝着茶，漫不经心又疑疑惑惑地瞟了一眼墙上那穿着黄色长外衣的巨人，又瞟着贝壳相框里的照片，甚至还瞟了一眼穿着波纹绸教袍的神父。

“我们这些猪猡还顾不上信教！”他想道，又好像在什么人面前为自己辩解似的粗鲁地补充道，“去乡下住一阵子，喝喝酸菜汤去吧！”

他斜眼看着神父，感觉一切都很可疑，甚至觉得他日常对这位神父的尊崇也是如此，也是可疑，并且考虑欠周。如果好好想想，哎……但他马上把目光转向画上的克里姆林宫。

“说起来真是难为情！”他嘟囔着，“这辈子还没去过莫斯科呢！”

是的，没去过，为啥呢？要照顾公猪，没空去！不是买卖没有空，就是旅店和酒馆抽不开身，现在还要照看这匹公马和这群公猪。别说什么莫斯科了，就是公路后面的小白桦树林，也白白想了十年。一直想着什么时候能抽出一个空闲的傍晚，带上毯子和茶炊，到草地和树荫里坐上一会，却老也抽不出时间……日子就像流过指间的水，韶华空逝，回忆已来不及，转眼已年过半百，眼看就要活到头了，可光着屁股乱跑的日子过去很久了吗？简直就在昨天，依然历历在目。

贝壳相框里的一张张脸庞静静地凝视着他。瞧，在地板上（但应该是在茂密的黑麦地里）躺着两个人——季洪·伊里奇自己和年轻的商人罗斯托夫采夫，手里都拿着酒杯，里面盛着半杯黑啤酒……罗斯托夫采夫和季洪·伊里奇曾经有过怎样的友谊啊！照相那天正好是个天色阴暗的谢肉节，真让人难以忘怀！但那是哪一年呢？罗斯托夫采夫去哪儿了呢？现在甚至都不知道他是不是还活着……还有这三个城里人，像呆子一样站得笔直，头发从中间分开，梳得油光闪闪，穿着领口往一边偏的绣花衬衫、长长的常礼服，还有刷得锃亮的靴子——那是布奇涅夫、维斯塔夫金和博戈莫洛夫。那个维斯塔夫金站在中间，胸前端着放着面包和盐的大木盘，上面盖着缝着公鸡图案的毛巾，布奇涅夫和博戈莫洛夫各捧着一幅圣像。那是在一个刮风的、满是灰尘的日子照的，有人来参观谷仓，是一位僧正和省长要来。季洪·伊里奇也在欢迎队伍里，感到非常骄傲。但那天留下了什么回忆呢？只记得大家在谷仓边等了五个小时，只记得白色灰尘像云团一样随风飞舞，已故的省长身材修长，衣饰整洁，穿着镶有金线的白裤、金线绣制的制服，带着三角制帽，慢慢腾腾地走向代表团……记得当他接受盐和面包开始讲话的时候，他的那双手，不同寻常的枯瘦和洁白让大家都震惊了，手上的皮肤像蛇皮一样薄而发亮，干瘦纤细的手指上留着透明的长指甲，戴着宝石戒指……现在这位省长已经过世，维斯塔夫金也不在世上了……时光如梭呀，也许，过了五年或十年后，人们也会这样谈起季洪·伊里奇：

"已故的季洪·伊里奇……"

暖炕烧得很热，房间变得温暖而舒适，镜子也变亮了，但窗外什么也看不到，玻璃上蒙着一层浅白的蒸汽，把窗外的一切都阻挡在视线以外了，院子里应该很冷了。饿了的公猪声音越来越大地呻吟着，它们突然一齐大叫起来：大概是听到厨娘和奥西卡给它们拖来一大盆饲料的动静了。季洪·伊里奇还没结束对死的臆想，听到声响，就把烟蒂扔进漱口杯，披上外衣，急忙走向畜棚。他迈开大步，沿着踩上去扑哧扑哧的厩肥走着，亲自打开猪圈的门，忧心忡忡地看着，眼睛一直盯着公猪。它们正奔向食槽，那里已经倒进了热气腾腾的猪食。

另一个念头打断了他关于死亡的思考：死了就是死了，但是死了也可以作为榜样。他以前是谁？不过是个孤儿，小讨饭的，小时候两天都吃不上一块面包，现在呢？

"应该为你写一本传记。"有一次，库兹马嘲笑似的说道。

其实没什么可嘲笑的。如果从一个贫穷的、勉强认几个字的男孩长成的不是季什卡[①]，而是季洪·伊里奇，那就说明，他的脑子好使得很哪……

厨娘也聚精会神地看着正互相挤来挤去、把前蹄儿都扒进食槽的公猪，突然打了个嗝儿说道：

“唉，上帝！但愿我们不会遇上什么祸事啦！昨天我梦见有人把公猪赶到咱们院子里，还有羊和母牛……都是黑的，全都是黑的！”

季洪·伊里奇的心脏又开始隐隐作痛。是啊，这些该死的畜生！就因为这些畜生都可以去上吊了，一刻都得不到清闲，三个小时没过，又得拿上钥匙，满院子送饲料。大畜栏里有三头奶牛，单个畜栏里有一头红牛犊，还有一头公牛比斯麦：现在又得给他们上干草了。中午得给马和绵羊喂谷糠，公马呢——鬼才知道要喂它什么！它从门上的栅子里伸出脑袋，抬起上嘴唇，露出粉红色的牙床和雪白的牙齿，还皱皱鼻子，使劲地嗅嗅……季洪·伊里奇自己也不知从哪里冒出的一股火，突然冲它吼道：

“你闹吧，该死的，让雷劈死你！”

他弄湿了双脚，冰冷冰冷的，都快冻透了。他又倒上了花楸露酒，吃了葵花籽油拌土豆、腌黄瓜、浇蘑菇汁的菜汤和黄米粥。他的脸都涨红了，脑袋分外沉重。

他用脚蹭下肮脏的靴子，连衣服都没脱就躺到床上。但他不能休息，还是牵挂着那些马，还得起来。哎，快到傍晚的时候，马、母牛和绵羊都得喂燕麦秸，公马也是……或者换个喂法，最好把燕麦秸和干草一起捣碎，然后浇上水和盐好好腌一腌……要是放心地睡去，肯定得睡过头，但这些牲畜不允许他睡着，季洪·伊里

① 在俄语里，“季什卡”是“季洪”的蔑称，“季洪·伊里奇”则为尊称。

奇向五斗柜上拿起闹钟，给它上了发条。闹钟又走了起来，滴答滴答作响，房间在飞跑的、有节奏的敲击声中反而更显安静。思绪迷糊了……

他刚刚迷糊起来，突然响起一阵粗鲁响亮的教堂歌曲。季洪·伊里奇吃了一惊，睁开双眼，开始只听见两个庄稼汉鼻音很重地嚷嚷着，从过道屋里吹来一股凉气和潮湿的哥萨克男罩衫的气味。他一下子坐起来，才看清这两个汉子的模样：一个是瞎子，脸上有麻子，有一个小鼻子，上嘴唇很宽，脑袋又大又圆，另一个竟然是马卡尔·伊凡诺维奇本人！

马卡尔·伊凡诺维奇一度仅仅只是马卡尔卡，大家都这样叫他“游荡的马卡尔卡”。有一天他来到季洪·伊里奇的酒馆。他沿着马路不知要去哪里——穿着树皮鞋，戴着教士的小圆帽，穿着沾满油污的教士的内衣——他走了进来，走进了酒馆。他手里拿着一根长拐杖，拐杖上面雕着一条欧洲方花蛇，上端是个十字架，下端是个长矛。肩背一个背囊，挎着一个军用水壶，头发又长又黄，脸庞宽宽的，油灰色，鼻孔像两个枪口，鼻子像个马鞍似的塌陷着，像被折断了一样，他的眼睛很明亮，闪着狡黠的光。这是个不知羞耻却极其机灵的人，常常贪婪地吸着香烟，从鼻孔里往外喷着气，说话粗鲁不堪，也不连贯，声调强硬，完全不容人辩驳。季洪·伊里奇很喜欢他，喜欢他这种腔调，因为这一切都证明了，这是个“老谋深算的狗崽子”，他需要这样的人。

于是，季洪·伊里奇就把他留在自己身边，打打杂。他脱下那一身流浪汉的行头，留了下来。一段时间以后，发现马卡尔卡竟然是个惯偷，只好把他狠狠揍上一顿，赶跑了事。一年后，马卡尔卡在整个县城都以其不祥的预言而闻名，人人都像惧怕火灾一样害怕他的到访。只要他走近人家的窗下，凄凉地拖长声音唱道“同圣徒一道安息吧”，或者扔出一小块香，一撮灰，这家就非得死人不可。他成了人们的灾难。

现在，马卡尔卡穿着自己从前那身行头，拄着拐杖，站在大门槛前唱着。瞎子也跟着他唱，翻着那双空荡荡的眼睛，看着他那副可憎的模样，季洪·伊里奇立刻断定他是个在逃的苦役犯，就像一头可怕而疯狂的野兽，让人胆战心惊。但更可怕的是这两个流浪汉所唱的歌谣。瞎子阴郁着脸色，微微扬起双眉，吼着那令人厌恶的带着浓重鼻音的高音。马卡尔卡一动不动的双眼射出凌厉的目光，狂暴地拖长低声唱着。两个人的歌声显得太过响亮，十分粗鲁，却出人意料地很合拍，唱出来的是一支颇有威严又可怕的古代教会曲目：

大地母亲在嚎哭！

瞎子也扯着嗓子，附和着：

嚎啕大哭，嚎啕大哭！

马卡尔卡坚定地继续唱道：

在救主圣像面前——

瞎子大声哭诉着：

罪人们都在忏悔！

马卡尔卡张大恬不知耻的鼻孔恫吓着。他俩的高低音汇合起来，坚定地宣布道：

上帝审判无从逃避！

永恒火刑无从逃避！

他同瞎子十分默契，一起咯的一声住了口，声音戛然而止，随即用他们惯常的无赖口气命令道：

“掌柜的，请给杯暖酒吧。”

还没等人回答，马卡尔卡就迈过门槛，走近床边，把一张画塞到季洪·伊里奇的手里。

这不过是一张从画报上剪下来的画，但季洪·伊里奇只瞧了一眼，就感到心里直冒冷气，后背冰凉，画面上画的是八棵正被暴雨摧残的树，一道犀利的闪电和一个被击倒下的人，还有题词："让·保罗·里希特[①]，雷击而死。"

季洪·伊里奇着了慌，心里一阵恐惧。

他立刻把画撕成碎片，随后爬下床，穿上靴子，说道：

"你还是去吓唬胆小鬼吧。我可对你清楚得很，老弟！拿上能拿的东西赶紧滚吧。"

他走进铺子，给了瞎子和一起站在台阶旁的马卡尔卡两俄磅小甜面包、一对鲱鱼，更加严厉地重复道：

"滚蛋吧！"

"还有烟叶呢？"马卡尔卡蛮横地问。

"烟叶你自己身上有，"季洪·伊里奇打断他道，"老弟，少给我耍滑头！"

他沉默了一下，又说道：

"马卡尔卡，你干的这些勾当，吊死你都是便宜的！"马卡尔卡看了看在旁边站得笔直的瞎子，高高抬起眉毛，问他道：

"上帝的仆人，你看怎么样？吊死还是枪毙？"

"枪毙更好，"瞎子严肃地回答道，"起码来个痛快的。"

天色暗下来了，一团团灰云都变成了蓝色，天气渐渐变冷了，散发着冬天的气息。泥泞的路面变得坚硬了。打发走马卡尔卡后，季洪·伊里奇在台阶上跺了几下冻僵的脚，就回房间去了。他没脱衣服，坐在窗户旁的椅子上，开始抽起了烟，又陷入了思索。他想起夏天、造反、新嫁娘、弟弟、老婆……又记得至今还没付农忙时节的工钱，其实，他一向都有拖欠工钱的习惯。来打工的姑娘和小伙子们一到麦收时节就去他那里，整天站在他的门槛

① 即德国作家约翰·保罗·弗里德里希·里希特（1763—1825），德国历史上著名诗人、浪漫派小说家。

前，抱怨穷得没法过日子，有时发怒了，还嚷嚷些不客气的话。但他从不退步，他喊叫着，请求上帝见证，他“整个家里只剩两个三戈比的子儿，不信就来搜吧！”他翻出衣兜、钱袋，装着狂怒的样子，吐着唾沫，好像他们都不相信他。现在，他突然觉得这种习惯不太好。以前他很无情，对妻子十分冷淡，简直把她当做外人。上帝啊，我甚至都搞不清她是个怎样的人，她是怎样度过那些忙乱的日子的，她想过什么，她有什么样的感受。想到这儿，他莫名地被一种愧疚折磨着。

他扔掉一支烟，接着又抽起另一支……唉，马卡尔卡，这个骗子是很聪明！既然他这么聪明，难道就不能预料到，谁在什么时候能遇见什么事儿吗？如果真能预测的话，那他季洪·伊里奇这回肯定在劫难逃了。毕竟他已经不是年少儿郎，有多少同龄人已经先走了！没什么能拯救衰老与死亡，即便是孩子也救不了。就是有了孩子，他也不会了解他们，孩子们也会像其他亲近的人一样陌生——不论活的还是死的。世上的人多如天上的星星。但是生命如此短暂，人生长、成人、死亡，这个过程是那么快，彼此还了解甚少，过往就迅速被遗忘，光阴似箭哪，一晃都年过半百，如果认真想想，简直要发疯了！不久前他还暗自说道：

“应该把我这一辈子记录下来……”

可是记录些什么呢？没什么可记录的，没什么可写，或者不值得写。毕竟就是他自己似乎也回忆不起来有什么值得记录的，他这一生中没有惊天动地的大事，没有气壮山河的壮举。比方说，他童年时候的事就已经完全想不起来了，依稀记得仿佛有个夏天，有过什么事，还有个同龄人……有一天他拿火烧了一只猫，结果挨了一顿揍。有人送给他一条鞭子，还有一个哨子，他就高兴得不行。这些，都已经随着时间的流逝，淡出了他的记忆。

有一次，喝醉了的父亲叫他过来，温柔的声音里带些感伤：

“上我这儿来，吉沙，来吧，亲人！”

想着想着，他突然就抓住自己的头发，在痛苦的情绪里不能自拔……

如果现在，他，小贩伊利亚·米罗诺夫，还在世的话，季洪·伊里奇就会因怜悯而去赡养他，但不会去了解他、关心他。其实，他不也是这样对待自己的母亲吗？如果现在问他，还记得母亲吗？他会回答道：“只记得一个驼背的老太婆……她晾牛粪，生炉子，偷偷喝酒，低声唠叨……其他的就没有了。”

他在马托林的铺子里干了将近十年，但这十年，合起来，也只让他记得一天：那天，四月的小雨淋淋漓漓地落下，几张铁皮被扔到隔壁铺子的大车上，淋得锈迹斑斑……灰蒙蒙的中午很是寒冷，鸽群哗啦啦地飞落到另一间铺子前的空地上，这家铺子经营面粉、麦子和麸皮——它们挤在一起，咕咕细语着，扑腾地扇动着翅膀，他和弟弟在门口用牛尾巴抽着陀螺玩……马托林当时年轻而健壮，脸色青里泛红，下巴整天剃得溜光，蓄着半截子红褐色的连鬓胡。如今他变穷了，穿一件在太阳底下晒坏的长外套和深蓝色帽子，老迈地从一家铺子挪到另一家铺子，在熟人之间到处串门子，下下跳棋，有时会坐在塔耶夫的酒馆里，喝到微醺，时常唠叨：

“我们都是小人物：喝点，吃点，再付点钱——就回家了！”

而当见到季洪·伊里奇的时候，也没能立即认出他，只是可怜巴巴地笑着，试探性地问道：

“你好像是吉沙吧？”

去年秋天，季洪·伊里奇第一次见到自己的弟弟时也没能立马认出来：“难道这就是库兹马，那个和我一起在田野、树林和市镇间漂泊过很多年的人？”

“你老了，弟弟！”

“是有点儿。”

“老得有点早了！”

“就因为我是俄罗斯人。我们在这方面——快着呢！”

抽到第三根烟，季洪·伊里奇望向窗外，疑惑地想：

“难道在别的国家也是这样？”

不，那是不可能的。他有熟人去过国外，好比商人鲁卡维什尼科夫，他们都说过，不是这样的……就是没有鲁卡维什尼科夫他也可以想象得到。就拿俄裔的德国人或是犹太人来说吧：他们举止干练，办事精明，互相了解，大家彼此都是朋友——不只是酒桌上的朋友，是那种能互相帮助的朋友，就是分开了，也相互通信。父亲、母亲和熟人的遗像都代代相传，他们亲自教育孩子，疼爱孩子，和他们一起散步，陪他们聊天，这样温馨的场面，孩子们将来也会记起来的。而我们呢，互相都是敌人，心怀妒忌，散布彼此的流言蜚语，一年就往来一次，要是有客人意外造访，忙得就像屁股着火一般，赶忙收拾房间。可结果呢？一匙果酱也舍不得拿出来招待客人，要是不劝酒，客人是不会多喝一杯的……

一辆三驾马车从窗户旁驶过。季洪·伊里奇看了看，拉车的马匹都很瘦，但跑得很快，四轮马车车况良好。这会是谁家的车呢？近旁没有谁家有这种三驾马车。附近的地主都穷得叮当响，有时三天吃不上一块面包，圣像外面的金箔都被剥去卖钱，没钱去安装打碎的玻璃，也没有钱去修补破损的屋顶。窗户常常用枕头堵上，下雨之时，地板上便摆满盆盆罐罐，雨水透过天花板流下来，就像流过筛子一般……

鞋匠杰尼斯卡也从窗边走过。他这是去哪儿？去干什么？手里好像还提着个行李箱。唉，求主赦免我的罪孽吧，真是个傻瓜！

季洪·伊里奇把脚伸进套鞋，走到台阶上。他深深地呼吸了一口屋外的新鲜空气，又停下来，坐到一张长凳上……

季洪·伊里奇想象着，自己曾经也在杰尼斯卡提着箱子的泥泞的路上走过。他依稀看到杜尔诺夫卡、他自己的庄园、山谷、农民的小屋、黄昏、弟弟屋里的灯光、家家户户的烟火和阿灰家的茅舍……库兹马大概正安安静静地坐着，读着一本书。新嫁娘坐在又暗又冷的过道屋里，靠近稍稍有点热乎气儿的炉子，暖和着双手和后背，等着主人吩咐“开饭！”她紧闭着渐渐衰老的、不再丰润的嘴唇，思索着，她在想什么？想罗季卡吗？是她毒死了他吗？这都是胡说，胡说！如果真的是她毒死的……上帝啊！如果真的是她毒死的，她现在有什么感受？在她内心深处该立着一块多么沉重的墓碑啊！

他想象着自己从杜尔诺夫卡家里的台阶上眺望着整个杜尔诺夫卡村，望向山谷那边黑乎乎的茅舍，茅舍后面的谷仓和柳树丛，左边田野的后面，地平线上矗立着一座铁路岗亭。黄昏里火车驶过这座岗亭，像一串灯火掠过。随后各家茅舍也点起了灯。天暗下来了，气氛变得更为舒适。但是每次当看向新嫁娘和阿灰家的茅舍时，心里总是有点别扭。这两间茅舍几乎都处在杜尔诺夫卡村的中央，彼此隔着三个院子，两家都不点灯。阿灰的孩子们就像鼹鼠一样晚上瞎摸乱撞，要是有哪个幸福的晚上，他家的茅舍也点起了灯，他们会因快活和惊奇而手足无措……

“不，罪过啊！”季洪·伊里奇断然地说道，抬起身来。“不，没有天理啦！哪怕能小小地改善一下也好啊，”他说道，走向车站。

天气变冷了，车站里飘出浓厚的茶炊的香味。那里的灯火显得更亮，三驾马车上的铃铛也清脆地响着。真是一辆好马车！但是乡下赶车汉子们那些可怜的瘦马，他们赶着的那些快要散架的马车，歪歪斜斜的车轮子上糊满了泥浆——看起来着实可怜！小花园后面，火车站的门吱嘎作响，低沉地砰地一声迸开了。季洪

·伊里奇绕过小花园，登上高高的石阶，上面有一个能容两维德罗水的铜茶炊喧响着，炉栅烧得通红，像一排火牙。他正好在这里碰上他要找的人——杰尼斯卡。

杰尼斯卡站在台阶上沉思着，低着头，右手提着一个廉价灰色行李箱，上面满是白铁钉帽，还用绳子结实地捆着。他穿着一件老旧的、看起来很沉重的外衣，两肩耷拉下来，腰很低，戴一顶新帽子，穿着一双破靴子。他个头不高，两腿相比身子来说显得过短。这会儿因为外套的腰部低垂，又穿着磨破的高筒靴，他的腿显得更短了。

“是杰尼斯吗？”季洪·伊里奇喊道，“你在这儿干啥呢，小无赖？”

遇事从来毫不惊慌的杰尼斯卡淡淡地看着他，抬起他那双慵懒的、忧郁的却含着笑意的眼睛，他从容地从头上摘下帽子，露出了乱蓬蓬的头发，他的头发是鼠灰色的，很浓厚，脸色土黄色，像油浸过似的，但两只眼睛却炯炯有神。

“您好，季洪·伊里奇，”他用城里人唱歌的腔调答道，像往常一样好像有些害羞似的。“坐车去……去那个……图拉。”

“能不能问问，去干嘛？”

“兴许能找个活儿干干……”

季洪·伊里奇瞧了一下他的周身：手里提一个行李箱，口袋里露出几本卷起来的又红又绿的小册子，外衣耷拉着……

“你可不像图拉的公子哥儿！”

杰尼斯卡也看了看自己。

“这件外衣吗？”他谦逊地问道。“要是在图拉挣着钱，我就给自己买上一件匈拉利骠骑兵制服式样的上衣，”他说道，把“匈牙利”叫成“匈拉利”。“今年夏天我干得不赖，卖报纸。”

季洪·伊里奇用手指指着行李箱，好奇地问：

“这是啥玩意儿?”

杰尼斯卡垂下了眼睫毛:

“我买的箱子。”

“毕竟在匈牙利没有行李箱可不行!”季洪·伊里奇嘲笑地说道。“那你衣袋里是什么?”

“啊,各式各样的破烂……”

“给我看看。”

杰尼斯卡把箱子放到台阶上,从口袋里掏出几本小册子。季洪·伊里奇拿起来,仔细地瞧着它们。这是些歌曲集,好比《玛露霞》、《荡妇妻子》、《被强暴的姑娘》、《献给父母、恩师和恩人的颂诗》、《俄罗斯……》

季洪·伊里奇在这里顿了一下,杰尼斯卡一直注视着他,注意到他这一举动,便机灵而又谦逊地提示道:

“俄罗斯无产阶级的作用。”

季洪·伊里奇摇摇头。

“真新鲜!连吃的都没有,还买什么箱子和书,而且还是这样的书!难怪人家都管你叫捣乱分子!听人说你还骂过沙皇?当心点吧,老弟!”

“我反正没有地产,”杰尼斯卡忧郁地笑着回答道。“我可没碰沙皇。人家像对死人一样朝我狂叫,凶狠狠地对待我,我可没想过这档子事儿。你们这样说,难道我得了夜游症?”

门上的铰链吱吱响起来,走出一个岗警,那是一个退伍的、已经头发花白的老兵,一直呼哧呼哧地喘着气。门里还走出一个小吃店的伙计,胖乎乎的,长着一双浮肿的眼睛,头发满是油污。

“请让让,商人先生们,让我们拿走茶炊……”

杰尼斯卡闪开,又抓住箱子的把手。

“是从哪儿偷来的吧?”季洪·伊里奇把脑袋扬向箱子问道,

思索着来站上要办的事儿。

杰尼斯卡没说话，低着头。

“是空的吧？”

杰尼斯卡笑起来。

“是空的……”

“被赶出来的吗？”

“是我自己要走的。”

季洪·伊里奇叹了口气。

“活脱脱和你老爹一个样！”他说道。“那一个也这样，让人揪着脖子赶出去，还要说‘是我自己走的’。”

“我要是胡说，就让我眼睛瞎掉。”

“够了，够了……回家了吗？”

“回了两个礼拜。”

“你父亲现在又没活儿干吗？”

“这会儿没活儿。”

“这会儿！”季洪·伊里奇嘲弄地模仿他说道，“十足的呆子！还充革命者呢。就算爬到狼群里，也还是长着一条狗尾巴。”

“也许你也是一路货，用不着讽刺别人。”杰尼斯卡没有抬头，冷笑着想道。

“这么说，阿灰就闲坐在家里抽烟啦？”

“他可真没有用！”杰尼斯卡立马说道。

季洪·伊里奇用指头关节敲了敲他的脑袋。

“别冒傻气了，好不好啊，有谁会这么说自己的父亲？”

“他是条老公狗，没必要叫爹。”杰尼斯卡平静地回答，“父亲总会养活自己的孩子，他养活过我吗？”

但季洪·伊里奇不想听他说完，他选了一个恰当的时刻来聊聊自己内心的筹谋。所以，他没有听完就打断他：

“有去图拉的车票吗?”

“我要车票干什么?”杰尼斯卡回答道,“我一走进车厢,感谢上帝,就直接钻到长凳下面。”

“那你在什么地方读小册子呢? 座位底下可读不了书。”

杰尼斯卡想了想。

“啊!”他说道,“我不会一直呆在座位底下的,我可以钻到厕所里,读到天亮都没事。”

季洪·伊里奇皱起眉头。

“是这么回事,”他开始说道,“我是这么想的:这时候你别再耍你的小把戏了,你已经老大不小了,傻子。回去吧,回杜尔诺夫卡去,也该干点正事了。要不看着你那副德性都感到恶心。我那里……那些七等文官[①]也活得比你舒服……”他指了指那些看家的狗。“我可以帮帮你,这样吧……开头,你去办点货,卖点农具……你就能养活自己了,还能帮帮你父亲。”

“他干嘛要这么逼我?”杰尼斯卡想道,但没有说出口。

季洪·伊里奇已经下了决心,就一直说下去:

“也该说门亲事啦。”

“原来是这事!”杰尼斯卡想道,不慌不忙地卷起烟叶来。

“那有什么,”他没有抬起睫毛,淡淡又有些忧伤地说道。“我不反对,成亲就成亲,成亲挺好的。但去找妓女总是不好的。”

“这就对了,”季洪·伊里奇接着他的话头说道,“不过,老弟,等着看吧,要成家还得动动脑子。要养活孩子,还得有点家底。”

杰尼斯卡哈哈大笑起来。

“你笑什么?”

“咋能不笑? 养活孩子,还不是像养猪养鸭一样。”

---

① 俄语中“七等文官”与“看家狗”词形相似,此处为季洪·伊里奇开的文字玩笑。

“他们可不比猪和鸡吃得少。”

“可我能娶谁呢?”杰尼斯卡带着忧郁的微笑问道。

“娶谁？就娶你想娶的人呗。”

“是娶新嫁娘吗?”

季洪·伊里奇顿时面红耳赤。

“傻瓜！新嫁娘有什么不好？那是个又温顺又能干的婆娘……”

杰尼斯卡沉默了,用指甲抠着行李箱上的白铁钉帽,然后故意装起傻来。

“新嫁娘可多了,”他故意拖长声音说道,“我不知道您说的是哪一个,哦,对了,是那个和您一起睡过的吗?”

季洪·伊里奇已经从刚才的窘迫中恢复正常了。

“我睡没睡过,猪猡,这不干你的事儿。”他板起脸厉声说道。

杰尼斯卡立刻恭顺地低声含糊道:

“您这是给我面子……我就是……随便说说……”

“那就别啰嗦废话了。我是想让你有个人样,懂吗？我会给你一份嫁妆的,明白吗?”

杰尼斯卡思索着,在心里盘算着。

“我现在要去图拉……”他说道。

“公鸡都掘出一颗珍珠啦[①]！你还到图拉去干什么?”

“在家里就要饿死了……”

季洪·伊里奇解开厚呢大衣,把手伸进上衣口袋里,本想要给杰尼斯卡一枚二十戈比的硬币,但他突然意识到,随便就给钱是愚蠢的,再说,这家伙会翘辫子,以为要收买他,于是装出一副找什么东西的样子。

---

① 典出俄国寓言作家克雷洛夫所作寓言《公鸡与珍珠》,公鸡刨出一颗珍珠,却认为还不如一粒大麦有用。

“唉，忘了带烟了！给我卷一根吧。”

杰尼斯卡把烟荷包递给他。台阶上已经点上了灯，借着这模糊的灯光，季洪·伊里奇把烟荷包上用白线绣的几个大字读出声来：

“送给心爱的人，真心挚爱的他——荷包留念。”

“真不错！”他读完说道。

杰尼斯卡腼腆地垂下眼睛。

“已经有相好的啦？”

“外面闲逛的母狗还少吗？”杰尼斯卡漫不经心地回答道，“我不反对结婚。开斋节前我就回来，上帝保佑……”

一辆沾满污泥的马车从篱笆后面轰隆隆地驶向台阶，一个庄稼汉坐在马车的拦板上，中间麦秸堆上坐着乌里扬诺夫斯克的助祭戈沃罗夫。

“开走啦？”助祭从稻草里伸出一只穿着新套鞋的脚，慌张地问道。

他的一头红褐色头发生得很是浓密，每一根都卷曲着，帽子滑到了后脑勺上，脸因为风吹和焦急而涨得通红。

“火车吗？”季洪·伊里奇问道，“没呢，还没来呢。”

“啊哈！上帝保佑啊！”助祭立刻快活地叫道，迅速地从马车上跳下来，匆匆向门奔去。

“那就这样吧，”季洪·伊里奇说道，“就这样，开斋节见吧。”

车站里弥漫着潮湿的短皮袄、茶炊、马合烟和煤油的气味。浓烈的烟气狠狠呛人，在烟雾、昏暗和湿冷中，所有的灯都模糊地亮着。门吱呀吱呀或是乒乓直响，手里拿着鞭子的庄稼汉们聚在一起瞎聊着，他们都是些从乌里扬诺夫斯克来的马车夫，有时整个星期都在这里等雇主。人群中有个犹太粮商，戴一顶圆顶礼帽，穿着有风帽的大衣，扬着眉毛在那里走来走去。售票处旁边，有几个汉子在往磅秤上搬着某个老爷的行李,搬着包着漆布的箱笼,一个兼任执行站长助手的电报员冲汉子们喊着,那是个大脑袋的短腿的年轻小伙,额头上的黄色卷发犹如一个鸡冠子,像哥萨克一样,从帽子下面往左鬓角的地方垂下一缕头发,一只向导犬坐在泥泞里,被雨浇得直打颤,眼神忧郁,身上的斑斑点点就像蛤蟆一般,很是丑陋。

季洪·伊里奇从那些汉子们中间挤过去,走到小吃部柜台前,跟伙计闲聊了一会儿,然后就打算回家去。杰尼斯卡依然站在台阶上。

"我想求您件事儿,季洪·伊里奇。"他比往常更腼腆地说道。

"还有什么事儿?"季洪·伊里奇粗暴地问道,"要钱吗?我不会给的。"

"不是,要什么钱哪!请您给我读封信。"

"信?给谁的?"

"写给您的。刚才我就想给您的,但是不敢。"

"关于啥的?"

"喏……写我自己的日子……"

季洪·伊里奇从杰尼斯卡手里接过一张小纸片,把它塞进衣兜里,便踏着已经凝结了的、很有弹性的泥泞小路,回家了。

现在,他情绪高昂,很想干点活,于是很愉快地想到又该喂牲口了。可惜他因为一阵急躁,把"葱油饼"赶走了,现在只好自己不分黑白地干了。奥西卡根本靠不住,大概已经睡下了,要不然就是和厨娘坐在一起骂东家。季洪·伊里奇走过仆人住的还亮着灯的小屋,悄悄地溜进过道屋里,把耳朵贴在门上。先是听见一阵笑声,接着传来奥西卡的声音:

"还有个故事。村里以前住着一个庄稼汉,别提有多穷了,整个村里还没有这么穷的。有一回,这个汉子去耕地,一条花斑狗老是跟在他后面，形影不离，汉子耕地，公狗就在地里闻啊刨啊的。它刨着刨着，突然使劲儿大叫起来！发生什么怪事了吗？汉子扑过去，往坑里一瞧，里面有一个铁罐……”

“铁——罐？”厨娘问道。

“你听着啊，是个铁罐，铁罐里面全是金子！真是从没听说过……这回庄稼汉可发大财喽……”

“哼，瞎扯！”季洪·伊里奇想道，却又想听听接下来将会发生什么。

“这汉子发了财，就置办了好些田产，就跟大商人似的……”

“不比咱们的‘硬腿’差吧？”厨娘插嘴说。

季洪·伊里奇冷笑了一下：他早知道人们叫他“硬腿”了，没一个人是没有绰号的！

奥西卡接着说道：

“比他还要富呢，是的，比他还富有……不过这条公狗突然死了，这怎么办呢？他忍不住可怜起这条公狗，也很感激，得把它好好埋葬……”

爆发出一阵哈哈大笑。说话的人自己也笑了，还夹杂着一个咳嗽的苍老的声音。

“怎么，是‘葱油饼’吗？”季洪·伊里奇精神为之一振，“感谢上帝。我就记得跟这个傻瓜说过的：你会回来的！”

“汉子就去找神父，”奥西卡接着说道，“去找神父了：这样请求，神父老爷，公狗死了，得把它埋葬……”

厨娘又没忍住，快活地喊道：

“哎呦，你这该死的！”

“让我说完呀！”奥西卡也尖叫道，又用讲故事的口吻接着讲下去，一会儿说着教父，一会儿说着汉子。

“就是这样，神父老爷，应该安葬这条狗。神父气得直跺脚：

‘怎么安葬？把狗葬在坟墓里？我把你送到监狱，给你戴上镣铐还差不多！’‘神父老爷，这可不是一条普通的狗：它虽然死了，还给你遗赠五百卢布呢！’神父霍地一下跳起来：‘傻瓜！难道我是因为你要埋葬它才骂你吗？我是骂你该在哪里埋葬呢？应该葬在教堂的园子里！”

季洪·伊里奇干咳了一声，推开门。桌子上点着一盏冒烟的煤油灯，破损的玻璃罩从一侧糊上了纸，厨娘在桌旁坐着，低着头，湿漉漉的头发披在脸上。她正在用一把木梳梳着头，头发垂到脸前，不时透过头发拿木梳对着灯光照着。奥西卡嘴里叼着一支烟，哈哈大笑着，向后仰着身子，晃动着两只穿着树皮鞋的脚。炉炕旁边昏暗的角落，有什么红色的东西在一闪一闪的——那是点燃的烟斗的火光。季洪·伊里奇猛然推开门走进来，欢笑声立马止住了，抽烟斗的人怯生生地站起来，把烟斗从嘴里抽出来，塞进口袋里。没错儿，就是“葱油饼”！季洪·伊里奇好像早上什么事情都没有发生过似的，精神抖擞地、友好地喊了一声：

“伙计们！该喂饲料了……”

他们提着灯在畜棚里逡巡着，灯光照亮了已经冻结的厩肥、洒在地上的麦秸、食槽、柱子，投下的巨大影子晃醒了棚子下面呆在草垛上的一只鸡。鸡飞了下来，一下摔到地上，又向前猛冲，满地乱跑。马匹往灯光的方向转过脑袋，它们紫色的大眼闪着光，看起来古怪而庄严。它们的呼吸里带着白汽，一起一伏，仿佛在抽烟一样。季洪·伊里奇放下灯，向上仰望，他欣喜地看到在四四方方的院子上空是一片湛蓝纯净的夜空，各色星辰无比璀璨。他听到一股股凛冽清新的风吹进了缝隙，吹过房顶，飒飒作响……

主啊，上帝保佑，冬天来了！

季洪·伊里奇干完了活，吩咐烧茶炊，就提着灯走进了冰冷的、弥漫着各种味道的铺子，挑了一条上好的醋渍鲱鱼——在喝茶之前吃点咸浸浸的东西感觉真是不错！喝茶的时候他吃了这条鱼，喝了几盅甜里泛苦的橘红色的花楸露酒，倒了一杯茶，然后在口袋里找到杰尼斯卡的信，辨认着他歪歪斜斜的字迹。

“杰尼亚得了四十卢布，就去收拾东西……”

“四十卢布！”季洪·伊里奇想道。“唉，这个小要饭的！”

“杰尼亚在图拉城车站被抢劫得一个铜板都没有，无处可去，心里愁苦……”

杰尼斯卡的话既艰难又枯燥，读起来很吃力，但长夜漫漫，无事可做，季洪·伊里奇硬着头皮接着读……

茶炊一直起劲儿沸腾着，灯光宁静地亮着，一股哀愁，在夜晚的静谧平和中蔓延开来。窗外均匀地传来敲着梆子的声音，在寒风中犹如一支舞曲的节奏……

“我怕一回家老爹就那么凶……”

“这个傻瓜，宽恕我吧，主啊！”季洪·伊里奇想道。“阿灰的确很凶！”

“我在密林里，选了一棵高高的云杉，拿着扎糖块的绳子，想在上面了结自己的生命，穿着新裤子可惜没有靴子……”

“没有靴子吗？”季洪·伊里奇把疲倦的眼神移开纸片。“确实是这样，确实没有靴子……”

他把信扔进漱口杯，把胳膊肘搁到桌子上，看着油灯……我们这些人真是古怪！啥样的人都有。有的人凶暴残忍，有的人可怜兮兮，有的人抱怨不堪，有的人殷殷勤勤，有的人自怨自艾……就好比杰尼斯卡或者他季洪·伊里奇本人一样……窗玻璃蒙上了水珠，梆子敲起来清晰利落，表示着平安无事……唉！如果身边有几个孩子多好！哎，要是有个漂漂亮亮的情妇代替这个胖墩墩的老太婆，那该有多好！她总是令人讨厌地絮叨着，某个公爵小姐，或是某个被她称之为波利卡尔皮娅其实在城里被叫做波卢卡尔皮娅的虔诚修女的事儿！可是太晚了，太晚了，一切都来不及了……

季洪·伊里奇解开衬衫的绣花领子，苦笑着摸着从脖子到耳根后的几处凹陷，这些凹陷是衰老的最先征兆，脑袋要变成马脑袋那样了。他低下头，把手指伸进胡子里，胡子变得又白又枯，蓬乱不堪。不行啦，老了，完蛋了，季洪·伊里奇！

他啜饮着，有些喝醉了，越来越使劲地咬着牙关，眯缝着眼睛，越来越专注地看着灯芯上闪烁的小火苗，哎，您想想：连亲弟弟那儿都去不成，这些公猪不让去，这些猪不能没有人管，就是去了，也没什么乐趣。库兹马会教训他，新嫁娘会站在那儿，紧闭着嘴唇，垂下睫毛。光看着这双垂下的眼睛，就让他有逃走的冲动。

他心脏绞痛，脑袋发昏，思维乱七八糟……咦，他似乎在哪儿听过这首歌？

寂寞的傍晚来了，
我不知道干什么，
我的小情人来了，
他把我亲热地温存……

哦，对了，是在列别姜的客栈里听到的。那是一个冬天的黄昏，一群织花边女工坐在那里唱的……她们坐在那儿一边织着，一边低垂着眼睫毛，响亮地唱着：

亲吻着，拥抱着，
告别的时刻又来到……

脑袋昏昏沉沉，一会儿觉得前面的一切都是快乐、自由和无忧无虑，一会儿又开始感到绝望，心如刀绞，一会儿又精神振奋，无比激动：

“只要口袋里有钱，就买得来女人！”

一会儿又恶狠狠地看着灯光，嘟囔着，骂着弟弟：

“说教家！传教士！伪善的菲拉列特！光屁股的穷鬼！”

他把花楸露酒喝光，抽烟抽得昏天黑地。他穿着一件上衣，踉跄地沿着地板走进黑暗的过道屋，那些地板踩上去摇摇晃晃的，猛然间，他闻到一股浓烈的新鲜空气和麦秸的气息，还有狗的骚味，看到在门槛上闪烁的两个发绿的光点。

“布扬！”他喊道。

他用尽力气抬脚踹了一下布扬的头，接着在门槛上撒起尿来。

星光下昏暗的大地一片死寂，各色星辰像花纹一般闪烁着。公路微微泛白，渐渐隐没在黑暗中。远处仿佛从地底下传来一种沉闷的、越来越响的声音。声音近了，附近传来了一阵汽笛声，从东南方驶来一辆特快列车，一排排窗户闪耀着白光，灯光从地下照红了上面的浓烟，又像被风吹散的巫婆的发辫，穿过公路。

“这车会经过杜尔诺夫卡的！”季洪·伊里奇说道，他打着嗝儿，回房去了。

睡眼惺忪的厨娘走进他的房间，一盏即将烧尽的灯昏暗地照着，房间里弥漫着烟草的味道。厨娘用两块脏兮兮的黑抹布垫着，端进一锅油腻的菜汤，季洪·伊里奇瞟了她一眼，厌恶地说道：

“马上给我滚出去。”

厨娘转过身，一脚踢开门就走了。

他很想上床，但仍旧坐了很久，紧咬着牙关，睡眼惺忪地又满怀心事地看着桌子，久久没有入睡。

二

库兹马一辈子都幻想着读书和写作。

诗算什么！他写诗不过是消遣罢了。他很想倾诉他这一辈子是怎么被毁的。他想用无情的语言描述自己的赤贫和平庸的生活，就是这些摧残了他，让他成了“没有结果的无花果”。

每每回想起自己的一生，他都无比自责，但又竭力为自己辩解。

怎么说呢？他的故事就是俄罗斯所有自学者的故事。他生在有一亿多文盲的国家，长在斗殴时把人往死里打的黑镇上，长在极其野蛮又极其无知的环境里。

他们的邻居，一个套鞋注型工别尔金教他和季洪学习字母和数字，但也仅仅因为他闲得难受，镇上谁还穿套鞋，无聊的时候教他们学习，借以打发时间，还因为这样的付出多少能捞点小钱买酒喝，这样算来总是很愉快的。反正，他总不能一直松开腰带坐在土台上，低着毛茸茸的脑袋晒太阳，往两只赤脚间的灰尘吐唾沫吧。兄弟俩在马托林市场的铺子里学会了读书写字，从那时起，库兹马就开始迷上了书本，那些小册子是集市上的一个自由主义者、手风琴手巴拉什金老头给他的。但是，在铺子里干活哪还顾得上读书啊！马托林经常喊道：“你这个小鬼，要是再迷恋你那些破书，看我不揪掉你的耳朵！”

就是从那时起，库兹马开始写些东西的。起初他写过一篇小说，讲的是一个商人在可怕的雷雨天晚上沿着穆罗姆的森林行走，在强盗那里投宿又惨遭杀害的故事。库兹马热情地叙述了他临死前的祈祷、他的思索和他对自己不该“过早离去”的生命的哀痛。但是他的小说没有得到他们的认可，集市上的人毫不留情地给他泼了一盆冷水。

“你这个傻子，求主赦免吧！什么‘过早离去’，我看，这个大肚汉早就该去见鬼了！再说，你又是从哪儿知道他是怎么想的？他不是被害了吗？”

当时库兹马又仿照柯里佐夫[1]的笔法，写了一首歌颂古代勇士的歌谣，他把自己忠诚的马匹赠予儿子。“在青春年代里，它曾带我驰骋疆场！”在歌中勇士感叹道。

“是这样吗？”人们又问他说，“那这匹马有多大岁数了？唉，库兹马，库兹马！你最好还是写点更实在的东西吧，比如说，哪怕是关于战争的……”

库兹马为了迎合集市上的人们的品位，搜集了当时集市上十分流行的话题——俄土战争。他写道：

在七七年那一阵
土耳其人发动了战争，
它派出一支大军，
妄图攻占俄罗斯。
这一支大军：
戴着丑陋的尖顶帽，
悄悄靠近炮王……

随后他带着巨大的痛苦，明白了这些诗句是多么拙劣和愚蠢，语言粗鲁，语句幼稚，还流露出俄罗斯人对异族尖顶帽的蔑视，实在是毫无价值！

母亲死后，兄弟俩变卖了留下的家什，离开了铺子，开始做起小买卖。他们还是经常待在故乡的城里，库兹马同巴拉什金还和以前一样要好，只要是巴拉什金送给他或指点他阅读的那些书籍，他都贪婪地阅读着，阅读一遍。在同巴拉什金聊到关于席勒

① 柯里佐夫（1809—1842），俄国十九世纪三四十年代著名诗人，著有诗歌《收获》等。

时，他做梦都幻想向他借手风琴。他为《烟》[1]感到陶醉，但坚定地认为："聪明的人即使不学习也能明辨是非"。他曾到过柯里佐夫的墓前，无比虔诚地抄下墓碑上那文理不通的题词："此碑下是沃罗涅日市民和诗人阿列克谢·瓦西里耶维奇·柯里佐夫，深蒙圣眷，无师自通，天生博学……"

巴拉什金已经老了，身材高耸瘦削，无论冬夏都离不开他那长了一层绿毛的厚呢外衣和暖和的帽子。他脸盘很大，胡子刮得干干净净，嘴歪到一边，言辞刻薄，声音苍老而低沉，灰白脸颊上布满扎人的银白色短髭，绿色的左眼向前突出，闪着光，正好斜睨向歪嘴巴，面目可憎，样子极其可怕。

有一天当他听到库兹马说"无师自通，天生博学……"那些话的时候，那只独眼便冒起怒火，他从一只盛过鲱鱼的罐头里撮了点儿马合烟，卷上一支烟，又粗暴地把烟卷一扔，怒吼道：

"你这头蠢驴！胡扯些什么？你有没有想过，我们这些'无师自通，天生博学'的人意味着什么？"

他又拿出香烟，开始闷声闷气地叫嚷着：

"慈悲的上帝啊！普希金被打死了，莱蒙托夫也被打死了，皮萨耶夫淹死了，雷列耶夫被绞死了，陀思妥耶夫斯基在临刑前才被拖回来，果戈理被逼疯了，而谢甫琴科呢？还有波列扎耶夫？你会说，这是政府的错误。其实，什么样的农奴后面，就有什么样的老爷。唉，世上还有这样的国家，这样的人民，就让它受三倍的诅咒吧！"

库兹马焦虑地拨弄着长摆常礼服的纽扣，一会儿扣上，一会儿又解开，皱着眉头笑了笑，窘迫地回答道：

"这样的人民！是最伟大的人民，而不是'这样的'。请允许

---

① 俄国著名作家屠格涅夫（1818—1883）的长篇小说，著有《贵族之家》、《前夜》、《木木》等。

我向您指出来。”

“别吹牛啦!”巴拉什金又尖叫道。

“不,我就敢说！毕竟这些作家,才是真正的人民的儿子！普拉东·卡拉塔耶夫[1]就是人民公认的这样的典型!”

“那为什么不是叶罗什卡,为什么不是卢卡什卡？老弟,我要是想炫耀一下文学,那可是无所不晓,无所不知的。为什么是卡拉塔耶夫,而不是拉祖瓦耶夫和科卢帕耶夫,不是贪婪的吸血鬼,不是放高利贷的神父,不是出卖灵魂的助祭,不是什么萨尔蒂奇哈,不是卡拉马佐夫和奥勃洛摩夫,不是赫列斯塔科夫和诺兹德廖夫？不说远的吧,为什么就不是你的混账哥哥呢？”

“普拉东·卡拉塔耶夫……”

“让虱子咬死你的卡拉塔耶夫,滚一边去吧！那是什么理想人物!”

“那俄罗斯的受难者、苦行僧、教士、疯修士,还有分裂派教徒呢？”

“如果这么说的话,那斗兽场、十字军东征、宗教战争和数不胜数的各个教派呢？最后还有路德呢？你想反驳我是不可能的！蚍蜉永远没法撼动大树的!”

是的,只有一个办法——学习。但什么时候学呢？在哪儿学呢？学什么呢？

整整五年都在做生意——这可是一生中最好的时光,全部花在生意上了。这五年里,甚至连出城都成了了不起的大事件。可以休息,和熟人聚聚,闻闻面包铺和铁房顶的气味,在商业大街上逛逛马路,喝点茶,吃点小白面包,在“卡尔斯”小酒馆喝喝酒,听

---

① 俄国著名作家列夫·托尔斯泰的长篇小说《战争与和平》中一位宗法式农民的名字,他是作为一个掌握人生真谛的正面形象出现的,认为一切都是命中注定。“卡拉塔耶夫性格”意味着消极无为和对命运的奴隶式的屈服。

听波斯小夜曲。看小铺子里的人从茶壶里倒水来洗地板，看鲁达科夫门前那只远近闻名的鹌鹑，闻着鱼摊、茴香摊和罗曼诺夫马合烟的气味。五年的时间，没有一丝空闲可以用来学习，学习，简直就是天方夜谭！

巴拉什金看到走过的库兹马时，脸上露出了友善的微笑，带着一丝可怕的神情，不可捉摸的神情。接着就开始了对斯拉夫主义者的大声斥责和谩骂，谈论别林斯基，发出最恶毒的诅咒，随心所欲，慷慨激昂，举出许多人名，引用许多引文，用它们来彼此攻讦，最后得出了令人绝望的结论："现在真的要完蛋了，我们一个劲儿地倒退，要退到亚洲了！"老头儿大声说道，情绪激动，突然又压低声音，环顾一下四周："听说了吗？有人说萨尔蒂科夫要死了。这是最后一个诗人啦！人们说他是被下了毒的……"

到了第二天早晨，开始了重复的生活，又是大车、草原、炎热或泥泞，在颠簸的大车上紧张而艰苦地阅读……久久地眺望着草原的远方，内心吟咏着甜蜜而苦涩的诗歌，思考着摆脱困境的方法或者想到要和季洪吵架，思路就一下中断了。况且，路上尘土和焦油的味道让人焦虑不安，还有车厢里薄荷甜饼的香味和令人窒息的臭猫皮味道，也扰乱了他的灵感……哎，这些年真把人折磨得疲惫不堪，这样辛苦忙碌，不停奔波，常常两个礼拜都不换衬衫，只啃点干粮填饱肚子，因为穿着一双歪靴子，走路一瘸一拐的，脚后跟都磨出血来，经常在别人的茅舍或是穿堂里将就着过夜！

库兹马终于从这种悲惨的境遇中挣脱出来，他在胸前深深地画了一个十字。他告别了过去的生活，但他仍然得找个地方维持生计。他在耶利茨乡下一个牲口贩子那儿干了几天活儿，便动身去了沃罗涅日。沃罗涅日是他魂牵梦绕的地方，因为他早就跟那里的一个有夫之妇好上了。他在沃罗涅日几乎混了十年，住在一个粮食收购站附近，当过经纪人，在报纸上发表过一些有关粮食问题的小豆腐块，靠阅读托尔斯泰的文章和谢德林的讽刺作品来倾吐衷曲，结果往往是增添了更多的烦恼。他总觉得自己是在浪费生命，虚度年华，这种想法一直萦绕在他的脑海，挥之不去，让他难受不已。

九十年代初，巴拉什金死于疝气，在他死前不久，库兹马和他见了一面，没想到那竟然是最后一面。那次会面，现在想来，真是刻骨铭心！

“应该写作，”一个皱着眉头，恶狠狠地抱怨道，“要不然，就会像田野里的牛蒡一样枯萎的……”

“是的，是的，”另一个低声回应着，斜着自己那只临死前已经有些迷离的眼睛，艰难地翕动着下颌，手颤抖着，怎么也没法把马合烟装到烟卷里。“不是说好了时时刻刻都要学习和思索吗……看清我们周围的一切苦难与穷苦，记录我们的不幸和痛苦……”

随后他不好意思地笑了一下，放下烟卷，把手伸进小桌的抽屉。

“你看看，”他在一包已经破碎的纸片和剪报中不停搜寻着，之后继续嘟囔着，“看这里，朋友，这一包宝贝……我一直在看啊，剪啊，还摘录啊……我快死了……这些对你能有点用，都是些有关俄罗斯生活的难得的材料。等等，我马上就给你找一篇小故事……”他有气无力地说。

他翻啊翻啊，可是没有找到让他念念不忘的小故事，他又去找眼镜，慌忙紧张地在各个口袋里翻腾着，最后只好失望地挥挥手，皱起眉头，晃晃脑袋：

“算了，算了，你现在还干不了这种事，你的文化程度还不够，还是量力而为吧。我给你的那个关于塌鼻子的题材，你写完了吗？还没有？你真是头蠢驴。这是多好的题材啊！”

“应该写乡村，写人民，”库兹马说道，“您看，您自己不是老说：俄罗斯、俄罗斯吗……”

“难道塌鼻子就不是人民、不是俄罗斯啦？整个俄罗斯都是乡村，你给我牢牢记住！你往四下里看看：在你看来，这是城市吗？一到晚上牲口就满街上跑，扬起的灰尘连邻居都看不清……你竟然把这样的地方称为‘城市’，哎！”

塌鼻子，那个塌鼻子，居住在这个镇子上的糟老头，很多年来都一直停留在库兹马的脑海里。他的全部财产就是一条沾满臭虫屎的肮脏床垫和一件满是虫蛀的破大衣——这是妻子死后留下的遗产。他以乞讨为生，拖着生病的身子，忍饥挨饿，挨家挨户讨要食物，维持生计，在一个卖熟食的女小贩家里寄宿，每月付给她半卢布栖身费用。在这个女小贩看来，他完全可以卖掉他那点遗产来改善自己的现状，但他将这份遗产视如珍宝，不是对死了的人旧情难忘，而是他觉得身边好歹还有一份遗产，尽管这遗产和别人的没法相比。他觉得，这件大衣还非常值钱：“现在这样的大衣早就没有啦！”其实他也并不是不想卖掉，但他要价太高，往往一开口就吓坏了买主。库兹马十分清楚镇上的这一出悲剧，也很能理解悲剧中人物的情况。但他一开始构思时，想想该怎样去叙述它，就忍不住地回忆起在黑镇的种种复杂生活，回忆起自己的童年和青年时期，他的思绪就开始混乱不堪，塌鼻子的事就淹没在了无数想象的画面中。库兹马心里产生了一种冲动，想要真实地表达自己的内心感受，揭示自己生活里的种种伤疤，可惜他无能为力，感觉力不从心。这种生活的可怕之处就在于它是那么平凡而庸碌，带着让人难于理解的思想，在琐事上枉费着生命……

从那以后，他又虚度了许多年月。他在沃罗涅日当过经纪人，在那个与他同居的女人患产褥热死去后，他便到叶列茨，继续当经纪人，后来还在利佩茨克一家蜡烛作坊里做过伙计，在卡萨特金的庄园里当过管理员。他是托尔斯泰狂热信徒：差不多一年光景，他不吸烟，不沾伏特加，不吃肉，手不释卷地读着《忏悔录》[1]，想要迁居到高加索，加入反正教仪式派……

他没有去高加索，因为一些事情被派去基辅。那是九月末晴朗的日子，一切都是那么快活和美好：空气新鲜，太阳和煦，火车在飞奔，窗户敞开着，一处处鲜花丛生的森林从窗户边飞快掠过……突然他发现在涅任站车站门口聚集着一大群人，人群正包围着什么人在高声叫喊着，激动地大声争论着什么。库兹马的心开始怦怦跳动，好奇地跑向人群。他匆匆挤进去，看到戴着红帽的车站站长和一个穿着灰色制服大衣的高大宪兵。那个宪兵正在严厉地斥责三个乌克兰人，他们貌似恭顺，腰杆却挺得溜直。他们都穿着又短又肥的长袍，脚蹬一双结实的皮靴，戴着褐色的羊皮帽。帽子勉强扣在三个圆溜溜的脑袋上，这些脑袋看起来很令人恐惧：它们都包扎着结着风干脓血的干硬纱布，眼睛被打肿了，肿胀而呆板的脸上满是淤血和发黑的伤口。这三个乌克兰人是被恶狼咬坏的，想要到基辅去治疗。但他们身无分文，每到一个大站都得忍饥挨饿地等上一昼夜，忍受伤痛，期待快一点能到达基辅。当库兹马得知仅仅是因为这趟车被称为“快车”，他们就无法通行时，顿时怒上心头，便在人群中的那些犹太人的支持下对着宪兵大喊大叫，跺起脚来。结果他被拘留了，被送去做笔录，在等待下一列火车的时候，喝得烂醉如泥。

这三个乌克兰人来自切尔尼戈夫省。在库兹马的脑海里，那里一直是个蛮荒之地，森林上空总是愁云惨雾，灰蒙蒙的一片。这几个刚刚同野兽进行过野蛮肉搏的人，让他回想起弗拉基米尔

---

① 指列夫·托尔斯泰所作的《忏悔录》。

大公时期的生活，回想起古代的丛林生活，回想起古代农民的邈远生活。同宪兵大闹了一场之后，他倒酒时手还在发抖，他一边喝一边感叹道："唉，那样的时代是一去不复返啦！"他憎恨那些宪兵和那些俯首听命的穿着长袍的畜生们，恨得简直咬牙切齿。那么愚钝、野蛮、庸俗、粗暴，让他们受诅咒去吧……但是——罗斯啊！古罗斯！大醉后的快感把一切都歪曲了，酒精麻醉着他的思维，泪水遮住了他的眼睛。那么，如果"不抵抗"呢？有时他想起这种观点，便苦笑着摇了摇头。一个年纪轻轻、衣着整洁的军官背朝他坐着，在公共餐厅里用午餐，库兹马大大方方地欣赏起他白的制服，制服有着短短的高高的腰部，他甚至想走近帮他拉一下制服，好盖住快要露出来的腰部。"我就走过去！"库兹马想道，"他要是跳起来大吵大嚷，我就给他个嘴巴子！"他最终还是放弃了这个念头。

后来他到达基辅，也没干什么事儿，一连三天他都醉醺醺的，激动快活地在城里和第聂伯河陡峭的河岸边闲逛。在索菲娅大教堂做日祷时，许多人都惊奇地瞅着这个瘦瘦的俄国人，他站在雅罗斯拉夫的棺椁前，样子很奇怪。日祷结束后，人们都散去了，教堂看守人来吹熄蜡烛，他却紧咬牙关，稀疏灰白的大胡子垂向胸前，痛苦又幸福地闭上深陷的双眼，倾听着回荡在教堂上空悦耳浑厚的钟声。傍晚时节有人看到他在大教堂附近，在一个残疾小男孩身边坐着，小男孩带着一丝忧郁的笑容望着大教堂那白色的墙壁，望着秋日天空下金碧辉煌的教堂尖顶。小男孩没戴帽子，肩上搭着一个粗麻布讨饭袋，单薄消瘦的身体上披着肮脏的破布片，一只手拿着一个木碗，碗底有一枚一戈比的硬币，另一只手不停地摆弄着自己那条残疾的、裸露着膝盖的右腿，好像是在摆弄着别人的腿或是什么东西一般。那条腿已经萎缩了，非常纤细，没有力量，也很不自然，晒得发黑，上面长着金色的绒毛。周围什么人也没有，小男孩睡眼惺忪地、病恹恹地仰起脑袋，脑袋上长着因为阳光暴晒而落满灰尘的短发，有些僵硬，肩膀上露出孩童小小的锁骨，流着鼻涕，几只苍蝇趴在上面，小男孩毫不理会，不停地拖长声音唱道：

看看我，好妈妈，
我们是多么不幸和痛苦！
唉，好妈妈，愿主保佑我们，
不要再有这样受苦的人！

库兹马随声附和道："是的，是的，你唱得太对了！"

在基辅，他清楚地明白，卡萨特金那里不会容他待得太久，前景堪忧，最后肯定又是丢脸的赤贫。事实也确实是这样。他又耽搁了一段时间，但境况没有什么好转，简直没脸见人了：他总是喝得半醉半醒，衣衫不整，声音嘶哑，浑身散发着马合烟的味道，尽力掩饰着自己的无能。后来情况仍然是每况愈下，他返回故乡的城市，用仅有的一点钱勉强度日。整个冬天他都在霍多夫客栈的大通铺上过夜，白天就在村妇市场上阿夫杰伊奇的酒馆里消磨时间，打发日子。这些小钱很多都花在了一件蠢事上——印刷他的诗集，后来只好在阿夫杰伊奇的顾客们中间半价处理，为了维持生计，他顾及不了个人的尊严，不仅如此，他还堕落成了小丑！有一次，他站在市场上一家面粉铺附近，看到一个二流子对着刚迈出门槛的商人莫茹欣大献殷勤。莫茹欣脸色像印在茶炊上的印相，睡眼惺忪，还带着一脸的嘲弄神情，看起来对正在给他舔那双锃亮靴子的猫更感兴趣。但这个二流子不肯罢休，为了吸引莫茹欣的注意力，他用拳头捶着自己的胸膛，耸起双肩，声嘶力竭地大声朗诵起来：

谁宿醉不醒，

谁聪明绝顶……

库兹马闪烁着一双肿胀的双眼，突然跟着说道：

快活万岁，

美酒万岁！

一位脸长得像老母狮的城里老太太路过，停下来，蹙眉看了看他，接着举起手杖，凶巴巴的样子，一字一顿地说道：

“恐怕祈祷词也不会背得这么顺溜吧！”

他不知道生活的乐趣在哪儿，他已经完全堕落了，但是这种情形却拯救了他，在爆发了几次可怕的心脏病后，他坚决戒了酒，毅然决定开始一种最为平淡的劳动生活，比如，租种花园、菜园之类……

这种想法让他感到愉快。“是的，是的，”他想，“早就该这样了！”确实，他需要休息，需要一种虽贫穷却纯净的生活。他已经慢慢老了，没有时间继续折腾了，他的胡子已经完全花白，变得稀疏，平分的头发成了铁灰色，发梢卷曲了，颧骨很高的脸庞变得黑瘦了……

春天，在同季洪讲和的前几个月，库兹马听说，在他家乡那个县里的卡扎科沃村，有个花园准备出租，他立刻赶到那里去。

那时正是五月初，暴热过后寒气袭来，天空下起了雨，城市上空飘荡着秋天那样阴暗的云彩。库兹马披着旧的厚呢大衣，戴一顶旧帽子，穿一双旧靴子，踏步走向普什卡尔镇后面的车站，他把手反背在厚呢大衣里面，嘴里叼着一支烟卷，满脸的皱纹。他摇着头，脸上掠过一抹嘲弄的微笑。

迎面跑来一个赤脚的男孩子，拿着一捆报纸，一边跑着，一边伶伶俐俐地喊着早已熟悉的句子：

“大罢工啦！”

"过时了,小子,"库兹马说道,"没有新一点的消息吗?"

男孩闪烁着双眼,站住了。

"新的消息在车站被警察查扣了。"他回答道。

"哼,好一部宪法!"库兹马气愤地说道,接着艰难地跨过泥泞中被雨水淋黑的腐烂的篱笆,越过湿漉漉的花园里的枝条,迈过山坡下破房子的窗户架,向城里街道的尽头走去。他走着,心里想:"真是莫名其妙!"原先遇到过这样的天气,铺子和酒馆里的人都打着哈欠,懒得说话。可现在全城都在谈论杜马、造反和火灾,谈论着"穆罗姆采夫如何刮了总理的胡子"……哼,兔儿尾巴长不了!武装守卫队的乐队在城里的公园里面演奏着……城里派来了一整个哥萨克骑兵连驻守……前天在商业大街上,他们中的一个醉鬼,走到一间公共图书馆敞开的窗户前,一边解着腰带,一边拿出一本《算术》硬要管理员小姐买下。一个站在附近的车夫老头忍不住斥责了他几句,那个哥萨克竟然拔出军刀,劈向他的肩膀,还破口大骂追向那些惊慌而四散奔逃的路人……

"剥猫皮,剥猫皮!钻到篱笆下面去!"在库兹马后面,一群小女孩尖细的声音喊起来。她们正沿着镇上的一条小溪里的石头跃来跃去。"在那里剥了小猫的皮,人家给他一只猫爪子!"

"唉,讨厌鬼!"一个走在库兹马前面的列车员恫吓地斥责着她们,他身上的大衣看起来颇为沉重。"你们可找到一般大的人啦!"

但他的声音里流露出按捺不住的笑意。他的老旧的套鞋上的泥巴已经干了,大衣腰部的扣带挂在一颗纽扣上。他踏上木头小桥。木头小桥歪斜了一下。再往下走着,在春水冲过的土沟边上,原本枯槁的柳条已经恢复了生机,抽出来嫩芽。库兹马闷闷不乐地看着这些柳条,看着镇子的山坡上茅屋的稻草房顶,看着漂浮在房顶上的烟灰与深蓝的云彩,还有一条在沟里拾骨头的黄狗……

“是啊，是啊，”他登上山坡，一路想着。“兔儿尾巴长不了！”他上了山，在空旷的绿地间看到红色的车站建筑，冷冷笑了一声。哼哼，议会，代表？还能坚持多久？昨天公园里为庆祝节日而张灯结彩，放了焰火，武装守卫队的乐队演奏了《斗牛士》、《河边桥头》、《玛特奇什舞曲》和《三套车》，在演奏加洛普舞曲时，高喊着：“喂，我亲爱的姑娘！”

正在黄昏时节，广场那边，街道沉浸在晚霞后变冷的淡绿色天空里，头顶一片乌云。库兹马从公园返回客栈，在门口拉了下门铃，随后他又拉了几下，但里面没人回应。周围也没有人，最后大门里面终于有人呼哧呼哧地走来开门了。钥匙弄得哗哗响，嘴里嘟囔着：

“腿全瘸了……”

“怎么会这样？”库兹马问道。

“马撞的，”那人打开便门，补充道，“现在就剩两个人啦。”

“是法官吗？”

“是法官。”

“你知不知道法官上这儿来干什么？”

“审判一个代表。人家说他想往河里投毒。”

“代表？你这个傻瓜，难道代表们会干这个？”

“鬼才知道呢……”

在镇子边上一所土房的门口，一个个子高高的老头站着，穿着一双破旧的鞋。他手里拄着一根长长的胡桃木棍子，一看到有过路的行人，就急忙摆出一副老态龙钟、满面风霜的样子，两手举起棍子，耸起肩膀，一脸疲惫不堪、忧虑不已的神色。田野吹来冰凉的冷风，吹乱了他一头花白蓬乱的头发。库兹马不由想起父亲和童年……

“罗斯，罗斯，你将要奔向何方？”他脑海里出现了果戈理的感叹。“罗斯，罗斯！……唉，随口胡诌，你真是该死！‘代表想往河里下毒’，这种方法倒是更干脆……是啊，但是能追究谁呢？不幸的人民哪，首先是不幸！”于是，库兹马的小小的绿眼睛里涌出了泪水——突然就涌出来了，这种情况最近常常发生，他经常会莫名其妙地流泪。

不久前，他顺路走进村妇市场的阿夫杰伊奇的小酒馆。他走进院子，一脚踏在没脚脖的泥泞里，踏着如此恶臭的、腐朽的楼梯上到了二楼，他费劲地打开一扇沉重的、满是油污的门，门上钉着破毡子，蒙着一层破布代替门帘，用一块砖头吊着当滑车。屋里弥漫着烟草的味道，烟气缭绕中，什么也看不清，只听得柜台上餐具的碰撞发出的叮当的响声，茶房来回穿梭，留声机发出带有鼻音味道的尖叫。他走进里面人少一些的房间，坐在一张桌子旁，点了一瓶蜜酒。脚下的地板踩得很脏，痰迹吐得到处都是，还有吸干的柠檬皮、蛋壳和烟头……库兹马对面的墙边坐着一个高个庄稼汉，穿着树皮鞋，他春风满面，摇晃着毛茸茸的脑袋，正倾听着留声机的尖叫，他面前的桌子上摆着一百维德罗的伏特加、一只小酒杯，还有几片小甜面包。但汉子没有喝酒，只是起劲儿地摇晃着脑袋，盯着自己的树皮鞋，他也许感到库兹马投来的目光，便睁开洋溢着高兴之情的眼睛，抬起那张友善的脸庞，翘起红褐色鬈曲的大胡子。“嘿，我是顺路来的！”他解释道，急忙又辩解几句：“先生，我有个兄弟在这儿当差……亲兄弟……”库兹马眼皮一眨，不禁洒落了几滴泪珠，咬了咬牙。唉，该死的，把老百姓都折磨成什么样子了！“顺路来的！”来看阿夫杰伊奇的！不仅如此，当库兹马站起来，说“再会吧”的时候，庄稼汉急忙站起来，想到在这样豪华的地方，还有人把他当人看，和他礼貌地道别，带着满心的幸福和深深的感激，急忙回答道：“请不要见怪……”

从前，在车厢里，大家原先只聊雨水和干旱，聊“粮价天定”。现在许多人手里都翻着旧报纸，翻得沙沙响，一直谈论着杜马、自由和土地国有化的问题，没人去留意车窗外的倾盆大雨，没有去留意倾盆大雨打在车顶上的声音，虽然所有乘客——粮商、庄稼汉、田庄来的居民都在渴盼着一场春雨，但现在，这一场雨，已经失去了吸引力。

一个截去了腿、拖着一条假腿的年轻士兵，害着黄疸病，长着一双带点悲伤的黑眼睛，一瘸一拐地走着，不时摘下满洲毛皮帽，像个叫花子似的每次得到施舍时都画下十字。车厢里又掀起了一阵愤愤不平的议论，人们纷纷议论着政府、杜尔诺沃大臣和某个官家的燕麦等等。挖苦、讥笑了半天，人们又回想起不久前人们赞不绝口的事情：为了在朴次茅斯吓唬日本人，“维佳”[①]命令把自己的行李捆起来……坐在库兹马对面的一个剃着平头的年轻人，听到这样的谈论时，激动得涨红了脸，急忙插嘴说道：

“抱歉，先生们！你们现在谈论的是自由，是的，是自由。我是一名纳税监督员的文书，往京城的报纸投过几篇文章，但是这关他什么事？他信誓旦旦要拥护自由，可一听说我写了一篇关于我们消防事业的不正常状况的文章，立刻就把我叫去，还说：‘狗崽子，要是你还敢写这些玩意，我就把你的脑袋拧下来！’这叫什么自由？抱歉，要是我的观点比他还左……”

“观点？”年轻人的邻座，一个矮个子突然低沉地叫起来，说话的这位是手艺人切尔尼亚耶夫，是个肥胖的阉割派人士，脚下胡乱放着一堆酒瓶，他一直用猪一般的眼睛瞟着年轻人，还没等年轻人缓过神来，就喊道：

“观点？这就是你的观点？你还能更左？你光屁股的时候我

① 指谢尔盖·尤里耶维奇·维特（1849—1915），沙俄大臣委员会主席、大臣会议主席等。曾同日本签订《朴茨茅斯和约》（1905）。

就见过你！你差点就饿死了，比你那个要饭的老爹强不了多少！你就只配给督察官洗洗脚，喝点剩汤剩水罢了！”

“宪——法”，库兹马用尖细的声音打断阉割派人士的话，他从座位上站起来，擦过乘客的膝盖，走向车厢的门。

阉割派人士的脚掌很小，又胖又尖，就像某个管家婆的脚，脸也像婆娘的脸又大又黄，很是肥厚，但嘴唇很薄，长相滑稽。初级中学的教师波洛佐夫却相貌堂堂，他身材敦实，肩膀宽厚，戴着灰色的礼帽，穿着灰色的斗篷，眼睛炯炯有神，一个大大的鼻子和一把盖满胸膛的蓬松褐色大胡子。他拄着手杖，倾听着阉割派人士发言，一直亲切地点着头……

库兹马推开通往平台的车厢门，贪婪地呼吸着雨天冰冷而芬芳的空气，脸上显露出满足的表情。大雨哗哗地打在平台上的顶棚，雨流如注，四处飞溅。车厢摇晃着，在大雨的喧闹中隆隆向前驶去，电话线起起伏伏，在空中穿梭，浓密的榛树丛翠绿欲滴，从车厢两侧飞快地掠过。一群穿着各色衣服的男孩突然从路堤上跳下来，一齐响亮地喊着什么。库兹马会心地笑了笑，脸上浮起了细小的皱纹。他抬起眼睛，看见对面平台上有一个朝圣者：那是满脸风霜、善良温情的农民面庞，灰白的胡子，宽檐帽，呢子大衣，腰间系着绳子，肩上背着一个口袋和白铁茶壶，纤细的双脚穿着白桦树皮鞋。库兹马在一片轰隆和雨声中向他高喊着打招呼：

“去朝圣回来的吗？”

“从沃罗涅日来。”朝圣者用细弱的尖嗓子客气地回答道。

“那边把地主烧死吗？”

“烧死……”

“好极了！”

“啥？”

“我说，好极啦！”库兹马尖叫道。

库兹马转过头，用颤抖的双手抹去因感动而奔涌出的泪水，想卷根烟抽。他的思绪又混乱了，理不清了。“朝圣者是人民，阉割派教徒和教师就不是人民吗？奴隶制废除总共才四十五年，怎么能追究这些人民的责任呢？但在这一点上究竟又是谁该负责呢？就是人民自己！”库兹马的脸色又阴沉了，显得更瘦削了。

他在第四站下了车，雇了一辆马拉的大车。车夫们起初要价七卢布——到卡扎科沃有十二俄里——然后砍价到五个半卢布。最后一个车夫说：“三个卢布我就去，不然就别费口舌了。如今不比从前……”但还是没能把住口风，又说了那句早已熟悉的话：“饲料又涨价了……”结果一个半卢布成交。道路泥泞难行，勉强能走，车子很小，而马呢，耳朵很大，像驴子似的，力气却很小，吃力地拉着车，缓慢地行驶着。大车缓慢地驶出车站的院子，车夫开始坐在车辕上使劲儿，拉紧缰绳，仿佛想拼尽力气帮助帮助自己的马儿。他在车站上还夸口，说“跑起来拉都拉不住”，现在，马儿似乎跑不动了，车夫都有点不好意思了，但最糟的还是他自己。他年纪轻轻，又高又胖，穿着树皮鞋，裹着白色的包脚布，穿一件高加索式的短外衣，腰间系根带子，戴一顶旧遮檐帽，帽子压住他黄色的直发。他浑身散发出没生炊烟的木屋和大麻的气息，这模样，简直是远古年代的农夫！他脸色苍白，没有胡子，喉咙粗大，声音嘶哑。

“你叫什么名字？”库兹马问道。

“我叫阿赫瓦纳西……”

“阿赫瓦纳西！”库兹马重复一遍。

“还有呢？”

“梅尼绍夫……嘿，真该死！”

“有病吗？”库兹马冲他的喉咙扬扬头。

“能有什么病，”梅尼绍夫嘟囔着，眼睛望向别处，“还不是冷克瓦斯灌多了。”

“咽东西疼吗?”

“咽东西……不疼,不疼……”

“别瞎扯了,”库兹马厉声说道,“最好快点去医院看看吧。结婚了吗?”

“结了……”

“哼,你看吧,等孩子们一出生,你就赏给他们这副好样子,不好吧?”

“准是这副样子。”梅尼绍夫同意道。

他又使起劲来,拉紧缰绳。“驾……真拿你没辙了,该死的!”最后他终于放弃了徒劳的努力,安静下来。他沉默了一会儿,突然问道:

“掌柜的,杜马召集了没有?”

“召集了。”

“听说马卡罗夫[①]还活着,只是不让人家说……”

库兹马耸了耸肩,暗想道:鬼才知道这些猪脑袋里装的是什么!“可这儿多富啊!”他想。他竖起双膝,艰难地坐在车上一小束盖着粗麻布的稻草上,回望着街道。多么肥沃的黑土啊!路上泥泞一片,两边的林木青翠欲滴,树木、草地、菜园都似能榨出绿油一般,颜色幽深,长得肥实浓密。但农舍都是土坯房,小小的,房顶上晒着粪肥,农舍周围都有干裂的运水车,水里当然游着蝌蚪。库兹马出神地看着,看得出,这是一户富裕人家。谷仓上有一座旧干燥棚,畜棚、大门、房子都在同一片屋檐下,房顶上盖着整整齐齐的麦秸。房子是砖砌的,分为两列,窗户中间的墙壁用粉笔画着画:一处画着一根棍子,上面分杈,就像一棵枞树,另一

---

① 马卡罗夫(1848—1904),俄国海军统帅,俄日战争时期光荣牺牲。

处画的好像是个公鸡，窗户四周也用白粉画着齿轮一样的花纹。“这也叫画！”库兹马冷笑了一下。“穴居时代，让上帝惩罚我吧，这简直还是穴居时代！”干草棚的门上用木炭画着十字，台阶旁放着一块巨大的墓碑，看来是为这家的祖父或祖母准备的。

是的，这的确是一户富裕人家。周围是没膝的泥泞，台阶上躺着一头猪。窗户很小，屋里住人的那一半很是昏暗，让人感到压抑：高板床、织布机、大暖炕、脏水盆……这个家庭一定很大，孩子很多，东西很多，摆满了这间屋子。冬天还有小羊羔、小牛犊……屋里很潮湿，散发出一股霉味儿，雾气腾腾的。孩子们又哭又闹——肯定是挨了后脖儿拐；妯娌们骂仗——“让雷劈死你，下贱的母狗！”还互相诅咒对方“在大斋节叫糕饼噎死你”；老婆婆立刻会摔炉叉、摔木盆，卷起乌黑的、青筋暴起的袖子，扑向媳妇，扯着嗓子，尖声叫骂，唾沫飞溅，一会儿骂这个，一会儿骂那个；老公公也十分凶恶，就是病痛缠身，也要跳出来把大家骂得狗血喷头，简直让人扫兴不已……

再走下去，大车便转向牧场，牧场上的集市正准备开张。许多处已经竖起帐篷的支架，堆满了车轮和陶器；匆匆砌成的炉子已经冒着烟，散发出油炸饼的香气；一辆茨冈人的灰色大篷车停着，轮子周围蹲着几只用铁链拴着的牧羊犬。再往前，在一家官办的酒馆旁站着一群姑娘和庄稼汉，喧嚣吵闹声不绝于耳。

“老百姓们在耍呢。”梅尼绍夫沉思地说道。

“这是有什么高兴事儿啊？”库兹马问道。

“有盼头啦……”

“盼什么呀？”

“就是……盼家神哪！”

“嘿！”人群中有人和着沉重地跺脚声尖叫道，发出号子一般的声音：

“莫要苦干莫收割，”

“拿着糖饼给姑娘！”

一个站在人群后面、个子不高的汉子突然挥舞起双手。他身上的一切穿着——不论树皮鞋也好，包脚布也好，崭新的厚实短裤也好，还是打着褶的下摆剪得很短的浅灰色厚呢长外衣，都是自己做的，显得干净而整洁。他突然灵巧地轻轻跺了跺穿着树皮鞋的一只脚，双手挥舞着，用男高音喊着：“让开，让当家的看一眼！”接着，他就跳进了让开了一条路的圆圈里，在一个高个儿的年轻人面前使劲地抖动着裤子。这年轻人低下戴着遮檐帽的脑袋，灵巧地转动着穿着靴子的双脚，他一边旋转着，一边猛地脱下自己黑色的外衣，露出里面崭新的印花布衬衫。年轻人的脸色阴郁而苍白，跳跃旋转，一会儿就汗如雨下。

“儿子！我的宝贝！”在一片喧闹声和细碎的跺脚声中，一个老太婆尖叫起来。她穿着方格毛料裙子，不禁伸出双手。“看在上帝的份儿上！我的宝贝，你快停下吧！”

她儿子突然仰起脑袋，握紧拳头，咬紧牙关，满脸怒气，跺着脚喊道：

“嘘，老太婆，别咕咕叫……”

“她为了儿子把最后一捆麻布都卖掉了，”梅尼绍夫说道，沿着牧场费劲地赶着车。“她拼命地爱这个儿子——可能寡妇们都是这样——而他几乎每天都打她，是个酒鬼……知道吗，她这是自找的。”

“这是怎么回事，怎么是‘自找的’呢？”库兹马问道。

“就是说……别太宠着孩子……”

在一所农舍前的长凳上，坐着一个身材修长的庄稼汉，他已经算是一条腿踏进棺材了，土埋半截的人了。两条腿像棍子似的插在毡靴里，两只大大的死人一般的手平整地放在瘦削的膝盖上，膝盖上的裤子已经磨碎了，帽子像其他老人一样低低地扣在额头上，眼神痛苦至极，仿佛祈求着什么一般，瘦得没有人样的脸拉得长长的，嘴唇灰白，微微半张着……

“这是‘稻草人’，”梅尼绍夫朝那个病恹恹的人扬扬头，“他得胃病已经第二年了，折腾得要死要活的。”

“稻草人？这是绰号吗？”

“是绰号……”

“蠢货！”库兹马说道。

他扭过头，故意不去看下一所农舍前的一个小女孩：她身子向后仰着，手里抱着一个戴帽的婴孩，聚精会神地看着过往的行人，咀嚼着黑面包，接着伸出舌头，把嚼碎的面包喂给怀里的婴孩吃……

村边打谷场上，风吹动着柳树枝条嗡嗡响，吹倒了打谷场上用来赶走鸟禽的稻草人，歪到一边的稻草人两只空空如也的袖子随风飘荡着。通向草原的打谷场总是那么荒凉而冷清，伶仃的稻草人，天空漂浮的秋天的云朵，从田野吹来了风，吹乱了在丛生着滨藜和艾蒿的打谷场上溜达着的母鸡的尾巴，这一切，空荡荡的，很是冷清……

地平线上有一片小树林，那里有两道满是栎树的山沟，人称裤子沟。就在裤子沟附近离卡扎科沃村不远时，库兹马碰上了一场夹杂着冰雹的倾盆大雨。梅尼绍夫赶着他那匹驽马快跑起来，库兹马皱着眉头，用一块湿冷的粗麻布片盖在头上，遮挡着雨水。双手被冻僵了，冰冷的雨水像水流一般顺着衣领直淌，冰凉冰凉的，吸足了雨水而显得沉重的粗麻布片散发出一股谷仓的霉味，扑鼻而来。冰雹砸向脑袋，在天空中随风肆意狂舞，车轮底下水声哗哗响着，溅起一串串泥浆，不知什么地方有只小羊羔在咩咩叫着……库兹马觉得透不过气，就把头上的麻布片掀开。雨变小了，暮色渐浓，一群牲口从大车周围沿着牧场的绿地跑回屋里，一只细腿的黑绵羊跑到一边，一个赤脚的婆娘在后面追赶着，她用湿透的裙子盖着脸，雪白的小腿闪着亮光。村外，西边天色还亮，东边庄稼地上空，在蓝灰色的乌云间出现了两道绿紫相间的彩虹。翠绿的田野雾气湿重，即便如此，有炊烟的地方总让人觉得安心，库兹马的心底有一丝温暖的感觉在升腾。

“这儿老爷家的大院在哪儿?”库兹马冲一个宽肩膀的婆娘大声问道，她穿着白布衫子和红色的毛料裙。

这婆娘站在家里的石头门槛前，一只手里牵着一个正在大声哭闹的小女孩，小女孩的哭声简直是震耳欲聋。

“大院?”婆娘重复道，“谁家的大院?”

“老爷家的。”

“谁家的? 什么也听不清……喂，你别闹了，好不好，再闹叫你好看!”婆娘尖声怒喝着，用劲扯了一下小女孩的手，扯得她转了一圈。

于是他们到另一家去打听。他们走过一条宽阔的街道，先向左转，再向右转，经过一所门户森严的老式庄园，走到一座陡峭的山岭下，走向河边的小桥。梅尼绍夫的脸上、头发上和外衣上都流淌着水滴，那被雨水冲刷过的长着白色粗睫毛的肥脸显得更蠢了。他好奇地望向前面，库兹马也向那里张望。对面山坡上有一座草木幽深的花园，那是卡扎科夫家的，一个倒塌的杂用房，一个颓败石墙的宽敞院落。院子当中三棵干枯的枞树后面，有一所包着灰色护墙板的房子，房顶是铁锈色的。前面，在雨水冲刷过的陡峭山路上，一辆套着三匹瘦骨嶙峋的马匹的四轮马车，在泥泞中艰难地爬着坡。一个衣衫褴褛但很英俊的长工，脸色苍白，蓄着红色的胡子，长着一双看起来很聪明的眼睛，站在三匹马旁边，用力扯着缰绳，使劲地吆喝着：“驾! 驾!”山下的小桥边有一群庄稼汉,此刻他们哄笑着吹着口哨捣乱似的喊道:“吁!吁!”四轮马车里坐着一个身着丧服的年轻女人,绝望地伸出双手,抹着眼泪,睫毛很长的眼睛上挂着大颗大颗的泪珠。她旁边坐着一个肥胖的、蓄着火红髭须的男人,碧绿眼睛,神情也很焦急。他右手上的订婚戒指在闪闪发光,擎着一把手枪,他的左手一直挥舞着,大概因为穿戴着驼绒大衣和呢帽,觉得很热,呢帽都推到脑后去了。他们对面的凳子上坐着一个男孩和一个女孩,全都脸色苍白,裹着围巾,正用好奇的目光观察着周围。

“那是米什卡·西韦尔斯基,”梅尼绍夫绕过三驾马车,平静地看看孩子们,响亮而嘶哑地说道,“昨天给火烧死了……活该。”

卡扎科夫老爷家的事务由村长管理,村长过去是个骑兵军,身材魁梧,待人粗鲁。一辆大车载着刚刚割下来的一大捆湿润的青草,停放在卡扎科夫老爷家前,一个雇工正在把这些青草送到院子里,他对库兹马说,要找村长得到下房去。库兹马顺着他指的方向找去,村长在这些日子里刚刚遭遇过不幸——他的孩子死了,因此他招待库兹马时很不客气。库兹马把梅尼绍夫留在门外,想走近下房,看到满脸泪痕、神色严肃的村长老婆腋下夹着一只乖乖的芦花鸡,正从花园里走出来。在破旧台阶上的廊柱间站着一个高个儿年轻人,穿着长筒靴和印花布竖领男衬衫,他看到村长老婆,就大声向她喊道:

“阿加菲娅,你把鸡拿到哪儿去?”

“拿去宰了。”村长老婆冷峻而忧伤地回答道。

“让我去宰吧。”

年轻人径直走向冰窖,没有理会落起雨来的晦暗的天空。他打开冰窖的门,从门槛抓起一把斧头,过了一分钟,响起一声短暂的敲击,一只没头的鸡便光着鲜红的脖颈跑到草地上去,它绊了一下,就在原地打转,扇动着翅膀,羽毛和血滴撒得到处都是。年轻人扔下斧头，走向花园，村长老婆抓了母鸡，走到库兹马跟前：

“你有什么事儿？”

“谈谈花园的事儿。”库兹马说道。

“你等费奥多尔·伊凡内奇回来的吧。”

“他在哪儿？”

“现在就从田上回来了。”

库兹马就在下房敞开的窗户下等着。他往里瞥了一眼，看到昏暗的房间里有暖炕、板床、桌子，窗户边的凳子上有只洗衣盆——其实是一只洗衣盆式样的小棺材，里面躺着一个死婴儿，他脑袋很大，几乎没有头发，小脸青紫。桌旁坐着一个肥胖的盲姑娘，正用一把大木勺从汤盆里舀牛奶和面包渣吃。一群苍蝇就像蜂房里的蜜蜂一样在她头上嗡嗡盘旋，落到死婴的小脸上，接着又掉进牛奶里，但盲姑娘就像木偶一样笔直地坐着，没有丝毫反应，两只长着白翳的眼睛直对着昏暗，一口一口地吃着。库兹马觉得很瘆人，转过身去，不去看。冷风阵阵袭来，乌云滚滚，天色越来越晦暗。院子中间竖起两根柱子，中间带根横梁，横梁上像挂着圣像一般挂着一块铁板，那是晚上用来敲击报警的。院子里跑着几只干瘦的猎狗，一个八岁大小的男孩在它们中间跑着，拖着一辆小车，小车上载着他的戴一顶大黑帽的浅头发弟弟，小男孩用力拉着，小车尖锐地吱吱响着。房子死气沉沉，又灰又脏，在这样的黄昏时刻，呆在里面肯定是极其无聊的。“哪怕点上盏灯也好！”库兹马想道。他感到极其疲倦，就像出城已经一年了……

傍晚和夜里，他是在花园里度过的。从田间骑马归来的村长，冷漠地说“花园早就租出去了”。对于库兹马留下过夜的请求则惊奇地说道：“你倒是很聪明呀！”他喊道，“可找到一个好客栈啦！你们这样的流浪汉现在很多呢……”不过他还是大发慈悲，允许他在花园的澡堂里过夜。库兹马和梅尼绍夫算清了账，便绕过这所房子，向椴树林荫道尽头的大门走去。从敞开的几个漆黑窗户里，从防蝇铁纱窗后面传来阵阵钢琴声，琴声时而被一阵阵嘹亮的歌声和曼妙的练习曲盖过，这情景同这夜晚、这庄园一点也不搭调。一个棕色头发的庄稼汉，没系腰带，光着头，穿着笨重的靴子，手里提着一个水桶，沿着林荫道斜坡上满是泥泞的沙子走来，不急不缓地迎向库兹马。林荫道的末端仿佛在天空的尽头，上面飘满了云彩，泛着昏暗的颜色。

“你听，你听！”他微笑地说道，一边走着，一边倾听着练习曲，“你听，多快活呀！”

“谁这么快活？”库兹马问道。

庄稼汉抬起头，停了一下。

“是少爷啊，”他快活地说道，带一股浓重的地方口音，“听说都练了六年了！”

“这是哪个少爷——是杀鸡的那个吗？”

“不是，是另一个……这首歌还不算太好！有一次他正好大声唱：‘今天是你，明天是我，’那简直是太好听啦！”

“他这是在学唱吗？”

“是的，学得可真是不错！”

这一切都好像是漫不经心说出来的，还不时歇口气儿，但口气里带着一抹恶毒的嘲笑，夹杂着浓重的口音，库兹马不禁仔细地看了他一眼。他简直像个傻瓜，头发很直，剪了个叫花头，脸不大，其貌不扬，像古俄罗斯人或苏兹达利人。靴子很大，身子消瘦，像木雕似的，眼皮肿胀，就像鹰隼一般。他垂下眼皮时就是一个普通的傻瓜，抬起眼皮的时候感觉有点瘆人。

“你是看花园的吗？”库兹马问道。

“是看花园的。要不然看什么？”

“你叫什么名字？”

“我？阿基姆……你呢？”

“我想租下花园。”

“嘿，你才想起来！”

阿基姆嘲笑着摇摇头，接着走路了。

风越来越紧，翠绿的树木间的雨水随风洒落。花园后面较低的地方响起了一声闷雷，一道浅蓝色的闪电照亮了林荫道，到处都有夜莺在啼鸣。在这沉重的满是阴云的天空下，在被风吹得东倒西歪的树上，在茂密的湿透的灌木丛间，它们竟还如此卖力地歌唱，婉转甜蜜而从容地唱着，还不时发出颤音，恶劣的环境没有给它们带来影响，反而让它们唱得更执着，真是让人费解。但更令人费解的是，那些守夜的更夫如何在大风呼啸中度过夜晚，如何在腐烂窝棚下的潮湿稻草里安然入睡？

更夫一共有三个。每一个都是病恹恹的。一个很年轻，过去做过面包师，这会儿是无业游民，常犯寒热病；第二个叫米特罗凡，也是个无业游民，得过肺痨，不过他说没什么，“就是两肋发凉”；阿基姆患着“夜盲症”，因为长期营养不良，黄昏时已看不清东西。那面包师面色苍白，待人和蔼，库兹马走近时他正蹲在窝棚旁，卷起干瘦的手上的棉袄袖子，在一只木碗里淘着黄米。生着肺病的米特罗凡个子不高，骨架宽大，面色黝黑，穿着湿漉漉的破衣烂衫和那双磨破了的，坚硬如马蹄般的旧靴子，站在面包师傅的旁边，耸着肩，睁大闪亮的褐色眼睛，面无表情地看着他干活。阿基姆提来一只水桶，在窝棚对面的一只土灶里生起火来。他走进窝棚，捡了几把干点的麦秸，又回到放着铁锅的呼呼冒烟的土灶前，嘴里嘟囔着什么，哼哧哼哧地喘着，脸上带着俏皮而神秘的神情，漫不经心地冲着开着玩笑的同伴笑了笑，有时则巧妙地突然一下子打断他们。库兹马坐在窝棚边一条潮湿的凳子上，闭上眼睛，时而听着他们的谈话，时而听着夜莺的啼叫。因为肚里饥饿和吸了太多劣质烟草，他的胸口隐隐作痛，锅里的稀粥好像永远都熟不了了。他的脑子里一直盘旋着一个念头：也许他自己哪一天也得过这种野兽般的生活，就像这些更夫们一样……闪电划过一道白光，天空轰鸣着，一阵阵湿润的风飞快掠过林荫道，冰冷的水便纷纷洒落，只听见一阵狂风大作，远处雷声隆隆，夜莺的啼啭和阿基姆那带着浓重乡音的、慢腾腾的、看似漫不经心其实十分刻薄的玩笑话，他那哼哧哼哧的声音，这一切都让他烦躁不堪。

“阿基姆什卡，哪怕你买条腰带也好啊。”面包师假装随便说说的样子，想逗逗他开个玩笑，还朝库兹马递了个眼色，似乎是让他也听听阿基姆怎么说。

“等着吧，”阿基姆用一把长勺子从沸腾的锅里舀出泛着泡沫的汤汁，貌似悠闲而又充满讥讽地回了一句，“等我们在东家这儿过完夏，我就给你买双吱吱响的皮靴。”

“‘吱吱响的皮靴！’我可没让你买。”

“可是，你看你穿的靴子多破啊！”

阿基姆专注地尝起勺子里汤汁的味道。

面包师发窘了，叹了口气：

“我们哪有福分穿皮靴啊！”

“行啦，”库兹马说道，“你们最好还是说说你们是怎么过的。难道你们每天就喝这种汤吗？”

“那你想吃什么：鱼，火腿？”阿基姆反问道，没有回头，只顾舔着勺子。“这当然好：一两伏特加，三磅鲇鱼，一截火腿，一杯果子露……这可不是粥，而是稀粥。”

“那菜汤呢，你们煮面糊汤吗？”

“老兄，菜汤我们是煮过，那是啥样的菜汤啊！往狗身上一泼，狗毛都掉光了！”

库兹马摇着脑袋：

“你是有病，所以脾气才这么不好！还是去治治吧……”

阿基姆没有回答。土灶里的火苗熄灭了，铁锅下面就剩一堆烧红的热碳。花园渐渐变暗了，风吹起阿基姆的衬衫，浅蓝色的闪电刹那间照白了他的脸。米特罗凡倚着一根棍子坐在库兹马旁边，面包师则坐在椴树下的一个树桩上。听到库兹马的后一句话，面包师的面色严肃起来。

“我认为，”他平和而忧伤地说道，“世间万物都由主主宰。要是主不赐予你健康，就是再厉害的好医生也救不了你。阿基姆说得对：不该死的时候死不了。”

“医生！”阿基姆眼睛看着炭火，愤恨不平地说出这个词，“医生！老兄，医生就会看重自己的钱袋，哪会看重病人的病情。换了我，就会因为他干的那些破事，把他肠子都揪出来！”

“也不是所有医生都看重钱的。”库兹马说道。

“我可没见过所有的医生。”

“没见过就别瞎胡扯。”米特罗凡严厉地说道。

阿基姆突然没有了先前那种若无其事的嘲讽神情，他瞪大自己鹰隼一般的眼睛，霍地跳起来，像白痴一样狂躁地喊道：

“什么？叫我别胡扯？你去过医院吗？去过吗？我去过，我在里面呆了七天，那个医生给了我多少白面包，你知道吗？很多吗？”

“你这个傻瓜，”米特罗凡打断他，“不是人人都指望白面包的，要看是什么病。”

“哦！要看是什么病！哼，叫他吃到撑破肚皮，叫面包皮噎死！”阿基姆喊道。

他狂躁地往四下看了一眼，把长把勺子一下扔进“稀粥”里，气冲冲地走进窝棚里去了。

他在那里呼哧呼哧地喘着气，点亮了灯，窝棚里顿时显得舒适起来。然后从棚底下拿出几把勺子，扔到桌子上，喊道："把粥端上来！"面包师站起来，去端铁锅。"请进来吧。"他走过库兹马身边的时候对他说道，发出邀请。但库兹马只要了一块面包，撒上盐，津津有味地嚼着，又坐回凳子上。天色完全变黑了，浅蓝色的闪电仿佛被风吹散了，变得越来越宽、越来越亮、越来越迅疾，照耀着沙沙作响的树林。每打一次闪，闪电划过的一瞬间，那些灰绿的树叶如同在白昼一般，看得清清楚楚，之后，一切又融入漆黑之中，什么也看不见。夜莺不再啼鸣了，窝棚上面仅有的一只依旧在流畅响亮地啼啭着。"他们甚至都没有问问我是什么人，从哪儿来的？"库兹马想道。"这些该死的老百姓！"

他开玩笑般地冲着窝棚喊道：

"阿基姆！你怎么都不问问我是什么人，从哪儿来的？"

"我干嘛要问？"阿基姆回答道。

"我倒想问问另一件事，"听到面包师的声音，"他想从杜马那里弄到多少土地？你看呢，阿基姆什卡？啊？"

"我没文化，"阿基姆说，"你在粪堆上看得更清楚些。"有些戏弄的味道。

面包师应该又发窘了，沉默了一会儿。

"他这是冲我们兄弟来的，"米特罗凡说道，"有一次，我说起过罗斯托夫的穷人，就是所谓的无产阶级，冬天在粪堆里混了条命……"

"出了城就钻进粪堆里！"阿基姆快活地接着说道，"钻得不比猪差，一点也不难过。"

"傻瓜！"米特罗凡打断他，"你笑什么？你如果穷了不也得钻进去！"

阿基姆放下勺子，睡眼惺忪地看着他，突然又睁开他毫无表情的鹰隼一般的眼睛狂暴地喊道：

“哦！贫穷！你想干钟点工吗？”

“那又怎么样？”米特罗凡鼓起自己达荷美人的鼻孔，一张一翕，闪亮的双眼盯着阿基姆，也狂躁地喊着，“你想干二十个钟头就拿二十个戈比的活儿吗？”

“哦！你想干一个钟头就赚一个卢布吗？你真是太贪了，非撑爆肚皮不可！”

但争吵就像开始一样迅疾，匆匆就结束了。过了一小会儿，米特罗凡已经冷静下来，柔和地说着话，喝着烫嘴的粥，说：

“他就不财迷心窍！这个瞎眼鬼为了一个戈比，情愿到祭坛去上吊。你能相信吗，为了十五个戈比就能卖了老婆！上帝作证，我不是开玩笑。我们利佩茨克那儿有个老头叫潘科夫，本来是园丁，现在退休了，他最常干这种营生了……”

“阿基姆，这么说你也是利佩茨克人？”库兹马问道。

“从斯图坚卡村来的。”阿基姆淡淡地说道，没有太大的惊奇，好像同他不相干似的。

“他跟兄弟一块儿过活，”米特罗凡证实道，“土地和院子是他们共有的，不过他好像老像个傻瓜似的让人耍，老婆当然也跑了，为什么要跑呢，就是因为这件事：潘科夫跟他交易，出十五戈比代替他在储藏室里过夜，他就真让他去了。”

阿基姆没说话，拿着勺子沿着桌子随便敲打着，眼睛望着油灯。他已经吃饱了，擦了嘴，现在若有所思。

“小子，瞎扯可不费劲儿，”最后他说道，“就是去了能怎么样？难道她还能掉层皮吗？”

他沉吟了一会儿，终于咧开嘴笑了笑，扬起眉毛，他那苏兹达利人型的脸庞满是一道道粗大死板的皱纹，神情变得似喜似悲。

“真该拿枪干掉它！”他恶狠狠地说道，有些口齿不清。“让它翻个跟头就好了！”

“你说谁?”库兹马问道。

“说这只夜莺啊……”

库兹马咬咬牙，想了想说道：

“你这个畜生，野兽。”

“怎么，还想来打我呀，来打我呀……来呀。”阿基姆应答道。他打着嗝儿，站起身来。

“怎么，就这么白白地亮着灯?”

米特罗凡开始卷起烟来，面包师收拾着勺子，阿基姆从桌旁走过，转身背对油灯，急忙画了三下十字，猛然对着窝棚的黑暗角落鞠了个躬，甩了甩平直的浅色头发，抬起脸庞，低声念着祷文。他的巨大身影投到几只板箱上，折成几段。他又急忙地画了一下十字，又深深地鞠了个躬，库兹马不由得憎恶地看了他一眼。阿基姆在那有模有样地祈祷，倒想问问他是否真的笃信上帝？如果真的这样问他，那时候，他那鹰隼般的眼睛简直就要从眼眶里蹦出来！真是个鞑靼人！

库兹马觉得，他出城是一年前的事，一年的时间就这样随风而逝，现在再也回不去了。

湿漉漉的帽子扣在脑袋上，冰冷的双脚套在肮脏的靴子里，很是酸痛，脸吹了一天的风，很不舒服。库兹马从凳子上站起来，迎着潮湿的风走向田野，走向早已废止的乡村墓地的大门，窝棚里透露出的那一抹微弱的光线，投到泥泞的地上。库兹马一走开，阿基姆就吹熄了灯，光线消失了，夜色立刻就笼罩了下来。浅蓝色的闪电闪得更加猛烈，更加出其不意，划破了整个天空，照亮了整个花园深处，一直照到遥远的枞树林，那里立着一个澡堂，依稀看得见，突然间，黑暗又吞没了一切，让人瞬间晕眩起来。远处的低地上响起了一声闷雷。库兹马站了一小会，在大门口定定神，辨认出微弱的光线，便穿过喧闹的老椴树和槭树林，走上伸展到土堤的大路上，在那里来回地踱着步。雨点又洒向他的帽子和双手。漆黑的暗夜又一次被雷电划破，雨滴在电光中闪烁着。在这暗淡的浅蓝色的闪电中，空旷的地上一匹湿漉漉的细脖子马的轮廓显现出来。荒地后面淡灰绿色的燕麦地，在漆黑的背景上闪烁了一下，马抬了一下脑袋，库兹马不寒而栗，不由地打了一个寒颤。他转身回到大门那儿去。当他好不容易摸黑来到云杉林旁的澡堂，倾盆大雨顷刻而下，如同儿时的那场大雨一般，他脑子里突然涌出大洪水①的可怕场景。

他划亮一根火柴，借着微弱的亮光，看见窗下有一张宽阔的板床，脱下外衣，卷起来扔到床头上。这时，火柴熄灭了，他只好摸着黑爬上板床，深深地叹了口气，在上面伸直身子，直直地平躺下来，闭上了困倦的双眼。上帝啊，这是一次多么愚蠢和艰难的旅行啊！他怎么会来到这里？库兹马陷入了沉思，怎么也睡不着。现在地主的宅邸也是一片漆黑，闪电突然在镜中滑过，瞬间照亮黑暗，让人毛骨悚然……外面，大雨滂沱，那个低矮潮湿的窝棚里，阿基姆正在睡觉……在这个澡堂里不止一次地闹过鬼，那么，阿基姆是否真的相信世上有鬼呢？不，也许不相信，但他还言之凿凿信誓旦旦地谈论过他过世的爷爷——必定是爷爷，也必定是过世的——有一次去干燥棚里拿谷糠，看见一个鬼，脖子上套着铁链，盘着腿儿在那坐着，像狗一样浑身是毛……库兹马被这些乱七八糟的事情折磨得睡不着，他变换了一种姿势，蜷起一条腿，一只手放在额头上，叹息着，痛苦着，慢慢打起盹来……

租种花园的幻想现在看起来很愚蠢，不切实际，他不得不打

① 大洪水，《圣经·创世纪》第6—8章所载。上帝发大洪水使万物毁灭，只有义人诺亚的方舟内的所有一公一母的物种存活。

消这个念头。他返回城里，认真考虑了一下自己的处境，开始设计自己的未来，必须得找件事做，让自己生存下来，于是，他努力去寻找一个管家或管理员的职务，但事与愿违，失败以后的库兹马不得不降低要求，他想：干什么都行，只要能糊口。可是，他数次的寻找、不停地奔忙和诚挚地请求都无济于事，没有人愿意收留他，因为，在城里，他早就被人们视作大怪物，酗酒和无事可做让他成了被取笑的对象。他的生活起初让城里人感到惊异，随后又觉得疑惑。确实是这样：从没见过一个城里人，像他这样一年到头都住在客栈里，无家无业，贫困不堪，简直像个演奏手摇风琴的流浪乐师。他的全部家当就是一只小箱子和一把沉重的旧伞！库兹马站在镜子跟前，看了看，看看站在他面前的这个人到底是谁，怎么会这样潦倒不堪。哎，看着镜子中的自己，库兹马感到一阵伤感。他在一群来来往往的陌生行人的"大通铺"里过夜；早上因为天太热，就到集市、酒馆里混混日子，凉快凉快，顺便在那里打听打听，找个活儿干干；午饭后小睡一会，然后坐在窗边看看书，看看尘土飞扬的白色大街和炎热的浅蓝色的天空……这个因挨饿与思考而干瘦、发须花白的城里人，是为了谁，又是为了什么而活在世间？他称自己为无政府主义者，却又说不清什么是无政府主义。他一直坐着，读着书，唉声叹气，在屋子里来回踱着步，有时蹲下来，打开自己的小箱子，把里面那些翻破的小册子和手稿、两三件灰暗的竖领衬衫、一件老旧的长摆常礼服、一件坎肩和一个已经磨损的出生证理得整齐一些……除此之外，还能干什么呢？

这一年的夏天特别长，城里热得像下火一般。这家客栈角落里的房间一直暴晒在太阳底下，夜里，房间闷热得直让人血气上涌，喘不过气来，敞开的窗户外面一点点声响都能把人吵醒。干草棚里因为跳蚤、鸡叫和畜粪的臭气也让人难以入眠。库兹马一天天忍受着。

整个夏天，库兹马都幻想着去一趟沃罗涅日，哪怕是就着两趟列车之间的空隙，到沃罗涅日的大街上转转也好，看看那些熟悉的杨树，看看城外那座浅蓝色的小房子……可是为了什么呢？是为了花去十个或者十五个卢布，以后却没钱买蜡烛和面包吗？一个老头子还沉湎于甜蜜的爱情中，就不觉得难为情吗？至于克拉莎，她还会承认是他的女儿吗？两年前他见过她一次，她正坐在窗边织花边，小脸蛋可爱极了，还带着一丝羞涩，模样很像她的母亲，似乎没有他半点痕迹……

快入秋的时候，库兹马寻思着，他必须出门去朝圣，去某个修道院修行，要不，还不如拿刮脸刀抹脖子算了。

秋天来了，集市上弥漫着苹果和李子的清香。太阳已经往板条广场的方向下滑，傍晚出门，走过十字路口，会看见左边那条直接通往广场的街道，整个儿沐浴在低处射来的单色夕阳的余晖里，甚是刺眼。篱笆墙里的花园满是灰尘与蛛网。市属花园里寂寥无人。露天音乐馆已经关闭，夏天出售马乳酒和柠檬水的小商亭关闭了，用木板搭建的小卖部也停业了。波洛佐夫迎面走来，他身上披着斗篷，已经换下原先的礼帽，换上了钉着一颗帽徽的遮檐帽。

有一天，库兹马无比苦闷地坐在露天音乐馆附近，心里不止一次地想要自杀。太阳落山了，橙红的余晖还散发着温暖，林荫道飘下了玫瑰色的小树叶，吹起阵阵微风。教堂敲响了晚祷的钟声，浑厚而有节奏。听着这礼拜六的晚钟，库兹马的心里无比痛楚，莫大的悲伤涌上心头。突然，从露天音乐馆下面传来了一声咳嗽和呼哧呼哧的声音。“这是莫季卡的声音。”库兹马想道。果然，鸭头莫佳从台阶下往外爬了出来。他穿着火红的士兵靴子，身穿一件过长的中学生制服，上面沾满了面粉，还戴着一顶滚到车轮底下好多次的草帽。他没睁开眼睛，吐着唾沫，醉醺醺地从库兹马身边摇摇晃晃地走过。库兹马强忍住泪水，向他喊道：

“莫佳！过来聊聊，抽支烟……”

莫佳反过身来坐到长凳上，皱起眉头，睡眼蒙眬地卷了支烟，好像还没弄清楚自己是跟谁坐在一起，是谁在向他哀叹着自己的命运，是谁在向他倾诉着自己的不幸……

第二天，这个莫佳就给库兹马捎来了季洪的便条。

九月末，库兹马动身去杜尔诺夫卡了。

三

很久以前，那时伊利亚·米罗诺夫在杜尔诺夫卡已经住了两年光景，当年的库兹马还是个孩子，只记得一大片深绿色的芬芳的大麻田，杜尔诺夫卡村就隐没在其中。他还记得一个黑咕隆咚的夏夜，那个晚上村里没有一户人家点灯，“九个姑娘，九个婆娘，第十个寡妇”都穿着白衬衫，光着脚，没戴头巾，拿着扫帚、棍子和叉子，在一片夜色中走过伊利亚的门口。她们敲击着炉门、煎锅，声音震耳欲聋，而她们粗野的大嗓门合唱歌曲更是盖过了这些声音。那个寡妇拖着一把木犁，她旁边的一个姑娘拿着一个巨大的圣像，其余的则敲敲打打，边走边唱。只听见寡妇用粗犷的声音唱起来：

牛瘟啊，牛瘟，

不要迈进我们村！

众人采用挽歌的调子拖长了声音跟着唱道：

咱们就来犁一趟……

接着大家又用尖利的嗓音凄凄切切地唱道：

手捧神香，手捧十字架……

如今，杜尔诺夫卡村的田野已经索然无味了。

那一天，季洪·伊里奇请他吃午饭，请他喝果子露酒，待他非常友善。库兹马从沃尔戈尔回来，心情愉快，喝得微醺，看着周围一片广阔的褐色田野，感到十分舒畅。夏天的骄阳、干净的空气、浅蓝色的晴空，这一切都预示着长久的平静生活，这一切让他感到无比踏实。弯弯曲曲的灰白色艾蒿被木犁连根拔起，很多很多，得用大车才能拉走。田庄旁边的耕地上站着一匹马，鬃毛上粘着刺实，一辆大车上高高堆满了艾蒿，旁边的地上躺着雅科夫，他赤着脚，身上穿着沾满了灰尘的短裤和长长的粗麻布衫，一侧挨着一只大灰狗，耷拉着它的耳朵。这条狗瞟着库兹马，发威吼叫着。

“咬人吗？”库兹马大声问道。

“凶得很！”雅科夫抬起自己的山羊胡，急忙回答道，“见了马都要跳到它脸上……”

库兹马快活地笑起来。

庄稼汉就是庄稼汉，草原就是草原！

道路下了坡，向下延伸而去，视野缩小了。前面一间干燥棚的新铁皮屋顶闪着绿色的光，仿佛隐没在偏僻低矮的花园里。花园后面，在对面的山坡上立着一排长长的茅屋，都是土墙草顶。右面的耕地后面延伸出一道很大的山沟，通向把田庄同村子分隔开来的另一条山沟，搭在一起，在两道山沟汇合之处的三角地上，耸立着两台张开风翼的风车，周围是几家独院小地主的茅舍——奥西卡称他们为“三角地上的人家”——还有一间粉刷得雪白的小学校。

“怎么，孩子们都在学习吗？”库兹马问道。

“当然喽！”奥西卡说道，“他们的那个学生可机灵得很哪！”

“哪个学生？是老师吗？”

“是老师吧，差不多是个老师。孩子们被教育得挺好。他是个大兵。二话不说，上来就打，孩子们就被教训得服服帖帖的！

有一次，我同季洪·伊里奇坐车上那儿去，孩子们立马站起来，齐刷刷地喊：‘您好！’上哪儿去找这么能干的大兵！”

库兹马又笑起来。

车子驶过粮仓，沿着一条压实的道路驶过一所不大的花园，再向左转，驶进一个长长的院落。院子已经晒干了，在太阳下闪着金光，库兹马的心也颤动起来：他终于到家了。他登上台阶，跨过门槛，深深地冲走廊角落里黑暗的圣像鞠了一躬……

宅院对面，背朝向杜尔诺夫卡和宽阔的山谷的地方，竖立着几座粮仓。从宅院的台阶稍微往左，可以看到杜尔诺夫卡，向右是三角地的一部分：一台风车和一所小学。宅院里的房间都很小，里面没什么家具什物。书房里堆满了黑麦，大厅和客厅里仅仅摆着几张有破旧坐垫的椅子，客厅的几扇窗户通向花园。整个秋天库兹马都在里面的破沙发上过夜，没有开过窗户。地板也从来没有人擦：起初住在这儿的是一个独院地主婆，她做着厨娘，曾是杜尔诺沃少爷的情妇，她得经常跑去照料自己的孩子们，还得给库兹马和一个雇工整些吃的。库兹马都是自己在早上生好茶炊，然后坐在大厅的窗下，就着苹果喝茶。

山沟那面，清晨熹微的阳光里，村子里的屋顶都冒出袅袅炊烟，花园散发着清新的芬芳。中午太阳照耀着村子，院子里燥热起来，花园里槭树和椴树都泛了红，静静地飘落着五彩斑斓的叶片。一群鸽子整日在厨房屋顶的斜坡上晒太阳睡大觉，屋顶新铺的稻草在蔚蓝的晴空中显得愈发金黄。午饭后，雇工在休息，独院女地主回家了，库兹马经常会出来散散步。他走到打谷场上，太阳、坚硬的道路、晒干的野蒿、变成褐色的苋菜、淡蓝色菊苣花和静静抽发的葱头，这一切都令他心旷神怡。田野里的耕地在太阳下闪耀着蛛网丝一般的光芒，伸展到无边的天地间去了。菜园里，枯萎的牛蒡里停着几只金翅雀儿。打谷场上一片静谧，只有在太阳晒热的地方，几只蠹丝在嘶哑地唱着歌……库兹马从打谷场回来，爬过土堤，沿着花园的云杉林回到田庄去。在花园里，同租种花园的城里人闲聊了一阵，又同在那里捡落果的新嫁娘和科莎聊了几句，还同她们一起爬到荨麻丛里，在那里寻找熟透的果实。

有时，他也到村里和小学走走。

那位大兵老师天生愚钝，当了几年兵更成了十足的笨蛋。看样子他是一个最普通的庄稼汉，可是一说起话来便让人摸不着头脑，听起来匪夷所思，常常说些胡话，听者只好对他摊开双手，无可奈何。他脸上总是挂着看似狡猾的微笑，与人聊天时总是眯缝起眼睛，居高临下的样子，打量着聊天的人，对别人的问题从不立刻作答。

“请问尊姓大名?”库兹马第一次走进小学的时候问他。

大兵眯缝着眼睛，思索着。

“没有名字就不分公母了，”最后他终于缓缓地说道，“但我想问问您:亚当——这是名字不是?”

“是名字。”

“好。那么，比如说，从那时候起死了多少人?”

“不知道，”库兹马说道，“问这个干什么?”

“就是因为我们从来都搞不明白这个问题！比如说，我干过士兵和兽医，前不久我去市场上一看，有一匹马患了鼻疽。我就去找警察局长:‘如此这般，局长大人。’‘你能不能用笔宰了这匹马?’‘遵命！’”

“什么样的笔?”库兹马问道。

“鹅毛笔。我拿起一根鹅毛，削尖了，一下戳进马的主动脉，对着鹅毛笔吹了一口气，就完事了。事情看着挺简单，其实还得动动脑筋！”

士兵狡黠地挤挤眼睛，用一个手指头敲着自己的脑门：

“这儿还是蛮机灵的！”

库兹马耸耸肩，没说什么。后来，走过独院女地主的家，从她的儿子先科那里才得知大兵的名字，原来他叫帕尔缅。

“你们今天布置了什么作业？”库兹马问道，带着好奇看着先科火红的蓬乱头发，看着他机灵的绿眼睛，看着他长着雀斑的小脸，看着他孱弱的身子和冻得裂口的小手。

“习题，背诗。”先科说道，用右手抓住向后抬起来的脚，另一只脚在原地，跳跃着。

“什么样的习题？”

“数大雁。飞过一群大雁的时候……”

“哦，我知道，”库兹马说道，“还有什么？”

“还有老鼠……”

“也数老鼠吗？”

“嗯。跑来六只老鼠，每只衔着六个铜币，”先科嘟囔着，蹦跳着，瞟着库兹马的银表链子。“有一只老鼠多搬了两个铜币……一共搬了多少个铜币……”

“挺好。那背什么样的诗呢？”

先科放下脚。

“诗歌。《他是谁》。”

“背过了吗？”

“背过了……”

“那你背背看。”

先科嘟囔得更快了——这是一首关于一个在涅瓦河上沿着森林骑行的骑士的诗歌。森林里只有：

云杉、青松和飞白的苔藓……

“灰白的，”库兹马说，“不是飞白的。”

“哦，是非白的。”先科表示同意。

“那个骑士是谁？”

先科想了想。

“是个巫师。”他说道。

“好吧。告诉你妈妈，让她给你修修鬓角，要不老师来揪你的头发，你就倒霉了。”

“他只会揪我耳朵。”先科漫不经心地说道，又抓起一只脚，沿着牧场跳来跳去。

三角地和杜尔诺夫卡正如互相毗邻的村子一样，总是互相仇视，互相蔑视。三角地的人视杜尔诺夫卡的人为强盗和乞丐，而杜尔诺夫卡的人也这样看待三角地的人。杜尔诺夫卡是“老爷的”，三角地上则住着“加尔曼”，就是独院小地主。只有独院地主婆处于这种敌视和纠纷之外。她个头不高，身材瘦削，整洁利索，性格活泼，做事稳重，待人和蔼，对人总是露出一张笑脸。她对三角地和杜尔诺夫卡的每一户人家的情况都了如指掌，总是第一个把村上哪怕是鸡毛蒜皮的小事传到田庄上去。大伙也清楚地了解她的生活，她从不对任何人隐瞒自己，总是平静而大方地谈论起丈夫和杜尔诺沃少爷的事。

“能怎么办呢，”她轻轻地叹着气说道，“真是太穷了，打下的新粮还是不够吃。说实话，丈夫是真心疼我，万般无奈，还是得听人家的。少爷为了我，给了整整三大车黑麦。‘怎么办？’我问丈夫。‘看来，你还是去吧。’他说。他去搬黑麦，一斗一斗地搬着，眼泪也滴答滴答地落下来……”

白天她从不歇手地干活，晚上也一样不闲着，缝缝补补，还到铁路上去偷防雪栅上的挡板。有一次，深夜十分，库兹马驾车去找季洪·伊里奇，刚驶上高地就被眼前的景象吓得愣住了：在晚霞的余晖中，在那片漆黑的耕地上，有个黑溜溜的大怪物，朝库兹马慢慢跑来，越来越大……

“谁？”他拉紧缰绳，轻轻问了一声，声音中带着恐惧。

“哦！”那个在空中迅速变大的东西也惊恐地喊了一声，接着，什么东西便噼噼啪啪地掉下来。

库兹马清醒过来，黑暗中，立刻认出这是独院地主婆。她赤脚弓背，快速地跑向他，身上背着两块两俄尺长的木板——那是冬天盖在铁路上防雪用的。她歇过气来，微笑着轻轻地说：

“您快要把我吓死了。夜里这么跑上一趟，全身都一直哆嗦，可能怎么办呢？整个村子都靠这个取暖，就靠这个活命呢……”

最没意思的雇工是科舍利，同他没什么可聊的，他也从来不说话，就像大多数杜尔诺夫卡人一样，他只会重复那些陈旧的谚语，说些大家早已熟知的道理。

天不好了，他就望向天空：

“要下雨了。春雨是绿苗的头等大事。”

该耕二遍地了，他就说：

“不耕二遍地，来年没米面。老一辈人都这么说。”

他曾在高加索服过役，但服役生活似乎没在他身上留下任何印记。他对高加索的风土人情似乎一无所知，除了那里青山连绵，从地下能冒出一种奇怪的热水：“把羊肉放进去立刻就煮熟了，要是不及时拿出来，就又变成生的了……”他丝毫没有为见过世面而感到骄傲，甚至瞧不起那些阅历颇深的人：认为那些人只是不得已或者迫于贫穷才“到处流浪”的。他不相信任何流言，“全都是胡扯！”可又信誓旦旦地说，不久前从巴索夫村黄昏时候滚过一个大车的车轮，那是一个巫婆变的；一个精明的庄稼汉抓住这个车轮，用腰带穿过车轮，捆了起来。

“后来呢？”库兹马问道。

“后来？”科舍利回答道，“第二天早上这个巫婆醒来，一看，有根腰带从她嘴里塞进去，从屁眼里钻出来，还在肚子打了个结……”

“她怎么不解开腰带？”

“解不开，结上有十字的。”

“相信这种胡话，你不觉得害臊？”

“我有什么好害臊的？人云亦云罢了。”

库兹马喜欢听他唱歌。天黑下来，坐在敞开的窗户边，要是没有一丝灯火，山沟对面的村子更显漆黑，更显静谧，似乎都能听到屋角外面苹果落地的声音。科舍利敲着梆子在院子里缓缓地溜达着，自顾自地用假声唱着，声音凄凉而平静：“金丝雀小鸟儿，你别唱……”他夜里看守庄园，白天就睡觉，几乎没什么事可做，因为季洪·伊里奇今年很早就着急地处理了杜尔诺夫卡的事，畜群里只留下一匹马和一头母牛，需要做的事情确实不多。

原来晴朗的日子变得冰冷了，天空瓦蓝，周围悄无声息。金翅雀和山雀开始在光秃秃的花园里唱歌，交嘴雀在枞树林里啼啭着歌喉，还有一些太平鸟、灰雀儿和某些温顺的小鸟，成群地沿着谷仓从一处飞到另一处，有时有一只这种温顺的小鸟孤独地停在田野的草茎上，原本堆满麦垛的地方现在已经长出了亮绿色的嫩芽，杜尔诺夫卡后面的菜园里就要刨出最后一批土豆了。

天黑得开始早了。田庄里的人说道：“这会儿车来得晚了！”其实火车时刻表一点都没有改变……库兹马整天坐在窗户下面读着报纸，他把自己春天到卡扎科沃的旅行和同阿基姆的谈话记录下来，还在一本老旧的账簿上做着村里的见闻札记。这里面，他最关注的是阿灰。

阿灰是整个村子里最穷最无所事事的庄稼汉。他把田地出租了，却不外出谋生；他在家里饥寒交迫地坐着，幻想着发财买烟抽。所有的聚会他都去，从不放过一次婚宴、洗礼宴或是葬后宴。

所有为买卖和交换后筹办的应酬酒席上从来都不能没有他:他不仅插手邻居的酒席,连外人的酒席也从不放过。阿灰的绰号和他的外貌非常一致:灰头土脸,身子干瘦,中等个头,溜肩膀,穿着破破烂烂的短皮袄,毡鞋穿得开了口,用绳子绑住,帽子就更别提了。他待在家里,从来不摘下那顶帽子,嘴里也不抽出烟斗,那副尊容好像一直在等着什么。在他看来,他一辈子都没走运过,从来就没有什么好事会落在他身上,就是这样!他也不愿意干那些鸡毛蒜皮的小事儿。在所有人的眼中,他都是一无是处……

"舌头什么的没有骨头,"阿灰说,"你先给我事儿做,然后再来评头论足。"

他的土地不少,有整整三俄亩,但要交十个人的人头税。阿灰不想自己种:"我不得不租出去,土地是我们的母亲,应该好好种,可我怎么能种得好,还不如租出去,让别人好好种。"他自己种的不到一半,但还没收割就卖了青苗,抱怨道:"好货卖了贱价钱。"但他又为自己辩解了:"要等它熟,你倒试试看!""凡事,比如说,还是等一等,也许会更好……"雅科夫眼睛朝向一边,冷笑着嘟囔道。

阿灰也冷笑了一下,眼神里满是蔑视。

"更好?"他哼哼道,"你胡扯一气倒是容易:你嫁了姑娘,又给小子娶了亲,当然愿意等一等了。我呢,你看看,都蹲在家里,还有孩子,毕竟不是别人的,是自己的亲骨肉,我不能不闻不问,不管不顾,我得给他们养羊,喂大猪崽儿,况且,他们也得要吃要喝呀。"

"说到养羊,比如说,这件事怪不得孩子,"雅科夫生气了,反驳道,"比如说,我们总是忘不了烟斗和酒杯……烟斗和酒杯……"

为了不和邻居毫无道理地乱吵一气,他赶忙走开了。阿灰则平静地说了一句蛮有道理的话：

“老兄，酒鬼能睡醒，糊涂虫可永远也不会醒的。”

同兄弟分家之后，阿灰一直东奔西走，在城里和乡下找活干。他曾经去打过三叶草，就在打三叶草的时候走了运。合作社要雇一大批人，阿灰也加入了，打一普特给八十戈比，阿灰打了两普特还多。打完了荚子，阿灰又承包了脱粒。他往秕子里掺上草籽，然后把这些秕子买下来，转手以秕子的价格转卖。就这样，他投机取巧，发了一笔财，那年秋天就盖起了一所砖房。但是，他没有考虑到，房子也需要生火取暖的，可是，拿什么取暖呢？连吃的东西都没有。他只好烧房子上面的麦秸，房子整年都没有房顶，全都被熏黑了。烟囱也拿去换马具了，尽管，当时，他连马都没有，不过总得一样一样地置办……阿灰终于决定卖掉砖房，盖一所或者买一所便宜点的土坯房。他是这么盘算的：造这所房子最少也得要一万块砖，如果一千块砖能卖五到六卢布，那么这样算来，能卖五十卢布还多，但原来砖头只有三千五百来块，一根大梁估计能卖五个卢布，结果只卖了两个半。处理好了，他就一直在物色新房子，一整年的时间，都只去询问他根本买不起的房子。最后只好同现状妥协，只是坚定地寄希望于未来——拥有一所坚固宽敞暖和的房子。

“说实话，这根本不是我住的房子！”有一天，他斩钉截铁地说道，说话的时候咬牙切齿。

雅科夫认真地看了看这房子，摇摇头。

“哦，就是说，你在等着大航船自己游过来喽？”

“会游过来的。”阿灰答道，一脸陶醉。

“唉，你就别胡思乱想了，”雅科夫说，“还是去哪儿找个活儿干吧，比如说，找份差事……”

但是阿灰一直幻想着一所像样的房子，一切都拾掇得妥妥帖帖，有份舒服体面的工作。这个想法折磨了他一辈子，因而他不想外出谋生。

“干活可不是吃蜜。”邻居们说道。

“要是东家是个明白人，那就是吃蜜！”

阿灰突然就活跃起来，从嘴里拿出已经没有火的烟斗，讲起他最喜欢的往事，那时，他还是个单身汉，在叶列茨城外一个神父家老老实实地干了两年的活。

“现在要是我去那里，人家都得抢着要！”他感叹地说，“只要说一句话：神父，我来给您干活了。”

“那你就去一趟呀……”

“说去就去！我的孩子坐了整整一屋子！哎！当然，各家自扫门前雪，莫管他人瓦上霜，眼睁睁地瞅着一个人就这么完蛋了……”

阿灰今年又完蛋了。整个冬天他都愁眉苦脸地呆在家里，没有生火，又冷又饿。大斋节的时候，他不知用了什么方法在图拉乡下的鲁萨诺夫家里找了个活干，在本地已经没人肯雇用他了。但还没到一个月，他就嫌恶起鲁萨诺夫家的庄园了。

“喂，伙计！”有一次管家说道，“我算把你彻底看透了：你就想撒个谎，借机溜了。你们这帮狗崽子，拿了钱就想往草丛里钻。”

“你说的那是二溜子，可不是我们，”阿灰一口咬定，自己不是那种为人。

管家没能听出阿灰话里有话，对他态度更生硬了。有一次，他让阿灰在接近傍晚时给牲口运谷糠。阿灰驾车来到打谷场，用木叉把麦秸装上大车。这时管家来了：

“难道我不是用俄语跟你说的吗——运糠？”

“现在不是运糠的时候。”阿灰理直气壮地回答道。

“为什么？”

“当家的都在中午喂糠，不是晚上。”

"你算是哪门子的师傅?"

"我不喜欢折磨牲口,所以我就教教你。"

"你要运麦秸?"

"我知道啥时候干啥事儿。"

"你现在就停下!"

阿灰气得脸都变白了。

"不,我不放下,我不能放下活儿。"

"把叉子拿过来,你这只狗,别再作孽了。"

"我不是狗,是上帝的仆人。我运完这车就走,我要离开这个破地方。"

"老弟,我看未必吧!你走了,很快就得回来我们乡里。"

阿灰从大车上跳下来,一下把叉子扔到麦秸上:

"我还会回来?"

"是的,就是你,还会回来的!"

"哦,亲爱的,我才不会回来呢!难道我还不知道你,老弟,你的所作所为,东家才不会夸奖你呢。"

管家肥胖的脸颊涌上了一层灰紫,眼白都要瞪出来了。

"好啊!原来这样啊!不会夸奖我?你倒是说说,什么时候有这种事,什么时候?"

"我没什么好说的。"阿灰嘟囔道,在管家咄咄逼人的气势下,感觉他的腿马上就动不了了。

"不,老弟,你既然敢这么胡扯,就得说出来!"

"那面粉藏到哪里去了?"阿灰突然大叫道。

"面粉?什么面粉?什么样的?"

"头道粉。磨坊里刚出来的……"

伙计死命地抓住阿灰的衣领,抓住胸口,有那么一瞬,两个人都没动。

“你干什么抓着我的胸口?”阿灰平静地问道,“你想掐死我?”

接着他突然愤怒地大喊:

“打吧,打吧,趁现在气头上狠狠打吧!”

他使劲挣脱出来,一把抓住叉子。

“来人呀!”管家大喊起来,虽然周围什么人也没有。“快去叫村长!你们看看,这个狗崽子想要打死我啦!”

“别过来,看好你自己,”阿灰说道,横着叉子,“现在可不比从前啦!”

但是管家突然挥起拳头,阿灰就一头栽到麦秸上了……

整个夏天,阿灰都呆在家里,期待着来自杜马的恩典。他整夜整夜地挨院溜达,期盼着有个来收三叶草的人,和他合伙……

有一天,村子边上一个新草垛着了火,阿灰第一个跑来救火,嗓子喊哑了,眉毛烧焦了,全身都让水淋透了,指挥着运水的雇工和拿着叉子扑向火海的人。救火的村民从四面八方爬上房子,揭掉着火的房顶,人们在火海中、柴禾的爆裂声中、泼洒的水中、喧哗声中奔走着,在圣像、木桶、纺车、马衣、哭哭啼啼的婆娘和从烧焦的柳树上掉落下来的黑树叶间跑来跑去……

十月的一天,刚下了一场瓢泼大雨,又袭来一股寒流,池塘结冰了。邻居的一头骟猪从冰冻的土堆上滑了下来,砸碎了池塘里的冰冻,沉下水里。阿灰第一个使劲全力扑向水里施救……骟猪还是淹死了,但这一切,还是让阿灰得以从池塘上跑到下房里要点伏特加、烟叶和吃食。起初他全身都冻紫了,牙齿不断打着颤,勉强翕动着两片惨白的嘴唇,换上了科舍利的衣服。随后他喝醉了,活跃起来,就开始胡诌,又说起他在神父家怎么诚实而虔诚地干活,去年如何机灵地把女儿嫁了出去。他坐在桌边,贪婪地咀嚼着一块生火腿肉,得意洋洋地讲述着:

“好,她勾搭上了马特留什卡,还有那个叶戈尔卡……就勾搭上了，就让她勾搭吧。有一天，我在窗户底下坐着，看见叶戈尔卡一次次地走过家门口……我那闺女呢，也一直往窗户跟前凑……我想，这是他俩都有那个意思了。我对老太婆说：你去喂牲口，我出去一下，有人约我见面。我绕到屋后的麦秸堆里坐着等着。过了一会，我看见叶戈尔卡鬼鬼祟祟地走过来了……闺女也来了。他们一起走到地窖那里，然后溜进一间没人住的新房子。我等了一小会儿……”

“原来是这么回事！”库兹马苦笑着说道。

阿灰认为这是库兹马对他聪明的一种夸奖，他便讲得更起劲，时而提高声音，时而压低声音说道：

“等等，听着，下面还有呢。我说，我等了一小会儿，后来就跟过去……突然就跳上门槛，在闺女身上抓住了他！他们俩都吓呆了。他就像个大麻袋包从她身上滚到地上来，而她像只鸭子一样躺在地上，傻傻的，手足无措。‘你揍我吧，’他说道。我说：‘我用不着打你。’我拿了他的内衣，还有外衣，就给留下一条裤衩，简直就跟刚出生的时候一个样。我说：‘你现在想上哪儿就滚哪儿去……’我自个儿就回家了，他在后面跟着我，小心翼翼地走着：雪很白，他也那么白，一边走一边呼哧着喘着气……没地方可躲，能上哪儿去？而我的马特廖娜·米科拉芙娜，等我刚一走出茅屋，就往田野里奔去，她哇哇大哭着，还是我那邻居大婶儿抓着她的袖子，用劲儿从巴索夫村那边把她拉回家。我让她喘了喘气，就说道：‘我们是不是穷人？’她没吭声。‘你妈糊涂不糊涂？’她还是没吭声。‘你怎么让我们这么丢脸的？啊？你想养下一屋子的私生子，让我干瞪眼啊？’我就开始抽她，我有一根像鞭子似的玩意儿……这么说吧，把她的腰都要抽烂了！而他坐在凳子上大声嚎着，接着我就把他也收拾了……”

“就叫他娶她了吗？”库兹马问道。

“可不是!”阿灰尖叫道，他感觉酒劲儿上来了，就从盘子里抓起那几块火腿，塞进裤袋里。“你还不知道婚礼是怎么操办的呢!老兄，花起钱来，我就连眉头都不会皱一下……”

“唉，还有这种事儿!”这天晚上过后，库兹马想了好久。

天阴下来了。库兹马不想写作，心里很是苦闷。只有有人来请他帮忙的时候，才能让他从苦闷中解脱出来，才能高兴点。巴索夫村的一个光头来过几次，那是个秃头的庄稼汉，戴一顶大帽子，想求他写状子，状告他的亲家，因为亲家打折了他的锁骨。三角地的寡妇“小酒瓶”也来过，想求他帮忙给她儿子写封信。“小酒瓶”全身都穿着破衣烂衫，因为下雨，全身都湿透了，还结了冰。她一边流着眼泪，一边伤心地说着：

“谢里普霍夫市，贵族澡堂旁，热尔图欣公寓……”

她哭了起来。

“怎么啦?”库兹马难过地皱起眉，从夹鼻眼镜上面看着“小酒瓶”。“写下来了。好了，下面写什么?”

“下面吗?”“小酒瓶”轻轻问道，竭力控制着自己的声音，继续说道：

“亲爱的，下面你写得清楚点……交米哈伊尔·纳扎雷奇·赫卢索夫亲启……”

她接着说下去，有时断断续续，有时滔滔不绝：

“我亲爱的宝贝米沙，米沙，你难道忘了我们吗，你一点消息也没有……你也知道，我们现在租房住，这会儿人家要赶我们走，我们能上哪儿去啊……我们亲爱的小儿子米沙，看在上帝份上，能不能快点回来……”

她又继续流着泪水，不停地嘟囔着：

“哪怕我们挖个土窑也好啊，那也是自己的窝呀……”

冰凉的暴雨一直下着，白天犹如傍晚，很是灰暗。田庄上一片泥泞，上面撒落着一层槐树的小黄叶，杜尔诺夫卡周边是一望无垠的耕地和冬麦地，乌云一直飘荡着，让人滋生出对这片万恶土地的无比厌恶之情。这里，一年有八个月刮着暴风雪，四个月下着连阴雨，解手得跑到畜棚或樱桃园里。阴雨天到来的时候，库兹马不得不把客厅的门窗都钉得牢牢的，为了躲避风雨的侵袭，无奈地搬到大厅去住，整个冬天都在那里过夜、吃饭和抽烟，在厨房里一盏黯淡的油灯下度过漫漫长夜，穿着呢外衣、戴着帽子从屋里一角踱到另一角，以此抵御着灌进门窗缝隙的冷风。有时发现忘了储存煤油，库兹马只好度过没灯没火的黄昏，晚上随便找一截蜡烛头点上，只是为了吃点权当晚饭的土豆汤和黄米粥，那是新嫁娘闷闷不乐默默地端上来的。

“去哪里走走好呢？”他有时想道。

近旁的邻居只有三个：一家是老公爵小姐沙霍娃，连本地的首席贵族都不接待，嫌人家没有教养；另一家是退役宪兵扎克热夫斯基，他患了痔疮，脾气很爆，有时连家门都不让人进；最后还有小地产贵族巴索夫，住在一间小屋里，娶了一个普通的农妇，只会谈马具和牲口。有一次科洛杰齐（杜尔诺夫卡村属于这个教区）的一位彼得神父前来拜访库兹马，此人又高又瘦，有着大大的肩胛骨，黑而浓密的头发，眼珠一直滴溜溜地转着。但他们彼此都没有继续相处的愿望。库兹马只请神父喝了点茶，神父一看到桌上的茶炊就不自然地哈哈大笑起来：“茶炊吗？不错！我看您并不想慷慨地招待客人！”那笑声并不是发自内心的，同他完全不相称，好像是另一个人发出来的。

库兹马不常去哥哥那里，而那个神父只有在不太痛快的时候才来。库兹马感到孤独，令人绝望的孤独，有时感觉自己就是鬼岛上的德莱福斯。他常把自己和阿灰相比，毕竟，他就像阿灰一样，贫穷而懦弱，一生都在期盼着，有一天能过上做着舒服工作的好日子！

下过头场雪后，阿灰不知去了哪里，消失了整整一个礼拜，回来的时候一脸灰暗。

“你又上鲁萨诺夫那儿去了吗？”邻居们问道。

“去了。”阿灰回答道。

“去干吗？”

“人家说要雇我。”

“这样啊。你不愿意？”

“我又不比他们笨，一辈子也不会去的！”

阿灰帽子也不摘，长久地坐在凳子上。暮色中，抬头看到他的小房子，心里就泛起一股苦涩。在这片暮色苍茫中，在宽阔的落满大雪的山沟对面，杜尔诺夫卡村、干燥棚和家家院落后面的柳枝都变暗了，看着让人很是郁闷，很是压抑。但天色一暗下来，家家户户点起灯火，农舍就笼罩在祥和的氛围中，显得宁静而舒适。只有阿灰家，还是依然令人沉闷的黑暗。他家的屋子总是一片死寂。

库兹马知道：只要走进那半开的黑乎乎的过道屋，立马就会感觉到，几乎像掉进了一个兽穴一样，寒气袭来，里面散发着一股冰雪的气息，从屋顶的窟窿里可以看见昏暗的天空，风吹着扔在屋架上的粪肥和枯枝，沙沙作响。可以用手摸到歪斜的墙壁，打开门，迎面而来的只有寒冷和黑暗，还有一片漆黑中微微发亮的结了冰的小窗……什么人也看不到，但能猜到主人就坐在长凳上，他点燃的烟斗发出丝丝红光，女主人是个温和而沉默的婆娘，她轻轻地摇晃着吱呀作响的摇篮，里面晃荡着一个脸色苍白、饿得昏昏欲睡的佝偻病儿。一群孩子挤在还算暖和的炕上互相耳语着什么。床板下面腐烂的麦秸上沙沙作响，一只山羊和一头小猪在玩耍着——它们早就成了好朋友。人在这屋里不敢挺直身子，因为会把头撞到天花板。转身也要提心吊胆，从门槛到对面的墙总共才有五步远。

库兹马推开了门。

“谁呀？”黑暗中传来并不响亮的声音。

“是我。”

“怎么，是库兹马·伊里奇吗？”

“正是。”

阿灰挪了挪，在椅子上腾出了点地方，库兹马坐下开始抽烟。他们慢慢地聊起天来。阿灰被黑暗压抑着，他苦不堪言，忧心忡忡。他的声音时不时地颤抖着……

漫长的冬天来临了，大地一片冰天雪地。

在青灰色的天空下，白茫茫的田野显得更加宽阔与空旷。一座座农舍、仓房、柳枝和干燥棚都在初雪的映衬下显得分外清晰。后来又刮起了暴风雪，大风裹挟着雪花，肆意飞舞，整个村子便呈现出萧索的北方景象。房屋上都低低地压着雪壳子，土台上也堆积了很厚的雪，只有门窗还是黑的。暴风雪过后，结了一层灰色冰层的田野又吹起凛冽的风，吹散了山沟里那些孤零零的橡树丛里最后的枯叶。一生酷爱打猎的独院小地主塔拉斯·米利亚耶夫，又开始穿行于遍布野兔踪迹的难行的雪原里，寻找猎物。运水车变成了冰坨子，冰窟窿周围结出了冰冻溜滑的冰瘤，雪堆上轧出了一条条马路——冬天就这样来了。整个村子流行起了各种病：天花、热病、猩红热……整日都有婆娘从冻得发紫的光秃膝盖上卷起裙子，穿着湿漉漉的树皮鞋，把头包得严严实实的，弓着腰从一口凿出的冰窟窿里汲着发臭的暗绿色的水，这是整个杜尔诺夫卡的水源。

她们从装着炉灰的罐里拿出自己灰色的麻布衬衫、丈夫厚实的裤子、婴孩弄脏的襁褓，洗涮着，用木棒捶打着，互相告知着各种新闻,比如手要冻僵了,马秋京家的奶奶得了热病快死了,雅科夫的儿媳妇喉咙噎住了……三点钟天就变黑了,几只毛茸茸的狗坐在屋顶上,高度几乎与雪堆持平,没人知道这些狗吃什么维生,然而他们都活蹦乱跳,还凶巴巴的。

田庄里的人们醒得都很早。黎明时分,蓝灰色的晨曦中,家家户户都点起灯,生起炉子,屋檐下慢慢散发出浓厚的乳白色的烟雾,窗户被冻住的厢房里还是很冷,和过道屋里一样。库兹马被敲门声和夹杂着冰雪的麦秸沙沙声吵醒,那是科舍利从雪橇上拖下来的。听得到他喑哑的声音,那是起得很早,空着肚子又被冻僵的人特有的声音。茶炊的烟囱响着,新嫁娘同科舍利严肃地轻声交谈着。她不睡在下房里,那里的蟑螂能把手脚啃出血来,而是睡在前厅里,整个村子都坚信这不是简简单单的理由,一定有着不可告人的秘密。全村的人都清楚新嫁娘去年秋天的遭遇。沉默寡言的新嫁娘变得比修女还要严肃,还要悲伤。但怎么会这样呢?她怎么会是这样?库兹马已经从独院地主婆那里得知了村里人议论的内容,每天醒来时一想起这些,不由得感到羞耻和反感。他用拳头敲着墙壁,好让他们知道他想喝茶,开始抽起烟来,烟呛得他不住地咳嗽,这样他倒觉得心里轻松些。他盖着皮袄躺着,贪恋着温暖的被窝,一边抽烟一边想着:“这些不要脸的人!我女儿都和她一般大了……”新嫁娘在墙后过夜,只能激起他内心温柔的父爱,白天她十分严肃,不苟言笑,晚上睡觉的时候,她脸上常常带着某种纯洁、忧郁而孤独的神情。然而村子里的人能够相信这份父爱吗?连季洪·伊里奇都不相信,有时他甚至还阴阳怪气地笑。他总是疑心很重,并且粗暴地让自己的怀疑显露了出来,近来他简直失去理智了,无论别人对他说什么,他总是一样的回答。

“季洪·伊里奇,听说了吗?人们都说扎克热夫斯基得了卡他病快死了，都运到奥廖尔了。”

“胡扯。我可知道卡他是啥病！”

“医士告诉我的。”

“你再去多听听他说些啥吧……”

要是有人跟他说：“我想订份报纸，请从我的薪水里拿十卢布给我。”

“哼！人就是愿意往脑子里塞那些胡话。说实话，我兜里就剩十五个或者二十个戈比了……”

新嫁娘低垂着睫毛走进来：

“季洪·伊里奇，面粉就剩一点儿了……”

“咋能就剩一点儿？你这个婆娘就是在胡扯！”

他皱起眉头，他硬说面粉至少还够两到三天，还时而迅速地看看库兹马，时而看看新嫁娘。有一次甚至嬉皮笑脸地问道：

“你们睡得怎么样，还暖和吧？”

新嫁娘的脸刷地红了，低着头走出门去，库兹马则因为羞耻和愤恨，手指都冰凉了。

“季洪·伊里奇，哥哥，你怎么不害臊呢，”他嘟囔着，身子转向窗户，“尤其在你亲自向我坦白了那件事以后……”

“那她干吗脸红？”季洪·伊里奇问道，他又狠又窘，干巴巴地笑着。

每到早晨，最不愉快的事就是洗漱了。前厅里的麦秸散发出阵阵寒气，冰块像碎玻璃一样在洗脸盆里漂着。库兹马有时仅仅洗洗手就坐下喝茶，他刚睡醒，看起来就像个老头。由于环境肮脏，天气寒冷，一个秋天下来他瘦得很厉害，头发也花白了。他的手也消瘦了，上面的皮肤变得薄而发亮，还布满了老人斑。

早上灰蒙蒙的。在结了一层冰的脏雪覆盖下，整个村子也成了灰色，晾在干草棚屋檐横梁上的衣服，也好像灰色的冻树皮一般。茅屋周围也结了冰——全是倒出来的脏水和抛出来的灰烬。一些穿着破衣烂衫的男孩子从农舍和干草棚间的街道赶着去上学，他们穿着树皮鞋跑上雪堆，又从上面溜下来。他们身上都背着亚麻布书包，里面盛着石板和面包。上了岁数的、病恹恹的黑脸膛的“铁锅”穿着一件粗呢上衣，穿着用猪皮缝制的硬而难看的毡靴，挑着两只沉甸甸的水桶，步履蹒跚地迎面走来。不知谁家的运水车用麦秸塞住，摇晃着从一个雪堆走到另一个雪堆，不时泼洒出水来。一群婆娘来来回回，互相借一点盐、黄米或者一小铲子面粉好烙饼或者烧面糊。打谷场上荒无人烟，只有雅科夫家的干燥棚的门上冒着烟，他也仿效那些富裕的农民在冬天脱粒。打谷场和院落后光秃秃的柳树后面，低矮晦暗的天空下，伸展着一片灰色的大雪覆盖的田野，罩着一层雪壳子的荒原，起伏不平，伸向远方。

有时库兹马去科舍利的下房那里吃早饭，吃的是像火一样发烫的土豆或者隔夜的酸菜汤。

有时他回想起几乎生活了一辈子的城市，令他感到诧异的是，他一点儿也不想念那里。对季洪来说，城里的生活就是一个夙愿，他从心底蔑视和仇恨着乡村。库兹马却恨不起来。现在他回想起自己的生活，觉得那样的日子比从前更让他寝食难安。在杜尔诺夫卡他变得更加懒惰了，更加懈怠了，他经常不洗脸，整天不脱他那件厚呢子大衣，和科舍利在一个盆儿里舀菜汤喝。但最可怕的是，那些日子已经让他急速地衰老了，衰老的速度并不是每日，而是每时每刻，这种感觉让他极其不安，还好，他多少找回了一种感觉，他感觉又回到了那个从出生起就注定的轨道上：看来，在他的身上到底还是奔腾着杜尔诺夫卡人的血液！

早饭后，他有时沿着庄园或村子散步。他去过雅科夫的打谷场，到过阿灰或者科舍利家的农舍。科舍利的老母亲一个人住着，她是个远近闻名的巫婆，个头很高，干瘦得吓人，像死神一样长着利齿，讲话粗鲁而果断，像男人一样抽烟斗，她烧好暖炕，就坐到板床上自顾自地吸烟，晃动着她那细长的腿，连同穿着沉重的黑树皮鞋的脚。

在整个大斋节期间，库兹马出门了两次，去邮局和哥哥那里。这些出行是很费劲的，天气寒冷，道路泥泞，库兹马感到浑身都冻透了，身体都没有任何感觉了。他身上的羊皮袄穿了太久，都变得光秃秃的了。田野刮来的风极其猛烈，穿透了他的羊皮袄，他打了一个哆嗦。在杜尔诺夫卡呆久了，让人直想呼吸这冬天里凛冽爽气的寒风，想呼吸个够。一个人若是一直看到的只是村子，无法看到新鲜的东西，来到这灰白的冰天雪地，就会感到灵魂接受一次全新的洗礼。冬天，这白茫茫的远处一望无垠，就像图画一样美丽。马儿迎着凛冽的寒风奔驰着，打着响鼻，精神抖擞，马蹄刨出的碎冰飞溅到雪橇上。科舍利的脸冻得发紫，呼哧呼哧地喘着气，下坡时从驭座上跳下来，前行时再从侧面跑上驭座。风从两脚间吹过，脚冻得发痛，额头和颧骨也酸痛不已……乌里扬诺夫卡低矮的邮局里很是冷清，是那种偏僻的公家办事处特有的冷清。屋里散发着一股霉味和火漆味，一个破衣烂衫的邮差在盖邮戳，面色阴沉的萨哈罗夫冲一群汉子高喊着，生着气，也许是因为库兹马没想到托人给他捎去五只鸡或是一普特面粉吧。季洪·伊里奇房子的周围冒出蒸汽机车的烟味，让人想到世界上还有城市、人群、报纸和新闻。同哥哥聊聊天，在他那里休息一下，取取暖，本来是很愉快的。但他们的谈话不能顺利进行，铺子里的生意或者其它的事情经常打断他们的谈话，而哥哥也只会谈谈买卖上的事，要不就是觉得人家都在瞎掰，数落着庄稼汉们的下流和凶狠，还有尽快卖出产业的必要。纳斯塔西娅·彼得罗夫娜很可怜，看起来她非常惧怕自己的丈夫。她常常在谈话中插嘴，又总是说得不是时候。她还喜欢夸奖丈夫，夸他聪明，眼神犀利，全部事务都亲力亲为，可也总是说得不合时宜。

“他样样都拿手，样样都拿手！”她说道，一脸的谦卑，然而季洪·伊里奇粗鲁地打断了她，她窘迫地停止了。这样谈了一个钟头，库兹马就想回家，回田庄上去了。“他疯了，唉，疯了！”库兹马在回家的路上喃喃道，回想起季洪阴郁而凶狠的脸庞，他的闭塞，多疑和絮絮叨叨，他就不想有一刻的停留。他不时地催促科舍利，或是吆喝着拉车的马，急着回到自己的小房子里，藏起自己的苦涩心情和那身老旧的、难以御寒的衣物……

在圣诞节期间，巴索夫村的伊凡努什卡突然到库兹马这儿来了。那是个老派的庄稼汉，年老而又有点糊涂的庄稼汉，从前因为臂力过人而远近闻名。他肩膀宽厚，身体敦实，腰弯成拱形，栗色毛发蓬松的脑袋从不抬起，走路的时候脚尖朝里。在一八九二年霍乱流行时期，伊凡努什卡的整个大家庭里所有的成员都死光了，只有一个当过兵的儿子活了下来，现在在离杜尔诺夫卡不远的铁路上当护路工。伊凡努什卡本来可以在儿子那里过活，但是他更喜欢游荡着讨讨饭。他左手拿着一顶帽子和拐棍，右手拿着一个麻袋，笨拙地迈着八字小脚颠簸地走着，光脑袋上飘上了雪花，挨家挨户地讨着饭，不知为什么，那些牧羊犬都不咬他。他走进屋子，嘟囔着：“愿上帝赐福这一家人和当家的”，就在墙边的地板上坐下了。库兹马将目光从书上移开，惊讶而害怕地从夹鼻眼镜上面看着他，看着这位不速之客，就像看着一头来自草原上的野兽，这样的一个老头在房间里显得尤为奇怪。新嫁娘依旧低垂着睫毛，挂着亲切的浅笑，沉默温柔地迈着穿着树皮鞋的脚，端给伊凡努什卡一盆煮土豆和一大块面包，上面还撒了一层盐，然后就靠在门框上，静静地看着。她穿着树皮鞋，肩膀厚实宽阔，美丽而苍白的脸庞淳朴自然，如同古时的农妇，让人觉得她叫伊凡努

什卡爷爷真是再恰当不过。她微笑着——只冲他一个人微笑,——小声地说道:

“吃吧,吃吧,爷爷。”

他连头都没抬,从声音里就能分辨出她的好意,低声哼了哼作为回答,有时嘟囔一句:“愿上帝保佑你,孙女儿”,举起鸡爪一般的手不甚灵活地匆忙画了一下十字,就贪婪地吃起饭来。雪珠在他褐色的、非人般浓密而粗硬的头发上融化了,树皮鞋上的水珠流到了地板上,套在肮脏的粗麻布衬衫外面的破旧褐色外衣上散发出烟火气息。他狼吞虎咽,用常年劳动而变形的双手,用难以弯曲的手指艰难地抓着土豆。

“穿一件外衣不冷吗?”库兹马亲切地问道。

“啥?”伊凡努什卡微弱地回应着,侧着一只被头发遮住的耳朵。

“你不冷吗?”

伊凡努什卡想了想。

“有啥冷的?”他断断续续地回答,“没啥冷的……以前比这可冷得多了。”

“你抬起头来,给你修修头发!”

伊凡努什卡缓慢地摇了摇头。

“现在,老兄,抬不起来了……快低到地上去了……”

他带着呆滞的笑容,努力抬起自己可怕的、满是毛发的脸,睁开自己微小的、眯缝起来的眼睛。

他吃饱了,叹了口气,画了一下十字,把落到膝盖上的一些面包碎屑收拢在一起,吃完,随后在自己周围摸了一阵子,找口袋、拐棍和帽子,找到后就安下心来,开始不急不缓地聊起天来。他可以一整天都沉默地坐着,但库兹马和新嫁娘不断地问他,他就打开了话匣子。他就像在梦中,像从很遥远的地方回答着,有种沧海桑田的味道。他用自己不太清楚的古老语言告诉他们一些传说。他说沙皇全身都是金子的，他不能吃鱼，因为“太咸了”；说先知伊利亚有一次砸穿了天空，掉到了大地上，因为“太重了”；说施洗者约翰出生时像山羊一样浑身是毛，在施洗的时候，会用一根铁手杖敲打施洗者的头，为了让他“苏醒”；说一年一度，每一匹马在花神和月桂节都想要杀了一个人；他描述着从前的黑麦是那样茂密，简直没法从中爬过去，一个人每天只能收割两俄亩；说他曾有过一匹骟马，一直用“铁链子拴着”，因为它身强力壮，非常可怕；说有一天，大约六十年前，有人从他伊凡努什卡那儿偷走了一张弹弓，那张弹弓哪怕两个卢布也买不来；他坚信，他的家庭不是亡于霍乱，而是由于火灾后搬新家时，没有先让一只公鸡在里面过夜，而他和儿子能够幸免于难实属偶然，因为他那天睡在干燥棚……

将近傍晚时，伊凡努什卡站起来就走，不管外面的天气怎么样，怎么劝他都不肯留下过夜……后来他得了重感冒，这是他致死的最终原因——在主显节前他在儿子的岗亭里去世了。临终前儿子劝他领圣餐，伊凡努什卡不同意：他说，领了圣餐就是要死了，而他坚决“不屈服于”死神。他整日整日地昏迷，即使在说梦话的时候还吩咐儿媳，如果死神来敲门，就说他不在家。一天晚上他恢复了意识，使足力气爬下暖炕，跪在长明灯的圣像前，他沉重地呼吸着，一直嘟囔着，重复着：“求主赦免我的罪……”然后将头紧贴在地板上，长久地沉默着，思索着。突然他站起身来，坚定地说：“不，我不屈服！”第二天早上，他看到儿媳妇正在做馅饼，把炉子烧得热热的……

“这是给我准备葬礼吗？”他颤抖着声音问道。

儿媳妇没说话。他积聚起力气爬下暖炕，走进过道屋：确实，墙边竖着一口巨大的紫色棺材，上面是东正教的十字架！于是，他回忆起三十年前发生在邻居老头卢基扬身上的事：卢基扬生了重病，家里人给他买了口棺材——也是上好的贵棺材，还从城里运来了面粉、伏特加和咸鲈鱼，而他却突然康复了。把棺材放哪儿呢？花出去的钱怎么能收回来呢？卢基扬被咒骂了五年，就这样被咒死了……伊凡努什卡回忆起这件事，低垂下头乖乖地走回屋里去。晚上他昏昏沉沉地躺着，开始用颤抖而凄凉的声音唱着歌，但是声音渐渐微弱……他突然膝盖颤抖，说话结结巴巴的，呼吸时高高地挺起胸脯，终于口吐白沫，不动了……

因为去看伊凡努什卡，库兹马在床上病了大概一个月。主显节那天早晨，天气特别冷，人们都说鸟都冻得飞不起来了，而库兹马甚至连双毡靴都没有，但他还是冒着严寒，乘着雪橇去看了一下死者。伊凡努什卡那僵硬的双手，交叠着放在穿着干净粗麻布衫的巨大胸膛上，整整八十年的野蛮沉重的劳动，让那双手布满了老茧，是如此地粗糙与可怕，库兹马赶忙扭过头去，甚至没敢瞧上一眼伊凡努什卡的头发和野兽般的脸庞，就赶快盖上了白布。为了暖和点他喝了些伏特加，在烧得很热的炉灶前坐了一会儿。岗亭里暖和和的，像过节一般，很是干净，屋角，放着盖着细棉布的宽阔的紫色棺材，上面，发黑的圣像前蜡烛金色的火苗闪闪发光，墙上挂着一张色彩明亮的木版画——《约瑟被兄弟出卖》。殷勤的大兵老婆轻轻松松地就用炉叉叉起一普特重的铁锅，放到炉灶上，快活地谈论着官家供柴的事情，一直劝他多呆一会，等丈夫从村里回来。但库兹马患了寒热，他的脸发烫，伏特加如同毒药一般流遍了他阵阵发冷的全身，眼里没来由地翻滚出泪水。还没暖和过来，库兹马就驾着雪橇沿着起伏不平、满是冰雪的田野驶向季洪·伊里奇家里。那浑身挂霜的长着白色鬈毛的骟马迅速地跑着，肚子咕咕响着，从鼻孔里喷出一股股灰白色的烟柱。雪橇的挡雪板吱吱响着，滑铁响亮地沿着坚硬如铁的雪地尖声叫着，一路向前。身后低矮的夕阳在层层寒气中泛着黄色，更显寒冷。前面，从北方刮起了令人窒息的刺骨的风，迎面吹来，像是刀子刻在脸上。不少房屋的顶棚在浓密的冰霜中倾斜着，颤动着。灰色大鸥成群地在骟马前飞过，沿着光滑的道路扇动翅膀，时而飞起，时而又落下，啄食着冰冻的马粪，填饱肚子。库兹马透过沉重的、结了冰的眼睫毛看着这些大鸟，感觉自己变僵的脸和白色卷曲的胡子就像个圣诞老人。太阳落山了，在橙色余晖中的雪原，起起伏伏，变成了灰蒙蒙的绿色，高高的雪丘和豁口处出现了浅蓝色的暗影……库兹马突然改变了要去哥哥家的想法，猛地调转马头，赶着它向前朝着回家的方向去。太阳已经完全落下了，荒芜的灰色玻璃窗的屋里仅仅透过一点微弱的光，暮色苍茫，屋里显得空洞而冷清。一只红腹灰雀关在花园窗户附近的一个笼子里，已经死了，爪子朝上地躺着，羽毛蓬着，红色的嗉子胀大着。

“完蛋了！”库兹马说道，抓出灰雀扔掉。

杜尔诺夫卡在这静谧的草原里，在这覆盖着冰封大雪的季节里，在这令人伤怀的黄昏里，如此干脆地远离整个世界，突然让他觉得很恐怖。他那灼热的脑袋迷糊而沉重，理不出半点思绪。他现在躺着，简直不想再起来了……新嫁娘穿着树皮鞋，踩着大雪吱吱嘎嘎地走近台阶，一只手里拎着一个水桶。

“杜纽什卡，我病了！”库兹马温和地说道，希望从她那里听到几句安慰的话，得到关切的问候。

但是新嫁娘只是冷漠地、干巴巴地回答道：

“要烧上茶炊吗？”

她甚至都没问问他得了什么病，也没问问伊凡努什卡的事。哎，库兹马浑身哆嗦着返回自己黑漆漆的房间，他带着恐惧想道，我这是怎么了，要大小便怎么办，越想越害怕，就一头栽倒在沙发上……于是，他黑白颠倒，夜晚混到白天，白天混到夜晚，不知过了多少日子……

有一天夜里大概三点钟，他恢复了知觉，用拳头敲着墙壁想要点水喝：在梦里他很是焦渴，“那只死的灰雀是否真的扔了”的问题一直折磨着他。但他的敲击一直没人应答，新嫁娘去下房过夜了。库兹马惊慌地意识到他病得快死了，心里不禁一阵难受，简直像睡在墓室里。就是说，在这散发着冰雪、麦秸和马具味道的过道里空荡荡的！就是说，他这样一个疾病缠身而又无依无靠的人，独个儿呆在这又黑又冷的冰屋子里！在这漫漫冬季的死寂里，只有窗子射进一丝丝朦胧的光亮，上面还挂着一个毫无用处的鸟笼子！

“主啊，请拯救我，可怜我吧，主啊，求你帮助我，帮帮我吧。”他喃喃道，抬起身子，用颤抖的双手在口袋里摸索着。

他想点燃一根火柴。

他说的其实都是热病的胡话，滚烫的脑袋里嗡嗡直响，手脚冰凉……克拉莎，他亲生的、可爱的小女儿来了，一下推开门，把他的头轻轻地放在枕头上，把手放在他的额头，端来了茶水，然后坐在沙发旁的椅子上……她像个贵族小姐：穿着天鹅绒的皮衣，戴一顶白色裘皮雪帽，手上套着白色裘皮暖手筒。她的双手散发着芬芳，眼睛闪烁着光芒，两颊冻得通红，越发好看……“啊，太好了！一切都解决了！”他喃喃自语着。但不太明白克拉莎为什么不点灯，她似乎并不是来看他的，而是来参加伊凡努什卡的葬礼的……她突然伴着吉他声低低地唱起来：“哈兹－布拉特是个好小伙，就是你的房子太寒碜……”

刚生病的时候，库兹马心里很是愁闷，内心很是苦涩，念叨着灰雀、克拉莎、沃罗涅日，他再三嘱咐别人一件事，只要在这一件事情上可怜他就好——别把他葬在科洛杰齐，他就感激不尽了。但是，上帝啊，指望得到杜尔诺夫卡村人的怜悯，那不是发疯吗！

那不是荒唐吗！有一天清晨，他苏醒过来，科舍利和新嫁娘当时正在生炉子，嘴里小声地说着什么，他们那些平常而平静的谈话声在他听来都是非常无情，非常陌生，非常奇怪的，就像一个患病的人在看一个健康人的日常生活一样，感觉很伤悲。他想喊他们烧茶炊，却一时语塞，怎么也发不出声音。他听到科舍利气呼呼地说着话，当然是在谈论着他这个病人，还听到新嫁娘断断续续地回应：

“管他干啥！死了，埋了就是了……”

后来窗子渐渐明晰起来，傍晚前的余晖透过槐树光秃秃的树枝射进来，屋里弥漫着烟草的淡蓝色烟雾。床边坐着一位年老的医生，身上散发出药物和冰雪的新鲜气息，正从胡子上抹掉冰碴儿。桌上的茶炊吱吱作响，高个头、花白头发、神情严肃的季洪·伊里奇站在桌边，正沏着芬芳的茶。医生谈论着自家的母牛、面粉和黄油的价格，而季洪·伊里奇谈论着他怎样厚葬了纳斯塔西娅·彼得罗夫娜，说他终于找到了杜尔诺夫卡的买主，这是他最为顺心如意的一件事。库兹马听出来，季洪·伊里奇刚刚从城里回来，纳斯塔西娅·彼得罗夫娜在去车站的路上暴卒；他听出来季洪·伊里奇花了大笔的银子来操办葬礼，他已经拿到了买主购买杜尔诺夫卡村的定金——这下可以完全放心了……

有一天，他醒来得很晚，感觉身子虚弱，就坐到茶炊边喝着茶。天气阴暗却并不寒冷，刚刚下过了一场很大的新雪。阿灰从窗边走过，他穿的树皮鞋在雪地里留下满是十字的印迹。几只牧羊犬在他周围跑来跑去，嗅着他破烂的衣衫。他拉着一匹毛皮肮脏、个头很大的黄色老马的缰绳，老马已经瘦骨嶙峋，肩膀被轭具磨破，脊背被打伤，稀拉拉的尾巴也肮脏不堪。它的一条腿在膝盖以下的地方就骨折了，用三条腿一瘸一拐地勉强行走着。

季洪·伊里奇已经来了三天，他吩咐阿灰找匹没用的老马杀掉，好给这几只牧羊犬找点美味。他说之所以选择阿灰，因为阿灰以前就干过这种营生：买一匹死了的或是没用的牲口宰了，还能混张皮。季洪·伊里奇说，阿灰前不久刚刚遭遇了一件惊心动魄的事：阿灰正准备宰一匹马，可是忘了把马蹄子绊住，只把马头绑上了，拴在一旁。他画了一下十字，就用尖锐的小刀一下刺进那匹马锁骨边的血管里，马在那一瞬嘶叫了一声，因疼痛和狂怒龇着满口黄牙，喷涌到地上一口黑血，四肢乱蹦，它嘶叫着冲向宰杀自己的人，一直紧紧追着不放，似乎要报仇雪恨，要不是"感谢上帝，积雪太深"，它肯定能追上阿灰的……库兹马听到这件事，心纠结了一下，很震惊，瞧了一眼窗户，感觉双腿似灌铅一般沉重，胡乱吞了几口热茶，沉重的感觉稍微缓解了一下。他抽着烟，坐了一会儿……最后他站起来，走进过道屋，瞅了一眼融雪的窗子外那萧索的花园：在花园里覆盖着皑皑白雪的空地上，裸露着的马身和剥了皮的马头把雪地染红了；几只狗弓着身子，爪子按在马肉上，贪婪地撕扯着肠子；两只老黑鸹从一旁跳向马头，寻找可口的食物，狗发现了，就吠叫着冲向它们，两只老黑鸹就慌乱地飞起来，落在洁白的雪地上。"伊凡努什卡，阿灰，老鸹……"库兹马想道，越想越伤感："主啊，可怜可怜我吧，把我从这儿带走吧！"他祈祷着。

库兹马的病痛很久没有痊愈。想到春天将至，他悲喜交加，真心盼望着早点离开杜尔诺夫卡，但他也清楚地知道，冬天并没有真正离去，好在大地已经开始解冻了。二月份的第一个礼拜是阴暗的，天空中满是雾霾，模糊糊的一片，一切都隐隐约约，看不清楚。浓雾笼罩着田野，冰雪开始消融，白雪的颜色逐渐褪去，村子渐渐变黑了，肮脏的雪堆间满是融化的雪水。据说，有一天区警察局长驾车经过村子，车轮碾压路面，脏水、马粪和没有融化的积雪，溅了他一身，他暴跳如雷。

公鸡开始啼叫了，从通风口里吹进了令人兴奋的春天的微湿气息……库兹马迫切想要活下去，活下去，等待春暖花开，那时就能够搬回城里，听天由命地活着，做点什么都行，哪怕就为了一口面包……当然，还是到哥哥那里，不论他是怎样的一个人。哥哥已经建议他这位病人搬到沃尔戈尔去了。

“我能把你赶到哪儿去，”他想了想，说道，“三月一号我就得把铺子连同房子都交出去了。弟弟，跟我走吧，还回城里去，还是离这些强盗远点为好！”

哥哥说的没错，确实，这就是一帮强盗。独院地主婆来了，前前后后、仔仔细细地说了不久前发生在阿灰身上的事。杰尼斯卡从图拉回来了，没事可干，就在村子里闲逛，说他想成亲了，他现在有了大钱，完全可以过上上等人的生活。村里的人开始以为他是胡扯，后来听出了杰尼斯卡的暗示，明白了事情的缘由，就相信了他。阿灰也相信了，开始巴结这个儿子。可是等他剥了一张马皮，从季洪·伊里奇那儿得了一个卢布，卖马皮又赚了半个卢布的时候，就摇头摆尾地寻欢作乐去了，完全忘了更好地巴结儿子了。他昏天黑地喝了两天，醉醺醺的，烟斗也丢了，只好躺到炕上。他的脑袋难受，又没有烟抽，无奈之下，他开始剥天花板上的纸片卷烟抽，天花板是杰尼斯卡用报纸和各种画片糊上的。他当然是偷偷剥的，糟糕的是，有一次还是被杰尼斯卡撞上了。他一看见就咆哮起来。阿灰也借着酒劲儿跟着大吼一气——杰尼斯卡就把他从炕上拖下来死命地揍，直到邻居们赶来，才把他拉开……库兹马想道，季洪·伊里奇丧心病狂地非要让新嫁娘嫁给这个强盗，他自己不也无异于强盗吗！

一帮强盗！

一听到这桩婚事，库兹马就下定决心要阻止它。多么可怕和荒谬啊！后来，他在生病期间清醒的时候，甚至为这件荒谬的事感到痛快。他为新嫁娘对他的冷漠感到震惊，感到痛心。“畜生，蛮人！”他想到这桩婚事，还恶狠狠地加上一句：“真不错！这是她活该！”现在他的病快好了，那种抱怨和气愤也随之消失了。有一次他同新嫁娘谈起季洪·伊里奇这个打算，她却淡淡地回答道：

“我已经和季洪·伊里奇谈过这件事了。愿主保佑他安康，他打算得挺好。”

“挺好？”库兹马惊讶道。

“有啥不好的吗？库兹马·伊里奇，您这人可真怪！他答应给我们一笔钱，还答应为我们举办婚礼……再说他给我找的又不是什么死了老婆的汉子，而是个年轻小伙，没什么毛病……不乱搞，也不是酒鬼……多好的事呀！”

“但是他是个二流子，就知道打架，是个十足的蠢货。”库兹马补充道，有些着急了。

新嫁娘垂下眼睛，沉默了一会儿。她叹了口气，转过身向门口走去。

“您知道吗，”她声音颤抖着说道，“这是您的事……您就劝劝他吧……上帝保佑您。”

库兹马猛地睁大双眼，尖叫道：

“等等，你是疯了吗？难道我希望你遭殃吗？”

新嫁娘转过身来，站住。

“难道您这不是让我遭殃吗？”她粗鲁地说道，怒气冲冲，涨红着脸，目露凶光，“您觉得我应该上哪儿去？老是在别人家的门槛上蹲着？捡别人的面包皮填饱肚子吗？像个无家可归的叫花子到处讨饭？还是找个死了老婆的老头儿？我咽进肚子里的眼泪还少吗？”

她突然不说了，哭着走了出去。晚上，库兹马竭力解释，让她明白，他并不想拆散这桩婚事，只是想让她生活得更好。最后她终于相信了，温柔而腼腆地微笑了。

“谢谢您。”她用同伊凡努什卡说话时的亲切腔调对他说道。

但她的眼睫毛上又抖动着泪花，库兹马不由得为难地摊开了双手。

“这又是怎么了？”他说道。

新嫁娘轻轻地回答道：

“恐怕跟杰尼斯卡也没有什么好日子过……”

科舍利从邮局取来了大约一个半月前的报纸。天气昏暗而多雾，在这些苦闷无聊的日子里，幸好，还有这些报纸，让他得以打发日子。库兹马从早到晚坐在窗边阅读着。新近发生的“恐怖行为”和死刑事件数不胜数，令他大为震惊。

白色的雪糁歪歪扭扭地打下来，落到黑糊糊的穷山村里，落到坑坑洼洼的肮脏的道路上，落到粪肥、冰层和水面上，黑沉沉的雾色覆盖了田野……

“阿夫多季娅！”库兹马喊道，从座位上站起来，“告诉科舍利，给雪橇备马！”

季洪·伊里奇在家。他穿着一件印花布的竖领衬衫，脸色黝黑，胡子花白，灰色的双眉紧皱，又高又壮，坐在茶炊边烧着茶。

“哎，弟弟！”他温和地喊道，眉毛并没有舒展。“你可算从屋里出来啦！当心，还好吧？”

“要闷死了，大哥。”库兹马同他吻了吻，回答道。

“是要闷死了，来，咱们暖和暖和，聊聊天吧……”

他们互相聊了聊最近的新闻，就开始默默地喝茶，随后抽起了烟。

“你真是瘦多了，弟弟！”季洪·伊里奇说道，他深深地吸了一口烟，皱着眉头看着库兹马。

“要是你，你也会瘦的。”库兹马轻声回答道，“你没读报纸吗?”

季洪·伊里奇笑了笑。

“看那些瞎扯的玩意儿吗? 不,你还是饶了我吧。”

“你不知道处死了多少人!”

“处死的吧? 活该……你没听说叶列茨乡下发生的事吗? 贝科夫兄弟俩田庄的? ……你还记得那对说话不太清楚的兄弟俩吗? ……这俩兄弟的感情不比咱俩差,一到晚上就下棋……突然,你说怎么啦? 台阶上脚步声咚咚直响,有人喊着:‘开门!’我的好兄弟,贝科夫兄弟的眼睛都没来得及眨一下,他们家的长工,就是长得有些像阿灰那个,就闯了进来,后面跟着两个暴徒,就是两个流浪汉……都拿着铁棍,他们举起铁棍,喊道:‘他妈的,把手举起来!’贝科夫兄弟俩自然吓得半死,跳起来喊着:‘这是怎么回事儿?’他们的长工也一个劲儿地喊着:‘举起来,举起来!’”

季洪·伊里奇苦笑了一下,陷入了沉思。

“接着说啊。”库兹马说道。

“没什么可说的了……当然他俩就把手抬起来,问道:‘你们要什么?’‘把火腿拿来! 钥匙放哪啦?’‘狗崽子,你难道不知道吗? 那不就是,不就挂在门上吗?’”

“那是举着手说的吗?”库兹马打断他问道。

“当然,举着手啊……现在也该收拾收拾这帮叫人举手的家伙了! 肯定得绞死他们。他们已经蹲在监狱里了,这群小可怜……”

“为了一只火腿就要绞死他们?”

“不,是为了他们的愚蠢,主啊,宽恕我的罪孽吧,”季洪·伊里奇半真半假地说道。“得了吧,上帝看着呢,别充自己是巴拉什金了! 早该醒醒了……”

库兹马揪了揪自己花白的胡子,站在镜子跟前,他饱经风霜的瘦脸上,那双哀怨的眼睛,那扬起的左眉,他瞧着自己,轻轻地同意道：

“充自己是巴拉什金了？是的，早就应该醒醒了……早就该醒醒了……”

季洪·伊里奇把话题转到正事上。很显然，他刚才在谈话中间停下来，思索了一会儿，是因为想起了比处死人犯更为重要的事儿。

“我已经跟杰尼斯卡说了，叫他尽快把事办了。”他坚定、清晰而严肃地说道，抓了一撮茶叶放进茶壶里。“兄弟，请你出面操办这件事吧。你也知道，我出面不太方便。弟弟，到时候准得操办得欢天喜地的！肯定会风风光光的！完事之后你就搬到这儿来。我们既然决定把那边全部的财产处理干净，你也就没有必要再呆在那里，那样只会花双倍的开销，在这个穷山沟里不会有什么出息的！咱们把这个大包袱甩掉，把它彻底甩掉，就算它下地狱也与咱们无关，可别在那儿等死了！你搬来，和我一起赶车吧。上帝保佑，到城里去做粮食买卖。走着瞧吧，”他皱起眉头，伸出双手，攥紧拳头，“我还会翻身的，想让我躺在炕上等死，还早着呢！妄想吧！我要把魔鬼的犄角给折断！”

库兹马几乎是带着恐惧聆听这些内容的，望着他凝固不动却疯狂的眼睛，看着他歪斜的嘴角，听着他恶狠狠地脱口而出的言辞，沉默着，一句话也没有说，似乎是无话可说。后来他问道：

“大哥，看在上帝面上，告诉我，在这桩婚事上你能捞到什么好处？上帝见证，我真不明白，你为什么竭力促成这桩婚姻。说实话，我简直不能对你的杰尼斯卡看上一眼，这个新人，新罗斯人，比所有旧式的人都坏。你别看他那么腼腆，那么多愁善感，装得像个傻瓜，其实是个厚颜无耻的畜生！是个极其龌龊的家伙！他老说我和新嫁娘同居了……”

“你说话老是没个分寸，”季洪·伊里奇皱起眉头打断他说道，“你不总是唠叨：不幸的人民，不幸的人民吗，怎么现在却变成了畜生？”

“是的，我一直唠叨，还要接着唠叨！”库兹马激动地接着说道。“不过现在我也糊涂了！我现在什么也不明白：不知是不幸，还是幸运，或者其他别的什么……你听着：你自己毕竟也讨厌那个杰尼斯卡的，你们俩互相仇视！他说你是‘咬住老百姓的肩胛不放的强盗’，你同样也骂他是强盗！他在村子里厚颜无耻地自吹自擂，说他现在成了什么大富商的干亲家了……”

“我知道！”季洪·伊里奇又打断他。

“你知道他说新嫁娘什么吗？”库兹马继续说道，有些激动，“你知道，她的脸白白净净，而他这个畜生，你知道他说什么？‘简直就是瓷塑的，不中用！’还有一点你应该明白，他不会一直住在村里，现在就是用套索也别想把这个流浪汉拴在村里。他算啥样的当家人，算啥样的成家的人？昨天我听见他在村里油腔滑调地唱着：‘美丽得就像天使啊，阴险得就像魔鬼……’”

“我知道！”季洪·伊里奇吼道，“他不会住在村里，怎么也不会住的！让他见鬼去吧！至于他不像个当家人，我和你难道就是好当家人吗？我记得在小酒馆里跟你谈过一件正事，你还记得吗？你一句话都没有听进去，却在那听鹌鹑叫……后来呢，后来又怎么样呢？”

“后来怎么样？这跟鹌鹑有什么关系？”库兹马问道。

季洪·伊里奇用手指在桌上敲着，一字一顿地厉声说道：

“走着瞧吧：臼里捣水——瞎忙活。我一诺千金，说到做到，我不是想为我的罪孽上香，只是想做件善事，哪怕只捐一个雷普塔[①]，上帝也会记住我的。”

---

① 雷普塔，古希腊的小面值铜币；现希腊辅币，100 雷普塔等于 1 德拉克马。

库兹马霍地跳起来。

“上帝，上帝！”他尖声叫喊起来，不能控制自己的情绪，“我们心里哪有上帝！杰尼斯卡心里哪儿有上帝啊？阿基姆卡、梅尼绍夫、阿灰、你，还有我，心里怎么可能会有上帝！”

“等等，”季洪·伊里奇严肃地问道，“哪一个阿基姆卡？”

“我躺着快死的时候，”库兹马没理他，继续说道，“我想到上帝了吗？我只想到一点：我对他一无所知，也不会想起他！”库兹马尖叫道，“我根本没有文化！”

他那饱经沧桑的眼睛游移不定，四下里环视着，一会儿扣上纽扣，一会儿解开，在房子里踱着步，然后在季洪·伊里奇的面前站住了。

“记着，大哥，”他说道，两颊通红，“记住：我们的好日子快到头了。烧什么好香也救不了咱俩。听见了吗，咱们是杜尔诺夫卡人！”

他激动地找不到什么言辞，不知怎样才能更好地表达自己。季洪·伊里奇自顾自地想着，突然同意了他的看法：

“说得对，老百姓根本什么用都没有！你只要想想……”

他活跃起来，为自己的新想法感到洋洋得意：

“你只要想想：他们种地种了整整一千年了，也许更多，但是要想好好种，没有一个人会，连这一件事儿也不会干，不知道什么时候该下地，什么时候播种，什么时候收割。‘人家咋样，我们就咋样’，这就是全部，这就是老百姓。注意，”他严肃地说道，皱着眉头，像库兹马一度向他尖叫的那样，“‘人家咋样，我们就咋样！’没有任何一个婆娘不会烤面包——可是上面的皮总是见鬼地往下掉，只剩下一团酸面！”

库兹马慌了神，思绪一片混乱。

“他疯了！”他想道，茫然的眼睛望着正在点灯的哥哥。

季洪·伊里奇没等他缓过神来，就情绪激昂地继续说道：

“人民！都是些鬼话连篇、好吃懒做、只会撒谎的人，全都那么无耻，根本都不相信对方！注意，”他吼叫着，全然不管点燃的灯捻猛地燃起来，黑烟几乎冒到了天花板上，“不是不相信我们，而是彼此都不相信！他们全部都是这样，全部！”他带着哭声喊着，一下把灯罩罩到灯上。

窗外天空渐渐变蓝了，水洼和雪堆上都飘来了洁白的新雪。库兹马看着哥哥沉默不语，谈话的转变让库兹马的火气也消了。他举棋不定地看着哥哥狂怒的神情，开始卷起烟来。

“他疯了，”他无望地想道。“报应啊，哎，都一样！”

季洪·伊里奇也抽起烟来，情绪渐渐平复下来。他坐下，望着灯里的火光，嘟囔道：

“而你就会抓着杰尼斯卡不放……你听说过马卡尔·伊凡诺维奇那个云游派教徒干的好事吗？他和一个朋友在路上抓了个婆娘，把她拖进克留基齐的更房里，两个人轮奸了她四天……现在正在蹲监狱呢……”

“季洪·伊里奇，”库兹马关切地说道，“你在说些什么？何必说这些？你一定是不舒服了。一会儿说这个，一会儿又说那个的……你是不是喝多啦？”

季洪·伊里奇沉默了。他只是摆摆手，盯着灯光的眼睛突然滚下泪珠来。

“喝酒啦？”库兹马轻轻地问道。

“喝了，”季洪·伊里奇也低声回答道，“你也会喝的！你想想，我造这个金笼子容易吗？你想想，我就像一条被锁链拴了一辈子的公狗，还带着一个老太婆，过活容易吗？弟弟，我从来没有可怜过谁，也很少有人可怜过我！你想想，难道我不知道他们有多么恨我吗？你想想，要是我落在这帮庄稼汉手里，要是他们在这场革命里头走了运，他们一定会摇头摆尾，把我碎尸万段的！走着瞧吧，走着瞧吧，后头会有好事的！我非宰了他们不可！”

“就为了一只火腿——就要绞死他们？”库兹马问道。

“绞死他们好了，”季洪·伊里奇痛苦地回应，“这就是随便说说……”

“可现在真在绞死人！”

“这就不干咱们的事了，他们最终都要面临最后的审判。”

他皱着眉头，闭上眼睛思索着。

“唉！”他悲痛地深深叹了口气，“唉，我亲爱的弟弟！很快，很快我们就都要面临最后的审判了！现在我每天晚上都要读圣礼书，读着读着常常嚎啕大哭。这让我惊讶：这些令人感动的话都是怎么想出来的！你等等……”

他霍地抬起身来，从镜子后面拿出一本厚厚的教堂用书，用颤抖的双手戴上眼镜，声音里含着抽泣，像害怕被人打断似的匆匆念道：

“只要想到死亡，就能看到在棺椁里躺着的、按照上帝他本人形象造的人，他已面色惨淡，形容枯槁，口不能言，足不能走，不成样子，我便失声大哭……”

“奔忙与生计，不过浮华的荫蔽一场。人只会徒劳无益地奔波，恍若圣经言辞：赢得世界之日，即为盖棺之时，不论帝王与乞丐……”

“帝王与乞丐！”季洪·伊里奇悲喜交加地重复道，摇着头，“日子到头了，弟弟！你知道吗，我从前有过一个哑厨娘，我曾送给这个带点傻气的婆娘一条外国头巾。她接过来，竟然翻着戴……明白吗？因为她太傻了，舍不得用。她不舍得在平常日子里戴，要等着节日来了才戴，等到节日来了，头巾就只剩下碎片了……我也是一样……我就是这样过日子的。确实！”

库兹马回到杜尔诺夫卡后，只感觉到太过苦闷，没有丝毫乐趣。他就在这苦闷里度过了自己在杜尔诺夫卡最后的时光。

这些日子一直在下雪，只有阿灰一家一直盼望着下雪，好把路冻平整了，方便举行婚礼。

二月十二号傍晚，在寒冷昏暗的过道屋里有过一场低低的谈话。新嫁娘站在炉灶旁边，一条黄底儿黑点的头巾拉到脑门上，瞅着自己的树皮鞋。门边站着短腿的杰尼斯卡，光着头，穿一件溜肩膀的厚实上衣。他也向下望着，手里摆弄着一双钉了铁掌的短筒靴。短筒靴是新嫁娘的。杰尼斯卡拿去修好了它们，来要五戈比的工钱。

"我没有钱。"新嫁娘说道，"库兹马·伊里奇已经睡下了，你等明天吧。"

"我可不能等。"杰尼斯卡用指甲抠着铁掌，拖着长声若有所思地说道。

"那怎么办？"

杰尼斯卡想了想，叹了口气，甩了甩自己一头浓密的头发，突然抬起头。

"算了，干嘛白费口舌呢。"他没有看新嫁娘，大着胆子，果断地说道。"季洪·伊里奇和你谈过了吗？"

"谈过了，"新嫁娘回答，"都谈厌了。"

"那我马上就和爹来。反正库兹马·伊里奇马上就要去喝茶了……"

新嫁娘想了想。

"随你的便吧……"

杰尼斯卡把短筒靴放在窗台上，没有再提工钱的事，走了。半个小时后台阶上响起了从树皮鞋上跺下雪来的咚咚声：杰尼斯卡和阿灰来了，阿灰还在外衣腰间系了一条红腰带。库兹马来见他们。杰尼斯卡和阿灰向着昏暗的屋角久久祈祷着，随后甩甩头发，抬起脸来。

“亲家不是亲家，而是好人！”阿灰不慌不忙地说道，说得和缓而流畅，“你嫁养女，我儿娶亲，为了他们的幸福而喜结良缘吧，请兑现你的诺言。”

他不失身份地低低鞠了一躬。

库兹马强忍住苦笑，吩咐让人喊新嫁娘。

“你去找找她。”阿灰像在教堂里一样轻轻地吩咐杰尼斯卡。

“我在这儿，不用找了。”新嫁娘说道，从门外的炉灶旁走进来，向阿灰也鞠了一躬。

大家都沉默了。在黑暗中烧红了炉栅的茶炊沸腾了，在地上呼噜呼噜作响，烟气缭绕，看不见人的脸。

“怎么样，闺女，同意吧？”库兹马笑了笑，说道。

新嫁娘想了想。

“我对小伙没意见……”

“你呢，杰尼斯卡？”

杰尼斯卡也沉默了。

“反正总要结婚的……上帝保佑，还可以。”

婚事有了良好的开端，于是两个亲家彼此祝贺了一番。茶炊被端到下房里去了。比所有人消息都要灵通的独院地主婆从三角地跑来，在下房点起了灯，张罗科舍利去买伏特加和葵花子，安排未婚夫妻坐在圣像下，给他们倒茶，她自己则坐在阿灰旁边。为了活跃气氛，她看看杰尼斯卡面如土色的脸庞和长长的眼睫毛，尖着嗓子唱道：

我们沿着小花园，
摘下葡萄来尝鲜，
来了一个好小伙，

相貌堂堂白脸蛋……

第二天，所有从阿灰那儿听说了这场订婚宴的村民都兴高采烈的，还劝他："你得帮帮小两口呀！"连科舍利都说："他们年轻人的事，你是得帮一把。"阿灰默默地回了一趟家，给正在过道里熨衣服的新嫁娘拿来了两口铁锅和一团黑线。

"儿媳妇，"他窘迫地说道，"喏，这是你婆婆叫拿来的，也许还能中点用……家里别的没什么了，就算有，也都不能用了……"

新嫁娘向他鞠了一躬，道了谢。她在熨一块窗幔，这是季洪·伊里奇拿来"当头纱用的"。她的眼睛又湿又红。阿灰想安慰她，说她"也不是过喝蜜的日子的人"，但是踌躇了一下，叹了口气，把铁锅放在窗台上，走了。

"我把线放在铁锅里了。"他嘟囔着。

"谢谢您了，爹，"新嫁娘用她那种只同伊凡努什卡说话时才有的温柔口气又一次道着谢。阿灰刚走，她突然苦涩地笑了一下，开始唱道："我们沿着小花园……"

库兹马从大厅探出身子，从夹鼻眼镜上面严厉地看了她一眼，她便不作声了。

"听着，"库兹马说道，"这件事还是收手了吧？"

"已经晚了，"新嫁娘小声说道，"反正丢脸是免不了的……何况，谁不知道这是谁花的钱办的婚礼……再说钱已经花了……"

库兹马耸耸肩。是的，和窗幔一起，季洪·伊里奇还送来了二十五卢布，一袋上等面粉、黄米和一头还没养肥的猪……但是不能因为宰了一头猪，就葬送自己的一生啊！

"唉，"库兹马说道，"你真让我难受！'丢脸，花钱'，难道你还比不上一头猪？"

"比得上比不上都一样，哎，反正都这样了。"新嫁娘简单而果断地答道。她叹了口气，工工整整地折起刚刚熨好的、还微微发烫的窗幔。“现在要吃午饭吗?”

她的脸色很平静。“算了,和她谈不拢!”库兹马想道,说:

“随你便吧,随你便吧……”

吃过午饭,他抽着烟,看着窗外,天已经暗下来了。他知道,在下人房里已经烤好了一种黑麦点心卷——“喜饼”。还准备煮上两锅猪冻,一锅面条,一锅菜汤,一锅粥,都会加上鲜肉。阿灰在谷仓和草棚间的雪堆上忙活着。在浅蓝色的黄昏里,雪堆上一把麦秸点燃起橙黄色的火光,正在给这头被宰的猪褪毛。几只牧羊犬围着火光,它们雪白的脸和胸膛被火光照耀得如丝绸般绯红,正等着美餐一顿。阿灰在雪地上奔忙着,一边看着火,一边赶着狗。他把上衣的下摆解开,拉到腰间,用那只拿着一把明晃晃的尖刀的右手,把帽子整个儿推到后脑勺去。阿灰的身子来回跑动着,一会儿被火光照亮这边,一会儿被照亮那边,雪地上留下了跳动的身影,就像一个多神教徒。随后独院地主婆经过谷仓沿着小路跑向村子,背影很快消失在了雪堆后——她去召唤为婚礼唱歌的姑娘们,还得去向多马什卡借枞树,这棵枞树被珍惜地放在地窖里,经历了一个又一个姑娘的婚礼。库兹马梳洗完毕,脱下两肘已经磨破的外衣,穿上珍藏的长摆常礼服,穿戴完毕,走上落雪的台阶。在灰白色的稀薄暮色里,下房通亮的窗户边已经黑压压地围了一群姑娘、小伙子和小孩子们。到处都人声喧闹,三架三弦琴各自拉着调,一齐演奏起来。库兹马弓着背,手指扳得咯咯响,走进人群,弯腰走进黑洞洞的过道屋里。到处都是人,过道屋里也拥挤不堪,小孩子们在大人的腿间钻来钻去,被大人揪住脖子扔出去,又爬进来……

“看在上帝面上,让他们进来吧!”库兹马说道,被人群挤到门口了。

他被挤得更使劲了,这时,有人猛地打开了门,在一团团蒸汽中他迈过门槛，停在门框边。挤在那里的人穿戴整洁——姑娘们披着鲜艳的披巾，小伙子们也穿着全新的行头。房间里弥漫着衣料、短皮袄、煤油、马合烟和松树枝的味道。一棵碧绿的小树蒙着鲜红的布条立在桌子上，伸展的树枝一直垂到昏暗的铁皮油灯上。桌子摆在滴水的解冻的窗下，在乌黑潮湿的墙边，坐着打扮好了来唱歌的姑娘们，她们个个涂脂抹粉，眼睛闪烁着快乐的光芒，头上包着丝绸或是羊皮头巾，鬓角上插着五彩斑斓的公鸡尾羽。库兹马走进来时，那个脸色黝黑、长相凶狠而狡黠机灵的姑娘多马什卡，长着一对锐利的黑眼睛和浓黑的一线眉，正扯着粗犷豪放的大嗓门唱着一首古代的喜歌：

我们在这夜晚，
在最后那一夜，
送别阿夫多季娅……

姑娘们用不太和谐的声音齐声唱出了最后一句歌词，目光齐刷刷地全都转向新娘：她按照当地的习俗坐在炉子旁，未加梳洗，头上披着一个黑披巾，本来该用大声的哭诉来回应姑娘们的这首歌："我的好爹爹，我的亲妈妈，叫我怎么承受，这嫁人后的永恒苦楚？"但是新娘默然不语。姑娘们唱完歌，都不满地斜睨着她。随后她们窃窃私语了一阵，便皱着眉头，缓慢地拖长调子唱起了"孤儿之歌"：

可爱的澡堂烧起来，
这教堂的钟啊敲起来！

寒气从头到脚袭来，库兹马咬着牙哆嗦起来，颧骨一阵阵酸痛，在歌声中，库兹马的眼睛蒙上了一层泪水。新娘裹紧披巾，突然哆嗦着嚎啕大哭起来。

"别唱了，姑娘们！"有人喊道。

但是姑娘们没有听：

你敲响这响亮的钟，

叫醒我的老父亲……

新娘呻吟着把头埋在膝间，埋在双手里，泪水爬满脸颊，伤心地呜咽着……最后她颤抖地迈着步子被人带走，带到隔壁没有一丝热气的房间梳妆打扮。

随后库兹马为她祝福。新郎带着雅科夫的儿子瓦西卡来了。新郎穿着瓦西卡的长筒靴，头发已经修剪妥当，脖子刮得通红，竖起带花边的浅蓝色衬衫的领子。他用肥皂洗过脸，显得相当年轻，甚至颇为英俊，他自己也知道这一点，便庄严而谦逊地垂下了乌黑的睫毛，用谦卑的态度彰显他新郎的身份。伴郎瓦西卡穿着一件红衬衫，外面套着罗曼诺夫王朝式样的短皮袄，敞着怀，走了进来，严厉地看了一眼姑娘们。

“别吵了！”他粗鲁地说道，然后按照仪式说，“都出来吧，都出来。”

姑娘们齐声回答道：

“没有三人盖不起房，没有四角撑不起屋。四角中间各一个，中间再加一瓶酒。”

瓦西卡从口袋里拿出一瓶半俄升的酒放到桌上，姑娘们拿了酒站起来，屋里更挤了。门敞开了，吹进来一股蒸汽和寒气，独院地主婆拨开人群走进来，手里捧着贴着金箔的圣像。新娘在她后面走着，穿着天蓝色带宽皱褶镶边的连衣裙，大家不由得惊叹了一声：她是那么典雅、娴静而美丽。瓦西卡甩出一个耳光，使劲打在了一个宽肩膀、大脑袋、腿脚像达克斯狗一样弯曲的男孩脸上，制止男孩贪婪的目光。又把一件旧皮袄扔到了房子中间的麦秸上，新郎和新娘站到了上面。库兹马没有抬头，从独院女地主手里接过圣像，周围立刻变得寂静无声，甚至能听到那好奇的大脑袋男孩的抽噎。新郎和新娘一齐跪下，向库兹马叩首，站起来又二叩首。库兹马看着新娘，他们的目光在刹那间交汇，却闪烁出恐惧的神色。库兹马的脸刷地变白了，他恐惧地想："我现在要把圣像扔到地上去……"但是他的双手不由自主地拿着圣像在空中画了一下十字，新嫁娘轻轻吻了一下圣像，又吻了一下他的手。库兹马把圣像交给旁边的一个人，带着父亲送别女儿的心酸与温柔捧住新嫁娘的头，吻了吻她芬芳的新头巾，痛哭起来。他的泪水模糊了双眼，转过身，推开人群，迈着大步走进过道屋。风夹杂着雪片打上他的脸，门槛落满积雪，在黑暗中泛着白光，屋顶上寒风隐隐呼啸，门外刮起了白茫茫的暴风雪，从窗户散落下来的灯光，越过满是积雪的土台，形成了一道道烟尘迷离的光柱……

暴风雪直到第二天早上也没有停止。在纷纷扬扬飘舞的灰白色雪花里，既看不见杜尔诺夫卡村，也看不见三角地上的磨坊。有时天色变晴，有时却很像黄昏时候。花园里满是积雪，与喧嚣的风声相合，一切都让人恍惚觉得远处教堂响起了钟声。雪堆的尖顶上冒着蒸汽。几只牧羊犬身上沾满了雪坐在台阶上，透过凛冽的暴风雪嗅着从下房的烟囱里飘来的温暖的炊烟。

库兹马站在台阶上，艰难地辨认出雾色里的几个庄稼汉和几匹马阴暗的身影，听着还有雪橇和铃铛的叮当声。新郎的雪橇上套着一对马，新娘的只套了一匹。雪橇上铺着两头有黑色花纹的喀山毡子。迎亲的人都系着五颜六色的腰带。婆娘们穿着棉袄，裹着披巾，迈着小碎步小心翼翼地走向雪橇，还扭扭捏捏地喊着："老天爷，啥也看不清呀！"新娘把皮袄和浅蓝色连衣裙都撩到头顶，只穿着白色的衬裙，以免把裙子压皱。她戴着一只纸花冠，裹着一层的小头巾和一层大披巾，她已经哭得身子虚弱，恍惚中好像看见暴风雪中的几个黑暗身影，听见暴风雪的呼啸声，客人的喧喧嚷嚷打闹的声音，还有庆贺的铃铛声。马匹耷拉着耳朵，转过脸躲避着夹雪的大风。风吹散了喧嚷的人声，遮住了人们的眼睛，吹白了人们的胡子和帽子，迎亲的人艰难地在雾色和黄昏中辨认着对方。

“嘿，他妈的！”瓦西卡嘟囔着，低垂着脑袋，抓紧缰绳，坐到新郎旁。

他粗鲁而平静地迎着风喊道：

“老爷们，为迎亲的新郎祝福吧！”

有人回应道：

“上帝会祝福的……”

于是铃铛叮当地响起来，雪橇的滑木吱吱响着，被雪橇撞碎的雪堆碎成一股烟雾，漩涡般翻飞着，升腾着，旋风、鬃毛和马尾都向后飞快掠去……

村子教堂的更房里烧得很暖和，人们都在等待着神父的到来，煤气味熏得人透不过气来。教堂里也充满着煤气味，因为外面刮着暴风雪，拱顶拉低，还装上了窗栅，显得又冷又暗。地板上满是水迹，都是从参加婚礼的客人的皮靴和树皮鞋上淌出的雪水，门一打开就刮来一阵大风，吹打着人们的脊背，凉气嗖嗖的。教堂里一片昏暗，只有新郎和新娘的手中，还有一身黑色教袍的、穿一双大树皮鞋的神父手中，握着点燃的蜡烛，闪烁着微弱的光芒。神父低低地看着一本滴满蜡油的书本，透过眼镜，迅速地读着，他神情严肃，一会儿看看门，一会儿又看看新郎和新娘，看看他们那紧张的表情，看着他们那时刻准备接受一切承诺的样子，看着他们那被烛光照射着的恭谨温顺的脸庞。按照习惯，他颇有感情地念了几句词，为他们进行甜蜜的祝福和祈祷，虽然对这些语句的含义一概不知，也不知道这些美丽的句子是对谁而说的。教父依然在虔诚地读着，声音抑扬顿挫，感情厚重庄严。

“至圣的上帝和万物的创始人……”他匆忙念道，时而压低声音，时而抬高声音，“您曾为您的奴仆亚伯拉罕祝福，曾使撒拉得以生育……把利百加赐予以撒……让雅各和利亚结合……请赐予你的奴仆……”

“名字?”他严肃地轻轻问道,脸上表情依旧,压低声音,转向诵经士。在听到回答“杰尼斯卡,阿夫多季娅”后,他又富有感情地继续念道:

“请赐予你的奴仆杰尼斯卡和阿夫多季娅生活平静、安康与纯洁……赐予他们子孙满堂……令他们的房舍满是小麦、醇酒和橄榄油……就如黎巴嫩的雪松般长盛不衰……”

周围的人即使听见了神父的话语,听懂了神父的祝福,也只会下意识地回忆起阿灰的房子和杰尼斯卡,而不是撒拉的房舍,不会是黎巴嫩的雪松和亚伯拉罕。这个短腿的新郎,穿着借来的靴子和外套,齐耳戴着王冠,一动不动地站着。那个王冠是一顶铜质的花环,上面有一个十字架,看起来别扭而恐怖,同样戴着王冠的新嫁娘,显得更加美丽,婚礼上繁琐的事宜让她更加憔悴,一只手颤抖着,滴落的蜡油落到她浅蓝色连衣裙的皱边上……

黄昏中暴风雪愈加猛烈,呼啸而来,呼啸而去,寒风裹挟着冷雪,肆意飞舞。参加婚礼的人都飞快地赶马回家,顶着暴风雪艰难前行。万卡·克拉斯内的大嗓门老婆站在前面的雪橇上,像萨满巫师一般摇头晃脑,挥舞着头巾,朝着这大风,朝着这浓浓夜雾大喊着,雪花飞落到她的嘴唇上,削弱了她狼嚎般的声音:

瓦灰色的小鸽子,
有着金子的脑袋!

莫斯科。1909—1910 年。